Renate Klöppel
Namibia – Namibia

Wellhöfer Verlag
Ulrich Wellhöfer
Weinbergstraße 26
68259 Mannheim
Tel. 0621/7188167

info@wellhoefer-verlag.de
www.wellhoefer-verlag.de

Titelgestaltung: Uwe Schnieders, Fa. Pixelhall, Mühlhausen
Satz: FFW Verlagsdienstleistungen, Mannheim
www.ffw-verlagsdienstleistungen.de

Das vorliegende Buch ist ein Roman und die Handlung ist frei erfunden. Die eingeflochtenen Texte hingegen beruhen auf den Berichten von Zeitzeugen sowie auf authentischen Dokumenten. Auch die geschilderten historischen Ereignisse entsprechen der Wahrheit. Hingegen sind die Romanfiguren mit Ausnahme der Personen der Zeitgeschichte fiktiv und mögliche Ähnlichkeiten mit lebenden Personen rein zufällig.

ISBN 978-3-95428-169-5

Renate Klöppel

Namibia – Namibia

wellhöfer VERLAG

Im Westen, wo die Vulkankegel des Hegaus dunkel vor dem Himmel standen, war tief über dem Horizont die Wolkendecke aufgerissen. Eine orangefarbene Sonne sendete ihre Strahlen wie ausgestreckte Finger über das Land. Erst spät sah Emilia die Gestalt. Sie trat vom Straßenrand in das Zentrum des Leuchtens und verharrte dort wie ein Schattenriss mit erhobenem Arm und ausgestrecktem Daumen. Emilia fuhr nicht schnell und doch war sie vorbei, ohne das Gesicht gesehen zu haben. Die Begegnung berührte sie und sie schien ihr wie ein verheißungsvolles Zeichen in der Ungewissheit, die ihr Leben in diesen Wochen beherrschte. Nie zuvor hatte sie für einen Anhalter gebremst. Sie drehte um und kehrte zu dem Menschen am Straßenrand zurück.

Es war eine Frau, die jetzt vom Straßenrand zurückgetreten war. Sie lehnte am Stamm eines mächtigen Birnbaumes, die Arme über der Brust verschränkt und den Blick auf die Straße gerichtet. Ihr Gesicht, von der Sonne abgewandt, war auch jetzt nicht zu erkennen. Der Ort war ungewöhnlich für eine Anhalterin: Nirgendwo ein Hof, von dem sie gekommen sein mochte, nirgendwo eine Abzweigung, zu der sie ein anderes Auto gebracht haben konnte. Es war eine menschenleere Anhöhe mit dem hellen Grün frisch gemähter Wiesen und ein paar knorrigen Obstbäumen, aber kein Weg führte hier entlang, nur die schmale Straße, auf der Emilia gekommen war. Die Frau schien ohne Gepäck zu sein – keine Tasche, kein Rucksack –, auch hatte sie keinen Schirm, obwohl noch die letzten Tropfen aus den abziehenden Regenwolken fielen. Sie stand in dem roten Licht wie eine glühende Erscheinung, alles an ihr war rot, der lange, weite Rock, das enge T-Shirt, das die Taille freiließ, vor allem aber die Haare, die ihr wie ein roter Wasserfall über die Schultern fielen. Noch einmal wendete Emilia und fuhr der untergehenden Sonne entgegen. Die Frau am Straßenrand trat wieder hinein in das nun schwächer werdende Leuchten und hielt ihren ausgestreckten Arm dem Auto entgegen. Ihr Gesicht blieb auch jetzt im Schatten. Emilia fuhr nicht vorbei, sie hielt an unter demselben Zwang, der sie eben zum Umkehren genötigt hatte.

»Ich wusste, dass Sie mich mitnehmen würden«, sagte die Fremde mit einem feinen Lächeln, und sie stieg so selbstverständlich ein, als sei dies Teil eines festgelegten Plans, der sich Emilia irgendwann offenbaren würde. »Ich möchte nach Singen.«

»Ja. Ich fahre in diese Richtung.« – Also zunächst nach Singen, warum nicht. Emilias Ziel war diese Stadt nicht gewesen, auch keine andere Stadt, kein anderer Fleck.

Als sich die letzten Trauergäste nach Michaels Beerdigung verabschiedet hatten, war sie in den weißen Bungalow hinter den hohen Kirschlorbeerhecken zurückgekehrt, den sie neunzehn Jahre gemeinsam bewohnt hatten. Eine Stunde saß sie tatenlos im Wohnzimmer. Erst das Klingeln des Telefons weckte sie aus ihrer Erstarrung, aber sie nahm das Gespräch nicht an. Sie streifte das schwarze Kleid und die schwarzen Strümpfe ab, dann zog sie sich aus, bis sie nackt vor dem Spiegel im Schlafzimmer stand. Sie betrachtete sich und versuchte, sich in den Blick eines fremden Menschen hineinzuversetzen, versuchte, sich zu sehen, wie andere sie sahen. Es gelang ihr nicht. Das, was sie immer gestört hatte – die breiten Schultern, das Muttermal unter dem rechten Schlüsselbein, die zu muskulösen Beine, die dünnen aschblonden Haare – zogen ihren Blick an, wie sie es immer getan hatten. Sah sie jünger aus, wie ihr Michael immer versichert hatte, oder sah sie aus wie eine Frau, die vor drei Jahren ihren vierzigsten Geburtstag gefeiert hatte? Sie wandte sich vom Spiegel ab, ohne eine Antwort gefunden zu haben. Später setzte sie sich im Jogginganzug ans Fenster und starrte in den Regen, der seit den Mittagsstunden unaufhörlich aus dem konturlosen Himmel rann. Erst gegen Abend stand sie wieder auf. Sie duschte und zog sich so sorgfältig an, als habe sie noch eine wichtige Verabredung. Sie hatte keine und sie wusste nicht, wohin sie sich wenden wollte, weder heute, noch an den Tagen, die vor ihr lagen. Michaels Tod hatte das Leben außer Kraft gesetzt, das vorher wie eine endlose gleichförmige Straße vor ihr gelegen hatte. Seit Monaten hatte sie diesen Tag näherkommen sehen, aber sie war nicht in der Lage gewesen, über Michaels Tod hinauszudenken. War es das, was die Zukunft so beängstigend machte: nicht zu wissen, was sie von ihrem Leben wollte und welche Richtung sie einschlagen sollte? Endlich hatte sie sich ins Auto gesetzt und war davongefahren, als könne eine Antwort auf der Straße liegen.

Erst saß die Fremde schweigsam, blickte Emilia nur hin und wieder von der Seite an. Einmal, als Emilia in ihre Richtung sah, begegneten sich ihre Blicke. Sie mochte siebzehn oder achtzehn Jahre sein.

»Ihr Armreif ist schön«, sagte die Frau plötzlich und berührte Emilias goldenen Reif, streichelte dann über ihren Arm mit einer Zärtlichkeit, die einer Fremden nicht gebührte. »Sie sind viel allein«, stellte sie unvermittelt fest. »Ihr Mann ist sicher oft unterwegs.«

Emilia schüttelte den Kopf. Sie wollte dieses Thema nicht, sie wollte nicht mit dieser seltsamen Person über den Toten sprechen, auch nicht über ihre eigene Ratlosigkeit. »Wohnen Sie in Singen?«

»Nein«, sagte die Anhalterin. »Ich will zum Zug nach Stuttgart.«

»Besuchen Sie Bekannte?«

Sie zuckte mit den Schultern. »Vielleicht treffe ich Bekannte, vielleicht auch nicht.«

Emilia fragte nun nicht weiter, fasste das Lenkrad fest mit beiden Händen, fuhr rascher hinein in die hereinbrechende Dämmerung. Wieder legte die Fremde ihre Hand auf ihren Arm. »Ich wollte Ihnen vorhin nicht zu nahe treten.« Dann schwieg sie und jetzt sah Emilia sie wieder vor sich, wie sie inmitten des Leuchtens gestanden hatte. Es war wie eine Offenbarung gewesen, und die junge Frau neben ihr war wie das Versprechen einer Welt, in der Tod und Vergänglichkeit keinen Platz hatten. Noch immer fühlte sie die kleine warme Hand auf ihrem Arm, leicht wie eine Kinderhand.

Der Wolkenrand lag rot leuchtend über ihnen, dahinter war der Himmel klar und schimmernd wie ein Türkis, nur tief über dem Horizont strahlte er noch im Licht der untergegangenen

Sonne. Emilia fuhr weiter, vorbei an den Wegweisern nach Singen, fuhr immer geradeaus auf die Autobahn zu, Stuttgart entgegen. »Ich fahre auch nach Stuttgart«, sagte sie, »ich kann Sie mitnehmen.« Als die Fremde das hörte, freute sie sich wie ein Kind. Sie ließ die Scheibe herunter, schob den Ellenbogen nach draußen und schüttelte die rote Mähne im Fahrtwind. Sie drehte am Radio, sie brauche Musik, sagte sie, ihre Musik, sie probierte alle Sender aus, war endlich zufrieden. »Sean Paul«, sagte sie und wippte im Takt, »I'm still in love«, und Emilia merkte wie ihre eigene Erstarrung wich und sie angesteckt wurde von diesem aufgeregten Geschöpf, von ihrer Musik und ihrer Freude. Die Autobahn war leer, sie fuhr schneller und es war ihr, als flögen sie dem Horizont entgegen. Das Mädchen an ihrer Seite war unterdessen stiller geworden. Ganz langsam wie ein verglimmendes Feuer war ihre Unruhe erloschen. Als Emilia sie einmal ansah, hatte sie die Augen geschlossen und ihr Kopf lag so ruhig an der Rückenlehne, als schliefe sie. Die Haare waren ihr ins Gesicht gefallen, grau sahen sie aus in dem schwachen Licht, wie die Haare einer alten Frau.

Dann endlich, Stuttgart bei Nacht. Es war noch warm, als sie zum Schlossplatz schlenderten. Der Mond stand als großes rotes Auge über dem Königsbau, und den Himmel erleuchtete eine letzte Spur der Helligkeit des Tages. Noch war die Stadt lebendig. Über dem Platz hing Stimmengewirr wie das Summen eines in die Sommernacht verirrten Bienenschwarms, und Emilia war, als hätte sie erst in diesem Augenblick den kleinen Friedhof am Waldrand verlassen, um in die Welt der Menschen zurückzukehren. Gemeinsam gingen die beiden Frauen hinüber zu einem großen Brunnen und setzten sich auf den steinernen Brunnenrand. Manchmal wehte der Wind ein paar Wassertropfen zu ihnen herüber.

»Vermisst Ihr Mann Sie jetzt?«

»Nein. Niemand vermisst mich.«

»Und der Mann, dessen Ring Sie tragen?«

»Er vermisst mich nicht.«

Das Mädchen legte sich bäuchlings auf den Rand des Brunnens und ließ die Spitzen ihrer Haare ins Becken rieseln. »Wohin wollten Sie denn, wenn nicht fort von Ihrem Mann?« Und in Emilias Schweigen hinein: »Sie wollten einfach nur davonfahren, nicht wahr, deswegen sind Sie umgekehrt, als Sie mich gesehen haben. Sie hatten kein Ziel und Sie wollten nicht allein sein, darum haben Sie mich mitgenommen.«

»So ist das nicht.«

»Wie ist es denn?«

Als Emilia nicht antwortete, stand das Mädchen auf. Sie strich ihr mit ihrer ungebührlichen Zärtlichkeit über die Schulter und ging über den Rasen davon. Emilia sah ihr nach, ohne Bedauern, bis sie sie zwischen den Bäumen aus den Augen verlor. Nach einer Weile zog sie ihre Schuhe aus, wie das Pärchen neben ihr, und hielt ihre Füße ins kühle Wasser. Lag Michaels Beerdigung wirklich erst einen halben Tag zurück? Wo war mit einem Mal die Trauer geblieben und wo der Schmerz? Unter dem dunkelblauen Gewölbe des Himmels schien ihr die im Scheinwerferlicht leuchtende Jubiläumssäule ebenso verheißungsvoll wie das Mädchen im Licht der untergehenden Sonne, und ganz langsam wurde ihr bewusst, dass sie nun vor der Aufgabe stand, ihr Leben ganz in die eigenen Hände zu nehmen. Der Mann, der schon immer alles entschieden hatte, ehe sie eine Frage nur gedacht hatte, lebte nicht mehr. Michael hatte sie nicht einmal gefragt, ob sie ihn heiraten wolle. Er hatte es als selbstverständlich vorausgesetzt, als sie ihre erste gemeinsame Wohnung bezogen hatten. »Möchtest du, dass bei unserer Hochzeit Blumen gestreut werden?«, hatte er gefragt und alles sonst war längst und für immer entschieden.

Emilia hatte das Mädchen nicht zurückkommen sehen, hatte auch in dem Rauschen des Brunnens ihre Schritte nicht gehört. Plötzlich stieß die Fremde sie sacht mit ihrem Knie an und stand lächelnd mit zwei Gläsern Rotwein hinter ihr.

»Wie heißen Sie?«, fragte sie und gab Emilia ein Glas.

»Emilia.«

»Nora«, sagte die Fremde. Sie dehnte das O und formte dabei ihren Mund wie zu einem Kuss, und Emilia dachte, dass sie ihren eigenen Namen niemals so sinnlich würde aussprechen können. Nora schwang ihre Beine über den Brunnenrand, hob ihren Rock über die Knie und glitt in den Brunnen hinein, stieß mit langsamen Schritten weiter zur Mitte vor und zwischen den schillernden Vorhängen der wasserspeienden Löwenköpfe hindurch bis zu den steinernen Engeln. Dort blieb sie, den Saum ihres weiten Rockes über den einen Arm geschlungen, das Glas in der anderen Hand. Sie schwang von einem Fuß auf den anderen zu einer unhörbaren Musik, wiegte sich in den Hüften, bewegte ihren Körper, drehte sich im Kreis, eine Traumtänzerin, in sich selbst versunken hinter den Wasserschleiern.

»Lass uns tanzen gehen«, rief sie Emilia aus dem Wasser zu. Sie watete zum Brunnenrand: »Komm«, sagte sie. »Ich möchte tanzen. Ich kenne eine Disco, wo auch Frauen in deinem Alter sind.«

Und als Emilia heftig ihren Kopf schüttelte: »Gehst du denn nie mehr aus, gehst du nie tanzen?« Das klang als wollte sie fragen, bist du unwiderruflich und für immer zu alt, um tanzen zu gehen? Sie setzte sich neben Emilia und ließ den Saum ihres Rockes achtlos ins Wasser hängen.

»Wie lange bist du verheiratet?«

Emilia zögerte mit der Antwort. »Im März waren es einundzwanzig Jahre.«

Nora sah ehrlich erstaunt aus. »Einundzwanzig Jahre? Du musst sehr jung gewesen sein, als du geheiratet hast.« Und als Emilia nicht antwortete:

»Liebt ihr euch noch?« Sie zögerte. »Ich meine, geht ihr noch zusammen ins Bett?«

Emilia sah schweigend zu, wie Nora nun die Füße aus dem Wasser nahm und die Arme um die angezogenen Knie schlang. Endlich antwortete sie doch auf die Frage, die sie so unpassend fand wie die vertraulichen Berührungen.

»Mein Mann lebt nicht mehr.«

»Oh. Entschuldige. Ich hätte das alles nicht fragen dürfen.« Nora zog den Saum ihres Rockes aus dem Wasser und drückte ihn aus. »Aber manchmal habe ich mit Frauen, die ich vorher nicht kannte, so gesessen, wie wir es jetzt tun, und wir haben uns Dinge erzählt, über die wir noch nie zuvor gesprochen hatten. Es ist oft leichter mit Fremden zu reden, die man nie wieder sieht, als mit guten Freunden, deren Freunde dieselben sind wie die eigenen.«

Emilia schwieg. Sie wollte jetzt nicht über Michael reden, weder über sein Leben noch über seinen Tod. Sie war es gewohnt, die schlimmen Ereignisse ihres Lebens für sich zu behalten. Seit der Jugend hatte sie trainiert, nach außen ein Gesicht zu zeigen, dass nur wenig mit ihrem inneren Gesicht zu tun hatte. Das Kummergesicht in der Familie hatte ihre Mutter für sich reserviert.

»Emilia«, sagte Nora nach einer Weile leise und schien dem Klang des Wortes zu lauschen. »Ich kenne sonst keine Frau in deinem Alter, die so heißt.«

»So hieß schon meine Großmutter in Namibia.«

»In Namibia? Bist du in Namibia geboren?«

Emilia nickte.

»Auf einer Farm?«

Emilia nickte wieder.

»Erzählst du mir von Namibia?

»Ich bin seit dreiundzwanzig Jahren nicht mehr dort gewesen«, wich sie aus.

Nora sah sie erstaunt an, stellte aber keine Fragen mehr. »Schade«, sagte sie. Ihre Augen hingen an Emilias Gesicht. Sie musterte die Ältere so aufmerksam, als könne sie so ein Geheimnis entschlüsseln. Lange Zeit sagte sie nichts, kein einziges Wort. Dann neigte sie den Kopf zur Seite und lächelte: »Ich möchte mit dir nach Namibia fliegen. Ich wollte schon immer nach Afrika.«

»Ich werde niemals dorthin zurückkehren«, entgegnete Emilia heftig. Sie stand auf. »Ich muss jetzt gehen.«

Sie wollte nicht an Namibia denken. Seit Jahren hatte sie die Gedanken an Afrika schon im Keim erstickt und damit auch die Sehnsucht nach dem Land ihrer Kindheit und die Erinnerungen an die Schönheit des weiten menschenleeren Hügellandes, das ihrem Vater gehörte. Heute erschienen ihr die Herden von Springböcken und Antilopen, die Giraffen und Bergzebras, der ganze Reichtum an großen Tieren so unwirklich, als wäre er nur ein Traum gewesen. Woran sie niemals mehr denken wollte war das, was im Mai des Jahres 1990, wenige Wochen, nachdem das südafrikanische Apartheidregime Namibia endgültig in die Unabhängigkeit entlassen hatte, auf der Farm ihrer Eltern geschehen war.

Die Tage nach Justinas Tod waren furchtbar für Emilia gewesen. In jener Zeit, wenn sie schlaflos lag, hatte sie angefangen, ihre Gedanken aufzuschreiben, aber was sie nachts auf Zettel kritzelte, erleichterte sie nicht. Später hatte sie versucht, die quälenden Gedanken beiseite zu schieben, doch die waren nicht nur tief in ihrem Inneren, die Erinnerungen lauerten in jedem Winkel der Farm. Ihnen aus dem Weg zu gehen, war unmöglich gewesen. Erst in Deutschland, dem Land ihrer Vorfahren, hatte sie ganz allmählich gelernt, den Tod der jungen Hererofrau nicht länger in ihren Gedanken lebendig zu halten. Nur Michael hatte sie von ihrer toten Freundin erzählt und ihm diesen Grund für den Bruch mit ihrer afrikanischen Vergangenheit offenbart. Für ein Studium in Deutschland habe sie Namibia verlassen, hatte sie den anderen erzählt, und wegen Michael sei sie für immer geblieben. Mit der Maske der Normalität kam sie besser zurecht als mit dem Mitleid oder der Kritik, die die Wahrheit nach sich gezogen hätte.

Justinas Tod auf der Farm war nicht der einzige Anlass für ihr Fortgehen gewesen. Als die Südafrikaner die Macht an eine schwarze SWAPO-Regierung abgeben mussten, fühlte sie sich, wie die meisten Weißen in Namibia, aller Sicherheit beraubt. Überall blickten sie in Abgründe und nichts schien mehr Bestand zu haben, worauf sie sich seit Generationen verlassen hatten. Doch der politische Umbruch war für Emilia nicht das Schlimmste gewesen. –

Hure. Dieses ungeheure Wort, diese unerträgliche Beleidigung, hatte alle Bande zu ihren Eltern zerschnitten. Hure hatte sie ihr Vater genannt, weil sie mit einem Schwarzen geschlafen hatte. Hure war das Wort, das sich unauslöschlich in ihr Gedächtnis gegraben hatte. Gefangen in einer Mischung aus Scham und Verlangen nach Hosea, dem Sohn eines Farmarbeiters, gepeinigt von den Vorwürfen ihrer Eltern und verstört durch den Tod der Freundin aus Kindertagen hatte Emilia Namibia für immer verlassen.

Plötzlich griff Nora wie ein furchtsames Kind nach Emilias Hand. »Bleib doch noch!«

Emilia entzog ihr ihre Hand: »Ich fahre dich wieder zurück, wenn du willst«, sagte sie, aber Nora schüttelte den Kopf.

Zwei Männer hatten sich in ihrer Nähe auf den Brunnenrand gesetzt und beobachteten die beiden Frauen. Als Emilia aufstand, wandten sie sich Nora zu. Diese warf ihre Mähne zurück und lächelte zu ihnen hinüber. Im Fortgehen glaubte Emilia ihr helles Lachen zu hören.

Im Strom der fremden Menschen ließ sich Emilia langsam durch den Park treiben und weiter durch die Straßen der Stadt. Junge Paare überall, Gruppen von jungen Männern, Mädchen, Arm in Arm, und alle sahen verliebt und glücklich aus. Plötzlich fühlte sie sich sehr allein. Kurz vor dem Parkhaus am Rotebühlplatz kehrte sie um und ging den Weg zurück, den sie eben gekommen war. Auf dem Brunnenrand saßen jetzt zwei andere Mädchen und die beiden Männer, die Nora zugelächelt hatten. Eine Weile suchte sie noch nach der jungen Frau, aber sie war verschwunden. Nora hatte recht: Es war oft leichter mit Menschen zu reden, die man nie wieder sah, als mit guten Freunden. Emilia war nahe dran gewesen, mit dieser Fremden, von der sie nicht einmal den vollen Namen wusste, über Justinas Tod oder ihrer Liebe zu Hosea zu sprechen. Es war eine Chance gewesen. Mit einem Mal war sie sich nicht mehr so sicher, ob es wirklich einfacher war, mit einer Erinnerung zu leben, von der niemand wusste, als die Gefühle zu ertragen, die die Offenbarung ausgelöst hätte.

Wenige Tage vor ihrer Hochzeit hatte sie Michael erzählt, wie Justina gestorben war. Er hatte die Geschichte aufgenommen, wie er alles aufnahm – sachlich und ohne innere Beteiligung – und hatte begonnen, das Geschehen zu analysieren. Er war zu dem Ergebnis gekommen, dass Emilia keine Schuld an dem Selbstmord traf. Wie hätte sie für Umstände verantwortlich sein sollen, für die sie nicht zuständig war? Nur Justina allein sei ein Vorwurf zu machen, nicht einmal Emilias Vater. Emilia hatte zugehört und zu Michaels Worten genickt. Sie wusste, dass seine Ansicht nicht richtig war und vielleicht wusste er das auch. Viel später hatte sie von Hosea erzählt, harmlose Kleinigkeiten, als sei Hosea niemand anderes als einer von vielen jungen Männern auf der Farm. Michael war sofort misstrauisch geworden. Er hatte gesagt, wie unerträglich es für ihn wäre, wenn Emilia mit einem Schwarzen geschlafen hätte. Daraufhin hatte Emilia Hosea niemals mehr erwähnt und Michael schien ihn bald wieder vergessen zu haben.

Bei der Rückfahrt aus Stuttgart ließ sich Emilia Zeit. Niemand interessierte sich dafür, ob sie früher nach Hause käme oder später. Hinter Böblingen war die Autobahn leer, nur hin und wieder überholte sie ein Fahrzeug. Sie fuhr langsam und noch langsamer, und wünschte, dass diese Fahrt niemals aufhören würde. Sie hatte gehofft, dass die Erinnerung an Justina mit dem Tod des einzigen Mitwissers noch weiter von ihr abrücken würde, aber durch Noras Worte spürte sie, dass das Gegenteil geschehen war. Sie hatte damals vor vielem davonlaufen können, schwerlich aber vor den Erinnerungen in ihrem eigenen Kopf. Lange Jahre war sie auf einem schmalen Grat gewandert, der ihr gegenwärtiges Leben von dem auf der anderen Seite der Erdkugel trennte. Jetzt hatte der winzig kleine Anstoß durch Nora ausgereicht, sie zurück in ihr verleugnetes Leben zu katapultieren. Die Leere nach Michaels Tod, das Ende der Angst und Sorgen um ihn und ihre Ziellosigkeit hatten eine Tür aufgetan, die sie nicht mehr schließen konnte. Die Vergangenheit war wieder gegenwärtig, und sie würde sich ihr stellen müssen. – Nie hatte sie erfahren, wie Hoseas Leben verlaufen oder was aus Justinas kleiner Tochter geworden war. Das ungewisse Schicksal des von Mutter und Vater verlassenen Mädchens: Das war es, was sie jetzt am stärksten quälte.

In dieser Nacht lag Emilia lange wach und dachte an das alte Farmhaus, in dem sie ihre Kindheit und Jugend verbracht hatte, und an den kleinen Fluss, wo abends die weißen Pferde zum Trinken kamen und wo sie im warmen Sand zum ersten Mal mit Hosea geschlafen hatte. Es hatte eine Zeit gegeben, da hatte sie sich gewünscht, diese Stunden am Fluss hätte es nie gegeben. Erst als in ihre Ehe mit Michael Gleichgültigkeit und Langeweile eingedrungen waren wie ein langsam wirkendes Gift, hatte sie dazu stehen können, und sie hatte die Erinnerung gepflegt und gehütet wie einen kostbaren Schatz.

Mitten in der Nacht stand Emilia auf und suchte nach dem einzigen Fotoalbum, das sie nach Deutschland mitgenommen hatte. Sie fand es an der Stelle im Regal, wo sie es selbst vor vielen Jahren hinter den anderen Alben versteckt hatte. Nicht vor anderen Menschen hatte sie es verborgen, sondern vor sich selbst und vor der zufälligen Begegnung mit den alten Bildern.

Vorn in dem mit braunem Leder eingebundenen Buch lagen drei Ansichtskarten. Die eine zeigte zwei dunkelhäutige Frauen in bunt gemusterten Kleidern mit enormen Röcken und einem bunten Kopfputz aus Stoff, der fast so breit war wie die Hörner von ihren Rindern: Frauen vom Stamm der Herero. Auf der zweiten Karte war die Gästefarm Uellendahl mit dem Haus ihrer Eltern zu sehen, wie es aussah, als Emilia es verlassen hatte. Die dritte Karte zeigte ein Foto des Hauses aus dem Jahr 1906. Die mächtigen Eukalyptusbäume und die Palme neben dem Farmhaus hatte es damals noch nicht gegeben, sonst schien sich in den folgenden Jahrzehnten nichts verändert zu haben. Selbst das Windrad sah aus, als sei es dasselbe wie heute. Sie versuchte sich vorzustellen, wie das Haus mittlerweile aussehen mochte, mit Anbauten vielleicht oder ohne die Eukalyptusbäume, die das Haus zu erdrücken schienen. Es gelang ihr nicht. Die Veränderungen, die sich jenseits ihres Horizontes vollzogen haben mochten, blieben unzugänglich.

Ohne die eingeklebten Fotos zu betrachten, schlug Emilia das Album zu und ging wieder zu Bett. Sie lag mit offenen Augen und die Gedanken an die kleine Tochter von Justina ließen sie nicht mehr los. Sie wollte wissen, was aus dem Mädchen geworden war, das noch nicht einmal laufen oder sprechen konnte, als seine Mutter starb. Hatte der Kampf ihrer Mutter um Freiheit und Gleichberechtigung ihr ein besseres Leben beschert, als es ihre Mutter und die Generationen vor ihr gehabt hatten? Inzwischen musste Justinas Tochter eine junge Frau sein – wenn sie überhaupt noch lebte. Hatte sie einen Beruf? Oder lebte sie in Armut wie sehr viele Menschen in Namibia?

Später dachte sie an ihre eigenen Eltern. Lebten sie überhaupt beide noch? Waren sie gesund? Und wie gingen sie mit der erkämpften Gleichberechtigung der schwarzen Bevölkerung um? Spielte sie überhaupt eine Rolle in ihrem Leben oder waren die Arbeiter auf der Farm für sie noch immer das, was sie für die ersten Kolonialherren gewesen waren: Menschen zweiter Klasse, die nicht willens oder fähig waren, es den Weißen an Tüchtigkeit gleichzutun? – Und würden sie ihre Tochter heute immer noch Hure nennen, wenn ihr Freund ein Schwarzer wäre?

Anstatt sich um die Aufgaben zu kümmern, die jetzt nach Michaels Tod auf sie warteten, startete Emilia am nächsten Morgen ihren Laptop. Ihre Finger zitterten ein wenig, als sie zum ersten Mal in ihrem Leben »Uellendahl« bei Google eintippte. Als sie ihre Eltern verließ, hatte sie den Bruch endgültig und vollständig vollzogen. Keine Telefonate, keine Informationen über Uellendahl aus dem Internet. Nachdem sie ihr Studium aufgenommen hatte und Michael begegnet war, hatte sie einmal die Nummer ihrer Eltern gewählt. Als das Klingelzeichen ertönte, hatte sie gemerkt, dass es ihr lieber wäre, wenn der Hörer nicht abgehoben wurde. Sie hatte es fünf Mal klingeln lassen, dann hatte sie aufgelegt. Sie war noch nicht bereit für ein Gespräch gewesen, war es auch in den folgenden Jahren nicht. Einen einzigen Brief hatte sie geschrieben, aber auch das lag schon mehr als fünfzehn Jahre zurück. Jetzt, wo sie nach Uellendahl suchte, war sie dabei, zum ersten Mal den Graben zu überschreiten, den sie selbst ausgehoben hatte. Was würde sie finden? Bilder von ihrem Elternhaus, wie es heute aussah? Bilder von ihren Eltern? Beurteilungen von Gästen, die auf der Farm ihren Urlaub verbracht hatten? Ein Buchungsformular, wo sie sich – vielleicht unter falschem Namen – als Gast anmelden konnte? Bei Google gab es für Uellendahl etliche Treffer, aber die meisten bezogen sich auf den Stadtteil von Wuppertal. Sie ergänzte »Gästefarm« und »Namibia«. Eine Farm in Namibia mit Namen Uellendahl fand sie nicht, so sehr sie auch suchte. Von ihrem Elternhaus schien es keine Spuren im Netz zu geben. Wie konnte das möglich sein bei einer Farm, die Gäste beherbergte? Hatte sie den Namen falsch geschrieben? Nein, das war es nicht. Vielleicht hatten ihre Eltern keine Gäste mehr? Bei »Telecom Namibia« fand sie ein online-Telefonbuch. Eine Farm Uellendahl war auch dort nicht eingetragen, aber sie entdeckte die Namen ihrer Eltern. Wilhelm und Gertrud Ebert. Als Wohnort war Windhoek angegeben. Irritiert und ohne die Telefonnummer zu notieren, klappte Emilia den Computer zu und starrte aus dem Fenster. Wie hatte sie glauben können, das Haus ihrer Kindheit wäre noch so, wie sie es vor langer Zeit verlassen hatte? Jahr für Jahr hatte sie sich der Illusion hingegeben, es läge in ihrer Hand, dorthin zurückzukehren, von wo sie fast ohne Gepäck, aber mit einer stattlichen Summe aus ihrem Erbteil von einem kinderlosen Onkel auf dem Konto, aufgebrochen war.

Von Westen her zogen dunkle Wolken über den Bodensee. Mächtige Wolkentürme wuchsen empor, unter denen die Landschaft winzig erschien, und die Mainau, die von hier einsam wie ein unberührtes Eiland aussah, verschwamm in den grauen Regenschleiern. Es war ganz still im Haus, und sie sah hinunter auf die gepflegten Häuser, die leblos am Hang lagen. Geisterhaft leer schien hier alles wie in einem von seinen Bewohnern verlassenen Ort: die Frauen verborgen hinter den zu hoch gewordenen Hecken, allein mit einem Glas Prosecco schon am Morgen, und die Männer fort in ihre Büros, geflohen vor den ihnen fremd gewordenen Frauen, sie selbst verkümmert zu Maschinen, darauf eingestellt, Karriere zu machen und Geld zu verdienen. Mit Michael war es nicht anders gewesen. In dieser Siedlung, deren Schönheit einen schalen Beigeschmack bekommen hatte, würde sie nicht bleiben, das hatte sie schon gewusst, als Michael für die letzten Tage seines Lebens im Krankenhaus lag. Doch von dem Moment an, als dieser Gedanke mächtig geworden war, hatte sie Angst vor einem Weg bekommen, von dem sie nicht wusste, wohin er führen würde. Es sollte ihr eigener Weg sein, einer, dessen Richtung und Ziel nicht andere vorgeben sollten. Sie müsste in eine Großstadt ziehen, hatte sie manchmal gedacht, vielleicht würde sie dort Arbeit finden und ein anderes Leben beginnen können, und gleichzeitig hatte sie gewusst, dass sie niemals in einer großen Stadt leben wollte. Dann hatte sie andere Möglichkeiten in Gedanken ausprobiert wie Kleider von der Stange, aber das richtige hatte sie nicht gefunden.

Am Abend, zur gleichen Zeit wie gestern, setzte sich Emilia wieder in ihr Auto. Sie folgte den schmalen, vertrauten Landstraßen, kam wieder zu dem Birnbaum, vor dem gestern die Anhalterin im Licht der untergehenden Sonne gestanden hatte. Natürlich war heute dort niemand und jetzt im Vorüberfahren schien ihr Nora wie eine Traumgestalt, die es niemals wirklich gegeben hat. Was wäre gewesen, wenn sie mit Nora geredet hätte, wenn sie nicht nur das Nötigste gesagt hätte, sondern ihr Herz ausgeschüttet, wie man es bei einer guten Freundin tut? Sie hatte keine Freundin, hatte es schon lange nicht mehr. Bei diesem Gedanken wurde ihr bewusst, dass sie kaum noch wusste, wie man eine Freundschaft schließt. Sie kehrte noch einmal zum Birnbaum zurück und brach einen Zweig ab, dessen Blätter kräftig und unversehrt waren: eine Erinnerung an Nora und eine Mahnung wegen der verpassten Chance.

Sie fuhr weiter durch kleine Dörfer und vorbei an Kirschbäumen, deren Früchte rot zwischen den Blättern leuchteten. Es waren diese Bäume, die mit der Wiederkehr ihrer Blüten im Frühjahr, mit ihren Früchten im Sommer, dem gelben Laub im Herbst und den winterkahlen Ästen das Einerlei der Tage unübersehbar zu Jahren gebündelt hatten.

Eine Begegnung vor ein paar Tagen hatte Emilia vor Augen geführt, wie die Jahre ohne merkliche Veränderung und auf diese Weise kaum spürbar vorübergegangen waren: Am Tag vor der Beerdigung war sie in Konstanz gewesen. Sie hatte ein schwarzes Kleid gebraucht. Neben dem Kaiserbrunnen auf der Marktstätte war sie mit einem jungen Mann mit einem rothaarigen Baby auf dem Arm zusammengestoßen, der sich plötzlich umgedreht hatte. Sie war erschrocken gewesen, als sie in ihm das Kind erkannte, das früher im Haus gegenüber gewohnt hatte: Der Sechsjährige mit dem flammend roten Haar, der stolz seine Zuckertüte über die Straße getragen hatte, der Gymnasiast mit den vielen Pickeln im Gesicht war selbst Vater geworden. Das, was sie erschreckt hatte, war die neue Generation auf seinem Arm als Zeichen des so lange unbemerkten Verrinnens der Zeit. In diesem Augenblick hatte sie sich zum ersten Mal als die gesehen, die sie nun war: eine kinderlose Witwe, die keine engen Freunde hatte.

Es hatte eine Zeit gegeben, da hatte sie geglaubt, die Vollkommenheit, in der sie hier mit Michael gelebt hatte, würde Veränderungen überflüssig machen. Es war ein Irrtum gewesen. Glück und Zufriedenheit lagen nicht in der endlosen Wiederholung dessen, was einmal wunderbar gewesen war. Es hatte viele Jahre gedauert, bis sie dies begriffen hatte. Der Mensch will immer, dass alles anders wird, gleichzeitig will er, dass alles bleibt, wie es ist, hatte sie einmal gelesen. Genau das spürte sie jetzt. Es war an ihr, sich für das eine oder das andere zu entscheiden. Seit der Hirntumor Michaels Geist zerstört und seinen Körper gelähmt hatte, war niemand mehr da gewesen, den sie für ihr Glück verantwortlich machen konnte. Jetzt, nach seinem Tod, gab es auch keinen Menschen mehr, auf den sie Rücksicht nehmen musste, doch jeder Gedanke an Veränderung machte ihr Angst.

Am dritten Tag nach der Beerdigung fuhr Emilia wieder nach Konstanz. Sie fand einen freien Parkplatz in der Oberen Laube. Ohne Plan und ohne Ziel ließ sie sich zwischen den Touristen durch die Gassen der Altstadt treiben. In der Hussenstraße blieb sie vor den niedergebrannten Häusern stehen.

Wie so oft war es auch hier eine Kleinigkeit gewesen, die eine Katastrophe ausgelöst hatte. Am Tag vor Heiligabend war ein Adventskranz mit brennenden Kerzen heruntergefallen und hatte Schuhkartons entzündet. Die wiederum hatten die Holztreppe des Jahrhunderte alten Hauses in Brand gesteckt. Drei weitere Häuser wurden von den Flammen ergriffen. Ein Eckhaus aus dem 14. Jahrhundert war wie ein Kartenhaus in sich zusammengestürzt und hatte die Außenwand eines anderen Hauses mit sich gerissen. Wie in einem großen Puppenhaus war nun der Blick frei auf die Räume, in denen kurz zuvor noch Menschen gelebt hatten. Im obersten Stock hatte die einstürzende Mauer den Blick in ein Badezimmer freigegeben. Die beiden sonnengelben Waschbecken waren unversehrt und neben ihnen baumelte ein verblichenes Handtuch im Wind. Gegenüber an der anderen Wand hing ein altertümlicher gelber Spülkasten, darunter stand eine gelbe Toilette mit offenem Klodeckel. Die Fliesen an den Wänden waren schwarz, waren es wohl schon vor dem Brand gewesen. Die Deckenverkleidung war herausgerissen, Schutt lag auf dem Boden, und die Jahrhunderte alten Deckenbalken und das Mauerwerk der Seitenwände lagen frei. Emilia hatte das aufgerissene Haus zum ersten Mal gesehen, kurz nachdem sie von Michaels bösartigem Tumor erfahren hatte. Sie hatte gedacht, so würde es sein, wenn sie Witwe wäre: Eine zurückgebliebene Hälfte, aber unbrauchbar, weil die andere Hälfte zugrunde gegangen war. Michaels Ende war langsam gekommen, nicht in Sekunden, wie der Einsturz des Hauses. Sie hatte Zeit gehabt sich vorzubereiten, das war der entscheidende Unterschied gewesen, doch die Zeit hatte sie nicht genutzt.

An der Marktstätte war ein Reisebüro. Durch die Scheibe sah Emilia, dass ein Beratungsplatz frei war. Sie trat ein und erkundigte sich nach Flügen nach Windhoek. Sie hätte von München oder von Frankfurt fliegen können. Ab München waren in den kommenden zwei Wochen alle Flüge ausgebucht, ab Frankfurt waren am nächsten Dienstag noch fünf Plätze frei. Wenn sie bald fliegen wolle, müsse sie sich jetzt entscheiden, sagte die Beraterin. Es seien keine Einreiseformalitäten für Touristen erforderlich, es gäbe auch keine Impfvorschriften. Emilia bedankte sich für die Auskunft und verließ das Reisebüro. In vier Tagen könnte sie in Namibia sein, sie brauchte sich nur zu entscheiden: Jetzt in diesem Augenblick, wo alles in ihrer Hand lag, war der Gedanke erschreckend: Ein Kind des Möglichen ist die Angst.

Langsam ging sie durch die Gassen zurück zu ihrem Auto. Im Schaufenster eines Antiquariates lag ein abgegriffenes Buch über die christliche Missionierung Namibias, das damals noch Südwest-Afrika hieß. Auf dem Umschlag war eine niedrige Kirche mit einem Kreuz auf dem Giebel aber ohne Turm. Genauso hatte auf den alten Fotos die Hochzeitskirche ihrer Eltern ausgesehen. Das Foto berührte sie und sie kaufte das Buch.

Zu Hause startete Emilia ihren Computer. Sie fand den Flug, der am kommenden Dienstag von Frankfurt nach Windhoek starten sollte. Mittlerweile war auch diese Maschine bis auf einen Platz ausgebucht. Nur zur Probe folgte sie den Anweisungen, die zum Ticket führten. Noch nie hatte sie einen Flug im Internet gebucht. Die Aufforderungen auf dem Bildschirm leiteten sie weiter. Sie trug ihren Namen, ihre Adresse und ihr Geburtsdatum ein, sie holte ihre Kreditkarte und tippte Nummer, Gültigkeitsdatum und Prüfnummer ein. Ich will das können, dachte sie. Ich will nicht bis Konstanz fahren müssen, wenn ich mich entscheide, nach Namibia zu fliegen. Ich will nicht länger die Hilfe anderer in Anspruch nehmen, wenn keine Hilfe nötig ist. Sie bestätigte, die allgemeinen Geschäftsbedingungen gelesen zu haben. Als sie aufgefordert wurde, die Buchung zu bestätigen, brach sie den Vorgang ab. Sie klappte ihren Laptop zu und setzte sich an Michaels Schreibtisch.

Acht Wochen vor seinem Tod hatte er ihn zwischen zwei Krankenhausaufenthalten zum letzten Mal mit der übertriebenen Sorgfalt aufgeräumt, mit der er alles getan hatte. Es war ihm schwergefallen, so krank wie er war, und er hatte zwei Tage gebraucht. Am Ende des zweiten Tages hatte er sich auf seinen Stock gestützt in den Garten geschleppt, wo sie vor einem aufziehenden Gewitter den Rasen mähte.

»Komm, ich möchte dir etwas geben.«

Er wollte nicht auf das Ende ihrer Arbeit warten, und sie folgte ihm in sein Arbeitszimmer. Mitten auf dem fast leeren Schreibtisch lag sein Pelikan-Füllfederhalter mit der Goldfeder, den niemand außer ihm hatte benutzen dürfen.

»Er gehört jetzt dir«, sagt er. Dann brach er in Tränen aus und klammerte sich an Emilia wie ein kleines Kind. Nie zuvor hatte sie ihn weinen sehen. Sie bedankte sich für den Stift und streichelte Michael wortlos, bis er sich beruhigte, aber sie scheute sich, den Stift vom Schreibtisch zu nehmen. Nach der Beerdigung legte sie den Füllfederhalter neben ein Foto von Michael im Wohnzimmer, ein Erinnerungsstück, das sie nicht benutzen wollte.

Längst lag Michaels aufgeräumter Schreibtisch wieder unter geöffneter und ungeöffneter Post begraben. Seine Ordnung hatte Emilia nie geteilt. Es war eine in sich selbst erstarrte Ordnung, die nicht die kleinste Abweichung duldete und deren Regeln ihr übertrieben und starr erschienen waren. In ihrer eigenen Ordnung war Platz für die kleinen, nutzlosen Dinge, an denen sie hing, und für die Erinnerungsstücke, die in zwei Jahrzehnten auf ihrem Schreibtisch und der Fensterbank gestrandet waren: ein verzierter Messingbecher aus Istanbul vom ersten Urlaub mit Michael, eine große mit Seepocken bedeckte Auster aus der Bretagne, das versteinerte Schneckenhaus aus hellem Kalkstein, das sie selbst in einem Steinbruch auf der schwäbischen Alb gefunden hatte und – als einziges Erinnerungsstück aus einer versunkenen Zeit – ein zwei Zentimeter hoher Stein. Er hatte einen schwarz-glänzenden Sockel, aus dem ein durchsichtiger blauschimmernder Kristall emporwuchs wie eine bläuliche Flamme aus schwarzer Kohle. Hosea hatte ihn ihr geschenkt. Es sei ein Glücksstein, der zwei Menschen für immer verbinde. Er habe ihn im Flussbett auf Uellendahl gefunden. Bald nach ihrer Ankunft in Konstanz hatte Emilia den Stein bei einer Mineralienbörse einem Aussteller gezeigt, der Steine aus Namibia anbot. Sie wollte wissen, was es mit einem solchen Stein auf sich haben könne und ob er wertvoll sei. Das war er nicht. Es war ein Aquamarin, der auf einem schwarzen Turmalin aufsaß, ein besonders schönes Exemplar. Solche Verbindungen von Turmalin und Aquamarin seien in Namibia nicht selten, erfuhr sie, aber dort, wo Uellendahl lag, gäbe es diese Steine nicht. Über Glückssteine wisse er nichts, damit habe er sich noch nie beschäftigt. Mit lauter Fragen im Kopf über die Herkunft des Steins war Emilia nach Hause zurückgekehrt, aber so allmählich, wie ihre Sehnsucht nach Hosea verloschen war, hatte auch der Stein seine Bedeutung für sie verloren. Jetzt fiel Emilia der Zweig vom Birnbaum ein, der sie an Nora erinnern sollte. Sie fand ihn zuunterst in ihrer Handtasche. Die Blätter waren verwelkt und schwarz geworden. Sie legte ihn trotzdem zu den anderen Erinnerungsstücken.

Emilia las die drei Briefe, die heute mit der Post gekommen waren. Es waren zwei Kondolenzschreiben von Menschen, denen sie irgendwann an Michaels Seite begegnet sein musste, und ein Kontoauszug von seiner Bank. Der Betrag auf dem Tagesgeldkonto war viel höher als sie erwartet hatte. Zusammen mit ihrer Witwenrente und dem Geld auf den anderen Konten war es mehr als genug für ein sorgloses Leben. Die Schwierigkeit war, dass sie nicht im Geringsten wusste, was sie mit dieser Sorglosigkeit anfangen wollte. Es wäre einfacher, wenn sie arbeiten müsste. Dann würde sie ihre Zukunftspläne nach der Notwendigkeit ausrichten und nicht nach ihrer Laune oder dem Zufall. Sie dachte an Nora, der sie so zufällig begegnet war. Nora mit ihren Fragen, Nora mit ihrem Wunsch, nach Namibia zu fliegen. Nora, die Namibia plötzlich so nah gerückt hatte. War doch der Zufall der wirkliche Regisseur des Lebens – und vielleicht nicht der schlechteste?

Jahrelang hatte das alte Fotoalbum halb vergessen im Regal gelegen, jetzt nahm sie es zum zweiten Mal seit der Begegnung mit Nora in die Hand. Auf der ersten Seite, dort wo auch die drei Ansichtskarten lagen, war eine ungelenke Zeichnung eingeklebt. Sie zeigte einen Mann mit breitkrempigem Hut und umgehängtem Gewehr, der auf einem Ochsen mit mächtigen Hörnern ritt: Johann Gottlieb Ebert, ihr Urahn, der aus Wuppertal in das ferne Südwest-Afrika aufgebrochen war, weil er sich berufen fühlte, in Gottes persönlichem Auftrag den Heiden das Christentum zu bringen. Das erste Foto stammte aus dem Jahr 1867 und zeigte Johann Gottlieb als bärtigen, vierschrötigen Mann. Neben ihm stand eine verhärmte Frau, die ihr Haar unter einer weißen, unter dem Kinn geschnürten Haube verborgen hatte, und die sie in ihrer unterwürfigen Haltung an ihre eigene Mutter erinnerte. Auf dem nächsten Foto waren schlanke Männer und Frauen, nackt bis auf kurze Röcke aus Lederstreifen. Die Frauen trugen Schnüre mit großen Elfenbein- oder Eisenperlen über ihren nackten Brüsten und einen Kopfputz aus Leder, der aussah wie eine hohe dreizackige Krone. Über den Füßen, die in ledernen Sandalen steckten, trugen sie bis hoch zu den Waden schmale Ringe aus Metall. Es waren Menschen vom Stamm der Herero, die Heiden, die das von ihnen verehrte höchste Wesen *Makuru* aus ihren Köpfen verbannen sollten und mit ihm alle die mystischen Kräfte und die Ahnengeister, denen ihre Opfer und Gebete seit Urzeiten galten, weil es für die weißen Missionare nur einen einzigen Gott geben durfte, und das war der Gott der Christenheit.

Emilia blätterte weiter durch die Jahre. Am Ende des Jahrhunderts hatte Johann Gottlieb die Missionsgesellschaft verlassen und von den Hereros, die sich beim Kauf von Waren bei den Weißen hoch verschuldet hatten, als Entschädigung das Land erhalten, auf dem Uellendahl entstanden war. Auf zwei Fotos aus dieser Zeit bauten Eingeborene in der Kleidung europäischer Arbeiter das Farmhaus, ein anderes zeigte einen Schwarzen im dunklen Anzug und mit Hut beim Dreschen mit Eseln: Die stolzen nomadisierenden Rinderhirten waren zu Handlangern der Weißen in der Kleidung ihrer neuen Herren geworden. Weit hinten im Album klebte das Hochzeitsbild ihrer Eltern: zwei sehr junge Menschen vor einer Kirche mit einem Kreuz auf dem flachen Giebel, der Vater mit vorgerecktem Kinn und entschlossenem Blick, der nicht zu seiner Jugend passte, die Mutter mit verbogenem Hals an ihn angelehnt, als fehle ihr die Kraft, allein aufrecht zu stehen. Ihre Augen hatten schon damals diesen weinerlichen Ausdruck, der sie jeden Tag begleitet hatte: als sei ihr etwas ganz Fürchterliches zugestoßen und als brauche sie Hilfe.

Auf dem letzten Bild im Album war Emilia selbst: eine Fünfjährige mit einem Strohhut auf dem Kopf und einem hellen Rüschenkleidchen. Der kleine Junge am Rand des Bildes war nackt bis auf einen Lendenschurz. Bei seinem Anblick schlug ihr Herz heftig wie bei einer unerwarteten Begegnung mit einem geliebten und lange vermissten Menschen. Hosea als Fünfjähriger. Es war das einzige Bild, das sie von ihm hatte. Sie versuchte sich zu erinnern, wie er zur Zeit ihrer Liebe ausgesehen hatte, aber sie fand nur spärliche Überreste wie bei alten Fresken, die im Lauf der Zeit übermalt worden waren: die großen dunklen Augen, die weißen Zähne mit der kleinen fehlenden Ecke an einem Schneidezahn, die Narbe auf dem rechten Wangenknochen und die Haut, die eine Spur heller war als die der anderen Farmarbeiter. Nur seine Mutter war noch hellhäutiger gewesen, sichtbares Zeichen einer Beziehung zwischen Schwarz und Weiß, die etliche Generationen zurückliegen mochte. Das nächste, was ihr einfiel und was sie mehr angezogen hatte als seine unbekümmerte Art, war seine warme Stimme. »Hosea«, sagte Emilia leise und wie zur Probe vor sich her und musste plötzlich lächeln. Als Kinder hatten sie zusammen gespielt, bis Emilias Eltern ihr den Umgang mit dem kecken Farmarbeiterkind verboten hatten. Der Anlass war ein Streich gewesen. Hosea hatte die Idee gehabt, die Hühner freizulassen und Emilia war begeistert gewesen: Die Hühner sollten ein besseres Leben haben als in ihren Käfigen. – Die meisten von ihnen konnten wieder eingefangen werden, aber einige blieben für immer verschwunden. Vielleicht waren sie den Schakalen zum Opfer gefallen, vielleicht hatte sie ein Raubvogel geholt. Danach hatten sich die Wege von Emilia und Hosea getrennt. Manchmal noch hatte sie an die Hühner gedacht, hatte noch lange gehofft, eines von ihnen in der Wildnis lebend zu entdecken. In diesen Augenblicken waren ihre Gedanken wieder bei Hosea, ohne Sehnsucht, und der schmerzhafte Stachel in ihrer Erinnerung galt den Hühnern, die sie dem Tod ausgeliefert hatte, und nicht Hosea.

Viele Jahre später saß Emilia in den Schulferien unten am Fluss im Schatten der großen Annabäume. Sie dachte an Justina und fragte sich, wie es ihr ergangen sein mochte, seit sie die Farm verlassen hatte, und ob sie zur Schule gegangen war und vielleicht sogar studiert hatte, wie es ihr Traum gewesen war. Sie hörte den Mann im Rauschen des Flusses nicht kommen und erschrak heftig, als sie plötzlich hinter sich eine Stimme hörte. Sie klang warm, aber zutiefst enttäuscht.

»Der Damm ist weggespült.«

Emilia schreckte aus ihren Gedanken auf und war sofort sehr besorgt. Sie dachte an den Staudamm oben am See und wusste nicht, warum dieser Mensch mit ihr und nicht mit ihrem Vater über den zerstörten Damm sprach.

Der Mann sah sie so lange schweigend an, bis sie unter seinen Blicken unsicher wurde.

»Unser Damm.«

Als Emilia noch immer nicht verstand, wurde das dunkle Gesicht traurig: »Der Damm, den wir hier gebaut haben.«

Dann erst sah sie die große Narbe auf dem rechten Wangenknochen, die Hosea mit sich herumtrug, seit er als Vierjähriger auf einen Felsen geklettert und heruntergefallen war. Jetzt erkannte sie den Spielkameraden. Diese Narbe: Trotz ihrer Neugierde hatte sie als Kind niemals gewagt sie anzufassen, weil sie dachte, sie müsse immer noch furchtbar wehtun. Auf den ersten Blick schien es ihr jetzt, als sei sie nicht größer geworden, aber natürlich war sie gewachsen. Sie reichte noch immer von der Mitte des Wangenknochens bis zu seinem äußeren Rand.

»Hosea?«, fragte sie leise und zweifelnd.

Der Freund aus Kindertagen musste ebenso alt sein wie sie, aber dieser Mann sah jünger aus, fast noch kindlich, und neben der Narbe erinnerten nur seine großen wachen Augen und die hellere Haut an den Farmarbeiterjungen von früher. Emilia war überrascht, wie groß er geworden war. Jetzt saß sie genau an der Stelle, an der sie vor vielen Jahren Dämme aus Steinen und Zweigen ins Wasser gebaut hatten. Vergeblich hatten sie hier versucht, den Fluss aufzustauen.

»Warum hast du mich so erschreckt?«, rief sie aus. »Ich dachte, der Damm oben am See sei gebrochen.«

»Ich wollte dich nicht erschrecken«, sagte er. Er hockte sich vor Emilia in den Sand und sah sie unsicher an. »Verbietet dir dein Vater immer noch, mit mir zu reden?« In seiner Stimme schwang plötzlich eine Bitterkeit, die Emilia überraschte.

»Ich lasse mir nichts mehr verbieten«, sagte sie und spürte, wie sie bei ihrer Lüge errötete.

Vielleicht bemerkte er ihre Verlegenheit, aber er ließ es sich nicht anmerken. Er stand auf, streifte die Sandalen ab und watete ins Wasser. »Als ich nicht mehr mit dir spielen durfte, habe ich die Dämme allein gebaut, aber es hat keinen Spaß gemacht.«

Er schob mit den Füßen ein paar Steine zu einem Damm zusammen, aber das Wasser unterspülte sie und trug sie gleich wieder fort. »Siehst du, es geht nicht ohne dich.«

Jetzt lächelte Emilia zum ersten Mal. »Du musst größere nehmen«, sagte sie und in ihrer Erinnerung tauchte ein kleiner Junge auf, der Steine schleppte, so groß, dass er sie kaum heben konnte. Schon damals hatte sie gespürt, dass er ihr damit gefallen wollte. Wenn sie ihm dann half und der Damm unter ihren kleinen Kräften wuchs, war sie einfach nur glücklich gewesen. Jetzt hatte sie Lust, es ihm gleich zu tun, aber Dämme bauen war ein Spiel für Kinder, und das waren sie beide nicht mehr.

Hosea bückte sich plötzlich und tauchte beide Hände ins Wasser. Es sah aus, als wolle er sie nass spritzen, aber dann richtete er sich wieder auf. Er kam zum Ufer zurück und setzte sich neben sie in den Sand. Eine Weile schwiegen sie.

»Was machst du eigentlich, wenn du keine Dämme baust?«, fragte Emilia.

»Ich helfe meinem Vater auf der Farm.«

Emilia blickte ihn überrascht an. »Dein Vater hat eine Farm?«

Jetzt war es Hosea, der verlegen aussah. »Nein. Aber dein Vater.«

»Und sonst? Gehst du nicht mehr zur Schule?«

Hosea schüttelte entschieden den Kopf. »Schon lange nicht mehr. Für mich ist die Schule seit fünf Jahren vorbei.«

»Seit fünf Jahren schon? Willst du denn den Rest deines Lebens Farmarbeiter bleiben?«

»Ich weiß es nicht«, sagte Hosea unbekümmert. »Ich mache mir keine Gedanken über die Zukunft. Ich lebe jeden Tag so wie er kommt und ich bin glücklich damit.«

»Bist du das? Glücklich? Und wirst du das in ein paar Jahren noch sein?«

Hosea zögerte und sein Gesicht wurde nachdenklich. »Mein Leben gefällt mir. Ich habe keine Langeweile, ich habe immer genug zu essen und was ich tue, macht mir Freude.«

Er hob einen Stein auf und warf ihn ins klare Wasser. »Sieh mal«, sagte er dann und nahm einen größeren. Er schleuderte den Stein bis zum anderen Ufer und lachte. Vielleicht sollte Emilia daran erkennen, wie glücklich und unbeschwert sein Leben war.

»Morgen will dein Vater ein Oryx schießen«, sagte er plötzlich.

»Wieso weißt du das?«

»Mein Vater begleitet ihn immer auf der Jagd.«

»Dein Vater? Ich wusste nicht, dass Bethuel dein Vater ist. Aber warum erzählst du mir das?«

Er legte seine Hand auf ihre Schulter, eine harmlose Geste, die Emilia von Justina kannte und die sie in ihrer Vertrautheit dennoch verwunderte. Er lachte. »Ich darf mitfahren, sagt mein Vater – zum ersten Mal. Dann werde ich beobachten, was er tut, und bald werde ich allein mit deinem Vater auf die Jagd fahren.«

Emilia lächelte leise. Also hatte Hosea doch Pläne für die Zukunft, wenn auch nur kleine.

»Wirst du auch mitfahren?«, fragte er.

Emilia schüttelte den Kopf hob abwehrend die Hände. »Die Jagd ist nichts für mich. Mir tun die armen Tiere leid.«

»Aber du isst sie«, bemerkte Hosea mit Eifer.

»Das ist etwas anderes. Wenn ich ein Stück Fleisch auf dem Teller habe, denke ich nicht daran, dass es einmal ein lebendiges Tier war und wie es gestorben ist.« Sie stand plötzlich auf und Hoseas Hand glitt von ihrer Schulter in den Sand, blieb dort liegen, als sei sie plötzlich unbrauchbar geworden.

»Willst du etwa schon gehen?«

»Ich habe ganz vergessen, dass Mittag ist. Jetzt wo du vom Essen sprichst ...« Sie brachte den Satz nicht zu Ende.

Hosea blieb im Sand sitzen und sah zu ihr auf. »Kommst du öfter hierher?«

Emilia blickte auf sein schwarzes Kraushaar, das in der Sonne glänzte. Sie spürte plötzlich Lust es zu berühren. »Manchmal«, sagte sie und dann ging sie fort, ohne sich noch einmal umzusehen.

In der folgenden Nacht konnte Emilia nicht schlafen. Eine seltsame Unruhe hielt sie wach. Ihr Herz schlug schnell und die Augen fielen ihr nicht zu wie gewöhnlich. Sie musste sich anstrengen, um sie zu schließen. Sie versuchte sich an den Jungen zu erinnern, mit dem sie vor vielen Jahren gespielt hatte. Mitten in der Nacht fiel ihr sein Lendenschurz ein, dieses kleine Stück Leder, das den Teil seines Körpers verborgen hatte, der anders war als bei kleinen Mädchen. Später versuchte sie, sich Hosea nackt vorzustellen, nicht als Kind, sondern als der Mann, der er jetzt war. Sie dachte an die altgriechischen Statuen aus weißem Marmor, an deren knabenhaften Unterleib, aber seit sie zwei alte Männer nackt an einem einsamen Strand in der Nähe von Swakopmund gesehen hatte, ahnte sie, dass Hosea ganz anders aussehen musste. Nicht wie die Knaben, aber auch nicht wie die beleibten Männer am Strand.

Emilia musste lachen bei dem Gedanken, dass sie damals noch nicht einmal ein Foto von einem nackten Mann gesehen hatte. Heute wäre das für ein deutsches halb erwachsenes Mädchen undenkbar. Sie betrachtete wieder das Foto. Hinter den beiden Kindern stand ein größeres Mädchen: Justina. Emilia hatte vergessen, dass es dieses Bild gab, auf dem sie mit den beiden

Menschen zu sehen war, die in ihrem Leben so wichtige Rollen gespielt hatten. Justina hatte schon damals einen nachdenklichen und in sich gekehrten Blick, ganz anders als Hosea, der frech in die Kamera grinste. Nach einer Weile schlug Emilia das Album zu und versuchte, sich Justinas Tochter vorzustellen. Ob sie ihrer Mutter ähnelte? Oder ob sie ganz anders aussah und vielleicht dick und träge war? Oder krank? Nichts wusste sie von ihr, nicht einmal, wer das Kind nach dem Tod der Mutter versorgt hatte. Hätte sie als Justinas frühere Freundin sich nicht um die Tochter kümmern müssen? Tatsache war, sie hatte es nicht getan. Bei dem Gedanken wurde ihr Wunsch, mehr über das Schicksal des Mädchens zu erfahren, noch größer als zuvor.

Am Abend rief Emilia erneut die online-Plattform für Flugbuchungen auf. Der Platz in der Maschine war noch immer frei. Wieder gab sie ihre Personalien und ihre Kreditkartennummer an, bestätigte ihre Angaben und führte den Cursor auf die Schaltfläche »Flug buchen«. Jetzt fehlte nur noch eine winzige Bewegung mit ihrem Zeigefinger. Im nächsten Augenblick war es geschehen. Etwas in ihr hatte die Buchung bestätigt, ein Teil ihres Wesens, der ihr noch fremd war. Einer, dem sie von nun an mehr Raum gewähren wollte. Einer, mit dessen Hilfe sie einen Weg in ihre eigene Zukunft finden würde.

Was jetzt noch fehlte, war ein Plan, wie sie die Zeit in Namibia verbringen wollte. Emilia versuchte, sich die Tage dort vorzustellen, aber sie wusste zu wenig, was sie erwarten würde. Sie wusste nicht einmal, ob sie Hosea wiedersehen wollte. Das Ende ihrer Beziehung war bitter gewesen und die leidenschaftlichen Stunden am Fluss würden niemals wiederkehren. Sie gab das Grübeln auf. Jede Reise beginnt mit einem ersten Schritt, die weiteren würden sich ergeben. Sie suchte nach einer Unterkunft in Windhoek und fand ein Gästehaus, das im Nordosten der Stadt außerhalb des Zentrums lag. Dort würde sie die erste Nacht verbringen.

Am Tag vor ihrer Abreise brachte Emilia die kleine Dattelpalme und die beiden alten Fuchsien zur Nachbarin und bat sie, die Pflanzen zu gießen. Es sei ungewiss, wann sie zurückkommen würde. Dann fuhr sie zu ihrem Steuerberater und erteilte ihm eine Vollmacht, falls in den nächsten Wochen Unterschriften in den Erbschaftsangelegenheiten erforderlich werden sollten. Am nächsten Tag stellte sie ihren Koffer und das Handgepäck vor die Tür, verschloss sorgfältig das Haus und schaltete die Alarmanlage ein. Sie hatte nur das Nötigste eingepackt, als würde ein großer Koffer sie auf der Suche nach der Vergangenheit behindern. Im Handgepäck hatte sie ein Schreibheft und Michaels Füllfederhalter. Sie wusste, dass es leichtsinnig war, das wertvolle Stück mit nach Afrika zu nehmen. Doch es war wie ein Talisman und ein Teil von Michael zugleich.

Noch einmal schloss sie die Haustür auf und kehrte ins Haus zurück. Sie fand den Aquamarin von Hosea auf der Fensterbank bei den anderen Erinnerungsstücken und verwahrte ihn in einem kleinen Fach in ihrer Handtasche. Vielleicht würde sie in Namibia erfahren, was es mit diesem Glücksstein auf sich hatte.

Als sie in Konstanz aus dem Taxi stieg, blieb noch viel Zeit bis zur Abfahrt ihres Zuges. Sie setzte sich auf eine Bank am Hafen und blickte hinüber zu der üppigen Frauengestalt der Imperia mit den zwei jämmerlich verhutzelten Gestalten auf ihren Händen: Kaiser und Papst. Dahinter glitzerte das Wasser im Sonnenlicht. Die Bäume und Hügel zur Linken verdeckten die Universität, eine graue Masse aus Beton, Stahl und Glas über dem Bodenseeufer. Dort hatte sie Michael kennengelernt und dort hatte sie Politikwissenschaft studiert. Erst nach ein paar Semestern war ihr klar geworden, dass der Umbruch in ihrer Heimat, das Tauziehen zwischen den Vereinten Nationen und Südafrika, die Rolle der kommunistischen Länder in den Auseinandersetzungen und vor allem die Angst vor den Entscheidungen der SWAPO-Politiker ihr Interesse an der Politik geweckt hatten. Später hatte sie ein paar Semester Psychologie studiert. Sie hatte gehofft zu verstehen, was Justina erst in den bewaffneten Widerstand getrieben hatte und dann, als der Kampf gegen die südafrikanische Besatzungsmacht gewonnen und Namibia unabhängig war, in den Tod. Doch es gab niemanden, von dem sie eine Antwort hätte bekommen können. Später hatte sie ihre Kenntnisse genutzt, um für kleine Zeitungen schlecht bezahlte Artikel zu schreiben und sich eingeredet, damit zufrieden zu sein. Michaels Einkommen als leitender Angestellter in einer großen Firma hatte für beide gereicht.

Seit dem Tag, an dem Emilia nach Deutschland gekommen war, hatte sich ihr Leben zwischen Konstanz und Singen abgespielt. Ein paar Urlaubsreisen in fremde Städte und Länder und die kurzen Ausflüge nach Stuttgart oder Zürich waren ohne Bedeutung. Der Kreis, zu dem sie als Studenten gehört hatten, zerbröckelte, als die einen Kinder bekamen und andere von Konstanz fortzogen, weil sie anderswo Arbeit fanden. So unauffällig stahlen sich die alten Freunde davon, dass Emilia es kaum bemerkte. Später gab es Einladungen von Nachbarn und von Michaels Kollegen, und manchmal bewirtete sie Gäste, aber es waren Pflichtbesuche, die aufhörten, als Michaels Krankheit offensichtlich wurde.

Keine Freunde zu haben, keinen Besuch zu bekommen, war Emilia gewohnt. In Namibia war es nicht anders gewesen. Die kleine Gemeinschaft der weißen Farmer lebte in der dünn besiedelten Gegend ein einsames und abgesondertes Leben. Nur gelegentlich trafen sich die Familien. Dann saßen die Frauen beisammen, und während die Männer über ihre Farmen redeten, klagten sie über die Dienstboten, über die Einsamkeit und über die Krankheiten der Kinder. Als Emilia klein war, hatte sie zwischen diesen Treffen die Farm kaum einmal verlassen und keine anderen Menschen gesehen als ihre Familie und die Arbeiter und Dienstboten. Nur der Vater fuhr hin und wieder nach Windhoek. Erst als Emilia in Windhoek die Deutsche Höhere Privatschule besuchte, änderte sich ihr äußeres Leben. In ihrem Inneren war sie auf der abgeschiedenen Insel geblieben, die Uellendahl für sie war. Jetzt, nach Michaels Tod, lebte sie wieder auf einer einsamen Insel.

Fünf Minuten vor Abfahrt des Regionalexpress nach Karlsruhe stieg Emilia in den vordersten Wagen ein. Genau um zehn Uhr vierzig überquerte sie die mit Fahnen geschmückte Rheinbrücke am Konstanzer Trichter. Sie stand am Fenster und hielt mit ihrem Blick so lange wie möglich den vertrauten Anblick fest. Als der See verschwand, schien es Emilia, als ließe sie mit ihm auch einen Teil ihres Lebens hinter sich zurück. Sie fuhr einer Ungewissheit entgegen, die ebenso groß war, wie es die bei ihrer Ankunft in Deutschland gewesen war. Ob diese Reise der Anfang oder das Ende von Etwas sein würde, wusste sie so wenig, wie sie die Richtung kannte, in die ihr Leben in Zukunft führen sollte. Dann kreisten ihre Gedanken um ihre Eltern, um Hosea, um Justinas Tochter und um das Dunkel, das diese Menschen umgab.

Ein leeres weites Land lag unter ihr im Sonnenlicht, braun aus dieser Höhe, obwohl die Regenzeit noch nicht lange vorüber war. Ein paar dünne Wolkenfelder schwammen über der Landschaft wie Schaumteppiche auf der Oberfläche eines klaren Gewässers. Endlich hatte Emilia ihn entdeckt, den Schatten des sinkenden Flugzeugs, ein huschendes dunkles Kreuz. Der Schatten glitt über den weißen Schaum, verschwand wieder, wo der Himmel klar war. Fünftausend Fuß unter ihr lag das Land, in dem sie die ersten zwanzig Jahre ihres Lebens verbracht hatte. Aus einem Wolkenfeld wuchsen Berge empor, quollen weiß und rund dem Flugzeug entgegen, wurden zu mächtigen, von verschatteten Tälern durchzogenen Gebirgen aus Wasserdampf, wie eine geheimnisvolle Welt. Die Maschine flog jetzt so tief, dass sie die ersten Wolkentürme streifte, Emilia spürte die leichten Schläge, die die Tragflächen erschütterten. Augenblicke später war ringsum alles weiß und in ein blendendes Licht getaucht, das rasch verlosch. Sie presste die Stirn an das kleine Fenster und starrte durch die Scheibe, als könne sie dort unten eine Spur von Uellendahl erkennen, doch die Wolken waren undurchdringlich. Was Nora wohl sagen würde, wenn sie wüsste, dass sie gleich in Namibia landen würde, dachte sie, und für einen kurzen Augenblick bedauerte sie, dass sie nicht versucht hatte, die Anhalterin ausfindig zu machen. Nora war in ihrer Gegend kein häufiger Name und vielleicht hatte sie Spuren im Internet hinterlassen.

Eine Woche, nachdem sie mit Nora auf dem Brunnenrand gesessen hatte, setzte Emilia ihren Fuß auf das Flugfeld des Hosea-Kutako-Flughafens vor den Toren von Windhoek. Sie fühlte sich nicht wie eine, die nach Hause kommt. Nach den langen Jahren in Deutschland kam sie als Fremde in ein fremdes Land. Die beim Anblick der kargen Schönheit wieder erwachten Erinnerungen an das Land ihrer Kindheit und Jugend reichten nicht aus, um das Gefühl von Heimat in ihr wachzurufen. Zum Heimkommen hätten Freunde gehört oder Verwandte, die sie erwarteten, doch niemand rechnete mit ihr.

Emilia reihte sich ein in den Strom, der sich ins Empfangsgebäude ergoss. An der Passkontrolle geriet die Menge ins Stocken, staute sich wie Wasser vor einem Damm, sickerte langsam durch den Engpass, um sich endlich um das Gepäckband zu ergießen. Ihr Koffer war der erste, der auf dem schmutzigen Band erschien. Sie nahm es als Zeichen für eine erfolgreiche und glückliche Reise. Am Ausgang drängten sich Schwarze und Weiße in einem Wald von Schildern, sie winkten und riefen, aber während sich einer zum anderen fand und sich aus der Menge löste, suchte Emilia vergeblich nach dem Fahrer, der sie zu ihrem Gästehaus nach Windhoek hätte bringen sollen. Kein Schild trug ihren Namen, keines den Namen ihrer Unterkunft. Sie fror. Sie hatte vergessen, wie kalt ein Wintermorgen in Windhoek sein konnte und holte eine warme Jacke aus dem Koffer. Lange musterte sie die fremden Menschen und hoffte auf das Wunder, ein bekanntes Gesicht zu entdecken. Schließlich stand sie als Letzte an der Absperrung. Zum zweiten Mal in ihrem Leben war sie ganz auf sich gestellt. Beim ersten Mal war sie Michael begegnet, als einer ihrer ersten Wege in Deutschland sie zur Konstanzer Universität geführt hatte.

Sie hatte am Bahnhof in Konstanz den Bus in Richtung Mainau genommen. An der Haltestelle »Universität« war sie ausgestiegen. Grüne Wiesen zogen sich hier den steilen Hang über dem Bodensee empor, Obstbäume reckten die kleinen grünen Äpfel dem Licht entgegen, im Hintergrund ein Wald, und hoch über Emilia, als wären sie durch ein Versehen auf die Wiese geraten, standen riesige bunte Betonklötze wie aus dem Baukasten eines verspielten Riesen. Emilia stieg über einen schmalen Weg zu den Klötzen hinauf, fand Wegweiser, die zu den Gebäuden A-T oder K-R oder noch anderen führten, aber sie wusste nicht, auf welchen Buchstaben sie zuhalten musste. Bald stieß sie auf hohe, wie aus gelben und schwarzen Legobausteinen aufgetürmte Säulen. Das Gebäude, das sie stützten, war riesig. Hier gab es ein Schild, das zum Eingangsbereich der Universität wies. Voller Zuversicht stieg sie eine Außentreppe empor, die unter großen blau-weißen Ornamenten himmelwärts führte, doch statt in den Eingangsbereich trat sie zwischen hohen Gebäuden in eine Landschaft, die aus grauem Beton geformt war wie aus Knetmasse. Ein Bach stürzte neben einer Treppe über eine geschwungene Kaskade aus Beton abwärts, plätscherte unter Stegen aus Beton, rann weiter durch ein geschwungenes Bett aus Beton. Die Natur war draußen geblieben, hier war kein Grün, keine Blumen. Knallbunt waren nur die riesigen Garnrollen aus Beton, die in der Ecke eines Innenhofs haushoch aufgetürmt waren.

Die fremde Welt verwirrte Emilia und sie fühlte sich so hilflos wie ihre eigene Mutter in einer unbekannten Umgebung. Wie ein willenloses Staubfädchen trieb sie durch den verwunschenen Irrgarten, folgte Steintreppen aus rotem Granit, die sich von einer Ebene zur nächsten wanden, kam zu gepflasterten Wällen, die sich verbreiterten und öffneten, bis sie aussahen wie aufgeschnittene Fische. Hier saß ein küssendes Pärchen, nicht weit davon ein Student mit einem Buch. Immer höher stieg Emilia auf ihrer Suche, stand endlich am Ende einer Treppe auf einem Absatz, der wie eine Aussichtskanzel in die grüne Landschaft vorsprang. Unter ihr der Bodensee. Hier oben, wo nur Treppen hinzuführen schienen, stieß sie auf Autos. Zwischen der Wendeschleife eines Linienbusses und den Tischen und Stühlen eines Gartenlokals fand sie endlich den Eingangsbereich der Universität.

Lange suchte sie vergeblich auf dem Lageplan der Universität nach dem Sekretariat für die Studierenden – sie war es nicht gewohnt einen solchen Plan zu verstehen – als Michael sie ansprach: »Kann ich dir helfen?«

Sie sagte ja und er wurde ihr Begleiter für diesen Tag und für alle folgenden. Sie nahm keinen Anstoß daran, dass er bald ihr ganzes Leben in die Hand nahm und es formte nach seinen Vorstellungen. Schließlich wurde alles, was geschah, eine Frage ihres Nachgebens, ihres Beipflichtens. Sie bemerkte es nicht einmal wie ihre Tage geregelt wurden von seinen Gewohnheiten und Gewohnheitsrechten. Wie ein Entenküken hinter seiner Mutter beim ersten Landspaziergang war sie zwanzig Jahre lang hinter Michael her getorkelt.

Jetzt wartete sie nicht länger auf ihren Fahrer, sie war nicht mehr das hilflose Entenküken von damals. In dem Augenblick, als sie mit der kleinen Bewegung ihres Zeigefingers den Flug gebucht hatte, war eine Veränderung eingetreten, die weiter reichte, als bis zu einem Platz im Flugzeug. Sie hatte beschlossen, ihr Leben in die eigenen Hände zu nehmen, und wenn es in diesem Augenblick nur die Fahrt zum Gästehaus war. Mit diesem Gedanken ging sie hinaus auf den Vorplatz.

Sie umringten Emilia plötzlich, die Männer, die eben noch bei den Autos gewartet hatten. Wie auf ein geheimes Zeichen hatten sie sich auf sie gestürzt. »Taxi to Windhoek! Taxi to Windhoek, only 250 Namibian Dollar, Taxi to Windhoek, very cheap!«

Ein Mann mit einer dunklen, heiseren Stimme fiel ihr auf, mehr noch, er gefiel ihr mit seinem breiten, fast schwarzen Gesicht und seinem Lachen mit Zähnen wie weiße Perlen.

»Windhoek, 250 Namibian Dollar.«

Es war fast nichts, womit ihm Emilia signalisierte, der Sieger zu sein, ein kaum sichtbares Nicken, beinahe ungewollt, ein winziges Lächeln auf ihren Lippen. Er nahm ihren Koffer und sie folgte ihm, während die anderen zurückwichen. Der Mann verstaute ihr Gepäck und öffnete die Tür mit übertrieben höflicher Geste. Die Stoßstange des Taxis war verbeult, überall nagte der Rost, und die Tür ließ sich nur von außen schließen, ein illegales Taxi wahrscheinlich, aber das zählte nun nicht mehr. Der Mann lachte, er freute sich wie ein Fischer über einen großen Fang.

Nach einem Schauer lag die Landschaft in einer großen Klarheit. Die Wolken waren verschwunden und der Himmel war wie ein großes blaues Zelt. Schnurgerade zerschnitt die Teerstraße das hügelige Land, das sich hob und senkte wie die Wellen eines Meeres. Kilometerlange Zäune, manche zwei, drei Meter hoch, begleiteten sie, dahinter erstreckten sich Buschland und schüttere Wälder. Kein Mensch war zu sehen, nur selten Vieh und von Zeit zu Zeit die Einfahrt zu einer Farm, deren Häuser verborgen blieben. In den Bäumen am Straßenrand hingen die Nester von Webervögeln, kunstvolle Gebilde aus Gras, manche wie große Heuballen, unter denen sich die Äste krümmten. Seit sie von Namibia fortgegangen war, hatte sie niemals wieder an die bunten Webervögel gedacht. Als sie die schlimmen Erinnerungen verdrängte, waren die schönen dem Kehraus mit zum Opfer gefallen.

Emilias Fahrer wies mit einer vagen Geste in die Ferne: »Das Land hier gehört immer noch den Weißen.«

Sie sagte nichts dazu. Sie wusste das. Nur fünf Prozent der Bevölkerung waren Weiße, aber bis zum heutigen Tag war fast die Hälfte des Landes in ihrer Hand, und das war das beste Land.

»Aber die Regierung will das ändern.«

Emilia schwieg. Seit Jahren versuchte die Regierung, den Landbesitz der Weißen zu beschneiden, auch das wusste sie. War das der Grund, warum sie von einer Farm Uellendahl keine Spuren im Internet gefunden hatte?

Das Gästehaus, in dem Emilia ein Zimmer reserviert hatte, lag auf einem Hügel über dem Zentrum von Windhoek, Villenidylle am Hang mit Blick auf das Hochland, das Windhoek in jeder Richtung umgab. Die Hochhäuser waren weit entfernt, die Autos, die Menschen, die armseligen Hütten aus Wellblech. Neben dem Haus war ein von grünem Rasen eingerahmter Swimmingpool, dahinter hohe Bäume mit Blüten in leuchtendem Blau. Eine Dattelpalme überragte das Dach. Doch der Preis für diesen Luxus in dem armen Land war das Leben in einem Kerker. Die Einfahrt zum Haus war mit einem Rolltor verbarrikadiert, fünf Drähte darauf führten Strom, neben dem Tor war ein Zaun aus Gitterstäben mit nach unten gebogenen messerscharfen Spitzen, Fleischerhaken für jeden, der den Zaun zu erklimmen versuchte. Am Tor stand ein Wachmann, ein schwarzer hünenhafter Kerl, kampfbereit mit Knüppel und Gewehr. – Elektrozäune, Gitterstäbe, Waffen: Die Welt, in die sie zurückgekehrt war, musste noch immer eine gefährliche sein. Mit einem Mal erschien ihr die Stadt da unten bedrohlich und fern. Sie dachte an Deutschland, dachte an den Schwarzwald, an alte Bauernhäuser aus dunklen Balken mit Fischteichen davor und Kühen auf der Weide, dachte an Wälder, durch die eine Frau ohne Angst allein gehen konnte.

Die nächsten Stunden verbrachte sie im Garten, wartend, ohne zu wissen worauf. Es war kühl, obwohl die Sonne vom wolkenlosen Himmel schien. Sie saß am Swimmingpool, der jetzt im namibischen Winter ohne Wasser war, und sah den wandernden Schatten zu, deren Bahn sie nicht vorhersehen konnte. Sie hatte vergessen, welchen Lauf die Sonne auf der südlichen Halbkugel nahm. Als der große Baum mit den blauen Blüten seinen Schatten über den Garten breitete, ging sie ins Haus. – Es war Zeit, etwas zu unternehmen.

Bei der Rezeption gab es ein Telefonbuch. Auch hier war keine Farm mit Namen Uellendahl verzeichnet, aber wieder fand sie die Telefonnummer ihrer Eltern. Jetzt notierte sie die Nummer. Später stand sie in Erinnerungen versunken am Fenster und sah zu, wie die Abendsonne die fernen Berge mit ihrem Licht überzog, gelbgold, dann rotgold, ehe alles verlosch. Kurz nach sechs Uhr war es dunkel. Namibia, schönes, vertrautes Land! – Und irgendwo zu einem der Häuser nicht weit von hier gehörte die Adresse ihre Eltern.

In ihrem einzigen Brief an ihre Eltern hatte Emilia ihnen mitgeteilt, dass sie ihr Studium abgeschlossen hatte und für immer in Deutschland bleiben wolle. Sie hatte verschwiegen, dass sie verheiratet war und einen anderen Namen trug. Sie wusste nicht, ob ihre Eltern jemals nach ihr gesucht hatten. Als sie den Brief schrieb, war der Stachel ihrer Beleidigungen und Vorwürfe noch spitz und verletzend gewesen, nun, mehr als ein Jahrzehnt später, war er stumpfer geworden, so stumpf, dass der Gedanke an ein Wiedersehen nicht mehr schmerzte. Wieder fragte sie sich, ob ihre Eltern überhaupt noch lebten. Jetzt, wo sie ihnen so nah war, quälte sie diese Unsicherheit mehr als je zuvor.

Sie nahm den Zettel, auf dem sie die Telefonnummer notiert hatte, und wählte auf ihrem Handy eine Ziffer nach der anderen. Vor der letzten Ziffer brach sie ab. Später, dachte sie. Sie würde erst anrufen, wenn sie eine Antwort darauf gefunden hatte, ob sie das, was damals auf Uellendahl geschehen war, hätte verhindern können. Sie wollte die Gründe für Justinas Tod selbst verstehen. Die Meinung ihrer Eltern kannte sie. Jetzt kam es darauf an, andere Menschen zu finden, die Justina gekannt hatten, die ihr nicht nur ein paar Mal begegnet waren, sondern sie richtig gekannt hatten, als Freundin, als Vertraute. Und sie wollte Justinas Tochter finden, deren Namen sie längst vergessen hatte. Sie musste wissen, was für eine Frau aus dem Kind geworden war, das Justina geboren hatte.

Unten am Fluss, dort, wo sie später mit Hosea eng umschlungen am Ufer gelegen hatte, war Jahre zuvor Justina ihre Vertraute geworden. Elf Jahre war Emilia damals gewesen und Justina sechzehn. Die Sommerferien hatten gerade erst begonnen, und Emilia war froh, die langen Wochen nicht ohne eine Freundin verbringen zu müssen. Vielleicht war das der Grund, warum Justinas Hautfarbe keine Rolle spielte. Am Ende der Ferien war ihr Justina vertrauter geworden als irgendein anderer Mensch, und als Justina die Farm verließ, war Emilia traurig gewesen, als habe sie einen geliebten Menschen für immer verloren. Justina ging damals nach Windhoek, um die Secondary School zu besuchen, weil sie später studieren wollte. Eine Schwarze, die zur höheren Schule geht und später studiert: Damals konnte es Emilia sich nicht vorstellen. Alle ihre Klassenkameraden waren weiß. Nach den Ferien verlor sie die Freundin aus den Augen.

Als Justina später nach Uellendahl zurückkam, war sie eine andere geworden. Sie hatte sich in Windhoek bald der SWAPO angeschlossen und im blutigen Bürgerkrieg für Freiheit und Selbstbestimmung der schwarzen Bevölkerung Namibias gekämpft. Am 21.3.1990 hatte Namibias schwarze Bevölkerung endlich das Joch der Apartheid abgeschüttelt. Am 8. Mai des Jahres 1990, achtundvierzig Tage nach Namibias Unabhängigkeit, starb Justina in einem der Arbeiterhäuschen von Uellendahl einen qualvollen Tod.

Erst jetzt fiel Emilia auf, wie wenig sie über Justinas Eltern wusste. Sie hatten auf der Farm als Landarbeiter ihr Auskommen gehabt, aber Emilia hatte nie mit ihnen gesprochen. Ob sie noch lebten? Und die alte Magrieta, die einzige Verwandte von Justina, an die sich Emilia gut erinnerte? Und Hosea? Vielleicht wohnten sie noch immer auf der Farm, die es nicht mehr zu geben schien.

Zum Abendessen hatte ihr Gastgeber für Emilia einen Platz in einem Restaurant in der Nähe des Gästehauses reserviert. Ein Taxi fuhr sie durch die Straßen, die jetzt leer und finster waren. Kein Auto war unterwegs, kaum eines stand am Straßenrand, Menschen sah sie nicht. Das Schild war unübersehbar, »Jägermeister«, es war riesig, und es leuchtete von einem mit Stroh gedeckten Dach. Ein hoher Palisadenzaun verdeckte die Sicht auf das, was seines Schutzes bedurfte, Menschen jedenfalls, viele Menschen. Sie hörte das Getöse der Stimmen, das Klirren von Gläsern. Sie war noch nie hier gewesen und wusste nicht, ob es dieses Anwesen schon damals gegeben hatte. Endlich sah sie, was sich hinter dem Zaun verbarg: kleine runde Strohdächer, unter denen Bierbänke standen, vollgestopft mit Menschen in drangvoller Enge, auf den Tellern gegrillte Schweinshaxen, Sauerkraut. An Bäumen und Pfosten hingen afrikanische Holzmasken neben Attrappen von bayrischem Schwartenmagen und Lyoner, Wegweiser nach Kinshasa und Lagos neben deutschen Autokennzeichen, Hörner von Antilopen und Büffeln neben Melkeimern, Kalebassen neben rostigen Milchkannen. Was sie noch sah: eine

Windmühle zwischen Palmen, davor, an der Bar unter dem größten der Strohdächer, weiße Männer mit roten Biergesichtern über prallen Bäuchen. Und der Himmel über ihnen hing voller Bierseidel. Sie war in Joe's Beerhouse: Disneyland-Afrika mit Münchner Biergartenatmosphäre, »The most Famous Beerhouse on the African Continent«. – Nur die Bedienung war schwarz.

Sie blieb nicht lange. Was ihr früher in Windhoek selbstverständlich gewesen war – Restaurants mit selbstgefälligen, lauten weißen Gästen und diskreter schwarzer Bedienung – war befremdlich geworden. Ein Teil ihrer Kommilitonen in Konstanz waren Afrikaner gewesen mit gleichen Rechten und Aufgaben wie die weißen Studenten, aber hier war von Gleichberechtigung nichts zu spüren.

Um zehn Uhr lag Emilia im Bett und starrte auf den großen Ventilator, der mit seinen Windmühlenflügeln träge das Dämmerlicht durchpflügte. Er lief nicht mehr rund, seine Lager mussten beschädigt sein, er schaukelte, er rumpelte, und sie hatte Angst, das Ungetüm könne sich jederzeit aus seiner Verankerung lösen und von der Decke stürzen. Auch als sie den Ventilator ausgeschaltet hatte, wartete sie vergeblich auf den Schlaf. Mit erschreckender Klarheit sah sie ihre Ahnung bestätigt, dass sie ihr Elternhaus nicht mehr so antreffen würde, wie sie es verlassen hatte. Dabei war sie zwanzig Jahre fest von seiner Beständigkeit überzeugt gewesen. Sie hatte es sich gar nicht anders vorstellen können.

Jetzt, ohne den Luftzug vom Ventilator, war es unerträglich stickig in dem Zimmer direkt unter dem Dach. Der Schweiß trat ihr aus allen Poren, bald klebte er am ganzen Körper wie nach einem Fieberanfall. Matt und schwitzend lag sie ohne Decke auf dem Bett. Sie öffnete das Fenster, aber das feinmaschige Fliegengitter war wie ein Vorhang und ließ die Kühle der Nacht nicht ins Zimmer. Draußen vor dem Haus wäre es angenehmer gewesen, aber da liefen jetzt die großen Hunde. Emilia ging ins Bad. Immerhin funktionierte die Dusche, wenn auch nur dünn und tröpfelnd. Nach dem Duschen fühlte sie sich besser.

Sie holte das Buch, das sie im Antiquariat gekauft hatte, aus dem Koffer und blätterte darin. Es begann mit den Berichten von Missionaren, die zur gleichen Zeit wie ihre eigenen Vorfahren nach Südwestafrika gekommen waren, um den Heiden das Christentum zu bringen. Sie las und es war ihr, als läse sie die Geschichte ihrer eigenen Familie.

Wunderbar war uns zumute, als wir in Southampton unser Schiff betreten hatten und auf das Vordeck gingen und wir gedachten an alle Lieben, die wir zurückließen. Aber doch waren wir froh, weil wir wussten, dass wir um des Herrn Willen dieses alles verließen und einen neuen Beruf von ihm empfangen hatten, unter den Heiden zu arbeiten.

So hatten sie geklungen, die Erzählungen ihres Großvaters, die über die Generationen weitergegeben wurden, doch mit seinem Tod waren die alten Geschichten aus ihrem Leben verschwunden. Begierig, als würden ihre eigenen Urahnen aus dem Dunkel der Vergangenheit heraustreten, las sie weiter. Fünf Wochen dauerte die Schiffsreise, bis der Missionar endlich notierte:

Morgens frühe erblickten wir die afrikanischen Berge, und eine große Freude war in unserem Herzen über die Güte und Treue Gottes, der uns eine gute und friedliche Fahrt hat zuteil werden lassen.

Nach dem frommen Ton der ersten Seite traf Emilia der Bericht eines anderen Missionars aus dem Jahr 1854 so unvorbereitet, dass sie den ersten Satz zweimal lesen musste, um ihn zu verstehen.

Wir wurden tagaus tagein von wilden Bestien geplagt und die Menschen waren noch schlimmer als die Bestien. Sie waren zwar zufrieden, dass wir Fremdlinge uns bei ihnen niederließen, aber Mord, Diebstahl, Unzucht, freche Lügen, die unverschämteste Bettelei gingen bei ihnen ohne Unterlass im

Schwange und was das Schlimmste war: Man konnte mit ihnen gar nicht oder nur sehr unvollkommen reden, über geistliche Dinge nun gewiss nicht und ein Dolmetscher war in dieser ersten Zeit nicht zu bekommen.

Emilia musste an das alte Bild im Fotoalbum denken, als sie weiter unten auf einen Bericht aus dem Jahr 1876 stieß, an die stolzen, schönen Menschen mit dem traditionellen Schmuck der Herero:

Die alten verrosteten, viehisch abgestumpften, mit und in ihrem Viehe lebenden Herero haben uns mit unwiderstehlicher Indignation über ihre dem Worte Gottes sich verschließenden Herzen erfüllt. Wahrlich, es gehört Liebe dazu, um solch ein schmutziges und undankbares Volk lieben und tragen zu können.

Emilia schlug das Buch zu. Der Zorn und die tiefe Verachtung eines Missionars gegenüber den Menschen, denen er von der Liebe Gottes erzählen wollte, erschütterte sie. 1876, damals war Hosea Kutako schon geboren, der Mann, der die Herero fast ein halbes Jahrhundert bis 1970, dem Jahr ihrer eigenen Geburt, geführt hatte und nach dem Namibias größter Flughafen benannt worden war, um das Andenken an den großen Politiker zu bewahren. Die viehisch abgestumpften Herero: Auch Justina, die kluge und wissbegierige Freundin war eine Hererofrau gewesen. Emilias Freund Hosea gehörte zu den Damara – ein Volk, das immer im Schatten anderer gestanden hatte, und dessen Vergangenheit für Emilia im Dunkeln lag.

Emilia glaubte jetzt, sie wieder zu hören, die brüchige Stimme ihres Großvaters, die Worte, die viel zu langsam aus seinem Mund kamen, die Geschichten, die er immer und immer wieder erzählte, Erinnerungen aus einer Zeit, die er selbst nicht erlebt hatte, vom Krieg zwischen den Nama und den Herero, vom gegenseitigen Töten, das die Missionsarbeit lange Jahre unmöglich gemacht hatte. Auch in seinen Worten hatte Verachtung der halbnackten Eingeborenen mitgeklungen, leise, aber unüberhörbar. Hatte auch deshalb die Missionsarbeit seiner Vorfahren so lange keine Früchte getragen? Erst nach vierzehn langen Jahren hatte sich die erste Hererofrau taufen lassen. Emilia erinnerte sich an ein Foto aus dem alten Familienalbum, wo diese Frau in der viktorianischen Kleidung der Missionarsfrauen auf einem Stuhl sitzend und mit auf dem Schoß gefalteten Händen abgebildet war.

Sie blätterte in dem Buch, bis sie ein ähnliches Bild aus dieser Zeit fand. Es zeigte sechs Frauen in Kleidern, die bis zum Boden reichten. Die Kleider hatten weite Röcke, das Oberteil war eng und hoch geschlossen, und der Halsausschnitt war von großen, spitzenverzierten Kragen verdeckt. Das schwarze Kraushaar hatten sie unter hellen Kopftüchern oder Hauben verborgen. Zwei von ihnen trugen Babys auf dem Arm, auch sie wie altmodische Puppen gekleidet und mit weißen Hauben auf den schwarzen Köpfchen.

Das, worüber Emilia früher nie nachgedacht hatte, erschütterte sie jetzt:

Die Getauften müssen sich gesittet kleiden, dazu gehört, dass den Frauen die Eisenperlen und Ringe abgerissen werden, die heidnische Haartracht abgeschnitten (dies ist beim Übertritt zum Christentum immer die entscheidende äußere Handlung), der Körper von Oker und Fett gereinigt, die Kleider angelegt und statt des dreizipfligen Fellhutes ein Kopftuch umgebunden wird.

Und etwas später:

Das Schönmachen bestand bei den jungen Christinnen des Ortes im Anlegen einer weißen Leinenbinde um die Stirn. Diese Binde stellte das Symbol der Keuschheit dar und war von einem Missionar eingeführt. Ließ sich eine Jungfrau etwas zu Schulden kommen, trat der Rat der Kirchenältesten unter dem Vorsitz des Missionars zusammen. Am folgenden Sonntag wurde dem Mädchen vor den Augen der sittlich entrüsteten Gemeinde die weiße Binde von der Stirn genommen. Sie musste Schule und

Kirche fernbleiben, bis sie bereute. Dazu hatte sie sechs Wochen Zeit. Die weiße Binde durfte sie niemals wieder tragen.

Nie zuvor war es Emilia in den Sinn gekommen, wie sehr die gesamte überlieferte Tradition und Kultur der Afrikaner im Namen des Christentums in Stücke geschlagen worden war, um die Eingeborenen durch Schule und Kirche zu Menschen zu machen, deren Werte sich nach denen der weißen Missionare und Kolonialherren und nicht nach den alten Werten zu richten hatten.

Lange lag sie im Dunkeln wach und dachte an die große Distanz, die zwischen ihr und dem Schicksal der Herero lag. Der hundertste Jahrestag des Massakers deutscher Soldaten an den Herero, die Rückgabe von Schädeln aus deutschen Sammlungen: Sie hatte die Berichte zur Kenntnis genommen wie Nachrichten aus einer Welt, mit der sie nichts verband. Doch auch Justinas Leben und Tod war Teil des Befreiungskampfes der schwarzen Bevölkerung Namibias. Plötzlich spürte Emilia, dass sie mehr über die Zusammenhänge erfahren wollte, und dies auf andere, persönlichere Weise, als sich in die geschichtlichen Einzelheiten zu vertiefen. Es war eine Möglichkeit, ihre eigene Rolle zu verstehen. Nur noch eine Nacht! Morgen würde sie endlich wieder den Boden betreten, auf dem sich ihre Vorfahren vor hundertfünfzig Jahren niedergelassen hatten. Damals hatte das Land noch den Herero gehört.

Am nächsten Morgen stand ein weißer Toyota vor dem Gästehaus, blank geputzt und offensichtlich ziemlich neu. Emilia hatte darum gebeten, ihr den Leihwagen zu bestellen. Nun war er da und er gab ihr die Hoffnung, Uellendahl wiederzufinden, was auch immer daraus geworden war. Sie fürchtete sich vor der einsamen Autofahrt durch das fremd gewordene Land, und sie hatte Angst vor dem, was sie am Ziel vorfinden würde. Doch in dem Augenblick, als sie für sich allein den Flug nach Windhoek gebucht hatte, war etwas geschehen, wofür sie keine Erklärung hatte, nicht für sich selbst und nicht für die anderen: Es fiel ihr leicht, ihre Furcht zu überwinden.

Gleich nach dem Frühstück verstaute sie ihren Koffer im Kofferraum und stieg ein. – Vor ihrem Sitz fehlte das Lenkrad. Natürlich, das Lenkrad war in Namibia rechts, geschaltet wurde mit der linken Hand. – Der Wachmann öffnete schon das Tor, sie musste nur den Zündschlüssel drehen, und das tat sie, der Wagen sprang an, und sie fuhr zum Tor hinaus. Links, dachte sie, links und immer wieder links. Links musste sie fahren. Die alten und die neuen Gewohnheiten kamen plötzlich in fürchterlicher Weise durcheinander. Alles war fremd geworden: der große Bogen, wenn sie nach rechts abbog, der kleine nach links. Die rechte Hand griff beim Schalten ins Leere. Schritttempo, wenn es nicht mehr geradeaus ging. Überhaupt die Kreuzungen: Wohin, um Himmelswillen, musste sie blicken? Wer zuerst zur Kreuzung kommt, fährt in Namibia zuerst, wenn es keine Ampeln gibt. Sie stand endlos! Nach der dritten oder vierten Kreuzung wurde sie sicherer, kam zur Pettenkoferstraße, Mozartstraße, Bahnhofstraße: Als wäre sie in Deutschland geblieben!

Die Sonne stand schon hoch am Himmel, als sich vor ihr das Asphaltband entrollte, das durch das weite, einsame Land nach Norden führte. Hügel wechselten mit Senken, in denen sich das Licht spiegelte, als träfe es auf stille Wasserflächen. Bald wurden die Hügel steiler. Sie kamen ihr entgegen wie das bewegte Meer einem stampfenden Schiff, und mit jeder Anhöhe, die sie erklomm, wuchs ihre Zuversicht. Emilia fuhr schneller. Bis zur Farm Uellendahl mussten es noch fünfzig oder sechzig Kilometer sein, auf der Teerstraße eine Winzigkeit in diesem riesigen Land. Uellendahl, das es nicht mehr zu geben schien. Plötzlich kam sie zu weit nach links und auf den Schotterstreifen neben der Straße. Der Wagen war links neben ihr, nicht rechts, wie in Deutschland.

Hin und wieder kam ein Auto von vorn, einmal ein Pickup mit schwarzen Männern auf der Ladefläche, zusammengepfercht wie Schafe. Nur der Fahrer war weiß. Vier, fünf Lastwagen begegneten ihr in einer Viertelstunde, das war alles. Plötzlich der Schreck, sie könne sich verfahren haben. Aber nein. Sie war noch immer auf der B1, die Namibia im Norden mit Angola und im Süden mit Südafrika verbindet. Jetzt war es wieder vertraut, dieses wunderbare Land, die Berge ringsum, rund und braun wie die Rücken urtümlicher Tiere, wie Panzer von Riesenschildkröten. Der Wind trieb Wellen über das Land, Wellen in den hohen Gräsern, Wellen in den Bäumen und Büschen. Wieder begleiteten hohe Zäune die Straße, dahinter Buschland und ein paar Bäume. Eine Antilope, groß wie ein Pferd, stürmte in wilder, sinnloser Flucht neben dem Auto am Zaun entlang. Irgendwann war sie verschwunden. Wenn man die Hoffnung nicht aufgibt, dachte Emilia, wird es immer einen Ausweg geben.

Plötzlich traten bewaffnete Schwarze auf die Straße, die Emilia den Weg verstellten. Wie eine gewaltige Faust griff die Angst nach ihr und nahm ihr den Atem. Die Szene vor ihr hätte ein Traum sein können oder ein Film, aber nein, sie hatte gewusst, dass so etwas möglich war, Überfälle auf Touristen, das gab es, geraubte Autos, Raubmord sogar. Namibia war ein Land voller sozialer Gegensätze und der nächste Polizeiposten war oft Stunden entfernt. Jetzt also trafen die Folgen sie. Sollte sie Gas geben und Verletzte oder Tote riskieren? Emilia hielt an, sie hatte keine andere Wahl. Die Männer kamen auf sie zu, umzingelten sie. – Ihre Gesichter gleichgültig, gelangweilte Blicke, stumpf in der alltäglichen Routine. Die Pistolen am Gürtel blieben unberührt. Polizeikontrolle, aber der Schreck blieb. An den internationalen Führerschein, den sie brauchte, hatte sie nicht gedacht.

»Ihre Papiere!«

Was tun? Ein Trinkgeld? Würde sie sich freikaufen können? Konnte man in diesem Land nicht alles mit ein paar Dollar erkaufen?

Zwei Männer gingen um den Wagen herum. Sie ließen sich Zeit. Emilia musste den Kofferraum öffnen. Einer sah hinein, ein anderer hielt ihre Papiere. Die anderen drei standen und warteten. Warteten endlos. Worauf? Sie durfte den Kofferraum schließen. Die Männer schwiegen. Auf dem Asphaltband erschien ein dunkler Fleck, wurde größer. Es war ein Lastwagen, noch kilometerweit entfernt. Sie gaben ihr die Papiere zurück, ohne Kontrolle. Im Rückspiegel sah sie die Männer wieder in die Straßenmitte treten, kleiner werdende Gestalten in khakifarbenen Hemden mit Pistolen, ergeben in ihre müßige Pflicht.

Bald darauf zweigte eine Schotterstraße ab. Die richtige, die nach Uellendahl führte? Emilia war sich nicht sicher. Jeder Kilometer sah hier aus wie der vorige. Die Schotterpiste war viel breiter, als sie sie in Erinnerung hatte. Sie war wie ein großer Fluss aus kleinen hellen Steinen, auf denen der Wagen schlingernd schwamm, doch nicht lautlos wie im Wasser, sondern mit einem fortwährenden Knallen und Prasseln der Steine gegen das Bodenblech. Wirbelnde Steine, wirbelnder Staub, dazu die fürchterlichsten Geräusche, als wolle der Schotter den Wagen in Stücke schlagen. An einer Verzweigung hielt Emilia an. Eine breite Öffnung war hier in dem Gatter, das die Piste begleitet hatte, und das Skelett eines Tores hing umgestürzt am verrosteten Pfosten. Am Zaun waren die Überreste eines hölzernen Schildes mit deutscher Schrift. »Noch 12 km bis ...«. Die untere Hälfte der Tafel lag zerbrochen am Boden. Sie bückte sich und hob das Stück Holz auf: »...lendahl«, mehr war nicht zu entziffern. Das Schild zerbrochen, eine Farm mit Namen Uellendahl weder im Telefonbuch noch im Internet zu finden: Gab es sie wirklich nicht mehr? Irgendetwas krampfte sich in ihr zusammen. Wann mochten ihre Eltern zum letzten Mal an diesem Tor gewesen sein? Ihr Vater hätte das Schild sofort ersetzen lassen, wenn er hier noch etwas zu sagen hätte. Er hatte das Unvollkommene gehasst. Seine Farmarbeiter hatte er verachtet und ihnen den ohnehin geringen Lohn gekürzt, wenn sie Dinge verloren oder beschädigte Geräte zurückstellten, ohne sie zu reparieren. »Tüchtig« war das höchste Lob gewesen, dass sie ihn je hatte sagen hören. Sie selbst war in seinen Augen niemals tüchtig gewesen.

Wenn Emilia an ihren Vater zurückdachte, sah sie seine zusammengepressten Lippen und sein vorgerecktes Kinn als zur Schau getragene Zeichen seiner Entschlossenheit. Und seine Augen. Von einem kalten Blau waren sie, fast so blau wie das

Gefieder an Kopf und Brust der Blauracke. Als er älter wurde, waren auf der Haut seiner Wangen feine Äderchen erschienen und seine glatten dunkelblonden Haare waren ergraut, bis sie aussahen wie mit Asche bestäubt. Seine Stimme war mit den Jahren lauter geworden. Manchmal hatte er abends mit anderen Farmern am großen Esstisch gesessen, sie hatten Bier getrunken, und immer war er es gewesen, der das letzte Wort behalten hatte. Er stellte die Fragen und er war es, der die Antworten gab.

Für ihn war die schwarze Bevölkerung in dieser Zeit immer noch das, was sie vor 150 Jahren für die ersten Missionare gewesen war: Wilde, denen man europäische Manieren beibringen musste. Kaffer hatte er sie bisweilen genannt. »Die Weißen haben das Land vorangebracht, und jetzt wollen die Kaffer die Fürchte ernten!«, war einer der Sätze gewesen, die er mit vor Erregung gerötetem Gesicht ausgerufen hatte. Oder: »Keine zwei Jahre gebe ich einer schwarzen Regierung, dann liegt das Land am Boden.«

Emilia hatte seine Befürchtungen geteilt. Genau wie ihr Vater war sie froh über jedes Jahr gewesen, in dem die südafrikanische Besatzungsmacht Namibias schwarze Bevölkerung in die Schranken der Apartheid verwiesen und die Umsetzung der Resolution des Sicherheitsrats der Vereinten Nationen aus dem Jahr 1978 verzögert hatte. Nach über hundert Jahre erst deutscher und dann südafrikanischer Fremdherrschaft mussten freie Wahlen zum Desaster führen. Und dann, im Jahr 1989, gewann die SWAPO, in ihren Augen eine kommunistisch infiltrierte Terroristenbande und der Inbegriff des Schreckens, tatsächlich die ersten freien Wahlen. – Ausgerechnet in dieser Zeit hatte Emilia mit einem Schwarzen geschlafen.

»Hure!« Mit einem Mal sah sie in diesem Wort ihres Vaters ein Zeichen seiner Hilflosigkeit. Er, den sie lange Jahre wegen seiner Stärke bewundert hatte, hatte zusehen müssen, wie seine einzige Tochter seine Werte mit Füßen trat.

Und ihre Mutter? Ihrem Mann ergeben, still und unterwürfig wie die Missionarsfrauen in vergangenen Zeiten, hatte sie sich stumm zurückgezogen, wenn andere Farmer das Haus mit ihren Stimmen füllten. Sie hatte Angst vor jeder Veränderung gehabt. Eine eigene Meinung hatte sie nie vertreten und sich in ihrem Kummer verschanzt. Das Liebesverhältnis ihrer Tochter hatte sie mit blankem Entsetzen zur Kenntnis genommen.

Warum hatten ihre Eltern die Farm verlassen? Waren sie genötigt worden, die Farm zu verkaufen wie andere Deutsche, die ihre Angestellten schlecht behandelt hatten?

Emilia fuhr weiter. Jenseits des Tores war die Piste noch schlechter. Querrillen, eine dicht neben der anderen, zerschnitten die Fahrspuren und machten sie holprig wie ein riesiges Waschbrett. Emilia klammerte sich fester an das wild schlagende Lenkrad, fuhr qualvolle Kilometer auf die braunen Berge zu, vor denen das Farmhaus liegen musste. Immer wieder kam sie an Zäune mit schweren Toren, die sie öffnen und wieder verschließen musste: anhalten, aussteigen, öffnen, ein paar Meter fahren, wieder anhalten, aussteigen, schließen, und kein Mensch war in ihrer Nähe. Absolute Einsamkeit. Namibia – Land der Zäune, nicht der Menschen. – War sie deswegen im Deutschland der Menschen so oft eine Fremde gewesen?

Ihr Vater hatte die Weite und Einsamkeit geliebt. Er hatte niemals in einer Stadt leben wollen. Als sie ein Kind war, hatte sie ihn oft auf seinen Fahrten durch das Farmland begleiten dürfen, das ihr grenzenlos erschienen war. Sie hatte gelacht, wenn er schnell, viel zu schnell mit dem hohen Jeep durch das aufspritzende Wasser des Flusses fuhr und auf kaum sichtbaren Fahrspuren über Fels und Geröll die Hügel erklomm. Und wenn es so steil war, dass nur noch die Motorhaube und der Himmel zu sehen waren, hatte sie sich mit wohligem Schauer fest an den verschlissenen Sitz mit dem durchgesessenen Polster geklammert. Oben zwischen den zerborstenen Plateaus war sie am liebsten gewesen, dort, wo die Bergzebras grasten, wo die Streifengnus mit ihren mächtigen behörnten Schädeln wie stolze Stiere von den Felsen auf sie heruntersahen und wo die schwankenden Hälse der Giraffen die Akazien überragten, die wie große Sonnenschirme in der Landschaft standen.

Meinem Vater gehört die ganze Welt, glaubte sie damals. Erst viel später merkte sie, dass hinter den hohen Farmzäunen eine andere Welt begann, die viel größer war als die ihres Vaters. Damals war sie auch davon überzeugt, ihr Vater könne sie vor allen Gefahren beschützen, vor jedem Unglück sogar. Wie hätte ein kleines Mädchen wissen können, dass von dem Vater eines Tages selbst das größte Unglück kommen würde?

Die Landschaft, durch die sie fuhr, war zerklüftet, sie musste Hügel überwinden, denen jähe Einschnitte folgten. In jeder Senke wurde der Treibsand tiefer und wie ein Schiff in den Wogen schaukelte und schlingerte der Wagen hindurch. Wo Böen über die Straße wanderten, schraubte sich der Staub in die Höhe, braunen, wirbelnden Phantomen gleich.

Emilia hatte ihn zu spät gesehen, den blanken Fels, der aus dem Treibsand ragte. Ein harter Schlag erschütterte den Wagen, gleichzeitig ein Knall, doch nichts war geschehen. Jetzt sah sie die flachen Felsen auf der Piste, zuweilen ragten sie aus dem Schotter, nur in den Senken nicht, wo der Sand sie verdeckte. War sie wirklich an jedem Sonntag auf diesem Weg zum Internat in Windhoek gefahren und an jedem Freitag wieder zurück? Am Anfang hatte ihr Vater am Steuer gesessen, später einer der Farmarbeiter, und der Wagen war ein Jeep gewesen.

Hinter einer Biegung jagten graue wilde Gesellen über die Piste, immer mehr brachen aus dem Gebüsch und zwangen Emilia zum Halten. Die Paviane, eine ganze Horde, riesenhafte, zottelige Tiere mit dunklen glänzenden Gesichtern. Als Kind hatte sie in den Pavianen schreckliche Riesen gesehen, die sie in ihren Angstträumen verfolgten. Nach Justinas Tod waren in ihren Albträumen die Schlangen an die Stelle der Affen getreten.

Ein Affe, groß wie die grauen Riesen aus Kindertagen, blieb vor Emilias Wagen stehen. Er näherte sich, zwei andere Paviane folgten ihm, doch die drei ließen wieder von ihr ab, ehe sie das Auto erreichten. – Noch mehr Affen jagten über die Straße! Immer noch keine Menschen, aber wieder ein Tor, das sie öffnen musste.

Ohne es zu bemerken, hatte Emilia zu reden begonnen, nicht laut, nur in Gedanken. Es war Nora, der sie von den aufregenden Fahrten im Jeep ihres Vaters erzählte, dann von ihrer eigenen Reise und den Drohgebärden der Paviane. Emilia merkte ihr stummes Gespräch. Schade, dachte sie, dass niemand von ihrem afrikanischen Abenteuer wusste. Es würde noch mehr Spaß machen, mutig zu sein, wenn es jemand bemerken würde.

Inzwischen war die Piste zu einer schmalen Fahrspur verkommen, doch diese nahm kein Ende. An einer Weggabelung fuhr sie weiter, ohne sich noch zu erinnern, welches der richtige Weg war. Büsche und Bäume verdichteten sich zu einem Wald. Sie kam an den Fluss. Eine Brücke gab es nicht, hatte es nie gegeben. Über einen breiten Streifen aus Kies führten Autospuren hinein in das glasklare Wasser. An seinem Rand lief ein Skorpion davon, groß wie ihre Hand und den Schwanz mit dem giftigen Stachel drohend emporgereckt. Emilia zog die Schuhe aus. Das Wasser, durch das sie watete, war angenehm warm. An einer Stelle reichte die schnell strömende Flut weit über ihre Knöchel. Es wäre ein Leichtes gewesen, mit einem Geländewagen durch den Fluss zu fahren. Sie blickte zurück. Klein und niedrig stand der Toyota am anderen Ufer, doch Angst und Zaudern halfen nicht, sie musste durch den Fluss hindurch, wenn sie Uellendahl erreichen wollte. Emilia kehrte zum Auto zurück und hielt vorsichtig auf das andere Ufer zu. – Am schlimmsten war der Sand der Böschung. Sie musste den Wagen rückwärts ins Wasser zurückrollen lassen, versuchte ein zweites Mal vergeblich, das andere Ufer zu erklimmen. Ein nächster Versuch, jetzt im zweiten Gang: Er war so hoffnungslos wie die beiden zuvor. Mit einem kurzen Röcheln erstarb das Motorengeräusch. Also rückwärts zurück zum anderen Ufer? Emilia stieg aus. Der Auspuff war nur knapp über dem Wasser. Also den Wagen im Flussbett zurücklassen und den Rest des Weges – sechs oder sieben Kilometer – zu Fuß weiter? – Nora, so schnell gebe ich nicht auf! – Ein letzter Versuch mit heulendem Motor. Wie durch Berge von Schnee kämpften sich die Räder hinauf durch die lockeren grauen Massen. Sie war oben.

Bald darauf musste sie wieder den Fluss durchqueren, der jetzt breiter und flacher war. Eine Giraffe stelzte im Flussbett entlang, ungelenk, schaukelnd und mit schwankendem Hals. – Ihr Vater hatte jede einzelne Giraffe auf seiner Farm an ihrer Zeichnung erkannt. – Die schöne Seite der Kindheitserinnerungen.

Erneut ging es aufwärts den Bergen entgegen. Das letzte Stück des Weges war so steil, dass die Räder immer wieder auf dem blank gescheuerten Fels durchdrehten. Vor ihr nur der Himmel, den Weg verdeckte die Motorhaube. Sie fuhr aufwärts, viele Meter ohne Sicht, bis der Anstieg je abbrach. Hier oben ragten hohe Eukalyptusbäume und Palmen in den Himmel, dazwischen, noch kleiner als in ihrer Erinnerung, die ersten Häuser unter ihren roten Wellblechkappen und dahinter, halb verdeckt, das Farmhaus.

Als der Motor schwieg, war es völlig still, bis ein Vogel schrie, zwei, drei Mal. Ein Windstoß ließ die trockenen Blätter einer Palme rascheln, und mit seinem Abebben erstarb auch dieses Geräusch. Neben dem staubigen Vorplatz standen, vom Windrad überragt, ein paar graue Häuschen aus Stein, wo die Arbeiter und Hausangestellten gewohnt hatten und vielleicht noch immer wohnten. Justina hatte dort gewohnt und Hosea und die vielen anderen, an deren Namen sie sich nicht mehr erinnerte. Auf der anderen Seite des Vorplatzes, hoch über dem Fluss, hockte das weiße Farmhaus auf dem Plateau aus roten Felsen. Es hatte sich nicht verändert mit seinen grünweißen Fensternischen und den Bougainvilleen am Eingang. Für einen Augenblick hatte sie den unsinnigen Gedanken, ihre Mutter müsse – angelockt von dem Motorengeräusch – aus der Tür treten, um sie zu begrüßen, doch das Haus lag da wie von seinen Bewohnern verlassen. Nicht einmal Hundegebell. Wenn hier doch noch Menschen wohnten, es würden Unbekannte sein.

»Hallo!« Emilias Stimme klang fremd und laut wie ein Peitschenknall in der Einsamkeit, doch die Stille dauerte an. Dann sah sie das Tier. Es war eine Eland-Antilope, deren eine Augenhöhle leer war, ein alter klappriger Bulle, grau und mager im Schatten eines verkrüppelten Baumes. Reglos stand er und wie ausgestopft. Als sie an ihm vorüberging, wendete er ganz langsam den Kopf, roboterhaft, wie eine ferngesteuerte Attrappe. – Noch immer keine Menschen. Die Stille eines Friedhofs, und die uralte Antilope war das einzige überlebende Wesen. Doch, da war eine Bewegung zwischen den Blumen! Eine graue Katze lief auf sie zu und schmiegte sich in wahlloser Zuneigung an ihre Füße. Emilia atmete zweimal tief ein, dann folgte sie der Katze über den Plattenweg zum Farmhaus hinauf, lauschend und vorsichtig wie ein Dieb.

»Hallo?«

Die Tür war nur angelehnt und drehte sich schwer in ihren Angeln. Behutsam drückte Emilia sie auf. In der Eingangshalle hundertjähriger Stillstand mit den alten ausgestopften Köpfen an den Wänden, gewaltigen Schädeln von Gnus und Eland-Antilopen, urweltlich anmutenden Warzenschweinen mit gläsern-toten Augen in den erstarrten Tiergesichtern. Nichts hatte sich hier verändert, aber alles war grau und wie bedeckt mit dem Staub von Jahrzehnten. In der Mitte der Halle stand unter den Trophäen noch immer der alte Steinway-Flügel und die Erinnerung an die Weihnachtsfeiern mit ihrer Mutter am Flügel traf sie wie ein heftiger Stoß, der ihr den Atem nahm. Sie berührte die Tasten aus Elfenbein ohne sie herunterzudrücken. Sie waren vergilbt und abgestoßen, das Holz der schwarzen Tasten war von Rissen durchzogen. Der Flügel, die Trophäen: Alles war vertraut und fremd zugleich, wie das Flackern der Sterne am Nachthimmel. – Wie ruhig es war in diesem Haus! Staubfädchen tanzten im Sonnenlicht, das in einem goldenen Band durch das hohe Sprossenfenster fiel, die einzige Bewegung in der Erstarrung. »Hallo!«, rief Emilia noch einmal, schon bereit, sich aus der Einsamkeit dieses Hauses, in dem sie so viele Jahre gelebt hatte, sofort wieder herauszustehlen.

Die Frau stand plötzlich hinter Emilia, ohne einen Laut, als wäre sie unversehens aus dem Boden geschossen. Ihre Hautfarbe war ein tiefes Braun, alles, was man von ihr sah, hatte dieses weiche Braun, auch das Weiße in den Augen hatte dunkle Flecken. Das schwarze Kraushaar war geglättet und hatte einen rötlichen Schimmer. Sie schien viel zu jung für dieses Haus voller Staub und Moder, und das kurze T-Shirt und die auf den Hüften sitzende Hose waren Kleidung aus einer Welt, die hier sonst keine Spuren hinterlassen hatte. Ihr Gesicht zeigte keine Regung, weder Verwunderung noch Erschrecken.

»Suchen Sie eine Unterkunft?«, fragte sie auf Afrikaans. Emilia nickte nur. Die Sprache der Buren, die sie als Kind wie ihre Muttersprache beherrscht hatte, war ihr fremd geworden.

Die Frau schüttelte den Kopf. »Wir vermieten seit Jahren nicht mehr.«

Emilia zögerte. Es fiel ihr schwer, die richtigen Worte zu finden. »Herr oder Frau Ebert, sind sie hier?«, fragte sie endlich.

Wieder ein Kopfschütteln. »Ich kenne niemanden, der so heißt.«

Der Flügel, die Trophäen an den Wänden, die ganze Einrichtung, nichts war verändert, aber der Name ihrer Eltern war in unbegreiflicher Weise in Vergessenheit geraten.

»Wem gehört die Farm jetzt?«

Das dunkle Gesicht war mit jeder neugierigen Frage abweisender geworden. »So lange ich mich erinnern kann, gehört sie Herrn de Klerk«, antwortete sie unwirsch. »Vorher soll sie einem Deutschen gehört haben.«

Emilia schwieg. Die Zeit, in die sie zurückkehren wollte, war für diese Frau nicht mehr als ein Gerücht, dem man glauben konnte oder nicht.

»Ist Herr de Klerk zu sprechen?«

Die Frau schüttelte den Kopf. »Er ist nicht da.«

»Kann ich auf ihn warten?«

»Wir wissen nicht, wann er kommen wird. Vielleicht in einem Monat, vielleicht in einem halben Jahr.« Es war plötzlich eine Schärfe in der Stimme der Frau, die sich zur Zeit ihres Vaters die Angestellten der Farm gegenüber Weißen nicht ungestraft hätte erlauben können. Ihr Vater hatte die Angestellten kommandiert. Danke oder bitte waren Fremdworte gewesen, wenn er mit ihnen sprach, und sie hatte keinen Anstoß daran genommen. Emilia gegenüber hatten die Bediensteten eine

Unterwürfigkeit an den Tag gelegt, die für beide Seiten selbstverständlich gewesen war: »Ja, Ma'am. Bitte, Ma'am. Danke Ma'am.«

Justina war die erste Schwarze auf der Farm gewesen, die Emilia mit erhobenem Kopf entgegengetreten war. Als Dienstboten wurden die Schwarzen gebraucht, Freundschaften mit ihnen waren für Emilias Eltern undenkbar gewesen. Sie hatten nicht gewusst, dass sich ihre Tochter heimlich unten am Fluss oder hinter den alten Grabsteinen des Farmfriedhofs mit dem fast erwachsenen Landarbeiterkind getroffen hatte. Dort, wo die Vorfahren begraben waren und die hohen Eukalyptusbäume bis in den Himmel wuchsen, hatte Emilia erfahren, was Männer und Frauen miteinander taten, wenn es dunkel war und sie beieinander auf ihren Matten lagen. Von Justina wusste sie, dass dabei die kleinen Kinder in den Bauch der Frauen kamen und dass manche Frauen deswegen ganz dick waren. Damals hatte sie es nicht für möglich gehalten, eines Tages die Dinge zu tun, von denen Justina gesprochen hatte. Noch weniger hätte sie sich vorstellen können, mit welchem Mann das geschehen würde: mit ihrem Spielfreund aus Kindertagen – mit Hosea.

Manchmal fragte Justina stundenlang nach ganz alltäglichen Dingen. Emilias Antworten nahm sie in sich auf, als wären sie eine Nahrung, die sie zum Überleben brauchte: Ob Emilia ein Zimmer für sich allein habe, wie dies aussehe, was sie zu Mittag gegessen habe, wer gekocht habe, ob sie im Haushalt helfen müsse, was ihre Mutter den ganzen Tag täte und was ihr Vater. Nach dem Lehrer, der Emilia früher auf der Farm unterrichtet hatte, fragte sie, nach der Schule in Windhoek, und immer wieder danach, was Emilia gerade gelernt hatte. Justina sog das neue Wissen in sich auf und verstand nicht, dass Emilia dem Unterricht so gleichgültig gegenüberstand. Unterwürfig war Justina niemals gewesen, genauso wie Hosea. Warum das so war, hatte sie erst viel später als Studentin verstanden: Es waren die Menschen selbst und die Beziehungen zwischen ihnen, die die angestammten Rollen veränderten.

»Herr de Klerk wohnt nicht hier?«, fragte Emilia.

»Er lebt in Kapstadt und kommt manchmal zum Jagen hierher.«

»Aber Sie wohnen hier?«

»Niemand wohnt in diesem Haus.«

»Und was tun Sie hier?« Es mochte an der ungewohnten Sprache gelegen haben, dass Emilias Frage barscher klang, als sie beabsichtigt hatte.

Die Frau presste die Kiefer aufeinander und schien zu überlegen, ob sie überhaupt antworten solle. »Mein Vater verwaltet die Farm und ich sehe hier im Haus nach dem Rechten«, sagte sie schließlich.

Schweigend betrachtete Emilia die Trophäen. Keine von ihnen war neu. Der Südafrikaner schien die Farm nicht als ein Zuhause zu betrachten, das er nach seiner Vorstellung gestaltete.

»Ich bin Emilia Ebert, ich bin hier aufgewachsen«, sagte sie unvermittelt in die Stille hinein und es schien ihr, als würde sich das Gesicht der jungen Frau weiter verdunkeln.

»Warum sind Sie gekommen?«

»Ich ...« Emilia zögerte. »Ich bin zu Besuch in Okahandja. Da lag es nahe, zu meinem Elternhaus zu fahren.«

»Ja.«

»Vielleicht lebt hier noch jemand, den ich von früher kenne.«

Schweigen.

Emilia suchte in ihrem Gedächtnis nach Namen aus vergangener Zeit. »Ist Immanuel Kapula noch auf der Farm?«

»Ich kenne keinen, der so heißt.«

»Und die alte Herolda?«

»Sie ist im vergangenen Jahr gestorben.«

Dann schwiegen sie wieder.

»Und Hosea Ukongo«, fragte Emilia unvermittelt. »Was ist aus ihm geworden?«

Emilia sah, wie sich das Gesicht vor ihr veränderte, nicht schlagartig, sondern ganz allmählich wurden die Augen der Frau schmaler und sie presste die vollen Lippen zusammen.

Aus Ärger oder Abneigung, Emilia konnte es nicht deuten. Vielleicht war sie es auch nur leid, von Emilia ausgefragt zu werden.

»Was ist mit Hosea Ukongo?«

»Ich kenne ihn nicht.«

»Aber Sie wissen etwas über ihn?«

»Nichts weiß ich.« Die Frau wandte sich ab und Emilia ahnte, dass sie ihr gleich die Tür weisen würde. Sie fragte nicht weiter, sondern bedankte sich, ohne recht zu wissen wofür, und trat hinaus in die blendende Helle des Vorplatzes.

Neben dem Farmhaus, am Rande der roten Sandsteinfelsen über dem Fluss, standen die Häuschen, in denen früher die Gäste gewohnt hatten. Die Dächer waren mit rotem Wellblech gedeckt, die Balken darunter waren grün und vor dem Eingang blühten weiße Blumen. Tauben gurrten und liefen mit kratzenden Füßen über das Wellblech. Die Türen standen offen. Vielleicht war es Aufgabe der jungen Frau, die Zimmer zu lüften. Emilia ging hinüber und trat in eines der Häuschen hinein. Die Einrichtung war aus rotbraunem, rissigem Holz. Uralt sahen die Möbel aus, der massive hohe Schrank, das breite Bett. Alle diese Möbel waren nicht gerade wie gewöhnlich, sondern hatten etwas Schiefes, etwas Verdrehtes und Verbogenes. Ihr Vater hatte sie in Auftrag gegeben und sie waren knorrig und unbehauen wie er selbst. Emilia dachte an die Gäste, die früher hier gewohnt hatten: junge Paare, hin und wieder eines auf Hochzeitsreise, Rentner aus Deutschland auf der Flucht vor dem Winter in ihrer Heimat, Abenteurer, die mit dem Jeep auf der Durchreise in Namibias Norden waren, Vogelkundler, Fotografen.

Hinter den Häuschen standen immer noch ein paar von den Käfigen, von denen es einmal Dutzende gegeben hatte, und die Erinnerung traf sie heftig und völlig unvorbereitet: Käfige für ihres Vaters Lieblinge, für stumme Wesen ohne Arme und Beine, denen er mehr Aufmerksamkeit geschenkt hatte als seiner Familie. Er fing die sich windenden Vipern und Giftnattern mit der bloßen Hand. Bei diesen Gedanken überfiel sie das Bild, wie er manchmal abends plötzlich wie aus einer

Eingebung heraus aufsprang, nach seiner starken Taschenlampe griff und das Haus verließ. Ein paar Minuten später kehrte er mit einer Schlange in den Händen wieder zurück. Wie ein Star trat er dann ein, wie ein Torero, der den Stier besiegt hat. Emilias Abscheu und Entsetzen, wenn er das Getier vor ihr Gesicht hielt, genoss er ebenso wie die hilflose Angst seiner Frau. Später sperrte er die Schlange ein, befriedigt und mit der Erwartung, sie würde es sich bequem machen in der vergitterten Holzkiste, die er ihr zugestand. Manchmal brachen Schlangen aus oder er ließ eine frei, weil er den Käfig für eine andere brauchte, und einmal lag in Emilias Bett eine Puffotter, eine gefährliche Giftschlange, die tags zuvor noch in einem der Verschläge gewohnt hatte. Emilia hatte die Schlangen gehasst, sie hasste diese Tiere bis zum heutigen Tag.

Sie kehrte zum Eingang des Farmhauses zurück und drückte die Klinke herunter. Auch jetzt war die Tür unverschlossen. So leise wie möglich trat sie ein, darauf gefasst, dass die Frau im nächsten Augenblick unvermittelt wieder neben ihr auftauchen würde. Eine Weile lauschte sie, dann ging sie auf die Treppe zu, die von der Eingangshalle nach oben zur Galerie führte. Sie fand sich nicht mehr zurecht in dem verwinkelten Gebäude, irrte durch Räume, die sie kaum noch kannte, kleine Kammern mit Bett und Schrank, einen Abstellraum für Haushaltsgeräte, einen anderen mit großen Stapeln Bettwäsche in einem Schrank ohne Türen, ein Zimmerchen mit einem hölzernen Gartentisch, einem Klappstuhl und einer zerkratzten und abgestoßenen Kommode. Jetzt, wo sie sich nicht mehr genau erinnerte, war das Farmhaus ein Irrgarten geworden, so viele Türen gab es. Hinter manchen führten Treppchen mit knarrenden Dielen weiter. Sie fand das Esszimmer wieder. Noch immer hing das schlichte Holzkreuz an der Wand und über dem Tisch schwebte der Messingkronleuchter von ungeheuren Ausmaßen. Dahinter stand die dunkle, gewaltige Anrichte und an allen Wänden lauerten bis heute die räudigen Hüllen der toten Tiere. Sie ging weiter. In der Bibliothek hingen neben den Regalen mit verstaubten und längst vergessenen Büchern vergilbte Bilder von der

Farm und den Altvorderen und hielten die Vergangenheit am Leben. Auch hier hatte der südafrikanische Besitzer keine Spuren hinterlassen.

Emilia verließ die Bibliothek, trat in einen dunklen Flur, gelangte schließlich durch eine kleine Verbindungstür zur Galerie und kehrte in die Eingangshalle zurück. Wieder berührte sie die Tasten des Flügels, drückte sie nun vorsichtig hinunter, vielleicht zu vorsichtig, denn das Instrument blieb stumm.

Das schmale Lichtband, das durch die angelehnte Haustür fiel, verbreiterte sich, bis gleich darauf ein Schatten darüber fiel. Emilia drehte sich um. Wie ein Scherenschnitt vor dem hellen Sonnenlicht stand eine Gestalt in der Eingangstür.

»Warum sind Sie noch hier?«

Emilia konnte das fremde Gesicht nicht erkennen, aber die Gestalt sprach mit der Stimme der jungen Frau.

»Auf diesem Flügel hat meine Mutter früher gespielt.«

»Das muss sehr lange her sein«, entgegnete die Frau abweisend.

Als Emilia wieder auf den Vorplatz kam, traf sie auf einen Arbeiter, der den Hof mit einem riesigen Besen fegte. Sie grüßte und er unterbrach seine Arbeit. Eine Weile sah er sie neugierig an und grinste. Emilia ging auf ihn zu. »Goeiemiddag«, begrüßte sie ihn auf Afrikaans. »Goeiemiddag«, antwortete er. Noch ehe sie ihn nach Hosea fragen konnte, hörten sie die Frau vom Farmhaus rufen. Der Arbeiter zuckte bedauernd mit den Schultern. Er stellte den Besen ab und ging zum Haus hinüber.

Emilia stieg in ihr Auto, aber sie fuhr nur ein kleines Stück, bis sie vom Farmhaus nicht mehr gesehen werden konnte. An der Stelle, an der sie hielt, mussten die roten Farbkleckse auf den Steinen sein, die den Beginn eines kaum sichtbaren Weges markierten. Ihr Vater hatte ihn für die Gäste der Farm angelegt und er führte zu einem Stausee. Hier war sie in den Schulferien oft gegangen. Vierzehn oder fünfzehn musste sie gewesen sein, als ihr das Farmhaus und die Terrasse zu eng wurden und sie immer öfter die Einsamkeit gesucht hatte. Jetzt fand sie tatsächlich die roten Markierungen, die nun verblasst und abgestoßen waren, und sie folgte dem Weg einen felsigen Hügel hinauf. Hier war sie endlich wieder zu Hause. Die Natur war frei von bösen Erinnerungen. Ein niedriges verrostetes Schild, fast verdeckt vom hohen Gras, führte sie auf einen schmalen Trampelpfad. Wildspuren vereinigten sich mit ihm, zweigten in andere Richtungen ab, führten durch eine mit hohem Gras bewachsenen Senke. An einer Verzweigung war wieder ein Schild, das sie weglos auf einen Hügel führte. Gefangen in einer Mischung aus Furcht und Neugier und ohne sich noch an jede Biegung des Weges zu erinnern, drang sie immer weiter in die Einsamkeit vor, fand keine Farbkleckse mehr, keine Schilder, nur hüfthohes Gras, das der Wind bewegte. Sie ging weiter auf die Kuppe des Hügels zu, gespannt wie auf einer Expedition in ein unbekanntes Land.

Oben war die Unberührtheit so vollkommen wie auf einer einsamen Insel. Sie setzte sich auf einen Stein, den einzigen großen, den es hier gab, und vielleicht war es derselbe, auf dem sie vor Urzeiten mit Justina gesessen hatte. Nur ein einziges Mal waren sie gemeinsam hier oben gewesen. Hier hatte Justina von ihrem eigenen Leben erzählt, Schilderungen aus einer fremden Welt, und doch kaum mehr als einen Steinwurf von Emilias Elternhaus entfernt.

Noch nie hatte Justina in einem eigenen Bett geschlafen, sie hatte ein Bett mit ihrer Mutter geteilt, später mit einer Cousine. Geschwister hatte sie nicht, ein älterer Bruder war mit fünf Jahren an Hirnhautentzündung gestorben, und nach Justinas Geburt hatte ihre Mutter keine Kinder mehr bekommen können. Justina war sechzehn Jahre alt und jeder Tag war ausgefüllt mit Arbeit. Sie jätete Unkraut im Garten, säte und pflanzte, sie wusch die Wäsche der Familie, sie kochte und kümmerte sich um die kleinen Cousinen und Cousins. Sie hielt das kleine Haus sauber, in dem fünf Erwachsene und zwölf Kinder lebten.

»Du glaubst mir nicht?«, rief sie aus, als sie Emilias ungläubige Blicke bemerkte.

»Doch, doch«, beteuerte Emilia, aber vorstellen konnte sie sich ein solches Leben nicht.

Dann fiel ihr ein, dass niemand zu Hause war, weil Magrieta krank war, das Hausmädchen vor ein paar Tagen davongelaufen und ihre Eltern nach Windhoek gefahren waren.

»Du könntest heute zu mir kommen«, schlug sie vor.

Justina bekam ganz ängstliche Augen. »Das geht nicht. Die Landarbeiter dürfen das Farmhaus nicht betreten.«

»Du bist doch keine Landarbeiterin.«

»Deren Kinder auch nicht.«

Mit diesen Worten stand Justina auf und lief den Hügel hinunter. Erst ganz unten, wo der Weg begann und wo jetzt Emilias Toyota parkte, wartete sie auf Emilia.

Mit einem verschmitzten Lächeln sah sie Emilia entgegen. »Ich würde gern wissen, wie das Farmhaus von innen aussieht«, sagte sie. »Ich möchte nur durch die Tür schauen. Glaubst du, dass auch das verboten wäre?«

»Nein, sicher nicht.«

Bald darauf standen sie an der Tür, durch die Emilia heute selbst unbefugt eingetreten war. Lange verharrte Justina stumm, als sie die große Halle mit den ausgestopften Tieren sah, den Flügel in der Mitte, die Galerie und die vielen Türen, hinter denen die Zimmer verborgen sein mussten.

»So viel Platz habt ihr«, flüsterte sie endlich. »Dein Vater muss sehr reich sein.«

Von diesem Tag an hatte Emilia das Farmhaus mit ganz anderen Augen gesehen, und oft war es ihr gewesen, als ginge sie nicht allein durch die Räume, sondern eine staunende Justina wäre an ihrer Seite.

Emilia blieb lange auf dem Hügel sitzen, verloren in die Gedanken an die tote Freundin. Erst als sie Hunger bekam, stand sie auf. Ihr Ziel, der Stausee, lag noch immer vor ihr. Jenseits der Kuppe des Hügels war ein Stein mit einem roten Pfeil markiert. Er wies zu einem engen Tal, an dessen tiefster Stelle das ausgetrocknete Bett eines Baches lag. Seine Ränder waren verdeckt von hohen gelben Halmen – Gras, wie vom Wind bewegte Wasserfluten. Ein Lied aus Kindertagen kam ihr in den Sinn, ein Lied von schmalen Negerpfaden und Steppengräserwogen, sie summte die Melodie und hätte beinahe ein verrostetes Schild übersehen. Es führte sie eine kleine Anhöhe hinauf, eine letzte Biegung des Weges, dann lag der See unter ihr.

Es war eine große Wasserfläche, dunkel und still, darin das schwarz ragende Geäst abgestorbener Bäume. Ein Pelikan stieg vom sandigen Uferstreifen auf, drehte eine Runde über dem See und flog davon, Kormorane trockneten auf den toten Ästen ihr Gefieder und drüben, wo der künstliche Damm das Wasser staute, spielten junge Schakale im Sand. Auf einem runden Stein unter einem Kameldornbaum setzte sie sich nieder. Als sie ein Kind war, hatte ihr Vater sie oft zum See mitgenommen. Sie hatten am Ufer gesessen und mit ausgebreiteten Armen hatte er ihr erklärt, dass alles hier sein Werk war, der Damm, der See, ja auch die Wasservögel, die Tiere, die zum Trinken kamen, die Fische im Wasser. Eine ganze Welt hatte er mit dem See erschaffen, und sie war stolz auf ihn gewesen und hatte ihn bewundert. – Mit Hosea war sie niemals hier gewesen. Die Gefahr, entdeckt zu werden, war zu groß.

Ein weißes Pferd mit langer Mähne und bis zum Boden rinnenden Schwanz tauchte neben ihr auf dem Hügel auf, verharrte nur kurz, als es Emilia bemerkte, näherte sich ihr, geheimnisvoll wie im Märchen, und ging dicht an ihr vorüber, ohne sich von ihrer Anwesenheit stören zu lassen. Mit der gleichen Ruhe, mit der es gekommen war, ging es zum See hinunter. Es senkte den Kopf zum Trinken, und die weiße Mähne floss über seinen Hals bis ins Wasser. Dann verschwand es so plötzlich zwischen den Bäumen am Ufer, wie es am Hügel aufgetaucht war.

Der weiße Toyota stand noch, wie Emilia ihn verlassen hatte, doch der Weg vom Plateau hinunter zum Fluss schien noch steiler geworden zu sein, seit sie vor ein paar Stunden heraufgefahren war. Die Räder rutschten über den blanken Fels, sie schlugen gegen die harten Buckel, fingen sich wieder, der Wagen bockte und stieß wie ein störrisches Pferd. Endlich hatte Emilia wieder Schotterpiste unter den Rädern. Sie fuhr langsam, dem Untergrund war nicht zu trauen. Die Felsen lauerten überall, sie hockten unter der Oberfläche und versteckten sich im lockeren Staub und Gestein. An einer Gabelung musste sie auf einen anderen Weg geraten sein als den, auf dem sie gekommen war. Der Fluss war hier tiefer, das Ufer noch steiler und das Wasser reißender als bei der Herfahrt. Sie fuhr hindurch, wo frische Spuren ins Wasser führten. Die Räder malten sich durch den feinen Kies, gruben sich tiefer ein. Fast bis zur Stoßstange versank der Wagen im Wasser, bis sie das andere Ufer erreichte. Drei fette Warzenschweine tapsten vor ihr über den Weg – absonderliches Getier mit riesenhaften platten Schädeln und mächtigen Hauern – und glotzten sie aus kleinen Augen an, als seien sie kurzsichtig. Dann trollten sie sich davon, die dünnen Schwänze hochgereckt wie Antennen und die Quasten am Ende wie drollige Laternen.

An dem Tor, an dem das Farmland von Uellendahl endete, hielt sie an. Sie ging zum Zaun und fand das zerbrochene Schild wieder, dessen untere Hälfte am Boden lag. »...lendahl«, mehr konnte sie auch jetzt nicht entziffern. Sie hob das Stück Holz auf und legte es vor dem Rücksitz auf den Boden.

Und jetzt? Die B1 war hier nur noch ein kleines Stück entfernt. Im Süden, von wo sie gekommen war, lag Windhoek, im Norden Okahandja. Sie entschied sich für Okahandja. Wenn sie zufällig auf Menschen stoßen würde, die Uellendahl kannten und vielleicht etwas über Justina und ihre Geschichte wussten, dann dort. In dem Ort lebten noch immer viele Herero. Hier war ihr kulturelles Zentrum und hier gedachten sie dem Massaker der Deutschen an ihrem Volk. Als die ersten niedrigen Häuser vor Emilia auftauchten, durchfuhr sie ein Gedanke wie ein Schreck: Sie hatte vergessen, die Frau im Farmhaus nach Magrieta und nach Justinas Eltern zu fragen.

Emilia hatte den Ort bereits durchquert, als sie einen Wegweiser zu einem Hotel entdeckte. Sie folgte ihm und stieß am Ufer des Okakango auf ein paar strohgedeckte Bungalows, die an die Rundhütten von Eingeborenen erinnerten. Der Fluss war ausgetrocknet, aber der Rasen vor den Gästehäusern war grün und ein paar Akazien und Eukalyptusbäume gaben mit ihren hohen Kronen etwas Schatten. Hier würde sie bleiben.

Ihr Koffer war grau vom Staub, er musste durch irgendwelche Ritzen in den Kofferraum gedrungen sein, auch ihre Kleidung, ihre Schuhe waren staubbedeckt. Emilia duschte und zog sich um, dann setzte sie sich auf die Terrasse vor dem Haupthaus. Die Sonne hatte den Zementboden aufgeheizt und das Mauerwerk des Hauses speicherte noch die Hitze des Tages. Jenseits des ausgetrockneten Okakangoflussbetts erglühte das Land im Licht der tiefstehenden Abendsonne in einem orangefarbenen Leuchten – afrikanisches Licht.

Emilia dachte an Uellendahl und wie dort alles gleich geblieben war, nur die Menschen von damals waren auf rätselhafte Weise verschwunden. Nicht zum ersten Mal fiel ihr ein solcher Stillstand inmitten der unentwegten Veränderungen auf. Sie hatte ihn oft gespürt, wenn sie an den alten Häusern von Konstanz vorüberging. Seit Jahrhunderten wohnten dort Menschen, Generationen wurden geboren, lebten, starben und machten neuen Generationen Platz. Heute saßen die Menschen an Computern, tauschten mit aller Welt Informationen aus, ohne sich von der Stelle zu rühren, aber das, was sie bewegte – Liebe, Eifersucht, das Streben nach Besitz, Neid, die Angst vor Gewalt – hatte sich nicht verändert, würde sich nicht verändern, solange es Menschen gab. Kain erschlug Abel aus Neid, David schwängerte die verheiratete Batsheba und die Geschichten um Geld und Besitz und um Macht und Ohnmacht zogen sich wie ein roter Faden durch die uralten Schriften.

Emilia sah hinüber zu den großen Eukalyptusbäumen, deren Zweige träge im Wind pendelten. Wie die leeren Ärmel und Hosenbeine von Kleidungsstücken, dachte sie, und plötzlich fiel ihr auf, dass sie Michael und seinen Tod vergessen hatte, seit sie gestern ihr Zimmer in Windhoek bezogen hatte. Mit einem Schreck merkte sie das, so wie man auf einer langen Reise mit einem Mal bemerkt, dass man seinen Mantel vergessen hat, irgendwo in einer Bahn, die längst mit unbekanntem Ziel davon ist, oder in einem schäbigen Hotelzimmer, an das man sich kaum noch erinnern kann. Jetzt fiel ihr das Haus am Bodensee wieder ein, Michaels pedantisch aufgeräumter Schreibtisch, und in diesem Augenblick verstärkte sich der Schreck und ein Kribbeln durchfuhr sie bis in die Fingerspitzen: Wo war sein Füllfederhalter mit der goldenen Feder, wo war dieses Andenken geblieben, das sie immer an ihn erinnern sollte? – Nein, sie hatte ihn nicht verloren, er war noch immer in ihrer Handtasche. Sie hatte nur nicht mehr an ihn gedacht. Sie suchte nach Hoseas Aquamarin. Auch den hatte sie noch. Dann hielt sie den teuren Füller in ihrer einen Hand und den wunderschönen Stein, der nichts wert sein sollte, in der anderen: Sie waren so gegensätzlich, wie es die beiden Männer gewesen waren.

Die Sonne wanderte weiter. Der Schatten der Bäume hatte schon ihre Füße erreicht und sie staunte, wie schnell sich die Erde drehte. Ein Toko ließ sich auf einer knorrigen Akazie in ihrer Nähe nieder und schrie sein Tok-Tok-Tok über das im Abendlicht golden schimmernde Land. Ein zweiter Vogel kam, sie spreizten ihr schwarz-weißes Gefieder, sie rissen ihre gewaltigen gebogenen Schnäbel auf, Grund genug zu schauen, zu lauschen und Uellendahl eine Zeitlang zu vergessen.

Als eben die Sonne hinter den Hügeln versank, kam von einem der Häuschen ein Mann direkt auf Emilia zu. Irgendetwas hatte er im Schlepptau, was sie erst nicht richtig sehen konnte. Hinter ihm, halb verdeckt, als wolle sie sich wegducken hinter seinem breiten Rücken, kam eine andere Gestalt, klein und schmächtig. Das musste seine Frau sein.

»Mister Hahn«, stellte sich der Mann vor und dann, als er merkte, dass Emilia Deutsche war, sprach er mit ihr wie mit einer alten Bekannten, mit der er hier verabredet war. Große Gesten, laute Stimme, während seine Frau, kaum anders als Emilias Mutter, wie eine verkümmerte Pflanze neben ihm stand. Er setzte sich neben Emilia und während er unentwegt redete, hatte sie Zeit ihn zu betrachten. Ein wenig erinnerte er sie an ihren Vater, doch die Nase war zu klein in dem runden Gesicht, viel kleiner als die ihres Vaters. Wie die Haut ihres Vaters war auch seine Haut auf den Wangen von feinen Äderchen durchzogen und die Haare waren aschblond. Khakifarbene Kleidung, die hatte ihr Vater nie getragen.

»Gestern hat einer beim Mähen an der Straße den Kopf gefunden«, sagte er. »Von der Nutte aus Katutura.«

Emilia wusste nicht, wovon er sprach, fragte auch nicht nach.

»In einer Plastiktüte neben der Straße ein paar Kilometer südlich von Windhoek.«

Emilia schwieg.

»Kopfschuss«, sagte er. »Von hinten.«

»Ach.«

»Ich möchte nicht wissen, wie ein Kopf aussieht, der wochenlang in der Hitze am Straßenrand gelegen hat«, sagte er.

Emilia schüttelte abwehrend den Kopf, aber Mister Hahn ließ nicht von dem Thema ab. Ob sie wisse, dass man den Rest der nackten Leiche schon vor zwei Wochen hier ganz in der Nähe gefunden habe? Zwischen Windhoek und Okahandja an der B1?

Sie hatte es nicht gewusst.

Er wechselte das Thema. Er sei Farmer aus der Nähe von Rehoboth und jetzt auf dem Weg in die Etosha. Emilia fragte, ob er etwas von dem deutschen Farmer Wilhelm Ebert oder der Gästefarm Uellendahl gehört habe. – Er kannte beide Namen nicht. Er erzählte, etliche Deutsche hätten ihre Farmen aus Angst vor Überfällen und Enteignungen an die Regierung verkauft.

»So viel Dummheit gehört bestraft!«, rief er aus. »Auch in hundert Jahren wird meine Farm noch meinen Nachkommen gehören.« Dann lästerte er über die großen Rinderherden der Herero. Zu nichts seien die Tiere gut, als dass sich die Männer damit brüsteten.

»Was glauben Sie denn, wer die Menschen mit Fleisch versorgen würde, wenn es keine weißen Farmer mehr gäbe? Niemand doch wohl. Die lassen ihre Tiere in der Trockenzeit verhungern, anstatt sie rechtzeitig zu Geld zu machen.«

Es waren die Worte, die Emilia von ihrem Vater kannte. Sie machte eine halbherzige Bemerkung über Traditionen und über andere Werte als die der Weißen – Profit sei schließlich nicht das einzige Ziel, für das es sich zu leben lohne, aber Mr. Hahn redete weiter, als habe sie nichts gesagt. Er schien es für eine Selbstverständlichkeit zu halten, andere Meinungen, noch dazu, wenn sie von Frauen kamen, einfach untergehen zu lassen. Emilia achtete nicht mehr auf seine Worte. Was er noch sagte, ging an ihr vorüber wie ein Film in einer fremden Sprache. »Minimum«, sagte er. »Im Minimum.«

Eine Angestellte des Hotels kam zu ihnen und fragte, was sie zum Abendessen wollten. Mr. Hahn wählte gebratenes Kudufleisch. »Brot für die Welt!«, sagte er. »Für mich ist das Fleisch.« Nur seine Frau lachte, pflichtschuldig, wie es Emilia schien. Wenig später ging er mit seiner Frau davon.

In Emilias Nähe hatte sich ein Ehepaar niedergelassen und machte Pläne für seine touristischen Ziele in den nächsten Tagen. Einen Augenblick überlegte sie, es ihnen gleichzutun, jetzt, wo ihr Besuch auf Uellendahl vergeblich gewesen war, doch dann verwarf sie den Gedanken wieder. Namibia interessierte sie nicht als Urlaubsland. Sie war hier, um eine Antwort auf die Fragen zu finden, vor denen sie vor zwanzig Jahren davongelaufen war. Sie stand auf, ging in ihr Zimmer und schaltete ihr Handy ein. Hier im Umland von Okahandja war der Empfang gut. Es wäre so einfach zu erfahren, warum ihre Eltern die Farm aufgegeben hatten. Sie brauchte nur die Nummer in Windhoek anzurufen, aber sie konnte sich nicht dazu entschließen. Was ist aus Justinas Tochter geworden?, dachte sie. Die unfreundliche Angestellte auf Uellendahl musste ungefähr deren Alter haben, aber auch nach Justinas Tochter hatte sie nicht gefragt.

Nach dem Abendessen richtete Emilia ihr Gepäck für ihre Abreise am frühen Morgen ohne zu wissen, wo sie die nächsten Tage verbringen würde. Sie war enttäuscht und verärgert über die Stunden in Uellendahl. Sie hatte nicht den richtigen Ton gefunden, als sie mit der Angestellten sprach. Wie eine Rivalin war sie ihr entgegengetreten – keine Basis für ein gutes Gespräch. Um sich nicht länger über ihr ungeschicktes Verhalten zu ärgern, nahm sie wieder das Buch mit den frühen Missionarsberichten zur Hand, schlug es an beliebiger Stelle auf und las.

Zu den Bantunegern gehören zunächst die Herero. Im Allgemeinen sind sie größer und schlanker als die Hottentotten, aber weniger muskulös als die Kaffern. Die Backenknochen treten nicht so stark hervor. Viehzucht bildet ihre liebste Beschäftigung.

Erst die nächsten Sätze weckten ihre ganze Aufmerksamkeit:

Die Frauen bei den Herero sind durchaus nicht unterdrückt, sondern nehmen eine sehr freie Stellung ein. Die Hererofrauen haben in der Tat nicht viel Ursache zum Klagen. Sie sind wertvolle Gehilfinnen und genießen als solche auch die nötige Ehrerbietung. Die Folge davon ist, dass die Herrschaft im Ehestande nicht so sehr von Gewalt oder Interesse, sondern vielmehr von Zuneigung abhängt. Ein Herero wird deshalb seine Frau höchst selten schlagen, und wenn er es tut, läuft sie davon und er hat das Nachsehen.

Emilia wunderte sich. Auf Uellendahl hatten sich die Frauen der Farmarbeiter ihren Männern unterordnen müssen, und wohl bei den Herero noch stärker als bei den Damara, zu denen Hosea und seine Familie gehörte. Woher kam dieser Wandel? Waren es das Vorbild und die Regeln der Missionare und Kolonialherren, die den Frauen ihre Freiheit genommen hatte? Ihre eigene Mutter: Schon auf dem Hochzeitsfoto sah sie hilflos und untertänig aus. Später saß sie an vielen Tagen in sich zusammengesunken und mit geschlossenen Augen auf dem alten Ledersofa, leidend unter ihrer Untätigkeit mit schmerzendem Kopf und schweren Gliedern, während der Vater mit dem Jeep durch die zerklüfteten Berge fuhr und Oryxantilopen jagte oder den Arbeitern zornige Anweisungen gab. Hin und wieder verließ sie das kleine Zimmer jenseits der Eingangshalle und suchte nach den Dienstboten, die sich mühten, ihrem unglücklichen Gesicht auszuweichen. Sie gab ein paar Anweisungen und klagte hernach der kleinen Emilia ihr Leid, weil nichts so geschah, wie sie es sich wünschte. Dem Vater hatten die Arbeiter gehorcht.

Es war spät, als Emilia das Licht ausschaltete, doch das Schicksal ihrer Eltern beschäftigte sie und der Schlaf wollte nicht kommen. Sie schob den Vorhang am Fenster über dem Bett beiseite und starrte mit weit offenen Augen hinaus. Die Sprossen des Fensters zerschnitten die Nacht in neun kleine Quadrate. In den oberen sechs glitzerte der Sternenhimmel, in den drei unteren war nur Finsternis. Nicht das kleinste bisschen Helligkeit unterbrach das schwarze Loch, das sich dort draußen aufgetan hatte. Emilia bereute, ihr Elternhaus vorhin so schnell wieder verlassen zu haben. Sie hätte viel länger nach den früheren Bewohnern forschen müssen. Vielleicht lebten noch Arbeiter in den Häuschen, die Justina und Hosea gekannt hatten, und sie hätte dort eine Spur von ihnen finden können.

Am nächsten Morgen fuhr Emilia noch einmal zu der Farm, die einmal Uellendahl geheißen hatte. Und dann, als sie das Plateau erreichte, war sie plötzlich wieder da, die unendliche blaue Kuppel aus ihren Kindertagen. Hügel und Berge waren über Nacht nähergerückt, neue Details waren sichtbar geworden, rote Felsen und schroffe Einschnitte, die sich gestern in den runden Kuppen verborgen hatten wie unter einer Decke. Der Platz vor dem Farmhaus war so menschenleer wie am Vortag. Die alte Eland-Antilope, das roboterhafte Tier, stand reglos unter seiner Akazie. Als Emilia ausstieg und näherkam drehte es den Kopf, beobachtete sie mit dem einen Auge, das ihm geblieben war, drehte den Kopf wieder zurück, als sei dies die einzige Bewegung, die seinem verrottenden Körper noch möglich war.

Emilia kehrte dem Farmhaus den Rücken und ging zu den niedrigen mit grauem Wellblech gedeckten Häuschen, in denen früher die Farmarbeiter gewohnt hatten. In den kleinen

Gärten vor den Häusern wuchsen Kartoffeln und Bohnen zwischen dem wuchernden Unkraut, und auf einer Wäscheleine hing neben Höschen und Hemden von Kindern die blaue Arbeitskleidung eines Mannes. Neben einer Zisterne standen zwei mit Wasser gefüllte Eimer. Menschen waren nicht zu sehen. Emilia ging von einem Häuschen zum anderen, klopfte an die Türen, rief, klopfte wieder. Alles blieb still. Schließlich ging sie zum Farmhaus hinüber, doch dessen Tür war heute verschlossen. Enttäuscht und müde von der kurzen Nacht lehnte sie sich an den Türpfosten. Sie dachte an den kleinen Ort am Bodensee, an ihren unüberlegten Entschluss nach Namibia zu fliegen, dachte an Nora und wünschte, sie wäre ihr nie begegnet. Was hatte sie hier finden wollen? Einen Menschen, der ihr bestätigte, dass sie nicht schuld sei am Tod einer jungen Frau vor dreiundzwanzig Jahren? Oder Hosea, um ihm zu beteuern, wie sehr sie ihn geliebt hatte? Um ihm zu sagen, dass sie nur zu feige für ein Leben in Unsicherheit an seiner Seite gewesen war? Wenn das die Gründe für ihr Hiersein waren, würde sie sich früher oder später eingestehen müssen, dass die Reise sinnlos war.

Emilia wollte eine Weile warten – sie hatte nichts Besseres zu tun – und setzte sich auf eine Bank auf der Terrasse vor dem Farmhaus. Unter ihr floss der Fluss in einem breiten Bett aus Kies und Geröll. Ein graues Gewimmel drängte dort aus dem Uferwald dem Wasser zu, eilig mit kleinen Trippelschritten, als gäbe es etwas zu versäumen. Perlhühner waren das, flügelschlagend, aber lautlos jagten sie dahin, bis plötzlich ein Grollen anhob, ein Brüllen und Bellen, ein Höllenlärm, dessen Echo von den steilen Ufern in hundertfacher Verstärkung zurückgeworfen wurde, bis endlich die wilde Horde von dunklen zotteligen Gestalten aus dem Wald hervorbrach – die Paviane. Nach einer Weile wurde es wieder still. Emilia blieb noch sitzen, blickte den kleinen Wölkchen nach, die am blauen Himmel vorüberzogen, und dachte an die Stunden mit Hosea.

Als sich damals ihr Vater am nächsten Tag für die Jagd auf ein Oryx rüstete, war Emilia wieder zu der Stelle am Fluss gegangen, wo sie am Vortag gesessen hatte. Als sie aus dem Schatten der Annabäume trat, sah sie zu ihrer Überraschung Hosea am Ufer sitzen, der mit heftigen, geradezu wütenden Bewegungen Steine ins Wasser schleuderte. Während sie ihn unschlüssig beobachtete, drehte er sich plötzlich um. Er sah ärgerlich aus und schien auf sie gewartet zu haben.

»Dein Vater hat mich nicht mitgenommen«, stieß er heftig hervor. »Er hat gesagt, für mich sei kein Platz. Er lügt. Ich hätte neben ihm sitzen können oder neben meinem Vater auf der Ladefläche stehen.«

Emilia musste sich ein Lächeln verkneifen. Hosea auf dem Ehrenplatz neben dem Vater: undenkbar. Die Angestellten und Arbeiter fuhren immer auf der Ladefläche, wenn er am Steuer saß. Hosea tat ihr leid in seiner tiefen Enttäuschung. – Einen Augenblick dachte sie daran, bei ihrem Vater ein gutes Wort für Hosea einzulegen, doch der Gedanke schien ihr absurd: eine Bitte ausgerechnet für den verbotenen Spielkameraden von früher, wo sie doch selbst kaum etwas für sich selbst zu erbitten wagte.

Emilia setzte sich neben Hosea, zog die Schuhe aus und vergrub die Zehen im warmen Sand. »Sicher ein anderes Mal«, sagte sie. »Eines Tages wird es schon klappen.«

Hosea antwortete nicht. Er sah grimmig aus und sein ganzer Zorn war jetzt bei der Fliege, die über seine Hände lief. Dreimal, viermal versuchte er vergeblich, sie zu fangen, ehe er sie plötzlich erschlug. Dann saß er schweigend neben ihr, die Schultern nach vorn gebeugt, den Kopf gesenkt. Seine muskulösen Unterarme fielen ihr auf, ein seltsamer Kontrast zu seiner Haltung. Er tat ihr leid, aber sie war froh, dass er sie nicht bat, ihren Vater zu überreden. Sie hatte Angst vor dessen Zorn und Unverständnis, wenn sie seine Entscheidung infrage stellte. Sie sprachen nicht mehr, bis Hosea plötzlich aufstand. Er berührte Emilia wie zufällig mit der Hand an der Schulter und ging mit heftig schlenkernden Armen davon.

Gegen Mittag hörte Emilia Motorengeräusch. Es wehte zum Farmhaus herauf, schwach und undeutlich. Sie stand auf und ging zum Abhang hinüber, zum felsigen Weg, den sie vorhin zum zweiten Mal mit dem Auto erklommen hatte. Eine Staubwolke kam durch die Ebene gekrochen, versteckte sich zwischen Büschen, tauchte in Senken ein, kam wieder hervor, kam näher in Schlangenlinien wie scheues Wild, das die Deckung sucht. Der Motor wurde lauter, heulte auf, wo der letzte Anstieg zur Farm begann. Ein verbeulter offener Geländewagen bog auf den Vorplatz ein, Staub wirbelte hoch, die Türen öffneten sich. Zwei dunkelhäutige Männer in Jeans und verschwitzten weißen T-Shirts stiegen aus. Wortlos musterten sie Emilia.

»Hello«, sagte sie.

Der Jüngere antwortete etwas, was sie nicht verstand. Die beiden gingen zu den Farmarbeiterhäusern, und dort, wo sie vorhin vergeblich nach Menschen gesucht hatte, öffnete sich jetzt eine Tür. Jemand war dort, mit dem sie redeten, dann fuhren sie wieder davon.

Die Tür zu dem Häuschen war nun weit offen und eine alte Frau kam hervor, humpelte zur Zisterne und schleppte einen der beiden Wassereimer in den Garten. Sie trug eine abgetragene Wolljacke und einen langen bunt gemusterten Rock. Trotz der Wärme hatte sie eine gestrickte Mütze über das graue Kraushaar gezogen.

»Guten Tag«, sagte Emilia leise. Die Frau erschrak. Sie stellte den Eimer ab und richtete sich auf, sodass Emilia das alte verwitterte Gesicht sehen konnte. Beiderseits der platten Nase zog eine scharfe Falte zu den Mundwinkeln. Sie vertieften sich, als die Alte die Unterlippe vorschob, bis es aussah, als würde sie aus dem Kinn hervorquellen. Emilia sah lange in das Gesicht und suchte nach Zügen, die ihr schon einmal begegnet waren. Die kleinen Augen, die tiefen Falten, die Unterlippe: An nichts davon konnte sie sich erinnern. Trotzdem kam ihr das Gesicht bekannt vor. »Magrieta?«, fragte sie zögernd.

Die Alte presste einen Augenblick die Lippen zusammen, dann schob sie die Unterlippe noch weiter vor. Das war ihre einzige Reaktion.

»Moro, Magrieta«, sagte Emilia.

»Moro«, erwiderte die Alte den Gruß der Herero, und dann nach einer Weile, die Emilia endlos schien. »Miss Ebert? Ma'am?«

Ihr Gesicht veränderte sich ein wenig, die Augen wurden weiter, und vielleicht war es eine Spur von Freude, die über das verwitterte Gesicht huschte. Emilia suchte nach Worten. In welcher Sprache hatte sie damals mit Magrieta geredet? Auf Deutsch? Auf Afrikaans? Es waren nur wenige Worte gewesen, die sie Magrieta hatte sagen hören, ob Emilia Kaffee oder Tee zum Frühstück wünsche oder ob das Essen geschmeckt habe. Niemals hatte sie ein persönliches Gespräch mit der Hausangestellten geführt. »Wenn du freundlich zu ihnen bist, legen sie es als Schwäche aus und dann bestehlen sie dich«, hatte ihr Vater gesagt, und Emilia hatte nichts anderes erwartet und sich daran gehalten.

»Ich freue mich so, dass wir uns hier treffen«, sagte Emilia auf Deutsch und lächelte, aber ihre Worte klangen platt und das alte Gesicht blieb reglos. Vielleicht hatte Magrieta die deutsche Sprache vergessen, vielleicht war sie schwerhörig geworden. »Wie geht es dir?«, versuchte es Emilia auf Afrikaans.

Die Alte stellte den Wassereimer ab, aber auf eine Antwort wartete Emilia vergeblich. Wie geht es dir: Früher wäre ihre Frage undenkbar gewesen, der Graben zwischen den weißen Farmbesitzern und den schwarzen Dienstboten war zu tief gewesen.

»Ma'am«, sagte die Alte noch einmal, als könne sie es nicht glauben, wer da vor ihr stand, doch dann hob sie den Wassereimer wieder hoch und ging zum Beet mit den Buschbohnen. Ganz langsam und ohne einen Tropfen zu vergeuden, goss sie jede einzelne Pflanze. Dann kehrte sie zur Zisterne zurück und holte den zweiten Eimer.

Emilia war bei den Bohnen stehen geblieben und wartete auf die Alte. »Magrieta, ich bin gekommen, weil ich mit dir reden möchte«, sagte sie, als die Alte zu den Bohnen zurückgekehrt war. »Ich möchte dich nach Justina fragen. Erinnerst du dich an Justina?«

Die Alte starrte Emilia an und alles Stumpfe verschwand aus ihrem Gesicht. »Sie war eine Mörderin«, stieß sie laut hervor. Sie schlenkerte mit dem schweren Eimer, dass das Wasser überschwappte. Dann begann sie wieder zu gießen, aber sie schüttete das Wasser viel zu heftig über die Pflanzen. Es floss davon und versickerte zwischen dem Unkraut in dem ausgedörrten Boden. Sie ließ den Eimer fallen, ehe sie ihn ganz geleert hatte, und richtete sich auf. »Warum fragen Sie mich nach Justina?«

»Sie war deine Nichte. Vielleicht habt ihr miteinander gesprochen, nachdem sie damals nach Uellendahl zurückgekehrt war.«

Zornig und aufrecht stand Magrieta jetzt vor Emilia. »Niemand von uns wollte etwas mit ihr zu tun haben.«

Emilia erschrak über die abweisenden Worte. »Aber warum nicht?«, fragte sie vorsichtig. »Sie hat doch für die Befreiung Namibias von den Südafrikanern gekämpft, für eure Freiheit und Gleichberechtigung, auch für deine.«

Die Alte presste wieder die Lippen zusammen und schob die Unterlippe noch weiter vor. »Niemand hier hat das gewollt«, stieß sie plötzlich hervor, als Emilia schon nicht mehr mit einer Antwort rechnete. »Niemand von uns wollte etwas mit der SWAPO zu tun haben, nur sie allein.« Die knochige Rechte zur Faust geballt, starrte sie auf die rote Erde. »Es ging uns nicht schlecht hier, aber sie hat gegen ihre Brüder gekämpft.« Ihre Stimme wurde schrill: »Sie hat getötet.«

Dann verstummte sie und es war, als würde die Flamme in ihrem Gesicht verlöschen. Jetzt zeigte das faltige Gesicht etwas anderes als Zorn: Trauer. »Sie hat meinen Sohn umgebracht.«

»Wirklich sie?«, fragte Emilia erschrocken.

Die Alte sah plötzlich auf. »Sie war bei den Kämpfern der PLAN, die von Angola gekommen sind.«

»Aber wieso ...?«, hub Emilia an, doch Magrieta unterbrach. »Mein Sohn war dort an der Grenze im Ovamboland. Er musste bei der südafrikanischen Armee dienen, und dann ... nach drei Monaten war er tot. Erschossen.«

Emilia sah sie betroffen an. Sie hatte gewusst, dass Magrietas Sohn unter den Toten war. Nach den Umständen hatte sie nie gefragt. Emilia legte ihre Hände auf die knochigen Schultern der Alten. »Das mit deinem Sohn tut mir sehr leid.«

»Justina ist freiwillig zu den Soldaten gegangen, aber meinen Sohn haben sie in die Armee gezwungen«, fuhr die Alte fort. »Er hat niemals kämpfen wollen und er hat niemanden töten wollen.«

Emilia nickte, als erinnere sie sich. Während ihrer letzten Jahre auf der Farm war der Bruderkrieg in Namibia immer heftiger geworden: auf der einen Seite die People's Liberation Army of Namibia, der militärische Flügel der SWAPO, und auf der südafrikanischen Seite die Armee und die paramilitärische Einheit Koevoet. Es gab zehntausende Tote auf beiden Seiten. Magrietas Sohn war einer von ihnen.

Nun redete die Alte lange. Sie tauchte ein in die längst vergangenen Zeiten und die Erinnerung gab ihr Worte ein, viele Worte, wie dies oft bei alten Menschen geschieht. Vielleicht hatte sie seit Jahren nicht mehr so viel geredet wie an diesem einen Tag.

»Männer mit Gewehren sind gekommen, um ihn zu holen«, fuhr die Alte fort, »aber er wollte nicht in die Armee.« Sie ballte ihre magere Hand zur Faust. »Sie haben ihn geschlagen und dann haben sie ihn mitgenommen. Weit weg von hier haben sie ihn im Busch allein zurückgelassen.« Sie trat gegen den Eimer, er rollte davon und das Wasser, das in ihm zurückgeblieben war, hinterließ eine dunkle Spur auf dem staubigen Boden. »Er war verletzt, aber er hat es geschafft, wieder nach Hause zu kommen. Dann kamen sie ein zweites Mal. Sie haben ihn so verprügelt, dass er zwei Zähne verlor. Er hatte Angst um sein Leben, deswegen ist er gegangen. Freiwillig hätte er es nie getan.«

Emilia schwieg. Viele schwarze Namibier hatte die gut bezahlte Arbeit als Soldat in den Bruderkrieg getrieben, der Traum von Wohlstand und Macht. Magrietas Sohn hatte nicht zu denen gehört. Er war gezwungen worden wie so viele. Die Alte hob den Wassereimer wieder auf.

»Magrieta«, sagte Emilia leise. »Was damals geschehen ist, das ist doch nicht meine Schuld.«

Die Alte schaute zu ihrer Hütte, wo die Tür offen stand, und Emilia sah, dass sie fort wollte von der Weißen, die mit ihren Fragen die alten Wunden aufriss. Emilia ließ sie nicht gehen. Sie war hier, um etwas über Justina und Hosea zu erfahren und dieser Wunsch wog schwerer als die Rücksicht auf die alte Frau.

»War Justina wegen ihrer Eltern hierher zurückgekommen?«

Widerstrebend und mit abgewandtem Gesicht antwortete sie. »Ihre Eltern waren damals schon seit Jahren fort von der Farm, vielleicht sind sie nach Swakopmund zu den großen Fischfabriken gezogen, vielleicht zu den Diamantenminen, ich weiß es nicht.«

»Warum ist Justina dann nach Uellendahl gekommen?«

Jetzt sah die Alte Emilia wieder an. »Wo hätte sie denn hingehen sollen? Sie hatte kein Geld, kein Zuhause. Sie hatte gemeinsam mit den Ovambo gekämpft. Sollte sie bei denen bleiben? Sie verstand nicht einmal deren Sprache.« Dann drehte sie sich um und humpelte so mühsam davon, als schleppe sie mit dem leeren Eimer eine schwere Last. Emilia folgte ihr. Noch hatte sie das Wichtigste nicht gefragt.

»Magrieta, bitte, es ist wichtig: Was ist aus Justinas Kind geworden?«

»Das Kind«, wiederholte Magrieta bitter. »Ich habe es gefüttert, als Justina tot war. Ich habe es getröstet, wenn es weinte. Mein Sohn war tot und mit der kleinen Nandesora hatte ich wieder ein Kind.« Sie griff nach ihrer Wollmütze und zog sie tiefer in die Stirn, als wäre ihr kalt. »Aber eines Tages ist Nandesoras Vater mit seinen Verwandten gekommen und hat das Mädchen abgeholt.«

Plötzlich erwachte wieder der Zorn in ihrem Gesicht. »Sie wollten alles mitnehmen, was Justina gehört hatte. Sie haben geschimpft, als sie nichts fanden, und gesagt, ich hätte es ihnen gestohlen.« Sie hielt inne. »Warum fragen Sie das alles?«

Diese riesige abstehende Unterlippe! Emilia konnte den Blick nicht von ihr abwenden. Seit Jahren musste die Alte sie vorgeschoben haben, als wolle sie etwas wegschieben, was nicht zu ihr gehörte. »Magrieta«, sagte Emilia leise, »ich frage das alles, weil ich verstehen möchte, warum Justina der Tod wichtiger war als die Sorge für ihre kleine Tochter.« Dann zögerte sie. »Und weil ich wissen möchte, was aus Nandesora geworden ist.«

»Aus Nandesora? Warum fragen Sie jetzt nach so langer Zeit, wo sie längst erwachsen ist? Warum sind Sie nicht früher gekommen? Warum haben Sie nicht gleich gefragt, als Sie noch hier lebten und sich niemand um das Kind gekümmert hat?«

Emilia konnte es ihr nicht erklären. Magrieta war eine Fremde gewesen, eine Eingeborene, die in eine andere Welt gehörte als die, in der sie selbst gelebt hatte. Eine, die man nicht nach ihrer Meinung oder ihren Sorgen fragte, auch nicht nach dem Kind, das sie aufgenommen hatte.

»Magrieta, weißt du denn, wo Justinas Tochter jetzt lebt?«

Die Alte zog die Mundwinkel herunter. »Wie soll ich das wissen? Sie ist so lange fort.«

»Aber du hast sie wiedergesehen?«

Die Alte schüttelte den Kopf. »Sie haben sie einfach mitgenommen, irgendwohin, und ich bin ihr niemals mehr begegnet.«

»Du hast von ihr gehört?«

Magrieta antwortete nicht. Sie sah an Emilia vorbei, als habe sie die Frage nicht vernommen.

»Du hast doch von ihr gehört?«

Jetzt nickte die Alte.

»Von wem?«

»Von Unotjari, aber das ist lange her.«

Plötzlich hatte Emilia wieder Hoffnung. »Wer ist Unotjari?«

»Sie ist Nandesoras Halbschwester. Vielleicht weiß sie, wo Nandesora ist.«

»Und wo ist Unotjari?«

»Okahandja«, sagte Magrieta zögernd. »Auf dem Holzmarkt. Manchmal ist sie dort. Wo die größten Figuren stehen, da können Sie nach ihrem Namen fragen.«

Während Magrieta noch sprach, hatte sie begonnen, sich zum Haus zurückzuziehen, ganz langsam, einen Schritt und noch einen, den Blick auf den Boden gerichtet, bis sie plötzlich hinter der Tür verschwunden war. Ihre Blicke hatten sich nicht mehr gekreuzt, kein Nicken, kein Gruß zum Abschied. Emilia hätte ihr gern gedankt, hätte noch einmal ihre Hände auf die alten knochigen Schultern legen wollen, aber die Tür war geschlossen und sie wusste nicht, ob sie sich noch einmal öffnen würde. Viel mehr hatte Emilia erfahren, als sie zu hoffen gewagt hatte. Nandesora, so hieß also das Mädchen, das allein in einem Namibia zurückgeblieben war, für dessen Freiheit seine Mutter gekämpft hatte, und es gab eine Spur.

In dem Augenblick, als sich Emilia zum Gehen wandte, kam Magrieta wieder aus der Tür. Sie hielt ein flaches Päckchen in der Hand und gab es Emilia. »Von Justina«, sagte sie.

»Was ist das?«

»Ich kann nicht lesen.«

Emilia betastete das grobe Packpapier.

»Nehmen Sie es mit und dann fragen Sie mich niemals wieder nach Justina«, sagte die Alte. Dann zog sie die Tür hinter sich zu.

»Magrieta«, rief Emilia. »Magrieta, warte doch!« Sie klopfte an die Tür. »Magrieta!«

Endlich öffnete die Alte noch einmal.

»Magrieta, ich suche Menschen, die Justina gekannt haben.«

»Hier gibt es niemanden mehr außer mir.«

»Und woanders?«

»Wie soll ich das wissen?«

»Und Hosea? Weißt du, was aus ihm geworden ist?«

Magrieta schob die Unterlippe vor und sah sie nicht an. »Hosea?«, wiederholte sie und wie sie es sagte, war es eine Frage. »Er ist fort. Er ist bald gegangen, als Ma'am fort war und ist niemals wiedergekommen. Wir wissen nichts von ihm.«

Emilia schwieg betroffen.

»Leben Hoseas Eltern noch?«

Die Alte schüttelte den Kopf. »Seine Mutter ist gestorben, bald nachdem Hosea die Farm verlassen hat. Sein Vater ist vom Jeep gestürzt und mit dem Kopf auf einen Felsen aufgeschlagen. Er ist nie wieder gesund geworden. Jetzt lebt er nicht mehr.«

Dann schwiegen sie.

»Magrieta, ich danke dir für alles«, sagte Emilia endlich. Jetzt schloss sich die Tür wieder.

Emilia blieb unschlüssig stehen. Sollte das jetzt der letzte Abschied von Magrieta gewesen sein? Als sie einsehen musste, dass sich die Tür nicht wieder öffnen würde, ging sie zu ihrem Wagen zurück. Sie legte das Päckchen auf ihre Knie und löste vorsichtig den Klebestreifen, der das verschlissene Packpapier zusammenhielt. Von Justina, hatte die Alte gesagt. Zuoberst lag ein abgegriffenes Schreibheft, ähnlich denen, die Emilia in der Schulzeit benutzt hatte, darunter ein Aktendeckel mit losen Blättern. Was sie in der Hand hielt, mussten wirklich die Aufzeichnungen von Justina sein. Mit klopfendem Herzen verschloss sie das Päckchen wieder. Hier war nicht der richtige Ort zum Lesen.

Sehr langsam fuhr Emilia auf der Schotterpiste zurück. Nandesora. Diesen Namen zu kennen und zu wissen, wo sie die Spur zu Justinas Tochter aufnehmen konnte, schien ihr jetzt wie ein Wunder. Sie würde Justinas Tochter suchen und sie würde sie finden. Sie musste wissen, wie sie lebte. Sie musste wissen, ob ihr Leben ein besseres war, als es ohne den Krieg gewesen wäre. Das Land und seine Menschen mussten sich verändert haben, seit sie fortgegangen war. – Und Hosea? Nichts hatte sie über ihn erfahren.

Zwei Stunden später war Emilia beim Holzmarkt von Okahandja. Von dem verheerenden Brand vor ein paar Jahren war nichts mehr zu sehen. Berge von geschnitztem Holz! Überall standen die Figuren, nackte menschliche Leiber mit viel zu großen Köpfen, körperlose Köpfe, daneben Nilpferde wie dicke, hölzerne Tonnen, Elefanten in allen Größen, Giraffen, Leoparden und dahinter, unter den verschlissenen Planen, Schüsseln und Teller, dazu bunte Steine, Eberzähne, Stacheln vom Stachelschwein, Straußeneier und Strohhüte, Armbänder aus Muscheln und die Pfeile, Bögen und Trommeln von Buschmännern. Jeder Schritt führte zu neuen Kunstwerken und neuem Trödel. Jetzt in der Mittagszeit war Emilia die einzige Weiße hier. Ihr Erscheinen weckte die Männer aus ihrer Lethargie. Überall erwachten die Dösenden und entrollten sich aus ihrer zusammengesunkenen Haltung, wuchsen vor ihr und neben ihr aus ihren Stühlchen empor, unversehens wie Pilze nach dem Regen, ein Dutzend, zwei Dutzend – oder waren es Hundert? –, so viele jedenfalls, als wären die hölzernen Figuren selbst lebendig geworden. Die Frauen blieben im Hintergrund, schlanke, mit bunten Röcken bekleidete Gestalten, die mit unbeteiligten Gesichtern den Staub von den Figuren putzten. Emilia nahm nichts von dem in die Hand, was die Männer ihr reichen wollten. Sie suchte nicht nach Buschtrommeln, nicht nach hölzernen Giraffen oder geschnitzten Masken. Sie suchte Unotjari. Während sie weiterging, blieben die ersten zurück, aber immer wieder kamen andere Männer auf sie zu, wichen ihr aus und verstummten, wenn sie sie nicht beachtete. Endlich, als sie kaum noch daran glaubte, dass sie finden würde, was sie suchte, sah sie das Paar, Mann und Frau, riesig beide, die Körper nackt bis auf einen Lendenschurz. Ihre kantigen Gesichter waren hell, geradezu leuchtend inmitten der Schwarzen, die sie umringten. »Fragen Sie, wo die Figuren am größten sind!«, hatte Magrieta gesagt, und sie buchstabierte den Namen, »Unotjari?«, fragte Emilia, und immer wieder: »Do you know Unotjari.«

Ratlose Gesichter: »Wer ist Unotjari?«

»Ich weiß es nicht.«

Jetzt redeten sie untereinander mit ihren unverständlichen Lauten, bis ein barfüßiger Mann zu ihr trat und ihr bedeutete, ihm zu folgen. Er führte sie durch ein endloses Labyrinth aus flatternden Planen und grob zusammengezimmerten Gestellen, ging immer weiter, ging fort von der Straße und fort von den anderen. Schwärzer als schwarz war der Mann, zu dem er Emilia brachte, schwarz wie Kohle. Auch seine Lippen waren schwarz und wie aus gegerbtem Leder. Er trat aus dem Schatten zwischen den Planen hervor, aus einer versteckten Nische zwischen den Gestellen, dort wo auf den hölzernen Schüsseln und Tellern eine Staubschicht lag wie ein Überzug aus Mehl.

Es war ein baumlanger Kerl, der da plötzlich dicht vor Emilia stand. Sie musste ihren Kopf in den Nacken legen, um in das schwarze Gesicht zu sehen, und ihre Unruhe, die sie schon auf dem Weg zwischen den Planen befallen hatte, wurde noch größer.

»Unotjari?« Der Name klang ganz anders aus dem Mund des Hünen. »Was willst du von ihr?«, fragte er auf Englisch.

Emilia zögerte. Die Frage hatte sie so wenig erwartet wie einen Mann, der so schwarz und unnahbar aussah wie dieser. Sie hatte geglaubt, Unotjari hier zu treffen. Ich suche die Tochter einer Frau, die seit mehr als zwanzig Jahren tot ist, und Unotjari könnte wissen, wo sie ist: Das konnte nicht die passende Antwort sein. Die Distanz zwischen ihnen war viel zu groß, doch Emilia hatte nicht die Absicht, sich von diesem Mann entmutigen zu lassen. Sie war entschlossen, Unotjari zu finden. Ein Mensch wird so behandelt wie er es erwartet, dieser Satz ihres Vaters fiel ihr ein, ein hochmütiger Satz, der sie, die Unterlegene, geärgert hatte. Jetzt würde er ihr helfen. Sie machte ein siegessicheres Gesicht, obwohl sie sich winzig fühlte vor der hünenhaften Gestalt des schwarzen Mannes.

»Ich muss zu ihr«, sagte sie und fand ihre Stimme immer noch viel zu ängstlich. »Ich muss mit Unotjari sprechen.« Jetzt klangen ihre Worte schon mutiger.

Der Riese nahm ihre Worte mit unbewegtem Gesicht und ohne weitere Frage hin. Ablehnung oder Zustimmung, Emilia wusste es nicht. Es schien ihr nicht zum ersten Mal, als sei die dunkle Haut dicker und weniger durchlässig für den Ausdruck der Gefühle als die weiße, und was er dachte, blieb für Emilia verborgen wie hinter einer Maske.

»Sie ist nicht hier.«

»Wo ist sie denn?«

»In Epukiro«, sagte er und machte eine Bewegung in eine unbestimmte Ferne.

»Epukiro?« Das unbewegte Gesicht irritierte sie. »Wo ist das?«

»Epukiro«, wiederholte er und wies mit seiner ausgestreckten Hand nach Nordosten. »Weit weg. Dort, wo die Wüste ist.«

»Kommt Unotjari wieder hierher?«

Er wiegte sehr langsam seinen Kopf zwischen den Schultern. »Sicher kommt sie wieder.«

Es fiel Emilia schwer, ihre Ungeduld zu verbergen und ihren Ärger über seine vagen Andeutungen. Ein schwarzer Riese, der mit der kleinen Weißen sein Spiel trieb.

»Wann wird sie kommen?«

»Vielleicht nächstes Jahr, vielleicht nicht, wer kann das wissen?«

»Ich muss zu ihr.«

Jetzt waren sie nicht mehr allein zwischen den Planen. Immer mehr dunkle Männergesichter umringten sie, staubige Gestalten drängten näher, nicht drohend, nur neugierig wie Kinder, denen man das Gaffen noch nicht verboten hat. Was die Weiße da wollte war spannend und was daraus würde ungewiss. Hier ging es um mehr als die Schnitzereien. Sie redeten in ihrer Sprache. Es ging um sie, natürlich, aber sie verstand nur ein einziges Wort: »Unotjari«, das Wort fiel immer wieder, der Name war zum Marktgespräch geworden. Ihre Figuren, ihre Trommeln, ihre Steine hatten sie für diesen Augenblick vergessen.

»Was bezahlst du, wenn ich dich zu Unotjari bringe?«

Es wurde plötzlich still, kein Laut mehr, nur einmal das Prasseln von Autoreifen auf dem Schotter der nahen Straße. Es ging nicht um ein paar lumpige namibische Dollar, ganze Reichtümer standen auf dem Spiel, vielleicht mehr Geld als einer von ihnen das ganze Jahr mit seinen Schnitzereien verdiente. Die dunklen Gesichter starrten sie an, undurchdringlich und reglos wie die hölzernen Masken. Emilia zögerte und spürte ihre Angst vor der plötzlich so nahe liegenden Möglichkeit, mit diesem Mann und für Geld zu Unotjari zu kommen. Dann entschied sie sich: Sie würde es tun. In dem Augenblick, als dieser neue und unbekannte Teil von ihr am Computer ihren Zeigefinger gekrümmt hatte, um den Flug zu buchen, hatte sich etwas in ihr verändert. Ja, sie war bereit, das Abenteuer zu Ende zu führen.

»Fünfhundert«, sagte sie, doppelt so viel, wie die Fahrt mit dem Taxi vom Flughafen nach Windhoek gekostet hatte. »Mit meinem Auto.«

»Dreitausend«, sagte er. Die anderen schwiegen. Götzenhafte Gesichter!

»Tausend.«

Der Hüne drehte sich um. Er ging einfach fort. Ohne einen weiteren Blick für sie verschwand er zwischen den Planen. Kein Wort von den anderen, niemand griff ein. Sie zerstreuten sich, sanken wieder auf ihre Stühlchen, warteten ab, was geschehen würde. Etwas anderes hatten sie nicht zu tun. Niemand bot ihr jetzt seine Waren an. Das Schauspiel war noch nicht zu Ende, nur eine Pause zwischen den Akten.

Drei Männer waren in ihrer Nähe geblieben, wohl Unterhändler, die auf ihre Entscheidung warteten. Dreitausend namibische Dollar, um etwas über das Schicksal von Justinas Tochter zu erfahren? Aus welchem Grund eigentlich? Doch nur aus einer Laune heraus, bestenfalls aus einem plötzlich erwachten Verantwortungsgefühl, das längst überfällig war und das jetzt ins Leere führen musste. Dreitausend Dollar für ein unberechenbares Abenteuer in einer Welt, über die sie nichts wusste, und bei Menschen, die ihr fremder nicht sein konnten.

Emilia stand und schwieg. Wartete.

Der zweite Akt begann: »Eintausend ist nicht genug.« Es war ein junger Mann, fast ein Kind noch, der sich zum Sprecher machte. Die Statisten versammelten sich wieder, zögernder als im ersten Akt.

»Er kann nichts verkaufen, wenn er fortgeht«, sagte der Junge. Und: »Es wird Tage dauern, bis er wieder hier ist.«

»Zweitausend?«

»Zweitausend reichen nicht.« Er tauchte wieder ein in die schweigende Runde.

Zweitausend reichen nicht. – Als gäbe es einen ein für alle Mal festgelegten Preis! Zweitausend Dollar mussten ein Vermögen sein.

Der Hüne war längst zurückgekehrt. Von Emilia unbemerkt hatte er sich unter die Statisten gemischt, wie einer, den das Ganze nichts angeht. Sie erkannte ihn plötzlich an seiner Größe und an der Schwärze seiner Haut. Sein Gesicht hatte sich in ihrer Erinnerung mit denen der anderen vermischt. Schweigend wartete er ab. Er brauchte sich nicht zu bemühen, sie hatte sich längst entschieden. Nur mit einem Fuß stand sie noch auf dem sicheren Pflaster der Zivilisation, mit dem anderen war sie schon in der Wüste.

»Dreitausend«, wiederholte der Unterhändler, zweitausend bot sie. Bei zweitausendfünfhundert einigten sie sich. Tausend Dollar sofort, den Rest bei ihrer Ankunft, wenn sie denn ankommen würden. Ob sie Unotjari dort treffen würde, blieb ihr Risiko. – Die Wüste, von der die Rede war, musste die Kalahari sein.

Der Riese, der Emilia begleiten wollte, zeigte zum Himmel, zeigte zur Sonne. »Es ist zu spät«, sagte er. »Wir kommen in die Dunkelheit«, dazu machte er eine Geste des Bedauerns, als sei es nicht nur für heute zu spät, sondern endgültig zu spät.

»Und morgen?«

Er wiegte den Kopf hin und her, unschlüssig wie ihr schien, und ließ sie auf die Antwort warten. »Okay«, sagte er schließlich so gleichgültig, als ginge es um einen kleinen Spaziergang. »Okay. Fahren wir morgen.«

»Wann werden wir fahren?«

»Ich werde hier sein, wenn die Sonne aufgeht.«

»Ich kann um neun Uhr hier sein.«

»Okay, okay«, sagte er. »Fahren wir später.«

»Um neun?«

Er nickte.

Die Mauer aus dunklen Gestalten öffnete sich nicht. Noch gaben sie Emilia nicht frei. Das große Geschäft war abgeschlossen, jetzt war Zeit für die kleinen, die alltäglichen. Sie bedrängten Emilia wieder. Einer nach dem anderen tänzelte dicht vor sie hin, redete – die Worte selbst waren unwichtig – trat ab, um dem nächsten Platz zu machen, wenn sie den Kopf schüttelte. Emilia kehrte noch einmal um. Sie ging in die hinterste Ecke unter den Planen, dorthin, wo die Schnitzereien die dickste Staubschicht hatten und ihr der Hüne gegenübergetreten war. Ohne zu feilschen kaufte sie eine Schale aus dunklem Holz.

Ein paar zerlumpte Gestalten folgten ihr mit bunten Glasperlenketten in den Händen und schnitten ihr den Weg zu ihrem Wagen ab. Der Hüne verjagte diese Ärmsten unter den Verkäufern. Sie nickte in seine Richtung, aber in seinem Gesicht war eine Eiseskälte und sie fror plötzlich trotz der Hitze.

Emilia fand eine Filiale der »Standard-Bank« in der Hauptstraße, aber sie war geschlossen, genau wie eine zweite Bank ein paar Straßen weiter. Alle Banken waren mittags geschlossen. Sie musste warten, um das Geld abheben zu können. Vor einem heruntergekommenen Schnellimbiss dösten ein paar Männer unter verbogenen Sonnenschirmen. Emilia parkte ihren Wagen so, dass sie ihn im Auge behalten konnte, und setzte sich an den einzigen freien Tisch. Sie aß Pommes frites mit Ketchup, trank eine Cola und dachte mit Sorge und Hoffnung zugleich an das Abenteuer, das vor ihr lag.

Mittlerweile war es noch heißer geworden. Die Sonne stand fast senkrecht am Himmel, die Cola war abgestanden und die Pommes waren kalt und weich. – Auf der Straße ging der Mann, der sie morgen begleiten würde. Er sah sie nicht oder er wollte sie nicht bemerken. Fremder konnte ihr kaum ein Mensch sein. Nicht einmal nach seinem Namen hatte sie ihn gefragt. Morgen würde sie mit ihm allein sein. – Mit dem Hünen irgendwo in der Kalahari: Der Gedanke war beängstigend. Das Verlangen, Nandesora zu finden, war seit der Begegnung mit Magrieta so übermächtig geworden, dass sie keinen anderen Weg mehr sah, als ihm nachzugeben, entgegen allen Einwänden der Vernunft. Was war es nur, was sie so drängte? Ihr Versagen in den Tagen vor Justinas Selbstmord? Die Hoffnung, ihr Gewissen zu beruhigen, wenn sie Nandesora als junge Frau antraf, die ihr Leben meisterte? Der Wunsch, mit ihr über den Tod ihrer Mutter zu sprechen, und sich dadurch von der Schuld zu befreien? Dieser Mann war ihre einzige Chance, wenn sie Nandesora finden wollte, denn sie kannte keinen anderen Menschen, der sie zu Unotjari führen konnte. Vielleicht wusste die, wo ihre Halbschwester war. Dann dachte Emilia wieder an Hosea. In ihrer Vorstellung war er noch immer der große Junge, in den sie sich vor vielen Jahren verliebt hatte.

Nachdem Hosea damals enttäuscht über Emilias Vater und die entgangene Jagd wortlos davongegangen war, hatte sie für viele Tage den Treffpunkt am Fluss gemieden. Sie war unglücklich gewesen, dass sie Hosea nicht geholfen hatte, aber bei jeder neuen abwertenden Bemerkung ihres Vaters über die schwarzen Arbeiter war ihr deutlicher geworden, wie sinnlos ihre Bitte gewesen wäre.

Erst Tage später ging sie wieder an den Fluss und setzte sich in den Schatten der Annabäume. Es war der vorletzte Tag der Zeugnisferien und vielleicht die letzte Chance, Hosea wiederzusehen. Sie war aufgeregt und bemerkte verwundert, wie heftig ihr Herz schlug. Trotzdem hörte sie ihn nicht kommen. Erst seine Hand, die sich auf ihre Schulter legte, ließ sie zusammenfahren.

»Wie geht es dir?«, fragte er. Es klang wie die Formel, mit der sich zwei Menschen auf der Straße bei einem zufälligen Treffen begrüßen. Emilia zögerte. Sie wusste nicht, ob ihr Befinden ihn wirklich interessierte, und sie wusste nicht einmal, wie es ihr ging: Sie war enttäuscht über die kühle Begrüßung, aber sie war glücklich, dass Hosea gekommen war.

»Es geht so«, sagte sie.

Hosea fragte nicht nach. Er legte das Seil ab, das er mitgebracht hatte, lehnte sich an einen Annabaum und blickte auf sie hinunter.

»Hast du auf mich gewartet?«

»In zwei Tagen beginnt wieder die Schule«, sagte sie, als wäre es eine Antwort auf seine Frage.

Hosea sah sie an, lange und prüfend, bis sie verlegen wurde. Er musste es merken, wie ihr das Blut in den Kopf stieg, und dieser Gedanke ließ sie noch mehr erröten. Plötzlich wich er ihrem Blick aus, vielleicht noch verwirrter als sie selbst über ihre offensichtliche Verlegenheit.

»Was machst du mit dem Seil?«

Jetzt strahlte Hosea. »Ich will für dich ein Pferd einfangen. Mein Vater hat es mir erlaubt. Wenn du willst, kannst du mitkommen.«

Emilia fragte nicht, ob der alte Bethuel dies wirklich erlauben konnte. Immerhin war er für die verwilderten Pferde auf der Farm zuständig, Nachkommen der Tiere, die vor vielen Generationen aus der Obhut der Menschen entkommen waren. Von Zeit zu Zeit fing er eines ein und zähmte es. Als Kind hatte Emilia oft auf die weißen Pferde gewartet, die an manchen Tagen zum Trinken ans Wasser kamen. Vergeblich hatte sie gehofft, eines Tages unter ihnen das weiße Einhorn aus dem Märchen zu entdecken. – Und jetzt wollte ihr Hosea eines der Pferde fangen.

»Du wirst staunen, wie ich das mache«, sagte Hosea und dann beschrieb er mit großen Gesten und vielen Worten, was er plante. »Und wenn ich es gezähmt habe, kannst du darauf reiten«, schloss er.

Emilia lachte. Sie zweifelte an seinen Worten, aber sie stand auf.

Hosea ging flussaufwärts, sie blieb an seiner Seite. Es war schön, mit ihm zu gehen, seine Stimme, seine Ruhe und seine weichen Bewegungen zogen sie an, ohne dass sie wusste, warum. Bald wurden die Ufer steiler und das Flussbett war mit Felsen durchsetzt. Nur zu Fuß – oder auf dem Rücken eines Pferdes – war diese Stelle zu erreichen. Kein Jeep würde hier entlangfahren können. Emilia war niemals zuvor hier gewesen. Dann sahen sie wirklich zwei weiße Pferde. Eines hatte den Kopf zum Wasser gesenkt, das andere blickte in ihre Richtung. Hosea bedeutete Emilia zu warten und bewegte sich langsam und behutsam auf die beiden Pferde zu. Das Seil hielt er wie ein Lasso in seinen Händen. Das Tier, das eben noch getrunken hatte, hob seinen Kopf und sah ihm nun ebenfalls entgegen. Ohne Eile wandten sich die schönen Tiere um, durchquerten den Fluss, erklommen das Steilufer auf der anderen Seite und verschwanden zwischen den Bäumen. Hosea war noch immer mehr als einen Steinwurf von ihnen entfernt. Eben noch voller Eifer, stand er nun mit hängenden Armen am Ufer. Er sah aus wie ein kleiner Junge, dem man sein Lieblingsspielzeug fortgenommen hat. Ob er wirklich geglaubt hatte, mit einem Pferd heimzukehren?

Emilia ging zu ihm. Sie blieben nebeneinander stehen und blickten auf das glitzernde Wasser und den steilen Hang, wo eben die Pferde verschwunden waren.

»Wir müssen warten«, sagte er. »Die Pferde werden wiederkommen und sich an uns gewöhnen.«

Sie setzten sich auf einen ebenen Platz im Schatten einer Akazie, suchten vergeblich mit den Augen nach den Pferden und schwiegen. Hosea saß ganz dicht neben ihr im Wind, der jetzt stärker blies. Sie lehnte sich an seine Schulter und er legte den Arm um sie, zog sie fester an sich. Emilia spürte seinen Körper, seine Wärme. In diesen langen Minuten sehnte sie sich nach Zärtlichkeiten, aber sie wagte nicht, den ersten Schritt zu tun. Sie wendete ihm ihr Gesicht zu – ihre Stirn berührte sein Kinn – aber sie küssten sich nicht. Küssten sich die Menschen hier überhaupt, dachte sie. Sie hatte es niemals gesehen.

Lange saßen sie so, ohne dass etwas geschah. Emilia stand auf, als sich die Schatten über das Flussbett breiteten. Es war kühl geworden und ihre Mutter würde sich ängstigen und fragen, wo sie gewesen war, wenn sie erst nach Einbruch der Dunkelheit nach Hause kam. So lange es hell war, nahmen Emilias Eltern keinen Anstoß an ihrem Fortbleiben. Schon als Kind war sie allein auf dem weiten Gelände unterwegs gewesen.

Gemeinsam gingen sie zurück. Als Emilia einmal über einen Stein stolperte, nahm Hosea lächelnd ihren Arm. Er hielt sie auch noch, als der Weg wieder ebener wurde und ließ sie erst wieder los, als sie sich der Stelle näherten, an der sie sich vorher getroffen hatten. Das Stück bis zu den Häusern gingen sie auf verschiedenen Wegen. Niemand brauchte sie zusammen zu sehen.

Auch nach dieser Begegnung mit Hosea konnte Emilia nicht schlafen. Sie lag noch wach, als im ersten Tageslicht die Hähne krähten. Hosea! Alle ihre Gedanken waren erfüllt von Hosea, von der glatten braunen Haut seines Gesichtes, seinen kräftigen Händen. Vergeblich versuchte sie zu verstehen, was mit ihr geschehen war. Hosea war einer unter den vielen, die hier arbeiteten und lebten, nicht mehr und nicht weniger, ein Mann von etlichen, denen sie schon begegnet war, sicher nicht einmal einer der attraktivsten. Wenn nicht sein Blick gewesen wäre, sein Lächeln, seine unbekümmerte Art und seine Stimme, die sie so eigenartig berührte. Sie war traurig, dass sie Hosea in der kommenden Woche nicht wiedersehen würde, aber sie war auch erleichtert. Ihre Liebe zu ihm ängstigte sie.

Früh am nächsten Morgen sah Emilia ihren Vater mit einem Jagdgewehr neben dem alten Jeep stehen. Bethuel hatte den Tankdeckel geöffnet und füllte aus einem großen Kanister Diesel ein. Die beiden rüsteten sich zur Jagd.

In einem plötzlichen Entschluss ging Emila zu ihnen. »Darf ich mitfahren?«

Ihr Vater zog die Augenbrauen hoch, offensichtlich überrascht von der Frage, doch dann willigte er ein. Er schien sich sogar zu freuen, dass Emilia ihm bei der Jagd zusehen wollte. Hoseas Vater begrüßte Emilia mit der ihm eigenen Unterwürfigkeit und hielt ihr die Beifahrertür auf. Er selbst stieg auf die Ladefläche.

Sie fuhren zu einem Teil der Farm, wo Emilia lange nicht mehr gewesen war. Hier hatte Feuer die Vegetation zerstört und die Landschaft verwüstet. Abgestorbene Baumruinen streckten ihr schwarzes Geäst in den Himmel. Das Feuer war über zwei Hügel gerast, dann war es von selbst erloschen. Die Landschaft war schroffer hier als im übrigen Farmland, Bäume und Gebüsch spärlicher, auch dort, wo die Flammen nicht gewütet hatten. Paviane flohen vor dem Wagen, eilten auf dem

Weg entlang, stürmten endlich kreischend hinauf auf die Felsen. Da hockten sie dann, die dunklen Gesellen. Kein einziges Oryx, obwohl sie kilometerweit fuhren, nur Gnus und Eland-Antilopen, einmal drei Giraffen.

Emilias Vater hielt plötzlich an und stellte den Motor aus. Über ihnen, hundert oder hundertfünfzig Meter entfernt, stand ein Oryx auf der Fahrspur, die steil den Hügel hinaufzog. Ahnungslos blickte die schöne Antilope in die andere Richtung, witterte und lauschte nach dort, von wo der Wind wehte. Den Wagen bemerkte sie nicht, auch nicht den Jäger, der die Patrone ins Magazin schob und verdeckt von Fels und hohem Gras den Hügel erklomm. Ein Knall zerriss die Stille, gefolgt von einem hundertfachen Echo wie teuflisches Gelächter. Das Tier fiel um wie ein Stein. Kein Aufbäumen, kein einziger Schritt. Es war, als habe es den Schuss nicht mehr gehört. Ihr Vater kehrte zurück, auf seinem Gesicht ein verklärtes Leuchten: der archaische Stolz des erfolgreichen Jägers. Emilias Bewunderung nahm er hin wie einen selbstverständlichen Lohn.

Sie fuhren zu der Stelle, wo die Antilope zusammengebrochen war. Wie auf einem Opfertisch lag sie bei einer Wegbiegung auf dem einzigen mit Sand bedeckten ebenen Fleck. Emilias Vater beugte sich mit einem langen Jagdmesser über das Tier. Eine eigenartige Faszination zwang sie, ihn nicht aus den Augen zu lassen. Es war nicht der bestürzend schnelle Übergang vom Leben in den Tod, auch nicht das hellrote Blut, das über den Sand floss, es war das Geheimnisvolle, das Nie-Gesehene, was sie neben dem toten Tier hielt. Auch Furcht war dabei, Furcht vor ihrem Vater, Furcht vor seiner Macht, Furcht vor dem, was er gleich mit dem Messer tun würde. Die Läufe der Antilope zuckten, als er das Messer durch den Nacken bis ins Rückenmark stach. Ein paar kraftvolle Schnitte, und der abgetrennte Schädel lag im Sand wie ein lebendiger Kopf mit sanften braunen Augen, die den Tod nicht hatten kommen sehen. Das Einschussloch neben dem Schulterblatt war winzig wie eine bedeutungslose Verletzung. Ihr Vater richtete sich mit dem blutigen Messer in der Hand auf, ehe er mit einem einzigen langen und vorsichtigen Schnitt die Leibeshöhle öffnete. Ein riesiger Magen quoll hervor, das halbe Tier war Magen und Gedärm – kaum anders als der Mensch. Arme, Beine, Kopf und Hals: Der Rest ist angefüllt mit Eingeweiden. Bethuel half ihm, den Darm herauszunehmen, und sie legten ihn neben dem offenen Leib auf den Boden. Die grauen Schlingen bewegten sich noch, zogen sich hier zusammen, entspannten sich dort, ein lebendiger Teil, herausgetrennt aus einem toten Körper, ruhelos wie ein Haufen dicker Regenwürmer, nicht schrecklich, nur seltsam. Der Darm blieb zurück für die Schakale, ebenso die Hoden. Den toten Körper zog Bethuel mit der Winde auf die Ladefläche, auch Kopf und Magen nahmen sie mit. – Blutige Hände, die sie an einem Lappen abwischten.

Emilia hätte Hosea gern von der Jagd erzählt, aber sie traf ihn nicht mehr, bis sie am nächsten Morgen von Bethuel nach Windhoek gefahren wurde. Über Hosea, Bethuels Sohn, sprachen sie nicht.

Am Nachmittag kehrte Emilia in das Hotel in Okahandja zurück, in dem sie die letzte Nacht verbracht hatte. Das Bett war nach ihrer Abreise frisch bezogen und im Bad hingen saubere Handtücher. Sie konnte es kaum erwarten, das Päckchen, das ihr Margrieta gegeben hatte, wieder zu öffnen, Justinas Vermächtnis, das die langen Jahre nach ihrem Tod auf wundersame Weise überdauert hatte. Es war ein unglaubliches, ein unfassbares Glück, dass das Päckchen den Weg in ihre Hände gefunden hatte. Was wäre damit geschehen, wenn Magrieta gestorben wäre, ehe sie es Emilia geben konnte?

Das Schulheft, das zuoberst lag, enthielt mit Bleistift geschriebene Aufzeichnungen, manche nur zwei, drei Zeilen lang, andere füllten ganze Seiten. Oft stand ein Datum am Rand. Der verknickte Aktendeckel unter dem Heft war wohl einmal blau gewesen. Jetzt war aus dem Blau ein fleckiges Violett geworden. In ihm lagen lose Blätter, viele davon mit derselben sorgfältigen kleinen Schrift beschrieben wie die Seiten des Schulheftes, andere waren ausgeschnittene Zeitungsnotizen oder kurze gedruckte Texte. Auch ein paar Briefumschläge waren dabei.

Emilia nahm eine der losen Seiten und versuchte, die Augen an die blasse nur schwer lesbare Bleistiftschrift zu gewöhnen, doch das Entziffern der Worte gelang nur mit großer Mühe. Enttäuscht legte sie das Blatt wieder zur Seite und öffnete einen der Briefumschläge. Der Brief war im Dezember des Jahres 1989 mit einer schlechten Schreibmaschine geschrieben und enthielt eine Absage von einer Schule, an der Justina als Hilfslehrerin hatte arbeiten wollen. Jetzt nahm Emilia das Schulheft und setzte sich auf einen der knarrenden Korbstühle auf der Terrasse. Das Afrika, das sie hier umgab, war wie in einem Disneyland: die strohgedeckten Rundhütten, die wie in einem Kral angeordnet waren, die üppige Dekoration mit nachgemachten traditionellen Gebrauchsgegenständen und afrikanischer Kunst, die aufgemalten schwarzen Gesichter an einer Hauswand.

Der Kontrast zu dem Bild, das auf der ersten Seite des Schulheftes eingeklebt war, konnte größer nicht sein. Es war die Zeichnung vom Kopf und dem Oberkörper einer Frau, die von der Seite zu sehen war. Sie hatte ein Kopftuch um ihr Haar gebunden und über ihre Schulter ragte der Lauf eines Gewehrs. Auf ihrem Rücken trug sie in einem Tuch ein schlafendes Baby. Neben dem Bild stand ein Text, der wie ein Gedicht in kurzen Zeilen aufgeschrieben war:

SWAPO
wird gewinnen
Namibia
Wird frei sein
Alles für den Kampf
Alles für den Sieg

Für einen Augenblick war Emilia über die Frau mit der Waffe und dem Baby so erschüttert, dass sie nicht weiterlesen konnte. Die Vorstellung, die Frau könne ihr Baby mit sich in den Kampf getragen haben, war unerträglich. Früher war beim

Anblick von Bildern und Texten wie diesen, die an Laternenpfählen und Zäunen aufgetaucht waren, die Furcht in Emilias Glieder gekrochen. Menschen wie diese Frau bedrohten Uellendahl, bedrohten womöglich ihr Leben und das ihrer Familie. Deswegen hatte Emilia nach Justinas Rückkehr auf die Farm nicht mehr mit ihr gesprochen. Aus der Freundin war eine Feindin geworden.

Nach einer Weile las Emilia weiter. Wenn sie mehr über Justina wissen wollte, musste sie sich dem stellen, was sie in diesem Heft finden würde. Mit Justinas Gedanken würde sie in eine Welt vordrängen von der sie nicht wusste, wie sie daraus zurückkehren würde.

Die ersten Einträge im Schulheft hatte Justina auf Afrikaans geschrieben, später mischten sich englische Sätze darunter, am Ende war alles auf Englisch. Auch die Schrift war nicht gleich geblieben. Hatte Justina die ersten Seiten noch mit einer sorgfältigen Kinderschrift bis zu den Rändern gefüllt, wurde ihre Schrift bald individueller. Das Bauchige verschwand, Auf- und Abstriche wurden ausfahrender und ungleichmäßiger, wütender, wie es Emilia schien, die Buchstaben schmaler. Das meiste war mit einem blassen Bleistift notiert. Manche Worte sahen aus wie ein feines Intarsienmuster aus Grau und waren in dem schwächer werdenden Licht kaum noch zu entziffern. Auf einer der letzten Seiten des Heftes hatte Justina einen Kugelschreiber benutzt. Hier las Emilia weiter:

Katutura, Juni 1989
Unsere Geschichte ist eine Geschichte über die Menschenrechte. Eine Geschichte des Kampfes auf der Suche nach Selbstbestimmung und Menschlichkeit. Einige von uns und viele unserer Kinder wurden mitten im Kampf geboren. Wir schufen für sie Spielplätze des Krieges, nicht der Unbeschwertheit und Freude. Diese Kinder spielten nicht mit Spielzeug, sondern mit echten Bomben und Gewehren. Sie wurden Erwachsene, bevor sie Kinder waren. Sie sind nicht nur die Erben eines wunderschönen Namibias, sondern auch von traurigen Erinnerungen an die von Unmenschlichkeit überschattete Geschichte.

Die Vergangenheit ist voller Stunden der Verzweiflung und der Hoffnungslosigkeit, aber es war auch immer Licht am Ende des dunklen Tunnels.

Atemlos hatte Emilia die Worte gelesen. Katutura im Juni 1989. Ob Justina diese Zeilen selbst erdacht hatte? Ob sie tatsächlich selbst mit der Waffe in der Hand gekämpft hatte? – Emilia las die Zeilen noch einmal. Die Erben eines wunderschönen Namibias: Zum ersten Mal kam ihr der Gedanke, Justina wäre vielleicht nicht freiwillig aus dem Leben geschieden. – Sie war durch den Biss einer Kap-Kobra, eine der gefährlichsten Giftnattern, ums Leben gekommen. Der Käfig, in dem ihr Vater eine dieser tödlich giftigen Schlangen gehalten hatte, war zu diesem Zeitpunkt geöffnet gewesen. Am Tag ihres Todes hatte Justina ihre kleine Tochter zu Magrieta gebracht und gesagt, sie käme erst am Abend zurück, um die Kleine zu holen. Aber sie war nicht fortgegangen, eine Hausangestellte hatte sie in der Mittagszeit und dann noch einmal ein paar Stunden später bei den Schlangenkäfigen gesehen. Das war der Grund, dass damals niemand an ihrem Freitod gezweifelt hatte. Oder war ihr Tod ein Unfall gewesen? Hatte sie vielleicht die eingesperrte Kreatur freilassen wollen? Hatte sie den Käfig der Kap-Kobra aus Neugierde geöffnet? Oder hatte jemand anderes die Schlange aus dem Käfig genommen? Jemand, der wagte, die Giftschlangen anzufassen, wie Emilias Vater? Oder war die Schlange aus anderen Gründen entkommen und hatte sich in Justinas Zimmer versteckt? Kap-Kobras hielten sich gern in der Nähe von menschlichen Behausungen auf, und nicht selten drangen sie in die Häuser ein.

Erst als es dunkel war und sie das kleine Mädchen nicht mehr beruhigen konnte, hatte Magrieta nach Justina gesucht. Sie fand sie in ihrer Kammer tot auf einer Matte am Boden liegen. Erst am nächsten Morgen hatte Emilias Vater den offenen Schlangenkäfig entdeckt.

Es war kühl geworden. Ein Schauder lief Emilia über Rücken und Arme und sie wusste nicht, ob er von der Kälte herrührte oder von den Gedanken an Justinas Tod. – Morgen würde sie in der Wüste sein. Der Gedanke erfüllte sie mit Furcht.

In dem Hotel am Okakango gab es Internet und Emilia beschloss ihre E-Mails abzurufen, ehe sie der Zivilisation den Rücken kehrte. Sie hatte nur wenige Nachrichten erhalten. Eine Mail war von einer Schulfreundin, die ihren nächsten Urlaub am Bodensee verbringen wollte, eine andere war die Telefonrechnung für den vergangenen Monat, außerdem zwei Werbemails, die ihr den Wechsel in eine private Krankenkasse nahelegten. Emilia überlegte, ob sie der Schulfreundin antworten solle, aber sie wusste nicht, wann sie wieder in Deutschland sein würde und ließ es bleiben. Dann rief sie die Webcam am Konstanzer Hafen auf. Es regnete, der Anleger für den Katamaran nach Friedrichshafen war menschenleer und durch die Hafeneinfahrt kam ein großes, fast leeres Ausflugsschiff. Es gab ihn noch, den Bodensee, bloß sie war fort und hatte den See und die Menschen vergessen. Nur Michael und sein Tod waren von Zeit zu Zeit in ihren Gedanken aufgetaucht und Nora. Doch seit sie von Magrieta das braune Päckchen bekommen hatte, war ihr Nora nicht mehr in den Sinn gekommen. Nora, die nicht erfahren hatte, dass sie in Namibia war. Nora, ohne die sie diese Reise nicht unternommen hätte. Nora, über die sie nichts wusste als ihren Vornamen.

Die kleine Siedlung, die dem einsamen Fleck am nächsten war, wo Nora in ihr Auto gestiegen war, hieß Ziegelhof. Emilia gab bei Google *Ziegelhof* und *Nora* ein. Sie fand eine Nora von einem anderen Ziegelhof, und es war eine Schäferhündin. Emilia ergänzte *Bodensee*. Jetzt stieß sie auf eine Liste von Reitern und Reiterinnen, die im Frühjahr an einem Turnier teilgenommen hatten, aber die einzige Nora war vom Verein Allisreute und die Reiterin vom Ziegelhof hieß nicht Nora. Auch bei Facebook suchte sie unter *Nora* plus *Ziegelhof* vergeblich. Emilia versuchte es nur mit *Ziegelhof*. Jetzt stieß sie auf eine Gruppe von jungen Reiterinnen, die unter dem Stichwort *Ziegelhof* über Facebook Nachrichten austauschten. Eine von ihnen hieß Nora. »Weiß jemand, wann der Schmied wiederkommt?«, fragte sie in die Runde. Neben dem Beitrag war das Foto eines jungen Mädchens. Emilia betrachtete es lange. Diese langen roten Haaren, das schmale, blasse Gesicht! Kein Zweifel, auf dem Foto war tatsächlich ihre Nora. Sie hätte jubeln mögen, als hätte sie einen lange verschollenen Freund wiedergefunden. Dann las sie, was die junge Reiterin bei Facebook über sich selbst preisgab. Es war wenig, nur so viel, dass sie kürzlich ihr Abitur bestanden hatte, Reiten als Hobby angab und von einer Reise nach Afrika oder Südamerika träumte. »Freundschaftsanfrage senden« schlug facebook Emilia vor oder »Nachricht senden«. Emilia überlegte eine Weile, doch dann tat sie beides nicht. Sie hatte das Gefühl, Stunden zu brauchen, um Nora alles zu schreiben, was sie ihr mitteilen wollte.

Emilia kehrte in ihr Zimmer zurück und versuchte, in dem Schulheft zu lesen, doch das Licht der Deckenleuchte reichte nicht aus. Enttäuscht legte sie das Heft beiseite und durchsuchte die losen Blätter im Aktendeckel. Die klare Druckschrift eines auf Englisch verfassten Textes aus dem Jahr 1985 war gut zu entziffern:

Die namibische Gesellschaft ist heute eine völlig andere, als sie in den 1970ern war, und erst recht eine andere als in den 1860ern, als immer mehr weiße Siedler in unser Land drängten. Namibia ist die letzte Kolonie in Afrika, ein Land unter südafrikanischer Besetzung und ein Land im Kriegszustand. Meinungsfreiheit, Versammlungsfreiheit und der Zugang zu Informationen und Wissen sind noch immer Fremdworte für uns. Offener Terror und politische Repressionen grassieren, sie zerfressen die Gesellschaft und zerstören ihr Gefüge. Aber ebenso beunruhigend für unser Ziel einer auf Gleichheit und Gerechtigkeit gegründeten Gesellschaft ist die immer undurchdringlicher werdende Maske, hinter der sich Apartheid heute versteckt. Gleichheit kann nicht erreicht werden, wenn Wahlen manipuliert werden und sich die Herrschenden ein paar willfährige Handlanger aus unserer Mitte in ihre Reihen holen, um den Betrug zu verschleiern.

Es ist das bescheidene Ziel von uns Frauen, das Leid unserer noch ungeborenen Nation aufzudecken und einen kleinen Schritt auf dem Weg zur völligen Abschaffung jeglicher Diskriminierung vorwärts zu gehen. Wir sind Frauen, die unter Krieg und politischer Unterdrückung leiden und dagegen aufbegehren, aber es ist wichtig an beides zu denken: Frauen kämpfen gegen eine doppelte Unterdrückung, können aber kaum allein gegen beide siegen.

Die Worte »Frauen kämpfen gegen eine doppelte Unterdrückung« waren unterstrichen und am Rand stand ein großes Ausrufezeichen. Wer den Text verfasst hatte, war nicht zu erkennen. Nachdenklich schlug Emilia den Aktendeckel zu.

Sie ging früh zu Bett. Den Vorhang hatte sie nicht zugezogen und starrte auf das silberne Flimmern der Sterne. Es war derselbe Abendhimmel wie gestern, dasselbe Leuchten, dieselben Sterne, aber alles war anders. Sie hielt in ihren Händen, was Justina in den letzten Jahren ihres Lebens notiert und aufgehoben hatte, und es gab einen Hinweis auf ihre Tochter. In der Kalahari würde sie die Spur finden, die zu Nandesora führte. Unotjari und Nandesora, die Nacht war angefüllt mit diesen Namen, die Silben geisterten durch Emilias unruhigen und mit Traumbildern angefüllten Halbschlaf wie die Splitter eines Bildes, sie wisperten im Hintergrund, während schwarze Gesichter vorübergaukelten, Männer oder Frauen, sie konnte es nicht genau erkennen.

Am nächsten Morgen rief Emilia noch einmal Facebook auf. Sie fand Nora wieder und klickte auf »Freundschaftsanfrage senden«, danach gab sie eine Nachricht ein: »Ich bin in Namibia. Ich denke oft an dich.« Eine Antwort, wenn sie denn kam, würde sie nicht mehr erreichen.

Beim Kofferpacken fiel ihr auf, wie wenige Menschen wussten, dass sie in Namibia war: der Steuerberater, die Nachbarin und nun noch Nora, das war alles.

Mit viertausend Namibischen Dollar in ihrer Tasche fuhr Emilia wenig später zum Holzmarkt. Und wenn der Hüne so handelte wie manche Schlepper, die das Geld von Flüchtlingen nahmen, ohne sie an ihr Ziel zu bringen? Wenn er ihr das Geld raubte, und sie irgendwo in einer wasserlosen Einöde zurückließ, von wo sie, wenn überhaupt, nur durch ein Wunder in die Zivilisation zurückkehren konnte? Durfte sie so leichtsinnig sein? Durch ihren übermächtigen Wunsch, Nandesora zu finden, war sie blind dafür geworden, wem man in diesem Land trauen durfte und wem nicht. Auch war sie nicht gewohnt, ohne die Ratschläge, die Warnungen oder die Kommentare Michaels zu entscheiden. Vielleicht war sie dabei, einen großen, vielleicht sogar lebensgefährlichen Fehler zu begehen. Aber auch ohne dieses furchtbare Szenario gab es tausend andere Möglichkeiten, dass ihr Plan misslang: Wenn sie ihr Ziel in der Wüste gar nicht erreichen würden, weil sie schon unterwegs scheiterten? Wenn der Schwarze Unotjari in Epukiro gar nicht fände? Sie wollte es trotzdem versuchen. Ihr Wunsch Nandesora zu finden war größer als alle Bedenken.

Er wartete schon, als sie kam, gewaltig und schwarz. Wie ein Obelisk, wie das überlebensgroße Standbild eines schwarzen Revolutionärs oder eines Staatsmannes stand er am Straßenrand. Seine verschlissene Reisetasche war grau und mit Staub bedeckt wie seine nackten Füße in den alten Sandalen.

»Hast du Wasser?«, fragte er. »Essen?«

Emilia schüttelte den Kopf.

»Geld?«

Sie nickte.

Er hielt die Hand auf, deren Innenfläche fast so hell war wie Emilias. Er nahm das Geld, steckte es in seine Hosentasche. Tausend namibische Dollar sofort. So war es ausgemacht.

Dann fuhren sie, aber das war nicht die Hauptstraße, über die er sie lotste. Sie bog in fremde Straßen ein, auch die Richtung stimmte nicht mehr. Jetzt war sie ganz allein mit ihm, sie war ihm ausgeliefert. Nun griff die Furcht wieder nach ihr, noch stärker als zuvor, und ihre Hände krallten sich fester ums Lenkrad. Neben ihnen jetzt Mauern und Stacheldraht, ein Hof mit Schrott und verrosteten Autos, deren hochgeklappte Motorhauben wie aufgerissene Mäuler zu ihnen herüberstarrten. Auf einem anderen Hof vor einer flachen Baracke sollte Emilia halten.

»Warum?«

Er stieg aus ohne zu antworten.

Vor dem Eingang der Baracke waren hohe Gitter zur Seite geschoben, heruntergekommene Gestalten mit Bierflaschen in den Händen saßen auf den Stufen oder hockten am Boden, träge Bündel mit halb geschlossenen Augen, die aussahen wie Schlafende oder wie längst Gestorbene. Ihr Begleiter ließ sie allein zurück. Die Sonne heizte das Auto auf und machte das Warten zur Qual. An Aussteigen war nicht zu denken, denn schon schälten sie sich von den Stufen und von den Gittern, an denen sie gelehnt hatten, sie erwachten aus ihrer Betäubung, kamen näher und umringten das Auto. Ein Mann mit einer fürchterlichen Geschwulst am Unterkiefer klopfte an die Scheiben, bis Emilia sie einen Spalt breit öffnete. Sein Kinn war ganz nahe, und es sah aus wie eine pralle schwarze Pampelmuse. Er zeigte auf sein Kinn, er wollte Geld. Er tat ihr leid und sie schob ein paar Dollar durch den Schlitz. Schon waren an jedem Fenster die schwarzen Gesichter, Hände, die gegen die Scheiben hämmerten, Finger im Spalt, ehe sie das Fenster schließen konnte. Erst als ihr Begleiter zurückkehrte, zogen sie sich zurück. Einer nach dem anderen bröckelte ohne Hast vom Wagen ab und kehrte zurück in die Ermattung.

Der Mann, der sie zu Unotjari bringen sollte, trug zwei Kanister mit Trinkwasser und eine pralle Plastiktüte. Noch zwei Mal gab er ihr mit einem knappen Befehl die Richtung an, dann, als sie die Hauptstraße erreicht hatten, verstummte er.

»Wann werden wir ankommen?«, fragte Emilia einmal, aber der Mann zuckte nur mit den Schultern. Sie hätte gern mit ihm über Unotjari gesprochen, fürchtete aber, ihm mit ihren Fragen ihre Unwissenheit zu offenbaren. Auch ging eine rätselhafte und unüberwindliche Verschlossenheit von ihm aus. Keine Geste, kein Wort, mit der er ihr doch noch eine Brücke für ein Gespräch gebaut hätte. Manchmal blickte er sie flüchtig von der Seite an. Einmal, als sie nach links sehen musste, begegneten sich ihre Blicke, aber sein Gesicht war so ausdruckslos wie zuvor und so reglos wie aus schwarzem Holz geschnitzt. Als sie an der Schotterstraße nach Uellendahl vorbeifuhren, erzählte sie von ihrer Kindheit auf der Farm, um das Schweigen zu brechen, das schon viel zu lange dauerte. Aber es war, als habe der Mann ihre Worte nicht verstanden. Er saß einfach nur da, und sie fürchtete, er würde so bleiben, ein stummer Riese an ihrer Seite, bis sie irgendwann in vielen Stunden vielleicht ihr Ziel erreichten. Mit ihm zu schweigen war so schwer wie mit ihm zu reden.

Als die ersten Häuser von Windhoek vor ihnen auftauchten, fragte sie nach seinem Namen. Sie verstand seine Antwort nicht, er musste es wieder und wieder sagen, dieses Wort, das hart und eckig klang und fremd. Endlich wiederholte sie den Namen richtig. Izakuje hieß er. Als sie ihn aussprach, klang sein Name für sie vertrauter, aber Izakuje verbesserte sie. Er ließ sie den Namen wiederholen, zweimal, dreimal, bis er klang wie aus seinem Mund. Dann wurde er wieder zu Stein. »Airport«, sagte er einmal, als sich die Straße verzweigte, nur dieses einzige Wort. »Airport.« Windhoek blieb im Westen zurück.

Hinter dem Hosea Kutako Flughafen wurde das Land flacher. Neben der Straße noch immer die endlosen Zäune, dahinter ein paar Bäume, Schirmakazien mit Nestern von Webervögeln, niedriges Buschwerk, hin und wieder die zwei, drei Meter hohen Türme von Termitenbauten, schlank, aber krumm, wie von Geisterhänden verbogen.

»Warum sind die Türme so schief?«, hatte Emilia als Kind ihren Vater gefragt.

»Weil es nachts, wenn die Termiten ihre Häuser bauen, dunkel ist. Sie können nicht sehen, ob sie gerade bauen oder schief«, hatte er gesagt, und lange Jahre hatte sie es ihm geglaubt.

Manchmal hockten Schwarze am Straßenrand, warteten, dass sie jemand auf der Ladefläche eines Pick-up mitnehmen würde, um ihnen Arbeit zu geben, vielleicht für ein paar Stunden, vielleicht für einen ganzen Tag. Einmal stand ein Schild am Straßenrand: Transkalahari Highway. Darunter Simbabwe und Botswana.

»Wie lange werden wir noch fahren?«

Izakuje zuckte mit den Schultern. – Nutzlose vertraute Geste! Zucken die Menschen überall auf der Welt mit den Schultern, wenn sie die Antwort schuldig bleiben? Emilia ärgerte sich, ihn überhaupt gefragt zu haben. Das Schweigen auf ihre Frage gab ihm Macht über sie.

Und dann, Minuten später, antwortete er doch: »Lange. Viele Stunden.«

»Wie viele Kilometer?«

Wieder Schulterzucken. »Schlechte Straßen. Schotter.«

Genauso gut hätte sie mit einem Stummen reisen können! Emilia versuchte, sich ganz aufs Fahren zu konzentrieren und den Mann neben sich aus ihren Gedanken und in eine unbedeutende Ferne zu verbannen. – Es gelang ihr nicht. Er blieb neben ihr sitzen. Weit und breit gab es nichts, wogegen sie ihn hätte auswechseln können. Schnurgerade durchschnitt die Straße die Buschsavanne. Zehn Kilometer geradeaus? Fünfzig? Hundert? Zweihundert? Autos waren schon jetzt eine Seltenheit. Endlich eine Unterbrechung in der Eintönigkeit. Ein Staudamm zur Rechten, blaues Wasser, in das der Wind kleine Wellen kräuselte, ein Ort, niedrige weiße Häuser mit roten Dächern, beinahe heimelig, Gärten, drei Kirchen, eine Straßengabelung. Sie hätte gerne angehalten, aber Izakuje sah geradeaus, und so fuhren sie weiter in die Richtung, in die er blickte, auf Botswana zu, immer weiter nach Osten.

Mit jedem Kilometer war die Landschaft noch flacher geworden, nur in der Ferne ragten einzelne braune Hügel wie gestrandete Wale aus der Ebene. An einer Stelle war der Asphalt mit rotem Sand bedeckt: der erste Kalaharisand.

Er sei Unotjaris Onkel, sagte Izakuje plötzlich in Emilias Gedanken hinein. Die Unterbrechung des Schweigens kam so unerwartet, dass sie zusammenzuckte wie unter einem Schlag.

»Ach«, sagte sie und sah ihn an. Sie wartete darauf, dass er noch mehr sagen würde, doch er blieb stumm. Dann waren Emilias Gedanken wieder bei Unotjari und bei der bangen Frage, ob sie Justinas Tochter überhaupt antreffen würden.

Eine Stunde später erreichten sie Gobabis. Es war eine weitläufige Ansammlung von niedrigen Häusern, dazwischen staubige Schotterwege, alles rechtwinklig wie ein Schachbrett, zwei Kirchen, ein Schnellimbiss, eine Tankstelle, an der sie hielten. Die letzte vor ihrem Ziel, bedeutete ihr Izakuje, und das sei noch immer nicht nah. Nirgendwo Weiße auf der Straße.

Hinter Gobabis verließen sie die Hauptstraße. Ihr Weg führte jetzt nach Norden. Botswana im Osten war nur noch hundert Kilometer entfernt. Bald erreichten sie einen kleinen Ort, Drimiopsis, dort bogen sie ab. Schotterpiste! Wieder das Knallen der Steine gegen das Bodenblech, wieder das Gefühl, jegliche Bodenhaftung zu verlieren. Der Staub, der hinter ihnen aufwirbelte, war rot. Rot war die Farbe der Kalahari. Einmal von vorn ein Eselkarren mit Feuerholz und Kindern obendrauf – schwarz wie Ebenholz und nackt bis auf einen Lendenschurz – manchmal Warzenschweine und Springböcke, die vor ihrem Auto flohen. Sonst geschah nichts.

Wieder waren viele Stunden vergangen, in denen Emilia nicht an Michael gedacht hatte. War das normal, so kurze Zeit nach seinem Tod? In den ersten Tagen und Wochen, in denen Michaels tödliche Krankheit Gewissheit geworden war, hatte sie die Traurigkeit in Wellen überfallen und jeden anderen Gedanken erstickt. Später war die Angst an die Stelle der Trauer getreten: Angst vor den Symptomen, die unaufhaltsam Michaels Körper und Geist zerstörten, Angst vor Michaels und ihrer eigenen Hilflosigkeit, Angst vor seinen letzten Tagen und Stunden, Angst vor dem Alleinsein, das unabwendbar kommen würde. Sie hatte sich geschämt über ihre Erleichterung, als das Leiden vorbei war und die Beerdigung endlich hinter ihr gelegen hatte. Aber war es nicht immer eine Erlösung, wenn ein qualvolles Leiden zu Ende ging – für den Sterbenden wie für die Hinterbliebenen?

In den Wochen vor Michaels Tod hatte sie darüber nachgedacht, ob sie ihn in den zurückliegenden Jahren noch geliebt hatte. Sie hatte ihn gebraucht, er hatte zu ihr gehört als ein Teil ihres Lebens, sie hatte Angst um ihn gehabt, wenn er sich einmal scheinbar grundlos verspätete. Aber es war nicht das mit Sehnsucht und Herzklopfen verbundene Gefühl gewesen, mit dem sie in der ersten Zeit an ihn gedacht oder mit dem sie auf Hosea am Fluss gewartet hatte. Nein, Liebe war es nicht mehr gewesen und es war ihr schwergefallen, die schlichte Tatsache zu akzeptieren, dass Liebe ein vergängliches Gefühl war, und zwar aus Gründen, auf die sie keinen Einfluss hatte.

Plötzlich wieder Querrillen. Die Waschbrettpiste riss sie aus ihren Gedanken. Wie lange hält das so ein Auto aus, ehe es in seine Einzelteile zerfällt? Eine Stunde? Zehn?

Die Kalahari war nicht kahl und leer wie sich die meisten Menschen eine Wüste vorstellen. Die Regenzeit hatte die Büsche und Bäume aus ihrer Totenruhe erweckt und ihnen für kurze Zeit das vergängliche Gewand des Lebens geliehen.

»Stop here!«

Izakuje ließ Emilia neben einer Akazie mit breiter Krone halten. Termiten hatten neben ihrem Stamm einen Turm errichtet, rot wie der Sand, der die Landschaft bedeckte. Daneben war eine Bank aus rotem Ton, die aus dem Stamm des Baumes herauszuwachsen schien. Auch sie war das Werk der Termiten. Von dem weißen Gewimmel war jetzt am hellen Tag nichts zu sehen. Mit einer wortlosen Geste forderte Izakuje Emilia zum Sitzen auf. Er selbst hockte sich vor ihr am Boden nieder und packte aus, was er in Okahandja gekauft hatte. Ohne etwas zu sagen oder zu fragen gab er ihr einen Teil: Wasser aus dem Kanister in einem abgestoßenen Blechbecher, Trockenfleisch, das hart war wie Leder, geschnittenes Weißbrot aus einer Plastiktüte, zwei kleine fleckige Bananen. Schweigend aßen sie, schweigend gingen sie zum Wagen zurück, schweigend fuhren sie weiter. Seit sie in Gobabis vom Transkalahari-Highway abgebogen waren, hatte Izakuje nur zwei Worte gesagt: Stop here.

Die Farbe des Schotters wurde braun, dann grau und wieder rot, und die Termitentürme in der Landschaft machten diese Verwandlung mit. Die menschenleere Piste war breit wie eine Autobahn. Einmal weit in der Ferne eine Staubwolke. Wie die Rauchfahne eines Brandes stieg sie auf, Rauch in der Farbe der Landschaft. Die Wolke kam ganz langsam näher, als triebe sie ein matter Wind über die Landschaft und endlich war das Auto zu sehen, dem die rötliche Wolke anhing wie einem Kometen der Schweif. Sonst nirgendwo ein Mensch in der Einöde, aber immer noch Zäune neben der Straße. Emilias Handy lag auf der Mittelkonsole: nutzloses Requisit einer Zivilisation, die sie längst hinter sich gelassen hatten. Sie wurde schläfrig in der endlosen Eintönigkeit und mit jedem Kilometer legte sich die Ermattung schwerer über ihr Gemüt. Zuvor hatte sie der Hunger wach gehalten.

Ob er einen Reifen wechseln könne? Izakuje schüttelte den Kopf, als sie ihn fragte. Einen Motor reparieren? Er schüttelte heftiger.

Emilia schwieg nun wieder und plötzlich packte sie die Angst, irgendwo in der Wüste zu stranden, fernab jeder Hilfe. Sie musste an den Holländer denken, von dem sie in Okahandja in der Zeitung gelesen hatte. Gemeinsam mit seiner Frau war er am Brandberg unterwegs gewesen. Im Nordwesten des Bergmassivs waren die beiden mit ihrem Geländewagen in die Einsamkeit eingetaucht, die sich hinter dem Labyrinth aus Wegen verbarg. Immer tiefer waren sie in das tödliche Spinnennetz der Fahrspuren eingedrungen, waren Wegen gefolgt, die sich zu Kreisen schlossen oder im Nirgendwo verloren. Bald wussten sie den Rückweg nicht mehr, versuchten vergeblich nach Himmelsrichtung zu fahren, bis Tank und Reservekanister leer waren. Jetzt kämpften sie ums nackte Überleben, denn das Trinkwasser ging zur Neige, ein Entkommen zu Fuß aus der wasserlosen Wüste war unmöglich. Tage und Nächte in hoffnungsloser Untätigkeit! Dann, als sie ihr Ende schon vor Augen sahen, geschah doch etwas, es war ein Wunder, unglaublich, unvorstellbar: Andere Touristen stießen auf die Todgeweihten, gaben ihnen Treibstoff und Wasser. Jetzt brauchten sie ihren Rettern nur zu folgen, doch dann, als sie sich in Sicherheit wähnten, trennten sie sich von den anderen. Der Traum vom Abenteuer musste mächtiger gewesen sein als jede Vernunft. Sie verirrten sich erneut. Nach einer Woche wurden sie gefunden, der Mann tot neben dem Wagen, verdurstet, die Frau bewusstlos. Sie waren nur sechs Kilometer von der nächsten Wasserstelle entfernt. Die Frau überlebte – ohne Erinnerung. Nur ein Tagebuch gab Auskunft über das Martyrium von Hoffnungslosigkeit, Durst und Verzweiflung.

Nicht die Vernunft, nicht das Denken fällen solche unsinnigen, mitunter tödlichen Entscheidungen, sondern das Gefühl, dachte Emilia. Hatte sie nicht selbst genauso gehandelt wie die Holländer? Der Verstand wartet ab, welche Entscheidung der Bauch trifft, dann darf er die passenden Argumente liefern. Nachträglich, wohlgemerkt. Den zaghaften Hinweis der Vernunft auf die Gefahren dieser Reise hatte sie ignoriert. Als sie den Flug buchte, hatte sie an ihre ängstliche und unterwürfige Mutter gedacht und gewusst, dass sie niemals mehr so handeln wollte wie sie. Vielleicht hatte auch jetzt dieser Gedanke den letzten Ausschlag gegeben, sich mit Izakuje auf die Fahrt ins Ungewisse einzulassen.

Wieder riss sie ein jäher Schreck aus ihren Gedanken. Vor ihr war der Schotter unter Treibsand verschwunden, in dem die Räder schwammen. Für endlose Augenblicke war es ein Gefühl wie blankes Eis unter den Rädern. Sie musste langsamer fahren.

Und dann endeten die Farmzäune doch, die auf beiden Seiten die Straße begleitet hatten. Sie liefen zusammen in einem Gitterrost, der die Piste unterbrach. Hinter dem Rost musste es wieder Menschen geben. Überall hatten sie ihre Spuren in der Landschaft hinterlassen. Zerrissene Plastiktüten hingen als flatterndes Spielzeug des Windes an den krummen Knüppeln der Viehgatter, leere Flaschen und Scherben warteten auf das Grab, das ihnen der Wüstensand bereiten würde, eine schwarze Plastikfolie trieb über die Straße wie eine verendete Robbe in der Brandung: Requisiten einer modernen Welt. Ein Stück abseits der Straße standen rostige Wellblechhütten und kleine Häuschen aus Stein, jedes mit zwei winzigen Fenstern und einer niedrigen Tür. Danach begleitete wieder Einsamkeit die Straße, bis die nächsten Hütten auftauchten, fünf oder sechs oder noch mehr beisammen, davor ausgeblichene Stecken im Wüstensand als Pferch für ein paar magere Rinder. Und überall waren die Ziegen! Keine Springböcke mehr, keine Warzenschweine, nur Ziegen. Zwei halbnackte Kinder kamen zur Straße gelaufen und winkten ihnen zu. Halbwüchsige in T-Shirts und kurzen Hosen rannten johlend am Straßenrand entlang und steuerten ihre Autos in rasender Fahrt über den Schotter: Kunstwerke aus Draht mit lenkbaren Rädern und einem Steuerrad an langen Drähten. Die Beine der Jungen waren grau, und der Staub, der unter ihren Füßen aufwirbelte, legte sich auf ihre Gesichter.

Staub. Überall war Staub.

Izakujes Gesicht war lebhafter geworden. »Die Homelands«, sagte er. »Hier bin ich geboren«, und zum ersten Mal erschien ein flüchtiges Lächeln auf dem festgefrorenen Gesicht. Die Homelands der Herero, eines der Reservate, in denen die Südafrikaner die schwarze Bevölkerung in ihrer Apartheidspolitik zusammengepfercht hatten, hier also war ihr Ziel. Der Gedanke, dass Justinas Tochter in dieser Wüste fernab der Zivilisation ein armseliges Leben führen mochte, erschreckte sie.

Emilia hatte früher nicht über die Reservate nachgedacht. Sie war noch nicht auf der Welt gewesen, als die südafrikanischen Besatzer in den Sechzigerjahren des vergangenen Jahrhunderts den Odendaal-Plan umgesetzt und die schwarze Bevölkerung nach Stämmen getrennt in die »Homelands« gesperrt hatte. Nur die Männer hatten sie verlassen dürfen, um den Weißen als billige Arbeitskräfte zu dienen. Diese Reservate lagen in minderwertigen, ausgedörrten Landstrichen oder im Norden Namibias, wo die Malaria viele Opfer forderte. Das gute Land in den gesunden Gegenden hatten die weißen Farmer bekommen, und sie hatten das als ihr gutes Recht angesehen.

Ein Mann lief auf sie zu, ein magerer Kerl mit schlenkernden Armen, lang wie Windmühlenflügel, er winkte, er gestikulierte, bis Izakuje Emilia halten ließ. Plötzlich hatte der eilige Fremde viel Zeit. Er lehnte sich an die Beifahrertür in einer Haltung wie für die Ewigkeit und sprach mit Izakuje durchs offene Wagenfenster, Fragen und Antworten, Sätze und Pausen in einer endlosen Litanei. Emilia hatte die anderen längst entdeckt. Der Mann war nicht allein. Ein paar Meter von der Straße entfernt saßen sie auf dem staubigen Boden, Kinder und Frauen wie ein großer Haufen aus buntem Stoff. Plötzlich erhoben sie sich, als hätte ihnen jemand ein Zeichen gegeben. Die Frauen schüttelten Sand und Staub von den Kleidern, sie ordneten die weiten, abstehenden Röcke: Mode der Missionarsfrauen vor hundert Jahren, aber schreiend bunt und statt sittsamer Hauben ein breiter Kopfputz aus Stoff. Die Frauen kamen näher, auch die Kinder, die waren schon am Auto. Es waren drei oder vielleicht auch vier, so schnell konnte Emilia das gar nicht erfassen. Sie trugen rote und gelbe T-Shirts über einem kleinen Lendenschurz aus Leder. Izakuje hatte die Türen geöffnet und Emilia sah staunend zu, wie sie sich in den Wagen zwängten, die beiden Frauen mit ihren enormen Röcken, dann die Kinder, zuletzt der dürre Mann. Es war Platz für alle. In einen solchen Toyota passten mühelos acht Menschen oder auch neun, wenn man nur wollte. Im Brandenburgischen soll einmal ein mit neun Menschen besetzter Trabi von der Polizei gestoppt worden sein. Was waren neun Menschen in diesem Auto? Auf den Vordersitzen waren sie zu viert, Izakuje an ihrer Seite und neben ihm der Mann mit einem Kleinkind auf dem Schoß. Hinten war genug Platz für die Frauen mit ihren Röcken und ihren Kindern. Eine halbe Stunde später, bei ein paar Häusern und einem vergitterten Laden, quoll die Familie wieder aus dem Auto heraus. Schade! Ein buntes Stückchen Afrika weniger.

»Wo ist Epukiro?«, fragte sie Izakuje.

»Alles hier ist Epukiro.«

»Keine Stadt?«

»Epukiro ist keine Stadt.«

Wenige Meter weiter musste sie schon wieder halten. – Und gleich wieder. Izakuje redete mit jedem, den Ellbogen lässig im offenen Fenster aufgestützt und mit einem Gesicht, als habe er selbst den Wagen gemietet, wenn nicht sogar gekauft, und die Fahrerin noch dazu.

»Moro«, das war der Gruß der Herero. »Moro«, sie sagten es immer wieder. »Moro.« – »Moro.«

Keine neuen Mitfahrer mehr. Noch einmal kehrte die Savanne zurück und mit ihr die staubige Piste, die sich wieder in der Endlosigkeit verlor. Keine Menschen, bloß ein paar Ziegen im Dornengestrüpp. Irgendwann sollte Emilia die Piste verlassen. Sie fuhren auf schmalen Schneisen zwischen niedrigem Gebüsch. Alle Autospuren verloren sich, nur noch Fußstapfen im Sand, der ihr Weg sein sollte.

Sie waren endlich angekommen. Es war ein großer, kahler Platz mit schlanken Säulenkakteen an seinem Rand, zwei, drei Meter hoch im rotbraunen Sand, im Hintergrund ein paar schüttere Kameldornbäume. In der Mitte des Platzes war ein rundes Viehgatter aus krummen, bleichen Knüppeln, dahinter braune Rinder mit ihren Kälbern, ein kleines Pferd. Hinter einem anderen Knüppelzaun lag ein großer Feuerplatz mit weißer ausgebrannter Asche. Das heilige Feuer der Herero? Der Ort, zu dem die Ahnen kamen, die Seelen der längst Gestorbenen, und ihre Botschaften denen kundtun, die das Totenreich noch nicht betreten haben? – Sehr fremd alles. Ringsherum um den großen Platz standen in einem weiten Kreis einzelne Hütten, die meisten aus Blech, eine aus Kuhdung. Ihre braunen Wände waren krumm und wie von der Sonne verbogen. Kleine Hände hatten beim Bauen ihre Abdrücke hinterlassen. Frauenhände.

Ein einziges Häuschen, nicht größer als die anderen, war aus Stein. Ein alter Mann saß dort im Schatten eines Baumes, ein schwarzer Fleck, hingekleckst in die grell leuchtende Landschaft. In seiner Nähe sollte sie halten. Sie stiegen aus und Izakuje ging auf den Alten zu, während andere Männer sich näherten. Sie kamen von den Hütten und von den Rindern, strebten auf den Alten zu, als habe er sie gerufen. Als Emilia Izakuje folgen wollte, wies er sie mit der ausgestreckten Hand zurück. Sie fügte sich. Vielleicht war der Alte der Häuptling, vor dem Ehrfurcht geboten war.

Es war heiß in der Sonne, obwohl sie nicht mehr hoch am Himmel stand und die Schatten der Kakteen lange, dunkle

Streifen in den Sand zeichneten. Bäche von Schweiß rannen über Emilias Schläfen und ihr Gesicht und kitzelten sie am Kinn, ehe sie auf ihre Bluse tropften. Schlimmer noch als die Hitze waren die Fliegen. Sie waren nicht groß und doch waren sie schrecklich. Sie setzten sich auf ihre Lippen und ihre Lider, sie krabbelten in die Nase, sie kribbelten in den Ohren, drei oder vier waren es nur, aber es war, als hätte ein Dutzend Fliegen sie heimgesucht, nein, Dutzende, ganze Fliegenschwärme! Emilia kämpfte gegen die lästigen Insekten, während die Zeit verging und die Schatten der Kakteen wuchsen, wie von Geisterhand in die Länge gezogen.

Irgendwo in ihrer Nähe weinte ein Kind, und das Schreien und Wimmern nahm kein Ende. Es war leise, nicht lauter als das Gebrumm der Fliegen, und es kam von dort, wo nichts war als ein paar Ziegen in Sand und Dornengebüsch. Es musste ein sehr kleines Kind sein, es hatte die Stimme eines Säuglings, aber niemand hielt es für nötig, sich um das Weinen zu kümmern. Die Schatten der Kakteen wanderten, die Männer redeten. Endloses Hin und Her! Izakuje hockte vor dem Alten im Sand, ihr den Rücken zugewandt und schien sie längst vergessen zu haben.

Dann kehrte Izakuje doch zurück. Sein Gesicht, sein Gang waren wie die eines Gladiators nach erfolgreichem Kampf. Der Alte wolle sie sehen, sagte er. Izakuje benutzte ein Herero-Wort für den alten Mann, das sie nicht kannte und nicht gleich behielt. »He wants to see you«, sagte er.

Der Alte saß auf einem Gartenstühlchen, groß und aufrecht und stolz wie auf einem Thron. Der Hirtenstab, den er neben sich auf den Boden stützte, das war sein Zepter. Die anderen waren seine Untertanen. Die Diener kamen schon herbei, ein Mann mit einer alten Colakiste – das war der Sessel für ihre Audienz –, ein anderer mit einer Thermoskanne – Tee zu ihrer Begrüßung – ein dritter mit abgestoßenen Henkelbechern aus blauem Blech.

»Moro«, sagte der Alte. Er streckte ihr die Hand entgegen mit ernstem Gesicht, er griff ihre, griff noch einmal nach, umfasste ihren Daumen, drückte ihn, drückte dann noch einmal ihre Hand in einem feierlichen und wortlosen Ritual. Seine Hand, in der Emilias versank, war riesig. Sie fühlte sich an wie eine mit Leder bezogene Schaufel, sehr derb, aber kühl und trocken trotz der Hitze. Beim Händedruck hatte sie einen Ring an seiner Hand gespürt. Es war ein silberner Ring mit einem schwarzen Stein: ein schwarzer Turmalin wie der Sockel von Hoseas Stein? Das Gesicht des Alten war wie aus demselben schwarzen Holz geschnitzt wie Izakujes, mit breiten Lippen, schwarz auch sie, selbst die Augen waren schwarz, alles darin war dunkel, sogar die Augäpfel hatten dunkle Flecken, als habe das Weiß den Kampf gegen die schwarze Farbe verloren. Von jeder Geste des Alten ging eine tiefe Würde aus, alles an ihm war majestätisch. Seine weite Hose aus grobem braunen Stoff tat dem keinen Abbruch, auch nicht die großen Flicken, die von den Knien bis zu den Hüften reichten, nicht das rote Polohemd mit dem speckigen Kragen, nicht die brüchigen, schiefen Latten seines Stuhls. Er betrachtete Emilia lange, so lange, dass sie sich unbehaglich fühlte. »Er will dich sehen«, hatte Izakuje gesagt. Vom Reden hatte er nicht gesprochen.

»Wie geht es Ihnen?«

Emilias Überraschung über seine Frage in deutscher Sprache war zu groß, um eine seinem Ernst angemessene Antwort zu finden.

»Sie sprechen Deutsch?«

Er antwortete ihr nicht, er hörte nicht auf, sie anzusehen, Zeit hatte er genug, das hatte er schon gezeigt, Zeit zum Reden, Zeit zum Ansehen, Zeit zum Schweigen. Nein, er verstand kein einziges ihrer Worte. »Wie geht es Ihnen?«, damit erschöpfte sich sein Deutsch. Dann sprach er zu ihr mit lauter, Achtung gebietender Stimme, ein Zauberpriester, umgeben von seinen Ministranten in einer grenzenlosen und himmelhohen Kathedrale. Feierliche Worte fand er, die Izakuje übersetzte. Er sprach vom Regen, der in diesem Jahr nur spärlich gefallen war, von den Rindern, die verhungern würden, wenn die Trockenheit zu lange anhielt, von den Jahreszeiten, die immer wiederkehrten und er redete davon, dass alles so war wie es war, dass alles ist, wie es ist, und wertete nicht in Glück oder Unglück und nicht in Schuld oder Unschuld. Er richtete sich höher auf, während er immer neue Sätze bildete, er kippte sein Stühlchen nach hinten, wuchs noch weiter empor, während Emilia vor ihm auf dem niedrigen Kasten hockte. Und wie er mit seinen Worten höher und höher stieg, sank sie tiefer vor ihm, sah sich bald vor seiner Erhabenheit untergehen im lockeren Wüstensand.

Ihre Frage nach Unotjari überging Izakuje, so, als hätte sie sie nicht gestellt. Vielleicht war der Alte noch nicht am Ende mit seiner Rede oder es war nicht an ihr, Fragen zu stellen. Doch dann sollte sie reden, denn der Alte hatte seine Predigt beendet. Er fragte sie nach Geschichten, die sie ihm aus ihrem Land mitbringe.

Sie sagte, sie sei müde von der langen Fahrt. – Das war nicht die Antwort, die er erwartete.

Nun fragte sie selbst nach Unotjari. Sie wiederholte den Namen, sie sprach ihn so deutlich, dass dem Alten ihr Anliegen nicht entgehen konnte. »Unotjari?« Vielleicht war es ein Fehler, aber sie war nicht bereit, die Ungewissheit noch länger zu ertragen.

»Unotjari?«, fragte sie wieder.

Sie hatte sich nicht getäuscht, irgendetwas war falsch an dem Namen, war falsch an ihrer Frage, war verboten. Das Gesicht des Alten verschloss sich, wurde zu einer schwarzen Maske, mehr noch, es wurde feindselig und die Fremdheit, die das Ritual der Begrüßung zugedeckt hatte, trat mit einem Mal grell hervor. Schon ihr Hiersein war falsch.

Der Alte wandte sich um und sein Blick suchte den des Mannes, der die Becher für den Tee gebracht hatte, hielt an ihm fest. Sie wechselten Worte, die niemand übersetzte. Der Mann war eine schmächtige Gestalt mit schiefen Schultern und kurzem Hals, geradezu kläglich neben Izakuje, und seine Haut hatte die Farbe von nassem Schwemmholz. Er stand abseits, eine Hand auf den Hirtenstab gestützt, der selbst für ihn zu kurz war, um aufrecht zu stehen, und für einen Augenblick dachte sie, dies sei der Grund, weshalb er so schief war, der kurze Stock in seiner Hand, jahrein, jahraus, wenn er ging, wenn er stand, und immer war der Stock zu kurz.

»Unotjaris Vater«, sagte Izakuje in die Stille hinein und im nächsten Moment dachte Emilia, dass er wohl auch Nandesoras Vater sein würde.

Der Alte fragte, was Emilia von Unotjari wolle.

»Ich suche Nandesora. Unotjari soll wissen, wo sie ist.«

Izakuje übersetzte die Worte, dann war Stille, als wäre etwas explodiert.

Der Alte wandte seinen Blick in Emilias Richtung, aber er sah sie nicht an. Sein Blick ging durch sie hindurch und verschwamm in irgendeiner unerreichbaren Ferne. Sein Gesicht zeigte nicht die geringste Regung. Unotjaris Vater lehnte stumm auf seinem Hirtenstab, auch die anderen Männer verharrten reglos, als wären sie zu ihren eigenen schwarzen Standbildern erstarrt.

Endlich sprach der Alte: »Warum suchst du Nandesora?«, übersetzte Izakuje die Frage.

»Sie hat als kleines Kind auf der Farm meiner Eltern gelebt. Ich möchte wissen, wie es ihr geht.«

Der Alte bewegte seinen riesigen Schädel hin und her, langsam wie ein schaukelnder Elefant. Vielleicht sollte es ein Kopfschütteln sein. Izakuje zuckte mit den Schultern und sah angestrengt zu den Rindern im Pferch hinüber.

Emilia hätte den Männern gern geschildert, warum ihr Nandesora so wichtig war, aber die wenigen englischen Worte Izakujes reichten nicht aus für eine Erklärung, die die Barrieren hätte niederreißen können und um die Feindseligkeit und das Misstrauen zu zerstreuen, für die sie keine Erklärung hatte. So schwiegen sie, nahmen Maß aneinander und Emilia wurde das Gefühl nicht los, dass sich an diesem abgelegenen Ort ein bedrückendes Geheimnis verbarg. Izakuje sah noch immer an ihr vorbei, als sie seine Augen suchte. Sein Blick verlor sich in der Richtung, aus der wieder das Wimmern kam. – Dann, in die Mauer des Schweigens hinein, stellte Emilia die nächste Frage, es war ein Versuch, und sie wusste, dass auch die verboten war. »Ist Nandesora hier?«

Dunkle, reglose Gesichter, in denen sie nicht lesen konnte. Nun redeten die Männer miteinander. Langsam suchten sie nach Worten, verbanden sie zu Sätzen, von langen Pausen unterbrochen, Silben kehrten wieder, wie in einem frommen Wechselgesang und immer wieder ein langes Hmm. Gab es noch eine wichtigere Silbe als Hmm? Magere Hunde strichen um sie herum, das Fell mit Wunden bedeckt, eine Katze, ein dürres Huhn mit einem winzigen zerzausten Küken kratzte im Sand, arglos vor den spitzen Zähnen der ausgehungerten Hunde. Andere Männer kamen, stimmten ein in die Litanei, gingen wieder. Emilia wartete. Hatten die Männer sie längst vergessen?

Schließlich fragte sie nach einer Toilette. Izakuje übersetzte. Schweigen. Endlich lachte jemand.

»Dort«, sagte Izakuje und zeigte zu den Büschen.

Emilia ging in die Richtung, aus der sie das Wimmern gehört hatte. – Das Kind war ein Zicklein bei seiner Mutter und sie wusste nicht, was ihm fehlen könnte.

Die Männer hatten entschieden. Sie hatten den Beschluss gefasst, während Emilia fort war. Izakuje teilte ihn ihr mit. Nandesora sei nicht hier, auch Unotjari nicht, Unotjari sei in der Schule. Emilia solle warten, aber ob Unotjari käme, wisse man nicht. Vielleicht ja, vielleicht nein.

Emilia schwieg. Warum hatten die Männer so lange geredet? Was verheimlichten sie und was planten sie wirklich? Sie ballte die Hände zu Fäusten, aber sie sagte nichts. Widerspruch war nicht vorgesehen, sowenig wie Antworten auf ihre Fragen. So wie Izakuje auf der Fahrt in die Wüste, machten sie die Männer zu einem hilflosen Kind, und sie wusste nicht, wie sie sich wehren konnte. Nicht jetzt. Sie würde warten müssen, bis der richtige Zeitpunkt gekommen war.

Nach einer Weile, als Emilia schon glaubte, dass alles gesagt sei, sprach Izakuje doch weiter. Vielleicht müsse er selbst in ein paar Tagen nach Okakarara, solange solle sie bleiben. Der Rückweg über Okakarara im Norden von Okahandja sei kaum weiter als der Weg über Windhoek, auf dem sie gekommen waren, also kein Problem für Emilia, ihn nach Okakarara zu fahren. Dann schwieg Izakuje. Er beobachtete sie. Erwartete er nun doch ihren Widerspruch?

Emilia sagte nichts dazu. Der Rückweg war ihr gleichgültig. Wichtig war das, was hier geschah. Und wenn sie eine Ewigkeit bleiben müsste: sie wollte auf Unotjari warten, dem einzigen Menschen von dem sie wusste, dass er sie zu Nandesora führen konnte.

Der Alte sah noch immer geradeaus und bewegte sich nicht. Unotjaris Vater drehte sich um und ging wortlos davon. Die Männer, die gerade noch mit dem Alten geredet hatten, lösten sich aus der Gruppe, einer nach dem anderen. Sie verstreuten sich wie in einer einstudierten stummen Choreographie und strebten ihrem Ziel zu, scheinbar geschäftig, zu den Hütten, dem Pferch für die Rinder oder weiter fort, wo sie sich in der Landschaft verloren.

Emilia sah den Männern nach, bis ihr Blick an einer der Hütten hängenblieb. Eine junge Frau betrat dort soeben die Bühne, ganz unvermittelt war sie am Rande des Geschehens aufgetaucht wie aus der Kulisse eines Theaters. Sie kam über den weiten Platz, hielt einen Augenblick inne, bückte sich nach irgendetwas, verbarg es in einer Falte oder Tasche ihres bunten Rockes, ging langsam weiter – mühsam sah es aus, als trage sie eine schwere Last – blieb endlich in der Nähe der Männer stehen.

»Das ist Uerijeta«, sagte Izakuje. »Du wirst bei ihr wohnen.«

»Hello«, sagte Emilia und lächelte zu Uerijeta hinüber – endlich eine Frau neben den Männern – doch Uerijeta kam nicht näher, erwiderte auch nicht den Gruß. Sie streifte Emilia mit einem kurzen Blick und wandte sich wieder in die Richtung, aus der sie gekommen war. Irritiert durch das absonderliche Verhalten suchte Emilia Izakujes Blick, doch der beachtete sie nicht länger. Emilia ging zum Auto und hob ihren Koffer heraus. Nun trat auch Izakuje ab, nur der Alte blieb zurück wie eine vergessene Requisite, wieder in Bewegungslosigkeit verfallen, wie das Standbild eines längst gestorbenen Herrschers, allein mit den räudigen Hunden, den Fliegen und dem mageren Huhn mit seinem einzigen Küken. Emilia zerrte den

Trolley hinter Uerijeta durch den lockeren Wüstensand, vorbei an den stumpfsinnig glotzenden Rindern, eine Darstellerin in einem absurden Theaterstück. Die Blicke des Alten fühlte sie in ihrem Rücken.

Es war eine kleine rostige Hütte, zu der Uerijeta sie führte. Die Wände waren aus glattem, gelb gestrichenem Blech, von dem die Farbe blätterte, das Dach war aus rotem Wellblech. Als Uerijeta die Tür öffnete, taumelte eine Fledermaus zwischen den nackten Dachbalken hervor, stieß im Dämmerlicht des kleinen Raumes blindlings hin und her, verschwand endlich durch einen Spalt unter dem Dach ins Freie. Emilia blieb auf der Türschwelle stehen. Hier in dieser Kiste aus verrostetem Blech und unter einem Dach mit Fledermäusen und Gott weiß was für Getier, sollte sie wohnen? Sie zögerte noch immer. Was hatte sie denn erwartet? Dies war das wirkliche Afrika, nicht die strohgedeckten luxuriösen Rundhütten ihres Hotels in Okahandja, nicht das Farmhaus von Uellendahl mit einem Dutzend Zimmern für eine kleine Familie, auch nicht die Wohnviertel der Weißen in Windhoek mit den schmucken und gepflegten Häusern in Straßen, die noch immer ihre deutschen Namen trugen.

Dann trat sie ein, vorsichtig und gefasst auf den nächsten Schreck. An einer Wand nahm ein eisernes Bettgestell den ganzen Platz ein. Das Laken auf der Matratze war so dunkel wie die Wolldecken darauf. Ihre Farbe war in dem schwachen Licht nicht zu erkennen. Eine schmucklose hölzerne Truhe stand unter einem Fensterchen neben der Tür, an der Wand gegenüber ein rohes Holzregal mit ein paar Bechern und Tellern aus Blech, sonst war der Raum leer bis hin zu einem schmutzigen Vorhang aus zusammengenähten alten Kleidungsstücken, der die Hütte in zwei Hälften teilte. – Der Vorhang! Emilia erschrak. Hinter ihm musste noch ein Mensch sein, vielleicht auch ein Tier. Sie hörte ein Ächzen wie unter einer großen Anstrengung, ein Scharren, ein Rascheln, dann war es wieder still.

Uerijeta war in der Tür stehen geblieben. Das Licht der schon tiefer stehenden Sonne fiel schräg auf ihr Gesicht und teilte es in eine dunkle und eine hellere Seite. Sie schien noch sehr jung zu sein, nur wenig älter als Nora, aber viel ernster, viel bekümmerter. »Wie heißt du?«, fragte sie ohne auf die Geräusche hinter dem Vorhang zu achten.

Emilia atmete auf, als sie diese winzigen drei Worte hörte. »Wie heißt du?«, überall auf der Welt baut diese Frage Brücken zwischen den Menschen. Schon kleine Kinder fragen so, ohne dass man es ihnen beibringt, und zum »Darf ich mitspielen?« gehört als Zeichen der Aufnahme in den Kreis die Gegenfrage »Wie heißt du?«

»Emilia«, sagte sie, »ich bin Emilia«, und zum ersten Mal, seit sie nach Namibia zurückgekehrt war, fühlte sie sich nicht mehr so allein.

»Du kannst mich Martha nennen«, sagte Uerijeta. »Martha ist mein Taufname. Viele von uns sind Christen und haben einen christlichen Namen neben dem in unserer Sprache.«

»Danke, Martha.« Die Fremdheit zwischen ihnen, die Emilia bei ihrer ersten Begegnung unter den Augen der Männer gespürt hatte, war mir einem Mal verflogen. »Wo hast du so gut Englisch gelernt?«

»In der Schule. Ich habe alle englischen Bücher gelesen, die es bei uns gab.« Plötzlich sah Martha wieder bekümmert aus, und so niedergedrückt, wie bei ihrem Weg durch den Wüstensand. »Ich habe Hemingway gelesen, Graham Greene und viele andere, aber am liebsten Hemingway.« Sie seufzte. »Das ist jetzt vorbei.«

»Gehst du nicht mehr zur Schule?«

Sie schüttelte den Kopf. Dunkle Augen, rund und glänzend wie Tollkirschen. »Meine Mutter ist krank«, sagte sie, »und mein Vater ist tot.« Sie zupfte an den Decken auf dem Bett, strich mit der Hand über den Bettpfosten, nestelte am Vorhang, sinnlos alles, als müsse sie irgendetwas tun, um den Kummer nicht zu nah an sich herankommen zu lassen.

Emilia stand hinter ihr und schwieg. Vielleicht hätte sie Martha jetzt tröstend in den Arm nehmen sollen, aber sie wagte es nicht, sie fühlte sich noch immer zu fremd, ein ungebetener Eindringling in Marthas Welt. Sie hatte sich kein Bild von dem gemacht, was sie in der Kalahari erwartete. Sie hatte nicht einmal versucht, sich vorzustellen, wie sie wohnen würde. An die Fahrt mit Izakuje hatte sie gedacht, ob sie ihm vertrauen konnte und ob sie ohne Unfall ihr Ziel erreichen würden. Am meisten hatte sie jedoch die Frage bewegt, ob sie Unotjari und schließlich auch Nandesora treffen würde. Diese Sorgen hatten alle weiteren Gedanken zugedeckt. Eine schäbige Wellblechhütte als Unterkunft, ein erhabener Häuptling auf einem klapprigen Gartenstühlchen, der Platz des heiligen Feuers, ein Pferch aus Knüppeln für die Rinder, und in dieser fremden Welt eine gebildete junge Frau, die dieselben Bücher liebte, die sie selbst einmal gelesen hatte. Nichts davon hatte sie sich vorstellen können.

Während sie noch einen Platz für ihren viel zu großen Koffer suchte, stellte sie die Frage, wegen der sie hierher gekommen war. Sie versuchte ihre Stimme harmlos klingen zu lassen, als wäre es eine Frage wie jede andere, denn Martha war nicht dabei, als sie mit den Männern gesprochen hatte: »Wo ist Unotjari?«

Martha antwortete nicht gleich. »Du kennst sie?«, fragte sie überrascht.

Emilia schüttelte den Kopf. »Ich kenne nur eine Frau, die Unotjari kennt«, antwortete sie, und erst jetzt wurde ihr bewusst, dass sie nicht wusste, ob die Männer Martha ihre Anwesenheit erklärt hatten. Sie wusste nicht einmal, wer Martha zu dem Alten gerufen hatte.

Als Martha antwortete, klang ihre Stimme unbefangen und ohne Argwohn. »Sie wird bei ihren Eltern in der Hütte sein.«

»Nicht in der Schule?«

»Heute ist keine Schule, heute ist Samstag. Am Wochenende ist sie hier.«

»Bist du sicher?«

Martha neigte den Kopf zur Seite und öffnete eine Hand neben der Schläfe. Sicher sei sie nicht, sie habe sie nicht gesehen, aber doch, sie sei immer zu Hause, wenn keine Schule ist.

»Was ist mit Unotjari? Warum wollten die Männer nicht, dass ich nach ihr frage? Warum verraten sie mir nicht, wo sie wirklich ist?«

Martha zögerte lange und Emilia sah plötzlich Misstrauen in Marthas Gesicht. »Warum fragst du das alles, weshalb ist dir Unotjari so wichtig?«

»Ich suche Nandesora, Unotjaris Halbschwester.« Und als Martha nichts sagte, sie nur ansah mit einem rätselhaften Blick: »Unotjari weiß, wo sie ist.«

Martha griff an ihren Hals, als müsse sie ihn vor irgendetwas schützen. »Nandesora«, wiederholte sie schließlich ganz leise. »Eje zengi.« Sie flüsterte nur noch.

»Was sagst du?«

»Eje zengi. Sie ist verschollen.« Dann presste sie die Hand an die Lippen, sie hielt ihren Mund fest verschlossen. Kein Wort mehr über Unotjari, keines über die verschollene Schwester. Eine Weile schwiegen die beiden, bis Emilia Martha sacht an der Schulter berührte. Es sollte eine kleine Geste der Entschuldigung dafür sein, dass sie sie so bedrängt hatte. »Eje zengi.« Was bedeutete es, dass Nandesora verschollen war? Hatte sie selbst die Verbindungen zu ihrer Heimat abgebrochen, wie Emilia es bei ihren Eltern getan hatte? Oder war sie aus irgendwelchen Gründen verstoßen worden?

Jetzt war hinter dem Vorhang wieder das Rascheln zu hören, ein Jammern und Stöhnen, dann die schwache brüchige Stimme einer alten Frau. Martha stand auf und verschwand in dem hinteren Teil der Hütte. Emilia hörte ihre Stimme, die mit der Alten sprach. Als sie zurückkam, sah sie Emilia nicht an. »Bis später«, sagte sie und ließ Emilia allein mit der Frau hinter dem Vorhang in der Hütte zurück. Es war wie eine Flucht vor weiteren Fragen. Die Tür blieb offen und Emilia sah ihr betroffen nach, wie sie mit ihrem absichtslosen Schritt davonging. – Ein schwarzer Käfer, daumenlang und mit geweihartigen Zangen, krabbelte unter dem Bett hervor, stieß vor bis ins Sonnenlicht, das auf den sandigen Betonboden der Hütte fiel, verharrte an dem hellen Band wie vor einem Hindernis, zog sich langsam wieder unter das Bett zurück, in dem Emilia heute Nacht schlafen würde. – Käfer? Skorpione? Schlangen? Gab es hier giftige Schlangen, wie auf der Farm ihres Vaters?

Emilia setzte sich im Schatten vor der Hütte auf den Boden, den Rücken an das noch von der Sonne warme Blech gelehnt und die Hände neben sich in den Sand gestützt. In dieser Stunde zwischen Nachmittag und Abend war es vor den Hütten ganz still. Manchmal hörte sie Hunde, einen Hahn, eine Zikade in dem kleinen Bäumchen neben der Hütte, schrill wie eine Sirene, dann war die Ruhe wieder vollkommen. Bei anderer Gelegenheit und mit einem anderen Grund für ihr Hiersein hätte sie die Stille genossen, die Wärme des Sandes und die Landschaft, eine weite einsame Insel, so, wie sie es liebte. Doch jetzt, wo Martha sie so jäh verlassen hatte, fühlte sie sich wieder sehr allein. Sie war der Spur gefolgt, die ihr Magrieta gewiesen hatte, aber hier am Ziel war nichts als eine Mauer aus Schweigen. Sie dachte über die vergangene Stunde nach, über den Alten, über Izakuje, über Marthas Worte, und sie war sich sicher: Die Männer hatten sie belogen. Sie wollten Unotjari von ihr fernhalten. Nach einer Weile stand sie wieder auf und holte das Päckchen, das ihr Magrieta gegeben hatte.

In dem Aktendeckel fand sie einen Brief, der mit Kugelschreiber geschrieben war. Sie las:

Katutura, im September 1989

Dear Sweetheart,
diesen Brief schreibe ich dir mit gemischten Gefühlen. Ich bin so froh, dich in meinen Armen zu halten und deinem Atem und deiner Stimme zu lauschen, mein kleines Bündel von Glück und Freude. Doch unsere Welt ist noch immer voller Verbrechen und Gewalt. Mir ist vieles zugestoßen und das meiste davon war nicht in Ordnung. Ich musste damit leben, weil ich das Kind einer Mutter war, die nichts über ihre eigenen Rechte wusste. Trotzdem habe ich niemals in meinem Leben aufgegeben, trotz der Härte dieser Welt. Ich will dich ermutigen stark zu sein für das, was du erreichen möchtest. Ich werde für dich da sein. Ich will mit dir alle meine Erfahrungen teilen, sodass du danach leben kannst und meine Fehler nicht wiederholst.

Meine kleine Nandesora, ich möchte dich wissen lassen, dass du alles werden kannst, was auch immer und wer auch immer du werden möchtest. Es gibt so viele Möglichkeiten, zwischen denen du wählen kannst, so versuche etwas und gib nicht auf, wenn du auf deine Ziele zuarbeitest. Ich selbst konnte nicht unter vielen Möglichkeiten wählen, aber ich bin meinen Weg gegangen. Du sollst einen besseren gehen.

Weil ich dich liebe, schreibe ich dir das alles. Bitte denke immer daran.
Ich liebe dich.
Mummy

Emilia ließ den Brief sinken. Ich werde für dich da sein. Ich will mit dir alle meine Erfahrungen teilen. Acht Monate später lebte Justina nicht mehr. Wirklich durch Selbstmord? Aber da waren noch andere Worte in dem Brief, die Emilia nachdenklich machten: Ich möchte dich wissen lassen, dass du alles werden kannst, was auch immer und wer auch immer du werden möchtest, das hatte Justina der kleinen Nandesora mit auf den Weg gegeben. »Eje zengi«: War Nandesora deswegen von hier und aus dieser Welt der Männer verschwunden? Sprach deswegen niemand über sie, weil ihr Weg sie in eine Richtung führte, den weder der alte Häuptling noch die anderen gutheißen konnten? War Nandesora vielleicht schon an ihrem Ziel, was auch immer das sein mochte. – Nandesora hatte diesen Brief sicher niemals gelesen. Als ihre Mutter ihn schrieb, konnte sie noch nicht einmal sprechen.

Emilia legte den Aktendeckel beiseite. Ihr Bedürfnis, mehr darüber zu erfahren, ob sich Justinas Wünsche für die allein in einer ungerechten Welt zurückgebliebene Nandesora erfüllt hatten, beherrschte ihre Gedanken. Eje zengi. Warum? Emilia schlug das Schulheft auf, doch das helle Licht ringsum blendete sie. Im Schatten war die blasse Bleistiftschrift nicht zu entziffern. Sie versuchte in der Sonne zu lesen, aber hier war der Sand noch immer glühend heiß und die Luft flimmerte in der Hitze. Emilia kehrte in den Schatten zurück und tat nun gar nichts mehr, als zu schauen und zu lauschen und ihren Gedanken nachzuhängen. Hin und wieder wehte der Wind ein Motorengeräusch herüber, vielleicht das Dröhnen eines Generators oder des Motors einer Pumpe, es ebbte ab und kehrte wieder in einem unaufhörlichen Wechsel wie die Wellen am Meeresstrand. Bei den Kakteen flog ein Kiebitz auf – vertrautes schwarz-weißes Geflatter! – und sein Schrei war nicht anders als zu Hause. Das Schrillen einer Zikade drängte sich nur noch in ihr Bewusstsein, wenn es plötzlich verstummte. Es war, wie wenn ein Motor plötzlich ins Stolpern gerät, nach ein paar Umdrehungen erneut stockt und endlich schweigt. Ein Schwarzer ritt hinter der Hütte vorbei auf einem Pferd, das kaum größer war als ein Esel. Mit einer Hand hielt er die Zügel, mit der anderen seinen Hirtenstock, den er mit ausgestrecktem Arm auf dem Rücken des Pferdes aufstützte, stolz und aufrecht wie ein siegreicher Ritter. Männer tauchten bei den Rindern auf und trieben sie an dem Knüppelzaun entlang in einen kleinen Pferch. Sie hatten einen Eimer dabei und einen Lederriemen, mit dem sie den Tieren die Hinterbeine zusammenbanden, ehe sie sie molken. Wieder Afrika wie im Kino, aber eine Szene ohne Hauptdarsteller. Die zwei Heldinnen warteten noch auf ihren Auftritt: Unotjari und Nandesora. Vielleicht würde es nicht mehr lange dauern, bis sie die Bühne betraten. Aber noch musste Emilia auf ihren Auftritt warten, auf den nächsten Akt in dem Stück, dessen Schluss niemand kannte. So harrte sie aus, während die Sonne weiterwanderte und die Schatten länger wurden, hoffte, dass der zum Stillstand gekommene Strom der Ereignisse sich wieder in Bewegung setzen würde, hoffte, dass sich der Hohlraum füllte zwischen dem Vergangenen, das sie hierher geführt hatte, und dem, was sie noch erwartete. Sie schloss die Augen. Die Gegenwart war nichts, als die Pause zwischen zwei Akten: ein unbefriedigender Übergang.

Eine Fliege hatte Emilia entdeckt, eine zweite, aber sie waren nicht so quälend wie sie bei ihrer Ankunft gewesen waren.

Sie ließen sich auf ihren Händen nieder, ihren Haaren, flogen auf, kehrten zurück. Als Kind hatte sie Fliegen gefangen, um ihnen das Leben zu retten. Sie hatte sie bewahrt vor einem qualvollen Tod an den gelben klebrigen Streifen, die wie gedrehte Würste unter den Lampen hingen. Vor der Tür hatte sie sie wieder freigelassen, aber die dummen Kreaturen waren zurückgekehrt oder neue waren gekommen, gierig nach den heimtückischen Fallen und blind für die dem Tod Geweihten, die zappelnd ihr Ende erwarteten. Sie dachte wieder an den verdursteten Holländer. Wie viele Menschen starben wie er, starben wie die Fliegen an den Ködern, weil die Verlockung stärker war als die Angst vor der tödlichen Gefahr?

Nach einer Weile stand Emilia auf, ohne Plan, und ging bis zum Gestell vor der Hütte, an dem zwei schwarze, dreibeinige Eisentöpfe und zwei Kalebassen hingen. Noch einmal kehrte sie zu ihrem Platz an der Blechwand zurück, stieß dann weiter in ihre Umgebung vor, fünfzig oder hundert Meter bis zum Rinderpferch, kehrte erneut um, ging in die andere Richtung, wieder nur ein kleines Stück wie von einer unsichtbaren Leine gehalten, wie ein Tier, das festgebunden ist an einem Pflock. Der Wind wehte Sand in ihre Spuren, verwischte sie. Irgendwann hielt sie die unsichtbare Schnur nicht mehr und sie ging immer weiter geradeaus. Als sie die Hütten nicht mehr sah, war die Einsamkeit vollkommen. Bald wurde das Dorngestrüpp schütterer, dann stand sie in einer Wüste, wie sie sie erwartet hatte. Nichts als Sand, nur hin und wieder ein einzelner Dornbusch. Die Verlassenheit machte ihr plötzlich Angst. Allein in dieser Wüste, nur auf sich selbst gestellt, würde sie die nächsten Tage nicht überleben.

Als sie zur Hütte zurückkehrte, war der Schatten des winzigen Baumes so lang, dass er bis zur Hütte reichte, und die Sonne brannte nicht mehr so heiß. Sie holte das Schulheft, setzte sich und las nun von Anfang an.

Die ersten Sätze, die auf das eingeklebte Bild der Frau mit einem Gewehr und dem Baby auf ihrem Rücken folgten, lasen sich wie der Beginn eines Schulaufsatzes.

Kwanza-Sul, Angola, im März 1984
Ich bin eine von 50.000. So viele Menschen leben hier, wirklich 50.000 in einem einzigen Flüchtlingslager der SWAPO. Die meisten sind Frauen und Kinder. Sehr viele sind aus dem Norden unseres Landes gekommen, aus dem Ovamboland, dem Caprivi, dem Kavango. In ihren Dörfern ist der Krieg am schlimmsten. Überall sind dort die Soldaten und jeden Tag gibt es Überfälle. Ich habe viele schlimme Dinge gehört. Meine Nachbarin im Schlafraum heißt Maria Shapua. Sie hat jede Nacht geweint. Sie hat mir erzählt, was ihr zugestoßen ist, als sie mit ihrem zwölfjährigen Sohn Thomas und dem fünfzehnjährigen Egunda auf dem Wege zu einer Verwandten war: Ein Casspir-Lastwagen voll mit Koevoet-Soldaten hielt plötzlich neben ihnen. Sie sprangen aus dem Casspir und fragten nach SWAPO-Guerilla in der Gegend. Maria sagte, sie wüsste nichts von Rebellen. Die Soldaten zerrissen ihre Kleider und vergewaltigten sie vor ihren Söhnen. Dann schaufelten die Männer ein tiefes Loch und gruben sie und ihre Söhne bis zum Hals ein. Ein Mann kam zufällig vorbei und rettete sie, sonst wären sie in der Hitze qualvoll gestorben. Ich habe gehört, dass sehr viele Frauen und Mädchen im Norden vergewaltigt worden sind. Es sind auch viele Menschen im Gefängnis gewesen und sind gefoltert worden, weil sie SWAPO-Kämpfer unterstützt haben sollen. In ganz vielen Dörfern wurden Menschen ermordet oder sie verschwanden spurlos. Die Koevoet-Soldaten haben Zäune und Hirsefelder zerstört, Ziegen und das andere Vieh überfahren und alle Lebensmittel gestohlen. Sie wollen die Menschen einschüchtern, damit sie die SWAPO nicht länger unterstützen.

Emilia schlug das Heft zu. Bürgerkrieg, Aufstände und blutige Auseinandersetzungen waren eine Realität überall in der Welt. Und immer wurden Frauen vergewaltigt, wurden getötet und sogar die Kinder, schon die Kleinsten, wurden Opfer von Gewalt. Das war im ehemaligen Jugoslawien so gewesen, in Ruanda, im Kongo oder in Syrien. Der Bürgerkrieg im eigenen Land und das Leid von Frauen und Kindern waren auf der Farm ihrer Eltern so fern gewesen wie eine andere Welt. Doch jetzt, so allein vor Marthas Hütte drangen die Geschichten und das Schicksal dieser Menschen in ihr Leben ein. Jeder Satz, den sie las, erschreckte sie, und die eigene Ungewissheit machte sie verwundbar durch das fremde Leid.

Emilia stand auf und ging hinüber zum Platz des heiligen Feuers. Dort war nichts als ein großer Haufen weißer Asche, die der Wind verwehte. Auch heute brannte das Feuer nicht. Sie kehrte zu Marthas Hütte zurück und las mit klopfendem Herzen weiter, was Justina in Kwanza-Sul notiert hatte:

Ich habe gehört, dass Hunderttausende unser Land verlassen haben. Sie sind nach Botswana gegangen, nach Sambia oder nach Angola, so wie ich, und leben in Flüchtlingslagern. Andere sind in Kuba, der Sowjetunion oder der Deutschen Demokratischen Republik. Sie können dort zur Schule gehen oder sogar studieren. Ich weiß noch nicht viel über Kommunismus, aber ich weiß, dass es die kommunistischen Länder sind, die uns helfen.

Ich bin glücklich, dass ich nach Kwanza-Sul gekommen bin. Wir alle haben kein Geld, wir bekommen wenig zu essen, aber wir haben eine Chance: Hier dürfen wir genauso lernen und zu höheren Schulen gehen wie sonst nur die Weißen. Deswegen bin ich hier. »Health and Education Centre« nennen die SWAPO-Leute dieses Lager und sie tun viel für uns. Jedes Kind wird gegen ansteckende Krankheiten geimpft. Wenn jemand krank ist, gibt es Medikamente. Alle Frauen bekommen eine Schulbildung und wenn eine Kinder hat, sind andere Frauen da, die liebevoll auf die Kinder aufpassen. Manchmal müssen die Mütter für längere Zeit weg. Die Kinder sagen »mom« und die Frauen sagen »my children«, selbst wenn es nicht die eigenen sind.

Wenn unser Land unabhängig ist, wird es gut ausgebildete Menschen brauchen. Ich werde eine von ihnen sein. Ich bin so stolz darauf. Ich kann hier zur Sekundarschule gehen. Nach der 12. Klasse möchte ich studieren, vielleicht in Angola, vielleicht in einem anderen Land. Mein Traum ist es, Rechtsan-

wältin zu werden. Ich werde zurückkommen, wenn die Südafrikaner nicht mehr an der Macht sind und meine Heimat ein freies Land ist. Ich werde mich dafür einsetzen, dass Frauen die gleichen Rechte bekommen wie Männer.

Emilia schlug das Heft zu. Schulbildung, ein Studium: das also war noch immer Justinas Traum gewesen, ein Traum, der in Südwestafrika, wie es damals noch hieß, für sie nicht in Erfüllung gehen konnte. Was die Missionare und die deutsche Kolonialherrschaft begonnen hatten, war unter der Apartheid fortgeführt worden: nach Hautfarbe und Geschlecht getrennte Erziehung und Bildung, die mit ihren krassen Unterschieden dafür sorgte, dass den Weißen keine Konkurrenz heranwuchs. Stattdessen stand eine große Zahl ungelernter Arbeitskräfte zur Verfügung. – Justina hat getötet, hatte die alte Magrieta gesagt. Hatte Justina wirklich auf Menschen geschossen? Oder war ihr Ziel, als sie sich der SWAPO anschloss, nur eine bessere Ausbildung gewesen? Nichts hoffte Emilia in diesem Augenblick sehnlicher, als diese Antwort zu finden: Justina hatte niemals mit der Waffe in der Hand gegen ihre eigenen Brüder und Schwestern gekämpft.

Sie dachte an Hosea. Solange sie auf der Farm lebte, war der Bürgerkrieg an ihm vorbeigegangen. Als der Krieg am heftigsten tobte, war er zu jung gewesen. Und später? Sie wusste nicht, warum er verschont geblieben war.

Im Aktendeckel lag ein Foto von marschierenden SWAPO-Soldaten in Kampfanzügen, Männer und Frauen nebeneinander. Im Vordergrund marschierte eine junge Frau. Sie trug einen großen Rucksack und über der rechten Schulter hing ein Gewehr. In der linken Hand hielt sie eine Granate, die fast so lang war wie ihr Arm. Die Frau war zierlich und gebeugt unter dem schweren Gepäck, aber sie ging mit denselben ausgreifenden Schritten wie ihre Kameraden. War das Justina? Emilia betrachtete das Foto lange, aber sie war sich nicht sicher.

Der Eintrag auf der nächsten Seite trug kein Datum, aber er musste ebenfalls 1984 geschrieben worden sein:

Seit achtzehn Jahren ist Krieg in Namibia, der Krieg des südafrikanischen Apartheid-Regimes gegen die Mehrheit der Bevölkerung. Er trifft alle: Männer, Frauen und Kinder. Er bedeutet Ausgangssperre, Zensur, Auflösung friedlicher Versammlungen mit Gewalt, Festnahmen und Inhaftierungen, zunehmende Armut, Gewalt, Flucht und Tod. Die Männer der Koevoet geben sich als Sicherungspolizei aus, aber ihre Mittel sind Vergewaltigung, Folter und Mord. Nur die Offiziere sind Weiße, die anderen sind unsere Brüder. Sie kommen mit ihren gepanzerten Casspir-Transportern, vierzig Mann in einem Zug, unter ihnen Fährtenleser der Ovambo. Die suchen nach unseren Spuren und können abschätzen, wann und wie schnell wir unterwegs waren. Dann fahren sie mit den Casspirs und der Kanone dorthin, wo die SWAPO-Leute sind, und töten sie. Die Soldaten greifen alle an, auch Zivilisten, die nicht auf der Seite der Buren stehen.

Weiter unten hatte Justina einen Kugelschreiber benutzt, der nach wenigen Worten immer schwächer wurde. Dann schrieb sie wieder mit dem blassen Bleistift.

Warum schreibst du so viel, hat mich gestern ein Mädchen gefragt. Ich habe ihr geantwortet, dass andere Menschen erfahren sollen, was wir erleiden, damit das Land, das wir Namibia nennen, eines Tages ein freies Land sein wird. Deswegen schreibe ich alles auf, was geschah, seit ich Uellendahl verlassen habe.

»... schreibe ich alles auf, was geschah, seit ich Uellendahl verlassen habe.« Emilia hielt den Atem an und spürte, wie ihr Herz noch heftiger schlug. Wenn sie irgendwo mehr über Justinas Leben und Tod erfahren konnte, dann in diesem Schulheft. Jetzt gab sie sich ganz der Anstrengung hin, Justinas blasse Bleistiftschrift zu entziffern:

Drei lange Jahre sind seit meinem Abschied von der Farm vergangen. Viel ist geschehen, aber jeder Schritt, den ich tat, war klein und mein Ziel ist immer noch fern. Von Uellendahl habe ich drei Tage gebraucht, bis ich Katutura erreichte. Sie schienen mir sehr lang, weil ich nicht wusste, was für ein langer Weg danach noch vor mir liegt. Drei Tage und zwei Nächte habe ich unter freiem Himmel verbracht. Es war Februar und die Sonne schien so heiß. Sie brannte auf meiner Haut und oft musste ich mich unter einem Baum ausruhen. Alles, was ich besaß, trug ich in einem geflochtenen Korb. Die Nächte waren kalt. Ich habe kaum geschlafen in meiner Angst vor Überfällen und vor wilden Tieren. Dann war ich endlich am Ziel, aber nichts war so, wie ich erhofft hatte. Ich wollte zur Schule gehen, ich wollte mehr lernen als das bisschen Lesen und Schreiben, das man mir auf der Farm beigebracht hat, aber ich fand keine Schule, die mich aufgenommen hätte. Ohne Geld, ohne Arbeit und ohne festes Dach über dem Kopf habe ich die ersten Tage in Katutura verbracht. Meist habe ich mich hinter irgendeiner Hütte zum Schlafen verkrochen, hungrig und sehr verzweifelt. Viel hatte nicht gefehlt, und ich wäre nach Uellendahl zurückgekehrt. Ich habe gebetet in meiner Not, und Gott hat mein Gebet erhört. Er hat mir Ileni geschickt. Bei ihr durfte ich wohnen und sie hat dafür gesorgt, dass ich als Hilfspflegerin in einem Krankenhaus arbeiten konnte. Ich bin so froh, dass ich Ileni begegnet bin! An einem Tag hat sie mich zu einem Treffen der Jugendliga der SWAPO mitgenommen. Von da an hat sich mein Leben verändert.

Emilia hielt inne mit dem Lesen. Sie hatte sich kein Bild davon gemacht, was der Freundin wiederfahren war, kaum dass sie Abschied voneinander genommen hatten. Verlassenheit, Hoffnungslosigkeit und Verzweiflung, die Nächte unter freiem Himmel in der Einsamkeit oder, schlimmer noch, versteckt hinter einer armseligen Hütte, hungrig und ohne Geld. Sie beneidete Justina um ihren Glauben an Gott. Woher sonst hätte sie soviel Kraft nehmen können? Sie las weiter:

Als die Regierung politische Versammlungen verbot, mussten wir uns heimlich in den Häusern der Mitglieder treffen. Die

Buren machten uns das Leben immer schwerer. Wir wussten nie, wann uns die Polizei aufgreifen würde, um uns zu verhören oder einzusperren. Gar nichts konnten wir ohne große Angst tun, denn wie hätten wir im Gefängnis für unser Land kämpfen können? Wir verhielten uns so still wie möglich, aber niemals wollten wir von dem abweichen, wofür wir kämpften. Viele unserer Anführer waren im Gefängnis und oft wurden sie gefoltert. Mit siebzehn war ich zum ersten Mal selbst im Gefängnis. Ich hatte Einladungen zu unseren Treffen verteilt. Nach drei Tagen war ich wieder frei, aber das war nur der Anfang: Noch zwei Mal wurde ich verhaftet und von der Sicherheitspolizei verhört. Sie fanden nichts, wofür sie mich lange Zeit hätten einsperren können, aber das schlimmste war, dass ich meine Stelle im Krankenhaus verlor.

Wir SWAPO-Anhänger waren sehr isoliert. Wir hätten wissen müssen, wie die internationale Einstellung uns gegenüber war, aber was innerhalb und außerhalb unseres Landes wirklich geschah, blieb uns verborgen. In Katutura konnten wir nichts anderes mehr tun als zu warten, und wenn wir nicht zusehen wollten, wie Namibias Unabhängigkeit auf den Sankt-Nimmerleinstag verschoben wurde, mussten wir andere Wege einschlagen. Deswegen habe ich Namibia verlassen und bin nach Angola ins Exil gegangen wie so viele von uns.

Das ist meine Geschichte, warum ich nach Kwanza-Sul gekommen bin. Andere sind gekommen, weil ihre Eltern in Namibia die Gebühren für eine Schule mit Wohnheim nicht bezahlen konnten. Andere durften nicht zur Schule, weil sie zum Wasserholen gebraucht wurden, zum Holzsuchen oder, um die Hirse mit der schweren Mörserkeule zu zerstampfen. Ich bewundere die Mädchen, die trotzdem jeden Tag stundenlang durch die Sandfelder zur Grundschule gelaufen sind und in der Nachmittagshitze zurück.

Die nächsten Zeilen hatte Justina in Anführungsstriche gesetzt und vielleicht hatte sie die Sätze irgendwo abgeschrieben. Sie waren auf den 6. Juli 1984 datiert.

»Jedes Mitglied der Gesellschaft – Männer, Frauen und Kinder – wird gebraucht, um gegen die gewaltige Kraft der Besatzer zu kämpfen. Ihr Kampf wird den Frauen ihre Unterdrückung bewusst machen und dadurch einige starke, revolutionäre Frauen hervorbringen. Doch wenn damit keinerlei Ideologie verbunden ist, eine Ideologie, für die allein schon die Befreiung der Frau Anlass genug zum Kämpfen ist, wäre nach dem Ende des Krieges der Kampf für die Gleichberechtigung der Frau eine Totgeburt.«

Was Justina in das Schulheft schrieb, war erschütternd und verwirrend zugleich, aber Emilia suchte etwas anderes. Sie wollte mehr wissen über die Tage und Stunden vor ihrem Tod. Sie blätterte zum Ende des Heftes. Die letzten drei Seiten waren leer geblieben. Sie las den allerletzten Eintrag. Zu ihrer Enttäuschung war er in Katutura geschrieben worden, nicht auf Uellendahl. Das Datum war der 23. März des Jahres 1990. Zu diesem Zeitpunkt, sechs Wochen vor Justinas Tod, war der Krieg zu Ende, die ersten freien Wahlen hatte die SWAPO gewonnen und das Land war seit drei Tagen unabhängig. Justinas letzte Sätze lauteten:

Ich habe mich entschieden. Ich werde meinen Weg gehen. Ich weiß, dass es niemals zu spät ist, noch einmal von vorn zu beginnen. Ich werde Geld verdienen und dann werde ich studieren. Keine Hürde ist zu hoch. Ich werde nach Uellendahl zurückkehren. Ich will nicht länger Opfer sein. Das Opferbild ist immer zerstörerisch, für Frauen, für Schwarze, Kinder, Arbeiter und alle anderen Unterdrückten, weil es die Rechte ignoriert, die jeder Mensch hat. Solange wir Frauen uns nicht selbst befreien, macht der Rest der Befreiung für mich keinen Sinn!

»Ich will nicht länger Opfer sein.« Justina hatte kämpfen wollen, keine Hürde schien ihr zu hoch, doch am Ende stand der Tod. Warum? Auch diese letzte Notiz war keine Antwort auf Emilias Fragen. Was war in der kurzen Zeit in Uellendahl geschehen? Emilia wusste nun, dass Justina nach der Zeit im Exil zunächst wieder in Katutura war, ehe sie mit der kleinen Nandesora in Uellendahl auftauchte. Das war alles. Sie schlug das Heft zu. Sie war zu müde um jetzt zu lesen, was Justina in den Jahren davor erlebt hatte. Sechs Jahre lagen zwischen diesen letzten Sätzen und der Aufforderung zum Kampf für die Gleichberechtigung. Das, was ihr am Herzen lag, hatte sich nicht verändert.

Die letzten flachen Lichtstrahlen der untergehenden Sonne hatten das Land erfasst, sie streiften die Hütten jenseits des Platzes und zeichneten Schattenstreifen in den rotbraunen Wüstensand. Langsam verlosch das Licht und während die Landschaft Farbe und Gestalt verlor, entfachten vor den Hütten schwarze Frauen ihre unruhig flackernden Feuer. Der Tag war vergangen und es war Emilia, als hätten die Männer sie vergessen. Mit dem Vergehen des letzten Tageslichts und mit der Kälte einer Wüstennacht war es wieder ganz still geworden. Nur einmal Hundegebell in einer unsichtbaren Ferne. Keine Fliegen mehr.

Trotz der völligen Dunkelheit in der Hütte fand Emilia ihren Koffer. Ihre warme Jacke lag oben auf. Als sie sich zur Tür zurücktastete, zerbarst ein dicker Käfer knirschend unter ihrem Schuh. Der Käfer mit dem Geweih? Oder gab es in dieser Hütte viele große Käfer, die jetzt ihr nächtliches Treiben begannen? Die auch ihr Bett nicht verschonen würden? Aus der Nische hinter dem Vorhang drang kein Laut. Emilia setzte sich wieder in den Sand, der noch immer warm war. Sie dachte an Justina. Jedes Mal, wenn sie die Augen schloss, stand ein Gesicht vor ihr, das nicht Justinas gewesen war, als sie nach Uellendahl zurückkehrte. Was sie sah, war das Gesicht eines großen Mädchens, mit dem sie sich hinter den schiefen Grabsteinen des Farmfriedhofs getroffen hatte, und die den Graben zwischen Schwarz und Weiß nicht sehen wollte. Seit Emilia Justinas Spuren folgte, hoffte sie vergeblich auf einen Frieden mit diesem Gesicht. Was sie quälte war die Erinnerung an Justinas letzte Tage auf der Farm. Sie konnte nicht anders, als jeden Augenblick noch einmal zu erleben und ihn zu analysieren, aber es befreite sie nicht von ihrer Schuld.

Mit Hosea hatte sie nur einmal über Justina gesprochen. Er konnte sich kaum an sie erinnern. Gedanken an Kampf und Widerstand waren ihm fremd. Er lebte in den Tag hinein und wenn er an eine bessere Welt dachte, dann träumte er sie einfach herbei.

»Ich werde nicht mehr lange auf der Farm bleiben«, sagte er eines Tages.

»Du gehst fort?« Emilia spürte, wie sich etwas in ihrem Inneren zusammenkrampfte.

Er nickte und machte ein wichtiges Gesicht. Er wartete auf Emilias Frage, ehe er weiter sprach.

»Was hast du vor?«

»Ich werde Musiker.«

»Musiker?«, fragte Emilia zweifelnd.

»Gitarrist.« Er machte eine Pause. »Weißt du, wie viel Miles Davis für einen einzigen Auftritt bekam?«

Miles Davis, der Name kam Emilia bekannt vor. »Hat der nicht Trompete gespielt?«

»Mag sein, aber ich habe keine Trompete. Ich habe eine Gitarre.«

»Und du kannst darauf spielen?«

Hosea nickte eifrig. »Warte. Ich werde sie holen.«

Emilia schüttelte den Kopf. »Das dauert zu lange. Ich mag nicht warten.«

Hosea, der schon aufgestanden war, setzte sich wieder. Er sah sie erstaunt an. »Was stört dich daran? Beim Warten hast du Zeit zum Träumen. Du brauchst nur an etwas Schönes zu denken, an etwas, was du magst. Dann fühlst du dich wohl und du merkst gar nicht, dass du wartest.«

Emilia wusste, dass Hosea recht hatte. Wie oft hatte sie stundenlang am Fluss oder oben am See gesessen, in die Landschaft geblickt, hatte an etwas Schönes gedacht und war zufrieden gewesen. Es war die falsche Einstellung, die ihr das Warten auf Hoseas Rückkehr zur Qual werden lassen würde.

»Ich werde es versuchen«, sagte sie.

»Also hole ich jetzt meine Gitarre.«

Emilia sah Hosea nach, bis er hinter einer Biegung des Flusses verschwand. Du brauchst nur an etwas Schönes denken, hatte er gesagt. Emilia versuchte es und stellte sich vor, wie er zurückkommen würde. Aber gleich überfielen sie finstere Gedanken, die sie nicht verscheuchen konnte: Wenn jemand Hosea fragte, wohin er mit der Gitarre ging, und er die Wahrheit sagte? Wenn ihn jemand aus reiner Neugierde verfolgte?

Die Schatten wanderten über das Ufer, Emilia wartete, ihre Unruhe wuchs und sie wurde nicht glücklich dabei.

Endlich kam Hosea zurück. Die Gitarre hatte er umgehängt. Es war eine alte E-Gitarre mit blau glitzernder Oberfläche. Er setzte sich neben Emilia und klimperte auf den Saiten herum, einfache Akkorde, nach denen seine Finger suchen mussten. Dann lächelte er sie stolz an und spielte die Töne einer kleinen Melodie. Ohne Strom und ohne Verstärker war es nur ein dünnes Zirpen.

»Schön«, sagte Emilia um ihn nicht zu enttäuschen.

»Du müsstest hören, wie es mit Verstärker klingt.«

»Du hast auch einen Verstärker?«

»Noch nicht. Aber wenn ich Geld habe, werde ich mir einen kaufen.«

Er spielte noch eine Weile, bis er aufstand und die Gitarre vorsichtig an einen Baum lehnte. Er strich zärtlich mit der flachen Hand über die Saiten, dann setzte er sich wieder neben Emilia und legte den Arm um sie.

»Hat es dir gefallen?«, wollte er wissen.

»Es klang schön, ich glaube, so war es viel schöner, als wenn du mit Verstärker gespielt hättest.«

Später sprach Hosea wieder von dem Pferd, das er fangen würde. Als Emilia ungläubig den Kopf schüttelte, wollte er wissen, ob sie wenigstens an seine Zukunft als Musiker glaube.

Emilia nickte mit ernsthaftem Gesicht. »Du musst aber noch viel üben.«

Sie beneidete ihn um seine Unbekümmertheit und seinen unerschütterlichen Glauben an sich selbst. Ihr eigenes Leben war voller Selbstzweifel und bestimmt von der ständigen Sorge, den hohen Anforderungen ihres Vaters und der Schule nicht gerecht zu werden.

Zum ersten Mal geschah es an dem Tag, als die SWAPO die ersten freien Wahlen in Namibia haushoch gewonnen hatte. Emilias Vater hatte das Ergebnis frühmorgens im Radio gehört. Er war bald darauf nach Windhoek gefahren, eine Fahrt, die er schon seit Tagen geplant hatte. Emilias Mutter hatte sich krank ins Bett gelegt – krank vor Sorge wegen der Katastrophe, die das Wahlergebnis nach sich ziehen musste. Später hatte sie das schwarze Kleid angezogen, das sie sonst nur auf Beerdigungen trug, und verkündet, nun würden alle Weißen Namibia verlassen müssen, wenn sie nicht sterben wollten. Von den Hütten der Arbeiter hörte Emilia Radiomusik und lautes Stimmengewirr. Alle feierten, anstatt zu arbeiten. Sie trat auf die Terrasse vor dem Farmhaus, lauschte auf den wilden Lärm, der überall zu hören war, und blickte zum Fluss hinunter. Sie fühlte sich sehr allein. Ohne große Hoffnung, dass Hosea heute kommen würde, ging sie zum Ufer. Zu ihrer Überraschung lagen heute große Steine im Fluss, ein richtiger Damm war das, und das Wasser floss in einem großen Bogen um ihn herum. Sie suchte Hosea, fand ihn aber nicht. Vielleicht hatte er den Damm schon vor Tagen gebaut.

Emilia setzte sich in den warmen Sand, aber sie fühlte sich nicht wohl. Sie spürte eine beklemmende Enge in ihrer Brust, spürte ihre Aufregung. Was beunruhigte sie so? Das Wahlergebnis? Oder etwa Hosea selbst? War es die Hoffnung, dass er gleich hier sein würde? Oder fürchtete sie sich vor dem, was sie mit jeder Begegnung mehr erhoffte, ersehnte und erträumte?

Emilia brauchte nicht lange zu warten. Sie hörte Hosea kommen, noch ehe er bei ihr war. Über das Wahlergebnis wollte sie nicht sprechen.

»Hast du inzwischen ein Pferd gefangen?«, fragte sie spöttisch.

Einen Augenblick schien Hosea überrascht über ihre Frage. Das Lächeln des Siegers verschwand und sein Gesicht wurde ernst und nachdenklich. Den Spott in ihrer Stimme schien er zu überhören. »Ich muss die Pferde an mich gewöhnen. Nur wenn sie mich kennen, lassen sie mich nahe genug heran. Jeden Tag gehe ich zu ihnen und sehe ihnen zu.«

»Du meinst, es könnte dir wirklich gelingen?«

Hosea nickte eifrig. Die Pferde waren ihm wichtiger als die Politik. »Kommst du mit, um die Pferde zu suchen?«

Emilia stand auf. Warum sollte Hosea nicht tatsächlich ein Pferd fangen, so wie es sein Vater schon oft getan hatte?

»Ich glaube, sie werden dort stehen, wo wir sie beim ersten Mal gesehen haben«, sagte Hosea. Er ging voran, bis sie die Biegung erreichten, hinter der die Ufer steil und unzugänglich wurden.

»Wo sind die Pferde?«, fragte Emilia. »Müssen wir noch weitergehen oder können wir hier warten?«

Es war ihr gleichgültig, ob die Pferde erscheinen würden oder nicht. Sie wollte hier sitzen, an diesem einsamsten aller einsamen Orte, allein mit Hosea, und niemand sollte kommen und Anstoß daran nehmen. Hoseas Antwort wartete sie nicht ab. Sie ließ sich nieder und Hosea hatte keine andere Wahl, als es ihr gleich zu tun, wollte er nicht ohne sie weitergehen.

Lange blieben sie dort, redeten ein paar Worte, schwiegen wieder, warteten vergeblich auf die Pferde. Über die Wahl und über ihre Folgen sprachen sie nicht. Hosea malte mit dem Zeigefinger Bilder in den Sand, ungelenke Zeichnungen, vielleicht sollten es Pferde sein, aber die sahen aus wie Hunde. – Hoseas dunkle Hände.

Als er merkte, dass Emilia über seine Bilder lächelte, verwischte er sie wieder. Er legte eine Hand auf Emilias Knie, wie zufällig geschah es, und als habe er es selbst kaum bemerkt. Emilia rückte ganz dicht an ihn heran und ließ ihn gewähren, als seine Hand auf die Innenseite ihres Knies glitt, vorsichtig tastend, als wäre es ein Experiment. Sie spürte ein heftiges Verlangen nach seinen Berührungen, obwohl sie Angst davor hatte, weil es Hoseas Hand war, die Hand eines

Schwarzen, und niemand jemals erfahren durfte, was hier geschah. Hosea umfasste mit einer Hand ihre Schulter und zog sie in den Sand, während die andere ihren Rock höher schob und zwischen ihren Beinen entlang glitt, bis sie ihren Slip erreichte. Als er versuchte ihren Slip abzustreifen, wollte sich Emilia aus seinen Armen befreien, aber er hielt sie ganz fest und presste sie heftig an sich. Sie spürte seinen Körper, seinen Atem. Alles Trennende fiel von ihr ab. Sie umarmte ihn heftig. Sie wollte mehr, als nur seine Hände zu spüren. Die Konventionen, die unsinnigen Verbote, nichts davon kümmerte sie mehr. Sie ließ es zu, dass er sie auszog und seine eigene Kleidung abstreifte.

Es geschah im Schatten der hohen Akazien, auf dem einzigen grünen Fleck, den es hier gab, und inmitten einer Schar von Perlhühnern, die eifrig trippelnd um sie herumliefen und keine Notiz von ihnen nahmen.

Später lagen sie eng aneinandergeschmiegt, Hoseas Arm um ihre Schultern, ihre Stirn an seinem Hals, und lauschten auf das leise Rauschen des Wassers, auf die Damara-Tauben, die ihr »work harder, work harder« von den Bäumen riefen, und auf das Gezwitscher der Webervögel, die in einer Akazie ihre Kolonie gebaut hatten. Niemals in ihrem Leben würde Emilia diesen Ort wieder vergessen. Sie spürte nicht, wie die Zeit verging, bis Hosea plötzlich aufstand. »Es wird bald dunkel«, sagte er.

Sie sah ihm zu, während er sich anzog, staunend wie schön er war, bis auch sie sich endlich erhob, noch ganz erfüllt von dem, was eben geschehen war. Schweigend ging sie neben Hosea am Ufer zurück, verstrickt in ihren Gedanken über eine Liebe zwischen Schwarz und Weiß, über ihre zu Hosea im Besonderen. Mit dem Näherkommen der Häuser, mit der Nähe ihrer Eltern, begann ein Gefühl in ihr zu nagen, das sie nicht länger beiseite schieben konnte: die Ungewissheit, wie es weitergehen würde, mit Hosea, mit der Farm und mit dem Land, das nun Namibia heißen würde.

Es war kühl geworden vom Wind, der durch das Flussbett wehte, und Hosea zog sie fester an sich, um sie zu wärmen.

Es dämmerte schon, als sie den kleinen Damm erreichten, den Hosea im Fluss gebaut hatte. Hier trennten sie sich.

In den nächsten Tagen mied Emilia den Treffpunkt am Fluss, obwohl sie sicher war, dass Hosea dort auf sie wartete. Was wäre, wenn sie schwanger würde? Der Gedanke ließ sie nicht mehr schlafen. Justina hätte Rat gewusst, aber seit vielen Jahren hatte sie nichts mehr von ihr gehört. Mit ihren Eltern über ihre Sorgen zu sprechen, war undenkbar. Heimlich rief sie einen Frauenarzt in Windhoek an und vereinbarte einen Termin. Sie erzählte ihren Eltern von einer dringenden Behandlung beim Zahnarzt im selben Ärztehaus und hoffte, dass sie allein nach Windhoek fahren durfte. Ihr Vater erlaubte es nicht. Er traute ihr nicht zu, sich mit dem Auto in Windhoek zurechtzufinden. Er selbst fuhr sie, und bis zuletzt wusste sie nicht, ob er sie ins Ärztehaus begleiten würde. – Er tat es nicht, er hatte etwas anderes zu erledigen.

»Passen Sie auf, dass Sie kein Aids bekommen«, hatte der Arzt gesagt. Und: »Sie werden sich ja wohl nicht mit einem Schwarzen einlassen wollen.« Es war derselbe Satz, den man ihr schon in der Schule eingeschärft hatte. Aids, das war etwas Neues, etwas Fürchterliches, das die Liebenden bedrohte. Konnte dieses Gespenst schon bis Uellendahl vorgedrungen sein?

Emilia umklammerte ihre Handtasche, als sie wieder zu ihrem Vater in den Wagen stieg. Darin steckte sie, die Packung mit dem Empfängnisverhütungsmittel, das Corpus Delicti ihrer Liebe zu Hosea. Was hätte sie sagen sollen, wenn es ihren Eltern in die Hände fiel? Einen anderen Mann erfinden? Und wenn sie den kennenlernen wollten?

Die nächsten beiden Tage wartete Emilia vergeblich im Schatten der Anabäume. Hosea kam erst am dritten Tag. Von da an liebten sie sich täglich, wenn Emilia auf Uellendahl war.

An einem Tag war Hosea anders als sonst. Er war mit eiligeren Schritten gekommen, seine Bewegungen, als er sich neben sie setzte, waren fahriger als gewöhnlich und seine Sprache rascher. Hosea war aufgeregt. Ehe sie ihn noch nach dem Grund fragte, griff er in die Tasche seiner weiten Jogginghose und zog etwas hervor, das er ihr auf der flachen Hand hinhielt.

»Wie findest du den Stein?«, fragte er.

Es war ein grünblau schimmernder Kristall, der aus einem schwarzen herauszuwachsen schien.

Emilia nahm den Stein. Sie betrachtete und befühlte ihn lange. »Er ist wunderschön.«

»Es ist ein Edelstein. Ich schenke ihn dir.«

»Aber woher ...«

»Es ist ein Glücksstein. Er verbindet Menschen für alle Zeit und macht sie glücklich.«

»Er verbindet Menschen?«, fragte Emilia.

»Ja, wenn ein Mensch einem anderen diesen Stein schenkt, sind die beiden für immer miteinander verbunden.«

»Aber woher hast du diesen Stein?«

»Ich habe ihn vorhin im Fluss gefunden.«

»Du hast ihn gerade erst gefunden? Woher weißt du dann, dass es ein Glücksstein ist?«

»Alle Steine, die so aussehen, sind Glückssteine. Sie sind sehr selten, und nur ganz wenige Menschen finden so einen Stein.«

»Und diese Menschen werden glücklich?«

»Ja, und sie werden viele gesunde Kinder haben.«

Auf Hoseas Drängen hatte Emilia den Stein angenommen.

»Aber du darfst ihn niemals verlieren«, hatte er ihr eingeschärft.

Martha kehrte zurück, gleichmütig, als hätte es ihre Flucht vor Emilias bohrenden Fragen nie gegeben. Warum bist du vor meinen Fragen davongelaufen und wo bist du gewesen, hätte Emilia gerne gefragt, doch sie schenkte Martha nur ein Lächeln zur Begrüßung und ein freundliches: »Hello.« Zu sehr hatte sie sie zuvor bedrängt.

»Komm«, sagte Martha. Sie nahm Emilias Hand und führte sie durch den dunklen Sand quer über den weiten Platz zur Hütte des Alten. »Omukururume«, nannte sie ihn. Wie ein bestelltes Paket, über das keine Worte zu verlieren sind, lieferte sie Emilia ab und ließ sie mit den am hell lodernden Feuer versammelten Männern allein.

Der Omukururume saß auf seinem Gartenstühlchen dicht bei einem großen Eisentopf, der auf drei kurzen Beinen im Feuer stand. Mit einer gebieterischen Handbewegung lud er Emilia ein, auf einer Colakiste am Feuer Platz zu nehmen. Izakuje und ein paar ältere Männer hatten sich ebenfalls auf Getränkekisten niedergelassen, die anderen hockten oder saßen am Boden. Keine Frauen außer Emilia. Die Männer redeten, doch niemand übersetzte, niemand redete Englisch oder Afrikaans, und so saß Emilia auf ihrer harten Kiste, lauschte der fremden Sprache und manchmal trieb der Wind, der noch stärker geworden war, Funken und Rauch zu ihr herüber. Der Omukururume war der einzige, der sie beobachtete. Keine ihrer Bewegungen schien ihm zu entgehen. Sie vermied seinen Blick, der nichts Freundliches, nicht einmal etwas Neugieriges hatte. Es war der wachsame Blick eines Jägers auf das unberechenbare und gefährliche Wild.

Immer mehr Männer kamen und aus den ungewohnten Lauten schälten sich Worte heraus, kehrten fortwährend wieder und hafteten in Emilias Gedächtnis.

»Moro.«

»Moro.«

»Muapenduka?«

»Ii, tuapenduka. Naa korene?«

»Tuapenduka wina.« – So ging das ständig hin und her mit Izakuje, dem Weitgereisten. Minutenlang wechselten sie die Worte und jedes Mal, wenn ein neues Gesicht auftauchte, begann das Ritual aufs Neue.

Dicht neben dem Feuer lagen die Hunde, die Lider halb geschlossen vor der Hitze. Manchmal spiegelten sich die Flammen in ihren bernsteinfarbenen Augen, dass sie aussahen, als würden sie brennen. Die Männer saßen am Feuer, wie sie es seit Urzeiten taten, sie redeten, wie sie immer geredet hatten, sie kochten in dem eisernen Topf über dem offenen Feuer, wie Generationen vor ihnen. Wie ein kleines Bröckchen aus der Ewigkeit schien Emilia dieser Abend unter dem funkelnden

Sternenhimmel in einem Ort fernab der Zeit und jenseits der unaufhörlichen Veränderungen. Sie fragte sich, wie ihr Leben verlaufen wäre, wenn sie hier geboren worden wäre. Als eine von ihnen. Vielleicht wäre Izakuje ihr Mann geworden. Sie wäre morgens früh als erste von ihrem Lager aufgestanden, um das Feuer vor der Hütte zu entfachen und Wasser zu holen. Sie hätte die Kinder versorgt, die sich in der Kühle des frühen Morgens mit warmen Köpfchen unter dem schwarzen Kraushaar an sie gedrängt hätten, und statt Höschen und Windeln hätten sie einen Lendenschurz aus Leder getragen. Wenn Izakuje dann aus der Hütte gekommen wäre, hätte sie den Maisbrei zum Frühstück schon gekocht. – Gaben die Männer hier ihren Frauen am Morgen einen Kuss? Oder beim Abschied? Natürlich hätten sie nicht viel miteinander geredet, was sollte Izakuje auch reden mit einer Frau? Am Abend, wenn die Kinder in einem Knäuel aus schwarzen Körpern auf ihrem Lager eingeschlafen wären, hätte sich Izakuje zu ihr gelegt und mit ihr geschlafen und im nächsten Jahr hätte sie wieder ein Kind bekommen. Jeder Tag wäre wie der andere, nur an den Sonntagen, da wäre es anders gewesen. Da hätte sie die weiten bunten Kleider der Hererofrauen angezogen, drei, vier Röcke übereinander, und sie wären gemeinsam zur Kirche gegangen wie an jedem Sonntag. Regenzeit und Trockenzeit würden sich abwechseln, aber das wäre die einzige Veränderung in ihrem Leben gewesen. So träumte sie sich hinein in eine andere Welt und in dieser Stunde war ihr der Gedanke nicht mehr fern, dass sie in einem anderen Leben eine gute Hererofrau hätte werden können. Sie hätte das Leben hingenommen, wie es der Alte tat, ohne Veränderungen herbeizuwünschen und herbeizureden. Die Frage nach Glück und Zufriedenheit hätte sie nicht gestellt. Wäre sie deswegen unglücklicher gewesen, als sie es in ihrem wirklichen Leben war? Oder sogar glücklicher? Emilia konnte sich nicht für die eine oder andere Antwort entscheiden. Es lag nicht so sehr an Äußerlichkeiten, ob ein Mensch glücklich war oder nicht. Glücklichsein spielte sich im Kopf ab. Solange nicht blanke Not herrschte, war Glück vor allem eine Frage der Einstellung und der Sicht auf das eigene Leben.

An Hoseas Seite – als seine weiße Frau – wäre es anders gewesen. Was für ein Leben hätte sie geführt, wenn sie Hosea geheiratet hätte? Wenn sie damals Ja gesagt hätte, als er sie allen Ernstes danach gefragt hatte?

Sie hatten aneinandergeschmiegt am Ufer des Flusses gelegen, dort, wo kein Fahrzeug fahren konnte und nie ein Mensch vorüberging, Hosea hatte ihre nackte Haut gestreichelt und sie war sehr glücklich gewesen. Dann plötzlich diese Frage: »Willst du mich heiraten?«

Wie lange darf es dauern, bis eine Frage ihre Antwort findet? Wann ist die Kluft so groß, dass keine Auskunft sie mehr schließen kann? Aber wie konnte sie ehrlich antworten, ohne ihn zu verletzen? Sollte sie sagen, wie undenkbar es für sie war, als einzige Tochter des weißen Farmbesitzers den Sohn eines Farmarbeiters zu heiraten, so sehr sie ihn auch liebte?

»Willst du meine Frau werden?« Im ersten Moment nahm sie seine Frage so wenig ernst, wie dieselbe Frage eines kleinen Jungen an seine Sandkastenfreundin. Sie lachte ein wenig, aber Hosea meinte es ernst. Sie sah es an seinem Blick, der immer unsicherer wurde, je länger sie schwieg. Hatte er wirklich ein Ja erwartet?

Natürlich konnte sie nicht einwilligen. Wenn Hosea wenigstens eine richtige Schule besucht hätte, wenn er eine Ausbildung und eine Perspektive für die Zukunft gehabt hätte! Sie liebte Hosea für die Zuversicht, mit der er durch das Leben ging, aber sie fürchtete sich davor, ihres darauf zu bauen. Sicher würde ihr Vater alles tun, damit sie nicht die Farm erben konnte, wenn sie Hosea heiraten würde. Niemals würde er zulassen, dass ein Schwarzer das Land seiner Vorfahren übernahm. Eher würde er die Farm verkaufen. Und warum wollte Hosea sie überhaupt heiraten? Dachte er vielleicht selbst daran, dass er dadurch die Farm bekäme? Um sie zu lieben, brauchte er keinen Trauschein.

Ihr Schweigen stand zwischen ihnen wie eine schwarze Wand.

»Hosea«, sagte sie vorsichtig. »Ich gehe doch noch zur Schule. Es ist viel zu früh, ans Heiraten zu denken.«

Hosea schüttelte energisch den Kopf. »Ich will nicht warten, bis mir ein anderer Mann zuvorkommt.«

Emilia schwieg. Nein, sie konnte sich nicht vorstellen, sich in einen anderen Mann als Hosea zu verlieben, trotzdem wog die Angst vor einer ungewissen Zukunft zu schwer. Glaubte er wirklich, dass ihre Liebe ein Leben lang alle Schranken zwischen Arm und Reich, zwischen Schwarz und Weiß überwinden würde?

»Wovon sollten wir denn leben?«, fragte sie. »Vom Geld meines Vaters?«

»Ich könnte mich um die Farmgäste kümmern«, erwiderte Hosea eifrig. »Ich könnte ihnen das Abendessen servieren. Ich könnte mit ihnen zum See wandern. Ich könnte sie mit dem Jeep zu den Bergzebras und den Giraffen fahren. Oh, ich könnte so vieles!« Seine Augen waren weit offen vor Begeisterung und seine Stimme war lauter geworden. »Die Angestellten im Haus verdienen viel mehr als die Landarbeiter.«

»Kannst du denn Auto fahren?«

»Nein, aber ich kann es lernen.«

Emilia musste lächeln. – Hosea, das große, allmächtige Kind. »Später«, sagte sie. »Vielleicht kann ich später deine Frau werden, wenn du einen Arbeitsplatz gefunden hast.«

»Ich brauche keinen festen Arbeitsplatz. Ich bin stark und gesund. Ich kann überall arbeiten. Wir werden immer genug Geld haben.«

Emilia sah ihn nur zweifelnd an und sagte nichts mehr dazu.

Traurig und enttäuscht war Hosea wenig später aufgestanden und flussaufwärts im felsigen Flussbett verschwunden, während Emilia langsam und verstrickt in einen Wust von Gefühlen zu den Häusern zurückkehrte.

Am folgenden Wochenende hatte Emilia vergeblich am Fluss gewartet. Keine Pferde, keine Perlhühner, kein Hosea, nur ein Skorpion, der mit hochgerecktem Giftstachel dicht an ihr vorüberlief. Zutiefst enttäuscht und voller Unruhe, dass sie Hosea für immer verloren haben könnte, war Emilia nach

Windhoek zurückgefahren. Erst eine Woche später hatte er wieder auf sie gewartet.

Als der große, dreibeinige Topf Stunden später aus dem Feuer genommen wurde, loderten die Flammen hell auf und die Glut strahlte so heiß, dass Emilia zurückweichen musste. Einer der Männer begann, mit einer großen verbeulten Kelle die Blechnäpfe zu füllen. Alles geschah ganz langsam und mit einer großen Ruhe, und wie so vieles hier erschien es ihr wie eine einstudierte Choreographie, wie ein feierlicher Tanz, bei dem der Omukururume der Gebieter war. Sein Teller wurde als erster gefüllt, und als er ihn nahm, schimmerte der schwarze Stein seines Ringes rötlich im Feuerschein. Wieder musste sie an Hoseas Glücksstein denken. Während er schon aß, standen die Wartenden auf, einer nach dem anderen, ohne Eile, um sich ihren Teil zu holen. Dann war Emilia an der Reihe, als Letzte.

Die Suppe war gut, sehr gut sogar, selbst für ihren europäischen Geschmack, was sie wunderte. Trockenfleisch, weich gekocht in den langen Stunden, Kartoffelstücke, Kohl, Möhren mit kräftigen Gewürzen. Izakuje hatte das Gemüse aus Okahandja mitgebracht. Es war ein Festtagsessen. Auch die Hunde bekamen etwas ab.

Die Männer waren stiller geworden, als sie gegessen hatten. Sie hockten am Feuer, sahen in die Flammen, vielleicht zufrieden, vielleicht auch nicht, Emilia wusste es nicht genau. Dunkle Gesichter im Feuerschein, undurchsichtig.

Es war spät geworden, Mitternacht war lange vorbei. Emilia hätte jetzt lieber schlafen sollen, aber sie konnte nicht. Ihre Augen waren weit offen und ihr Herz gab keine Ruhe an seinem Platz. Martha, die die Ursache für ihre Erregung war, schlief längst. Sie hatte Emilia ihr Bett gelassen und lag zusammengerollt und mit angezogenen Knien auf einem Rinderfell, das sie vor dem Bett auf dem Boden ausgebreitet hatte. Nur eine Wolldecke hatte sie für sich behalten, die anderen beiden waren für ihren Gast. Emilia hatte sich in die Decken gehüllt und war wieder aufgestanden, als sie die ruhigen Atemzüge der Schlafenden hörte. Nun saß sie neben der Hütte im Sand, geschützt vor dem kalten Wind, der noch immer aus Süden wehte. Wieder war es still, totenstill. Auch der Motor war nicht mehr zu hören. Mit ihrer linken Hand hielt sie die Taschenlampe und mit der rechten Hand Michaels Füllfederhalter. Auf ihren Knien lag ein Heft, in das sie ihre Erlebnisse schreiben wollte. Heute tat sie das zum ersten Mal. Sie musste die Geschichte aufschreiben, jedes Detail wollte sie festhalten, über den Tod der Alten hinaus. Was Marthas Mutter zugestoßen war, geschah überall in Afrika bis zum heutigen Tag, aber Schweigen und Vergessen deckten das Unrecht zu wie der Sand der Kalahari die Gerippe der verendeten Tiere.

Als Emilia vom Essen zurückgekommen war, hatte in der Hütte eine Öllampe gebrannt, eine einfache Blechdose mit einem Loch im Deckel und einem Lappen als Docht. Der Vorhang, der den Raum teilte, stand einen Spalt breit offen. Neben dem Lager der Alten hockte Martha mit einem Blechnapf am Boden. Die Frau in der Nische war so schwach, dass Martha sie füttern musste. Martha bemerkte Emilia erst, als sie sich auf das quietschende Bett setzte. Nach einer Weile verließ Martha die Alte und ließ sich auf dem Rinderfell vor Emilias Bett nieder. Der Lichtschein der Lampe an der Wand fiel auf ihr schwarzes Haar und flackerte auf ihrer Wange. Sie begannen zu reden und irgendwann sprach Emilia von ihrem Vater, der niemals zufrieden war, weil er immer irgendetwas fand, woran er Anstoß nehmen konnte, und wenn es die zu langsamen Bewegungen der Arbeiter und Angestellten oder ihre fremden Sitten und Gebräuche waren.

»Und deine Mutter?«, fragte Martha. »Lebt deine Mutter noch?« Als Emilia nickte, zögernd, denn wie hätte sie es wissen sollen, fuhr Martha fort: »Sie wird ein glücklicheres Leben führen als meine.« Und als Emilia weder nickte noch es verneinte: »Hast du sie je weinen gesehen?« Jetzt nickte Emilia. »Hat sie oft geweint?« Martha sah sie ungläubig an, als Emilia wieder nickte.

Es dauerte eine Weile, bis Martha wieder sprach. »Immer wenn ich an meine Mutter denke«, sagte sie, »dann sehe ich die Tränen, die über ihre Wangen laufen. Ich sehe sie auf ihrer Matratze liegen, so wie du sie siehst.« Sie blickte Emilia traurig an. »Der leere Raum dort hinten ist das Einzige, was ihr geblieben ist. Als mein Vater starb, haben seine Brüder ihr alles genommen. Es hatte nicht viel gefehlt und sie hätten ihr auch das Leben genommen.« Sie sah sich um, als müsse sie Maß nehmen an der Enge und Kargheit der Hütte. »Ich möchte dir ihre Geschichte erzählen. Nimm sie mit nach Europa, nimm sie mit in dein Land, damit die Menschen dort wissen, wie es vielen Frauen in Namibia ergeht. Damit ihr wisst, was Leid ist, du und die anderen Menschen in Deutschland.«

Ihr vorwurfsvoller Ton irritierte Emilia. Martha redete, als wenn es Unglück und Leid in Deutschland nicht gäbe.

»Wir haben eine großartige Verfassung, länger als zwanzig Jahre schon«, fuhr Martha fort. »Männer und Frauen haben die gleichen Rechte, aber die Wirklichkeit sieht ganz anders aus.« Sie hielt inne, als müsse sie erst wieder zurückfinden in die Dunkelheit, von der sie sprechen wollte. »Es war mein älterer Bruder Kotokee, der unseren Vater fand. Der lag in einer Grube mit Wasser. Als Mutter zu Hilfe kam, war er kalt und ohne Bewusstsein. Wie hätte sie wissen können, was bei einem solchen Unglück zu tun ist? Sie zog den schweren Körper zu sich an den Rand und hielt ihn in ihren Armen, bis Kotokee mit den Männern von den Hütten zurückkam. Unser Vater war tot.« Sie wiederholte diesen letzten Satz, wiederholte ihn noch einmal, verlor sich ganz in ihm. »Unser Vater war tot.« Ihr voller Mund war schmaler geworden und in ihrem Gesicht lag ein verzweifelter Ausdruck.

»Sie brachten ihn zurück zum Dorf«, fuhr sie endlich fort. »Mutter verhüllte ihr Gesicht und harrte aus in ihrer Hütte, wie es die Sitte vorschreibt. Ihren Mann durfte sie nicht noch einmal sehen. Am nächsten Tag kamen Vaters Brüder aus ihrem Dorf. ›Wo warst du, als Kavezembua in die Grube stürzte?‹, haben sie meine Mutter gefragt und: ›Warum ist er gefallen? Erkläre uns, wie er in die Grube stürzen konnte.‹ Sie waren zornig und glaubten nicht, was sie sagte. ›Mutter war zu Hause‹, beteuerte Kotokee, aber sie haben nicht auf ihn gehört. – Kannst du dir vorstellen, wie das ist? Dein Mann stirbt und du weißt, dass du mit seinem Tod alles verlierst, was du an seiner Seite besessen hast, weil du als Frau nicht mehr Rechte hast als das Vieh. Und dann beschuldigen dich seine Verwandten, ihn umgebracht zu haben!«

Aus der Nische hinter dem Vorhang war ein leises Knistern zu vernehmen, ein Kratzen an der Wand, ein Wispern und Rascheln wie vom trockenen Laub herbstlicher Bäume. »Hört sie uns zu?«, flüsterte Emilia und beugte sich zu Martha hinunter.

»Sie versteht uns nicht. Sie kennt nur ihre Muttersprache. Sie hat niemals eine Schule betreten. Sie spricht mit Kotokee im Totenreich.«

Durch den Spalt im Vorhang konnte sie die Alte sehen. Im Licht einer rußenden Lampe sah ihr Gesicht aus wie ein schwarzer verschrumpelter Apfel unter einem Büschel verfilzter Wolle. Die Glieder waren dürr, Spinnenarme, Spinnenbeine, die sich unter der dünnen Decke abzeichneten, und die Haut war wie altes, faltiges Leder.

»Weißt du, wie alt meine Mutter ist? Sieh sie dir an und dann sage mir, wie alt sie wohl ist. – Du schweigst? Du wagst nicht zu sagen, was du denkst? Sechzig meinst du oder glaubst du siebzig? Ja? Ihr Gesicht ist eingefallen, in ihrem Mund fehlen die Zähne, sie hat Runzeln wie eine uralte Frau. Soll ich es dir verraten?« Und als Emilia nickte: »Im letzten Sommer ist sie vierzig Jahre alt geworden.«

Emilia konnte ihren Schreck nicht verbergen.

»Entschuldige«, sagte Martha und berührte Emilias Hand. »Ich wollte dich nicht erschrecken.« Sie stand auf, ging zu ihrer Mutter, rückte ihr das Kissen zurecht und reichte ihr den verbeulten Blechbecher, der neben der Matratze auf dem Boden stand.

»Als Vater beerdigt war«, fuhr Martha fort, als sie wieder neben Emilia am Boden hockte, »da kamen seine Brüder mit einem fremden Mann zu uns. Es war ein Sangoma, ein Medizinmann. Er brachte unserer Mutter ein Getränk, das sie töten sollte, wenn sie die Mörderin ihres Mannes wäre. Meine Mutter wollte nicht trinken. Sie ist Christin. Ihr Glaube verbot ihr den heidnischen Zauber, aber sie konnte sich nicht widersetzen. Die Brüder haben sie gezwungen. Mit Gewalt haben sie ihr den Mund zum Trinken geöffnet. Dann haben sie vergebens auf ihren Tod gewartet.«

Sie zeigte aufs Fenster, hinter dem die Landschaft in tiefer Finsternis lag. »Hast du das Paradies gesehen, das unser Land ist? Die Schönheit dieser Weite, die bunten Webervögel in den Akazien, die prächtigen Gewänder unserer Frauen? Du bist verwirrt, traust dem Glanz nicht mehr? Afrika ist schön! Kommt ihr Europäer nicht deswegen hierher? Ich sage dir, Afrika ist furchtbar, Afrika ist grausam, und immer sind es die Frauen, die am meisten leiden.«

Sie legte ihre Hand auf Emilias Arm und die leichte Berührung erinnerte sie in beklemmender Weise an Noras Berührung am Brunnenrand auf der anderen Halbkugel der Erde. Ja, die Welt war schön, hier wie dort, aber Martha zog sie hinein in ihre dunklen Seiten.

»Weißt du, es ist nicht einfach, das alles in der Erinnerung aufzubewahren«, fuhr Martha mit ihrer leisen Stimme fort. »Nicht, dass ich es jemals vergessen könnte. Aber es tut jedes Mal weh, wenn ich daran denke. Noch größeres Unrecht ist Mutter geschehen, als das, was ich dir erzählt habe. Die Brüder meines Vaters haben ihr alle Dinge genommen, die sie besessen hat, und, schlimmer noch, auch uns, die Kinder. Wir waren für die Männer nichts anderes als der leblose Besitz. Sie haben uns abgeholt wie die Kleidung, wie die Gegenstände des täglichen Lebens und das Vieh. Weil Vater Lobola bezahlt hat – weißt du, den Brautpreis – war Mutter sein Eigentum gewesen. Nach seinem Tod war sie nicht frei. Sie sollte seinem ältesten Bruder gehören, als Ehefrau. Aber sie wollte das nicht. Sie wollte nie wieder mit einem Mann schlafen nach meinem Vater. Sie muss ihn sehr geliebt haben.« Martha machte eine Pause und als Emilia sie ansah, war ihr braunes Gesicht wie verdunkelt von Trauer. Sie schien mit den Tränen zu kämpfen. Endlich fuhr sie fort. »Als sich unsere Mutter weigerte, ihr Dorf zu verlassen und mit den Brüdern zu gehen, haben sie uns Kinder von ihr getrennt und uns mitgenommen, mich, Kotokee und die anderen Geschwister. Meine Mutter hatte keine Rechte an uns. Sie haben uns erzählt, Mutter sei eine Hexe, die Schuld sei am Tod unseres Vaters. Ich habe den Erwachsenen alles geglaubt, nicht meinem Bruder Kotokee, der gesehen hatte, wie Vater gestorben war. Er wusste, dass Mutter keine Schuld daran hatte. Ich war klein und hatte keine andere Wahl, als denen zu glauben, die mir zu Essen gaben. Es hat lange gebraucht, bis ich das Leid meiner Mutter verstanden habe und zu ihr zurückfand.«

Emilia schraubte den Füllfederhalter zu und knipste die Taschenlampe aus. Über ihr leuchtete ein Sternenhimmel mit Myriaden glitzernder Punkte. Trotzdem war es so dunkel, dass sie kaum ihre Hand erkennen konnte, als sie sie vor ihre Augen hob. »Bis ich das Leid meiner Mutter verstanden habe und zu ihr zurückfand«, hatte Martha gesagt. Ihre eigene zusammengesunkene, immer traurige Mutter! Ihr Leid verstehen? Sie hatte das nie versucht. Was sie beherrscht hatte, war der Zorn, weil ihre Mutter ihr Leid, das Emilia nicht begreifen konnte, wie ein Fluch über ihre Kindheit ausgebreitet hatte.

Emilia knipste die Lampe wieder an und schrieb weiter. Nach den Worten über das Leid ihrer Mutter hatte Martha innegehalten und gelauscht. Hinter dem Vorhang summte die Kranke ein Kinderlied, eine kleine einfache Melodie, die sich wiederholte und wiederholte und dabei langsamer wurde und ins Stocken geriet wie eine Spieluhr, die abläuft.

»Hast du das Lied gehört?« Marthas rundes Gesicht sah im Licht der flackernden Öllampe mit einem Mal ganz wehmütig aus. »Als hätte Mutter uns verstanden! Es ist das Lied, das sie vor langer, langer Zeit für uns gesungen hat, wenn sie uns schlafen legte. Das war, als Vater noch bei uns war. Dieses Lied hätte Kotokees Leben retten können, vielleicht, wenn ich nicht ...« Sie brach ab, mitten im Satz, und schloss die Augen in einem plötzlichen Schmerz. Jetzt schluchzte sie wirklich. Danach blieb es lange still, ehe Martha weitersprach: »In einer Nacht, als Kotokee um seine Mutter weinte, hörten wir draußen das Lied. Unsere Mutter war da! In der Dunkelheit war sie heimlich in das Dorf unseres Onkels gekommen. Einer meiner Brüder schlich sich aus der Hütte zu ihr. Sie war da, um uns zu holen! Unten am trockenen Flussbett wollte sie in der nächsten Nacht auf uns warten. Als meine Brüder mich in der Finsternis der nächsten Nacht weckten, um zu ihr zu gehen, wollte ich nicht aufstehen. Ich hatte Angst, verstehst du? Die Nacht war so dunkel und draußen wartete eine Frau, von der die Erwachsenen sagten, sie sei eine Hexe! Ich weinte und schrie, bis meine Tante aufwachte. Es war meine Schuld, dass wir nicht geflohen sind.« Sie zögerte und als sie weitersprach glitzerten Tränen in ihren Augen. »Ein paar Tage später starb Kotokee.«

»Warum ist er gestorben?«, fragte Emilia, als sie Martha endlich zu unterbrechen wagte. Sie hatte nicht etwa ohne innezuhalten geredet, ganz im Gegenteil, immer wieder hatte sie Pausen gemacht, die sie mit bitteren Seufzern füllte, war manchmal ganz in sich hineingesunken und hatte sich in Erinnerungen versunken, in die Emilia nicht einzudringen wagte.

»Kotokee war krank gewesen, seit dem Tag, an dem sie uns von unserer Mutter getrennt hatten. Er hatte seinen Vater sterben sehen, er hatte seine Mutter verloren. Der Kummer hat sein kleines Leben verlöschen lassen.«

»Und was tat deine Mutter?«

»An dem Tag, als Kotokee gestorben war, kam Mutter zum zweiten Mal in das Dorf. Sie wusste nichts von seiner Krankheit, aber sie musste das Unglück gespürt haben. Dann hörte sie das Schreien der Frauen und die Klagelaute aus der Hütte, in der sie uns ein paar Nächte zuvor entdeckt hatte. Man hatte ihr verboten zu uns zu kommen, aber sie kam herein. Sie trat ein wie ein Gespenst, wie der Schatten eines Menschen, eine magere, schwankende Gestalt, vor der die Frauen davon stoben, schreiend und sich bekreuzigend in ihrer Angst. ›Otjiruru!‹, riefen sie, ›Otjiruru! Ein Geist!‹ Dann sah sie mich. Die Frau, die die anderen ›Hexe‹ und ›böser Geist‹ genannt hatten, die kam auf mich zu, kam näher, nahm mich in den Arm. Kannst du verstehen, dass ich schrie? Dass ich vor Furcht und Schrecken fortlaufen wollte? Vor meiner eigenen Mutter?« Sie schüttelte den Kopf, lachte ein wenig dabei. »Sieh sie dir an. Vor ihr wollte ich fliehen!«

Ihr Lachen verstörte Emilia, ein leises abgehacktes Lachen. Es klang wie kleine Schluchzer.

»Mutter glaubt, sie hätten Kotokee umgebracht, weil er wusste, wie sein Vater wirklich gestorben war. ›Mörder!‹, hat sie geschrien, ›Mörder!‹, bis die Männer sie packten und in eine andere Hütte sperrten. Wochen harrte sie dort aus, nicht einmal bei Kotokees Beerdigung durfte sie dabei sein. Als die Brüder sie endlich aus der Hütte ließen, blieb sie im Dorf. Muhupua, Vaters ältester Bruder, bot ihr an, sie mit uns Kindern zu sich zu nehmen. Es war nicht ihr freier Wille, aber unseretwegen ging sie zu ihm.«

Plötzlich hielt Martha in ihrer Erzählung inne und führte erschrocken ihre Hand zum Mund. Jetzt sah Emilia es auch. Obwohl sie die Tür geschlossen hatte, stand sie jetzt eine Handbreit offen und drehte sich weiter in ihren Angeln. Der Vorhang in der Hütte bewegte sich im Luftzug. Ein dunkles Gesicht erschien im Türspalt und starrte herüber. Martha verharrte reglos und schwieg auch noch, als der Mann längst wieder verschwunden war.

»Muhupua?«

Martha schüttelte den Kopf. »Auch Muhupua ist tot. Die meisten, von denen ich dir erzähle, leben nicht mehr.« Sie wartete eine Weile, dann stand sie auf und ging um die Hütte herum, als würde sie dort draußen in der Dunkelheit jemanden suchen.

»Ich bin bald fertig«, sagte sie, als sie wieder vor Emilia auf dem Boden hockte. »Die Geschichte ist gleich zu Ende. Kannst du sie noch ertragen?«

Emilia versuchte ein wenig zu lächeln. Es fiel ihr schwer, doch Martha nahm es als Zustimmung.

»Mutter wohnte zusammen mit Muhupuas anderen beiden Frauen. Es war die Hölle. Die zwei mieden sie, aus Angst, sie würde auch sie verhexen und Unglück über sie bringen wie über unseren Vater und Kotokee. Sie durfte sich nicht einmal uns Kindern nähern!«

Emilia wollte etwas sagen, aber sie suchte vergeblich nach den richtigen Worten. Nun schwieg auch Martha, es war still, nur der Wind rüttelte am Wellblech. Emilia wartete geduldig, bis Martha endlich weitersprach. Ihre Stimme war kaum noch zu verstehen.

»Was dann geschah, hat mir meine Mutter viel später erzählt: In einer Nacht kam Muhupua betrunken zu ihr und tat ihr Gewalt an. Sie wollte nicht mit ihm schlafen, sie wollte mit keinem anderen Mann so zusammen sein wie mit unserem Vater. Aber Muhupua schlug sie, bis sie ihre Pflicht erfüllte wie jede Ehefrau in unserem Dorf. Keine Frau darf sich den Forderungen ihres Mannes widersetzen. Immer wieder kam er in den Nächten zu ihr und nahm sie gegen ihren Willen. Frauen haben in unserem Volk keine Rechte.« Sie wiederholte diesen letzten Satz und wiederholte ihn noch einmal. Emilia sollte ihn niemals vergessen.

Dann schwiegen sie sehr lange und Emilia dachte an Marthas ersten Satz: In unserem Land haben Männer und Frauen die gleichen Rechte. Die Wirklichkeit sah ganz anders aus. Auch das hatte sie gesagt.

Mittlerweile war das Licht der Taschenlampe zu matt geworden zum Schreiben. Die Zeilen wanderten nach oben und nach unten, sie verhakten sich ineinander, waren kaum noch zu entziffern. Emilia wartete, bis die Tinte getrocknet war und klappte das Heft zu. Es war kalt geworden. Über der lichtlosen Landschaft funkelte der Sternenhimmel. Im Süden inmitten des hellen Bandes der Milchstraße leuchteten vier helle Sterne wie ein auf der Spitze stehendes Viereck: das Kreuz des Südens. Trügerische Schönheit, die das Hässliche und Ungerechte umso greller hervortreten ließ.

Seit sie mit dem Zug über die Konstanzer Rheinbrücke gefahren war, hatten ihre Gedanken Michael von Zeit zu Zeit gestreift. Nach Marthas Erzählung über die Liebe ihrer Mutter über den Tod ihres Mannes hinaus war die Erinnerung an die letzte Zeit ihrer eigenen Ehe wieder ganz nah. Seit einem Jahr hatten sie nicht mehr miteinander geschlafen, und nicht der Tumor allein war schuld daran gewesen. Ganz langsam und kaum merklich war schon vorher das Band zwischen ihnen lockerer geworden, wie ein Gummizug, der durch den täglichen Gebrauch ausleiert. Sie hatte ihre Welt in den Büchern gefunden, die sie mitunter wahllos verschlang, während Michael in seiner Arbeit lebte. Wenn er weit nach Mitternacht endlich zu Bett gegangen war, hatte sie längst geschlafen und die Sehnsucht nach Liebe und Zärtlichkeit in ihre Träume mitgenommen. Dort war ihr Hosea wieder begegnet, und mit ihm hatte sie wiedergefunden, was ihr im wirklichen Leben abhanden gekommen war. An jedem Morgen, wenn sie in ihren Träumen in Hoseas Armen gelegen hatte, war ihr Michael wieder ein Stück fremder geworden.

In der Hütte herrschte pechschwarze Dunkelheit. Das Licht ihrer Taschenlampe flackerte noch einmal auf und in dem verlöschenden Licht fand Emilia ihr Bett. Martha schlief und hörte nicht, wie Emilia unter die dünnen Decken kroch: keine Bettwäsche und ein Kopfkissen, das andere vor ihr benutzt hatten. Es roch nach fettigen Haaren oder irgendetwas Ähnlichem. Nur ihre Schuhe hatte sie ausgezogen. Sie schlief trotzdem bald ein, doch die Nacht in der Wüste war noch kälter, als sie befürchtet hatte. Immer wieder schreckte sie aus wirren Träumen auf. Frauenkörper ohne Kopf – oder waren es Holzfiguren? – lagen blutüberströmt am Straßenrand. Sie hatte sich eben für Holzfiguren entschieden, als sie einen abgeschlagenen Kopf zwischen ihren Händen hielt. Er war noch warm. Mit einem Schrei wachte sie auf. Später musste sie ein fürchterlich knarzendes Bett mit dem Omukururume teilen. Neben ihm lagen noch andere schwarze Männer. Alle waren nackt. Der Alte drückte sich an sie und sie fühlte sein hartes Glied zwischen ihren Beinen. Er drang nicht in sie ein, aber alles war nass und klebrig. Sie hatte Angst vor Aids.

Als das erste Morgenlicht durch die staubigen Scheiben drang, war ihr Gesicht wie mit Eis bedeckt, ihr Körper steif und die Füße waren empfindungslos vor Kälte. An Schlaf war nicht mehr zu denken. Sie lag mit geschlossenen Augen und in dieser Stunde zwischen Tag und Nacht hatte sie das Gefühl, dass sie all dies nur träumte, das Gefühl, sie könne jederzeit den Schlaf abschütteln und in ihr normales Leben zurückkehren. Die Hütten und die Menschen in der Wüste wären nur in ihren Gedanken.

Martha stand bei Sonnenaufgang auf. Emilia stellte sich schlafend. Was Martha gestern erzählt hatte, war noch in ihr, und die Erschütterung hatte sie noch nicht losgelassen. Eine Weile wollte sie noch mit ihren Gedanken allein sein. Erst als die höher steigende Sonne auf das Wellblechdach brannte und es in der Hütte heiß wurde, folgte sie Martha nach draußen. Sie hatte Feuer vor der Hütte gemacht, gerade so, wie es sich Emilia gestern Abend für sich selbst vorgestellt hatte, und erhitzte Wasser in dem schwarzen Topf. Hier draußen war es noch immer kalt und der Wind wehte so stark wie am Abend. Martha saß am Feuer und sah reglos in die lodernden Flammen. Sie lächelte ein wenig, als sich Emilia setzte. Es war ein trauriges Lächeln, eines das ihr zeigte, dass auch Marthas Gedanken noch bei ihrer Erzählung waren. Es war eine Geschichte aus der Dunkelheit und für die Dunkelheit. So schwiegen sie an diesem blendend hellen Morgen und Emilia sah Martha zu, wie sie Maismehl aus einer riesigen Tüte in das brodelnde Wasser rinnen ließ. Der Brei wurde dicker, schließlich zu einem festen Klumpen, während Martha rührte und rührte und rührte, bis sie endlich den Topf vom Feuer nahm. Im Windschatten der Hütte setzten sie sich auf den Boden. Martha griff mit der Hand in den Maisbrei, nahm eine kleine Menge heraus, formte ihn zu einem Klumpen und stopfte ihn in den Mund. Emilia tat es ihr nach und bald verlor sich das Befremdliche. Selbst die dunklen Schatten von Marthas Geschichte verblassten im hellen Morgenlicht. Emilia musste plötzlich lachen. Es lag noch nicht lange zurück, dass sie mit Michael im Steigenberger Inselhotel in Konstanz an einem festlich gedeckten Tisch gegessen hatte. Wenn ihr damals jemand prophezeit hätte, dass sie bald nach seinem Tod im Wüstensand sitzend in Wasser gekochten Maisbrei mit den Händen essen würde: sie hätte ihn für verrückt gehalten.

»Warum lachst du?«, fragte Martha.

»Es ist alles so ...«, Emilia überlegte. »So ungewohnt.« Sie nahm Marthas Hand, an der noch die Krümel vom Maisbrei klebten. »Ich bin froh, dass ich hier bei dir wohnen darf. Ohne dich ...«, sie zögerte wieder. Ohne Martha wäre es unerträglich hier, hatte sie gedacht. »Ohne dich wäre ich sehr allein«, sagte sie.

Nach dem Frühstück fragte Emilia nach Toilettenpapier. Martha lächelte. »Komm«, sagte sie und dann ging sie voran, ging immer weiter. Die mageren Rinder blieben hinter ihnen zurück, die letzten Hütten. Sie folgten Fußspuren zwischen Dornengestrüpp, vorbei an zerfallenen Hütten aus Kuhdung, von denen nur noch die nackten Knüppelwände in den Himmel ragten, fünf Minuten, zehn Minuten, bis sie auf eine Baumgruppe stießen. »Hier«, sagte Martha und riss ein paar von den großen, weichen Blättern ab.

Als Emilia zurückkehrte, führte Martha sie hinter die Hütte. Der Wasserkanister, aus dem sie Wasser in eine zerkratzte Plastikschüssel goss, war schmutzig und so schwer, dass Martha ihn kaum anheben konnte. Das Wasser war klar, aber es roch faulig.

Dann verließ Martha Emilia ohne zu sagen, wohin sie gehen wollte. In diesem Augenblick war sie wieder die unnahbare Uerijeta, die Emilia gestern vor der Hütte des Omukururume in Empfang genommen hatte. Sie trug einen Lederriemen in der Hand und Emilia sah ihr nach, wie sie mit ihrem wiegenden Gang hinter Dornengestrüpp verschwand, noch einmal auftauchte wie eine große bunte Blüte zwischen den Zweigen, sich dann endgültig in der Einöde verlor. Ihre Fußspuren verwischte der Wind.

Wieder war Emilia lange allein. Von Unotjari und Nandesora gab es keine Spur. Der Weg, der sie zu ihnen führen sollte, hatte sich im roten Sand der Kalahari verloren. Unruhig wartete sie auf Marthas Rückkehr. Ein Hinweis von ihr, und Emilia würde zu Unotjaris Hütte gehen. Ihr, der Fremden, hatten die Männer nichts zu befehlen oder zu verbieten, auch der Omukururume mit seiner ganzen Würde nicht. Aber Martha war nicht da, nur der Alte war wieder vor seiner Hütte erstarrt, das Zicklein weinte und der Wind wehte Wellen eines Motorengeräuschs herüber. Also warten. Lange warten. Es gab keine Ablenkung, keinen Haushalt, der sie in die Pflicht nahm, keinen Garten, in dem sie sich die Zeit vertreiben könnte, keinen Einkaufsbummel, keinen Schwatz am Telefon. Es gab nur sie und die Zeit. Sie saß auf einem schattigen Platz vor der Hütte im Sand und rückte weiter, wenn der Schatten wanderte. Sie hatte Justinas Heft aus der Hütte geholt, aber sie konnte sich nicht entschließen weiterzulesen. Das Entziffern der Buchstaben war mühsam und sie glaubte nicht mehr daran, eine Antwort auf ihre Fragen zu finden.

Einmal meinte sie einen anderen Motor zu hören – das hätte ein Wagen sein können, der sich den Hütten nähert – aber das Geräusch verebbte wieder. Ein daumendicker Tausendfüßler, länger als ein Finger, bewegte sich langsam an ihr vorbei durch den Sand. Sonst geschah nichts.

Als sich die erste Fliege auf ihrem Arm niederließ, ging sie in die Hütte, um das Heft zu holen, in das sie gestern den Anfang von Marthas Geschichte geschrieben hatte. Der Vorhang in der Mitte des Raumes war zur Hälfte offen. Marthas Mutter lag mit geschlossenen Augen und rührte sich nicht, geradeso, als würde sie schlafen. Bis auf die Matratze, auf der sie lag, einem verbeulten Becher am Boden und einem Kleiderbündel zu ihren Füßen war die Nische hinter dem Vorhang leer. Auch in dem Raum, den Martha bewohnte, fehlte es am Einfachsten. Kein Tisch, kein Schrank, kein Stuhl. Ob Martha einen Spiegel besaß? Eine Zahnbürste?

Jetzt sah Emilia sie wieder vor sich am Boden sitzen und mit ihrer kleinen traurigen Stimme von ihrer Mutter erzählen. Mit dem Füllfederhalter, der nicht in diese Armseligkeit passte, und ihrem Schreibheft ging sie wieder nach draußen. Marthas Worte schrieb sie auf, wie sie in ihrer Erinnerung geblieben waren:

»Eine der anderen Frauen von Muhupua wurde krank und starb, ein oder zwei Jahre, nachdem er meine Mutter als dritte Frau zu sich genommen hatte. Niemand kannte die Ursache ihres Todes. Die Brüder befragten die Sangomas, an die sie mehr glaubten, als an die Ärzte im Krankenhaus, aber jeder sagte etwas anderes. Eine von Muhupuas Frauen habe das Unglück über die Familie gebracht, meinte der eine, Schuld seien eifersüchtige Verwandte, sagte ein anderer und immer wieder fiel der Name meiner Mutter. Doch dann sprach ein Mann im Dorf aus, was niemand denken wollte. Aids, sagte er, die Ursache ist Aids. Es entstand eine große Unruhe. Aids, das ist eine Bedrohung wie der bevorstehende Ausbruch eines Vulkans, Aids ist wie die glühende Lava, die im Innern des Berges verborgen lauert, bis sie unvermittelt hervorbricht und Tod und Verderben über alle Menschen bringt, die nicht vor ihr geflohen sind. Aber die Sangomas wischten weg, was der Mann gesagt hatte. Die Tote sei eine verheiratete Frau gewesen, aber Aids, so sagte der eine, sei eine Krankheit der Huren. Ein anderer sagte, Aids sei eine Erfindung der Weißen, um den Afrikanern Angst zu machen, es sei eine Krankheit, die es in Wirklichkeit gar nicht gäbe. Und dann sprach niemand mehr über Aids. Sie verbannten das Wort aus dem Dorf, wie es überall verbannt wird, als könne das Schweigen die Seuche besiegen. Die Wahrheit wird nicht geglaubt, wenn sie unerträglich ist.«

Martha hatte geseufzt und Emilia hatte gesehen, wie sie plötzlich wieder gegen die aufsteigenden Tränen ankämpfte. »Wenige Monate später starb die kleine Tochter der Toten.« Dann verstummte sie. Mit ihrem Schweigen wurde das Wispern und Murmeln der Kranken hinter dem Vorhang deutlicher, mal beschwörend, dann wieder weich und zärtlich.

»Da hörst du es«, sagte Martha und in ihrem traurigen Gesicht erschien so etwas wie Zuversicht, »da hörst du, wie sie mit ihnen spricht. Sie sind im Totenreich, Kotokee, das kleine Mädchen und die vielen anderen, die gestorben sind, ehe sie erwachsen waren. Dort im Reich der Schatten treffen sie ihre Eltern wieder, die vor ihnen gegangen sind oder die ihnen bald folgen werden, wie Mutter auch. Die Gestorbenen sind den Lebenden nur ein Stück voraus.«

Martha schwieg lange. »Zwei Jahre später wurde Muhupua selbst schwerkrank«, setzte sie ihre Erzählung endlich fort. »Er ging von einem Sangoma zum nächsten. Er wollte nicht ins Krankenhaus, so sehr ihn seine Brüder drängten. Er meinte, die weißen Ärzte wüssten nichts von unseren Krankheiten. Erst als es zu spät war, stimmte er zu. Seine Brüder verkauften eines der Rinder und mit dem Geld brachten sie ihn zum Krankenhaus. Er hatte Aids. Eine Woche später war er tot. Jetzt ließ sich meine Mutter von der Krankenschwester, die manchmal in unsere Dörfer kommt, testen. Auch meine Mutter hat Aids. Ich habe sie ins Krankenhaus gebracht, aber niemand kann ihr helfen. Die Ärzte sagten ihr, wie sie sich ernähren soll, und schrieben ihren Namen auf eine Warteliste für die Behandlung mit Medikamenten. Mehr konnten sie nicht für sie tun. Wir haben kein Geld für die Medizin. Jetzt liegt sie in unserer Hütte. Ich bin die einzige, die für sie sorgt, die einzige, die mit ihr spricht. Für die anderen Frauen ist unsere Mutter immer noch die Hexe, die das Unheil gebracht hat. Sie wird verflucht und verachtet. Auch mir gehen die Frauen aus dem Weg, wo sie nur können. Keine der anderen Frauen hat sich auf Aids testen lassen. Sie glauben an ihre Geister und an die Worte der Sangomas und schlafen mit ihren neuen Männern, bis die krank werden und bis alle sterben in unserem Volk. Aids, das ist der Fluch, das ist der todbringende Dämon, doch das wollen sie nicht wahrhaben. Kein Geisterglauben macht ihnen so viel Angst wie die Wahrheit.«

Wie erschöpft hielt sie inne. Erst als Emilia ihre Hand auf ihre Schulter legte, sprach sie ganz leise weiter, und es war wie ein Abgesang, mit dem ein trauriges Lied langsam verklingt. »In vielen Hütten gibt es Sterbende wie meine Mutter. Sie liegen da und warten, dass es Abend wird, dann warten sie auf den Morgen und wieder auf den Abend. Sie hören die Vögel singen und den Wind in den Bäumen rascheln. Wachen und Schlaf wechseln sich ab, die Stunden fließen ineinander, die Tage, die Monate, bis sich die Tür öffnet und der Tod hereinkommt, um endgültig Schweigen über ihr Leid zu breiten.«

Lange war es danach still geblieben. »Opuwo«, hatte Martha endlich leise gesagt, »ich bin am Ende. Opuwo.«

Emilia las noch einmal diese letzten Sätze, dann schlug sie das Heft zu. Opuwo, sie war am Ende angekommen. Viele Seiten hatte die Geschichte gefüllt. Irgendwann würde sie sie noch einmal lesen und dann würde Marthas Mutter vor ihren Augen auferstehen und mit ihr das Leid und die Einsamkeit der rechtlosen Frauen.

Doch du redest nur von Einsamkeit
und dass die Sonne für dich nicht scheint.
Komm und gib mir deine Hand
ich führe dich durch unsre Straßen,
ich zeig dir Menschen, die wirklich einsam sind.
Doch du redest nur von Einsamkeit.

Sie wurde das Lied nicht mehr los.

Die Sonne hatte längst den höchsten Punkt auf ihrem Lauf überschritten. Martha war noch immer nicht zurückgekehrt. Zurückgekehrt waren die Fliegen, Schwärme von Fliegen, schwarze und grünschillernde, und in der Stille war ihr Brummen laut wie das Rauschen einer Brandung, wie ein ganzes Orchester. Es tönte noch in Emilia Ohren, als sie aus dem Windschatten hinter der Hütte floh und die Fliegen zurückblieben.

Aids, so also sah die Realität aus. Der Vulkan, von dem Martha gesprochen hatte, war ausgebrochen und seine glühende Lava hatte sich über die Menschen ergossen. Schon der erste Kranke in einem Dorf war wie ein Spalt im Boden, aus dem, Tod und Vernichtung bringend, die zerstörerische Glut hervorbrach. Die Traditionen waren stärker als jede Vernunft. Emilia wusste, dass in Namibia fast jeder sechste Mensch zwischen 15 und 49 Jahren das Virus in sich trug, in manchen Regionen war sogar jede dritte schwangere Frau infiziert. Der Tod hielt reiche Ernte, dort wo das Leben war.

Vier halbnackte Kinder kamen über den Platz zu ihr herüber gelaufen und blieben in ihrer Nähe stehen. Ein mageres Kind mit großen Augen klammerte sich an das älteste Mädchen, ließ es dann plötzlich los. Überrascht tat es ein paar

Schritte auf die seltsame weiße Frau zu, um, als sich Emilia bewegte, erschreckt zu den anderen zu flüchten. Eine Weile blieben die Kinder stumm und reglos stehen. Nur von Zeit zu Zeit, wenn sich ihre Blicke kreuzten, lächelten sie verlegen und drehten die Gesichter verschämt zur Seite. Niemand bettelte.

In den letzten Nächten hatte Emilia nur wenig geschlafen. Jetzt war die Müdigkeit wie ein Schatten, der ihre Gedanken und Pläne verdunkelte und sie immer tiefer in der Zeitlosigkeit versinken ließ. In diesen langen Stunden sehnte sie sich nach einer Aufgabe, aber sie war zu träge, um etwas zu unternehmen. Sie war zu träge, um die nächsten Sätze in Justinas Heft zu entziffern, sie war zu träge für einen Spaziergang, sogar zu träge, um sich einen Platz zum Schlafen zu suchen. Unter dem Wellblechdach war es zu heiß. Sie hatte vergessen, Martha zu fragen, wohin sie ging. Auch nach Unotjaris Hütte hatte sie nicht gefragt. So lehnte sie unglücklich mit schmerzenden Gliedern und halb geschlossenen Augen an der Wellblechwand, und plötzlich sah sie sich von außen, so wie sie andere sehen würden. Wie meine eigene Mutter, dachte sie, und dieser Gedanke riss sie aus ihrer Lethargie. Wie meine eigene Mutter: Es gab kaum etwas Schlimmeres für Emilia, als die Fehler an sich selbst zu entdecken, die sie an ihrer Mutter am schärfsten verurteilt hatte. Sie richtete sich auf, als wolle sie etwas unternehmen, aber es fiel ihr nichts ein, was sie hätte tun können. Aber genau das war der Unterschied: Ihre Mutter war nicht in der Wüste unter fremden Menschen zum untätigen Warten verurteilt gewesen. Ihre Mutter hätte im Garten arbeiten können, sie hätte kochen können oder sich um die Wäsche kümmern. – Nein, sie hätte nicht. Dafür waren die Dienstboten und Arbeiter zuständig.

Die Leute hatten immer gesagt, dass sie ihrer Mutter glich. Sie hatte es nicht gern gehört und gedacht, dass sie innerlich viel mehr mit ihrem Vater teilte, wie den Drang, draußen zu sein, die Liebe zu den einsamen Hügeln des Farmlandes und die Freude über die Tiere, die das Land bevölkerten.

Noch immer war der Platz vor den Hütten leer und verlassen, nur der Omukururume saß auf seinem Gartenstühlchen im Schatten des Baumes, in sich versunken, eins mit der Zeit, die in ungeheurer Gleichförmigkeit an ihm vorüberrann, wie Wasser an einer Forelle, die stillsteht im Bach.

Erst am späten Nachmittag, als die Schatten der Kakteen ihre langen schmalen Finger über den Platz streckten, geschah etwas. Vor den Hütten tauchten Männer auf und strebten auf den Pferch mit den Rindern zu. Auch Izakuje stieß zu ihnen, riesig neben Unotjaris und Nandesoras Gnomenvater, der schief daherkam mit seinem kurzen Stock. Selbst der Omukururume hatte sein Gartenstühlchen verlassen. Dann lehnten die Männer am Knüppelzaun, sie schauten den Rindern zu, sie erzählten. Jetzt war der Augenblick gekommen, um mit Izakuje und dem Omukururume zu reden. Sie würde nicht Ruhe geben, ehe sie wusste, wo Unotjari wirklich war.

Die Männer schienen Emilia nicht zu bemerken, als sie näher kam, oder sie wollten sie nicht sehen, vielleicht, weil sie nicht hierher gehörte, vielleicht, weil sie eine Frau war, vielleicht auch wegen beidem.

»Moro«, sagte sie.

»Moro«, antwortete Izakuje.

»Moro«, sagte der Alte. Riesengroß stand er vor ihr, nicht größer als Izakuje und doch wie ein schwarzes Gebirge, breit und ungebeugt trotz seines Alters, unnahbar und wie von einem unsichtbaren Kraftfeld umgeben. – Die anderen Männer schwiegen.

»Wo ist Unotjari?«

»In der Schule«, antwortete Izakuje.

»Heute ist Sonntag. Heute ist keine Schule.«

Schulterzucken. Sie taten, als verstünden sie ihre Zweifel nicht. Sie wendeten sich wieder ihren Rindern zu, den mageren Kühen und den Kälbern, die gierig an den Zitzen der kleinen Euter rissen.

»Wo ist Unotjari?«, fragte sie noch einmal, doch die Männer taten, als verstünden sie ihre Frage nicht. Emilia gab auf und ging auf Marthas Hütte zu. Kurz vorher bog sie jedoch ab und näherte sich im Rücken der Männer einer anderen Wellblechhütte. Wenn ihr niemand bei der Suche nach Unotjari half, musste sie sich allein auf den Weg machen. Auch vor dieser winzigen Hütte war eine Feuerstelle mit einem dreibeinigen Eisentopf, aber sonst gab es nichts, auch kein Gestell mit Küchengeräten.

»Hallo?«

Niemand antwortete. Emilia umkreiste die armselige Hütte und drückte leicht und wie zur Probe gegen die Tür, die zu ihrem Schrecken mit einem Ächzen weit aufschwang. Eine junge Frau kauerte am Boden und sah sie mit weit aufgerissenen Augen an, als sei ein Gespenst eingetreten. Auf ihrem Schoß lag ein sehr zartes Kind mit einem kleinen Lendenschurz aus grobem roten Stoff. Zwei Jahre mochte das Kind sein. Es hatte die Augen halb geschlossen, das Gesicht, dessen Stirn und Wangen mit weißen heidnischen Zeichen bemalt war, glänzte vor Schweiß. Arme und Beine hingen schlaff wie bei einer Stoffpuppe herab. Erst dachte sie, es schliefe, aber es wandte ihr mit einer trägen Bewegung seine fiebrig glänzenden Augen zu, schloss sie wieder. Der Körper blieb reglos.

»Unotjari?«, fragte Emilia. Sie fühlte sich schlecht, in die fremde Hütte eingedrungen zu sein. »Do you know Unotjari?«, wiederholte sie die Frage, wiederholte sie noch einmal auf Afrikaans.

Die Frau sah sie unverwandt an und aus ihrem Schreck bei ihrem Eintreten wurde offensichtliche Angst. Sie machte eine heftige Bewegung, dass Emilia gehen solle.

»Unotjari?«

Sie schüttelte den Kopf und beugte sich über ihr Kind, als müsse sie es vor der Fremden beschützen.

Verstört und beschämt ging Emilia zu Marthas Hütte zurück und ließ sich im warmen Sand nieder. Sie hatte Hunger und gab sich elenden Gefühlen hin angesichts der Sinnlosigkeit ihres Tuns. Auch dieser Tag würde vergehen, ohne dass irgendetwas geschah, was ihr weiterhelfen konnte. Und wenn Unotjari wirklich nicht aus der Schule gekommen war? Seit es sie in die Wüste verschlagen hatte, hatte sie ein einziges Mal geglaubt, ein Auto zu hören, aber wenn es eines war, dann war es in der Ferne vorbeigefahren.

Wieder einmal krochen die Stunden quälend langsam dahin. Die Sonne wanderte auf ihrer Bahn und mit ihrem Tiefertreten wurde das Licht gelb, dann orange. Das Rot des Sandes vertiefte sich, es leuchtete in den letzten Sonnenstrahlen, die wie feurige Klingen über das Land dahinfuhren. Weit hinten am Horizont verfing sich die riesige Sonnenscheibe in hohen Bäumen und versank in dem Spalt, der sich hinter dem Schattenriss der Bäume aufgetan haben musste. Kiebitze riefen noch, als die Sonne untergegangen war.

Martha tauchte bei den Büschen auf, ehe das letzte Tageslicht verloschen war. Emilia stand auf und sah ihr ungeduldig entgegen, wie sie langsam und in einer großen Ruhe näherkam. Sie trug ein Bündel mit abgestorbenen Ästen auf ihrem Kopf und in der Hand eine Kalebasse. Neben der Feuerstelle ließ sie das Holz auf den Boden fallen. Dann hängte sie die Kalebasse an den Schnüren unter dem Baum auf.

»Warum hast du nicht gesagt, wohin du gehst?«

»Warum wolltest du es wissen?«

»Ich habe auf dich gewartet.«

»Warum hast du auf mich gewartet?« Marthas Kulleraugen in der Dämmerung! Sie schien ehrlich erstaunt.

»Ich habe Hunger und nichts zu Essen.«

Martha lächelte sanft. Emilias Aufregung schien sie nicht zu verstehen. Sie zeigte auf eine hölzerne Kanne unter dem Baum. »Wenn du Hunger hast, kannst du von der Sauermilch essen. Jeden Tag werden die Kühe gemolken. In der Kalebasse wird Omaere daraus, Sauermilch, die ich vom Omukururume bekomme. In der Kanne bewahre ich sie auf.«

»Gehören alle Rinder dem Omukururume?«

»Nicht alle, aber sehr viele. Hundert oder zweihundert, vielleicht noch viel mehr, ich weiß es nicht genau.«

»Hundert Rinder? Ich sehe zehn oder zwanzig.«

»Die meisten Rinder sind irgendwo zwischen den Büschen. Manchmal laufen sie sehr weit weg, um Futter zu finden. Nur ein paar Kühe, die gemolken werden, treiben die Männer in den Pferch.«

Wieder ließ sich Martha an der Feuerstelle nieder, um Maisbrei zu kochen, und Emilia setzte sich dicht neben sie.

»Soll ich es einmal versuchen?«

Martha schüttelte den Kopf und lachte. »Es ist nicht so einfach wie du denkst. Wenn du nicht schnell genug rührst, brennt der Brei an und wir können ihn nicht essen.«

Emilia wollte widersprechen, doch dann drängte sie nicht weiter. Vielleicht war das Kochen von Maisbrei tatsächlich eine Kunst, die sie nicht beherrschte. Außerdem war es wie ein Ritual, das Martha vielleicht nicht einer Fremden überlassen wollte. Überall wurde jetzt Maisbrei gekocht. Maisbrei am Morgen, Maisbrei am Abend. Heute kein Festtagsessen, obwohl Sonntag war, aber nach dem Maisbrei und der Sauermilch aus der hölzernen Kanne gab es eine Butternuss, die Martha in der Glut röstete.

Es war Nacht geworden und vor den Hütten flackerten die Feuer. Menschen hockten neben der Glut, dunkle, unbewegte Schatten, nur die quirligen Kinder drängelten sich an ihre Mütter. Jetzt, wo Emilia mit Martha allein war und die Nacht nicht dunkel genug, um einen heimlichen Lauscher zu verbergen, wagte sie wieder die Frage zu stellen, vor der Martha am ersten Tag davongelaufen war:

»Was weißt du von Unotjaris Schwester?«

Martha wollte dieses Thema nicht und ihr Körper, gerade noch weich und entspannt, wurde zu einem erstarrten Bollwerk. »Ich weiß nichts«, sagte sie zögernd. »Der Omukururume hat Schweigen über ihr Verschwinden geboten. Mit mir spricht niemand über Nandesora.«

»Und was reden die anderen?«, fragte Emilia nach einer Weile leise.

Martha zögerte lange, stand plötzlich auf ohne ein Wort zu sagen, holte ein paar Äste und schob sie heftig ins Feuer. Dann blieb sie reglos hocken und starrte in die wirbelnden Funken. Endlich sprach sie: »Niemals darfst du dir anmerken lassen, dass du mehr weißt, als dir die Männer gesagt haben. Versprichst du mir das?« Sie wandte ihr Gesicht zu Emilia, als sie nicht gleich antwortete. »Versprichst du es?«

Emilia versprach es und rückte noch näher an Martha heran bis sie die Berührung ihres Körpers spürte. So saßen sie ganz dicht beieinander neben dem lodernden Feuer und endlich begann Martha leise, fast flüsternd zu reden:

»Nandesora hat in Windhoek studiert, um Lehrerin zu werden. Es war schon immer ihr Traum gewesen, einen richtigen Beruf zu haben, am liebsten einen mit Kindern. Von Anfang an war sie in der Schule fleißig gewesen, weil sie ein großes Ziel vor Augen hatte.«

– Wie ihre Mutter, dachte Emilia, auch sie hatte immer ein Ziel vor Augen gehabt.

»In Drimiopsis hat Nandesora die Secondary School abgeschlossen. Sie war so glücklich wie nie zuvor in ihrem Leben, als sie erfuhr, dass sie wirklich in Windhoek studieren und Lehrerin werden kann. Du musst dir das vorstellen, eine Frau aus unserer Mitte, und die kann in Windhoek an der Universität studieren! Es war wie ein Wunder. Immer wieder hat Unotjari davon erzählt. Dann ist sie nach Windhoek gegangen, aber ein paar Monate später war alles vorbei.«

Marthas Gesicht, auf dem sich eben noch Nandesoras Freude gespiegelt hatte, wurde plötzlich sehr ernst. »Eines Tages war bei ihrem Vater ein Mann erschienen, der sie heiraten wollte, ein entfernter Verwandter. Ich habe ihn nicht gesehen, aber Leute erzählten, dass Nandesora bald einen reichen Mann haben würde. Später, es mag vor zwei Wochen gewesen sein, kamen zwei fremde Männer mit einem Auto hierher. Nandesoras Vater stieg zu ihnen in den Wagen und dann sind sie nach Windhoek gefahren. Unotjari hat erzählt, dass die Männer Nandesora für die Hochzeit holen wollten, aber wir wissen nicht, wo sie jetzt ist. Vielleicht hält ihr Vater sie versteckt, vielleicht ist sie davongelaufen, vielleicht ist sie schon bei ihrem Mann. Niemand hat sie mehr gesehen.«

Martha schwieg und jetzt meinte Emilia, Nandesora leibhaftig vor sich zu sehen, hilflos und verzweifelt, weil ihr Wille nicht zählte und weil ihr Ziel, für das sie gekämpft hatte, keine Bedeutung haben sollte. Sie hatte Justinas Gesicht.

»Ich möchte dich wissen lassen, dass du alles werden kannst, was auch immer und wer auch immer du werden möchtest«, sagte sie leise.

Martha sah sie verwirrt an. »Sagst du das zu mir?«

Emilia zögerte. »Vielleicht auch. Es ist ein Satz aus einem Brief, den Nandesoras Mutter an ihre Tochter geschrieben hat.«

»Aber Nandesoras Mutter ist schon seit vielen Jahren tot«, rief Martha überrascht aus.

»Justina hat den Brief geschrieben, als Nandesora noch ein Baby war. Sie hat ihn niemals gesehen.«

»Aber woher weißt du davon?«

Jetzt redete Emilia lange. Sie erzählte von ihrer Freundschaft zu Justina, von der Kluft, die ihr Kampf für die Unabhängigkeit zwischen ihnen aufgerissen hatte, von Justinas Rückkehr auf die Farm und von ihrem Tod durch das Gift einer Schlange. Auch von der alten Magrieta erzählte sie, die die kleine Nandesora versorgt und Justinas Aufzeichnungen aufbewahrt hatte. Dann sprach sie über die Ereignisse, über die sie noch nie mit einem anderen Menschen geredet hatte: sie erzählte von Hosea, von ihrer Liebe, von der Kluft zwischen Schwarz und Weiß und von den Vorwürfen ihrer Eltern, die sie nicht ertragen hatte. Sie sagte, sie sei vielleicht die einzige gewesen, die Justinas Tod hätte verhindern können, und dass vielleicht alles anders gekommen wäre, wenn sie trotz des tiefen Grabens mit ihr geredet hätte. Als sie alles gesagt hatte, weinte sie.

Martha legte ihren Arm um Emilias Schulter. »Du konntest nicht wissen, was Justina tun würde«, sagte sie tröstend. »In eine Seele kann man nicht hineinsehen wie in ein Zimmer.«

Emilia schwieg. Sie spürte Marthas Wärme, die sich mit der Wärme des Feuers vermischte, und fühlte sich geborgen und betrübt zugleich. Wann hatte sie zuletzt so vertraut mit einem Menschen gesprochen? Lag das ein paar Jahre zurück oder waren seither Ewigkeiten vergangen? Mit Hosea war es so gewesen. Mit Nora hätte es sein können, aber sie hatte nicht gewagt sich zu öffnen und war davongelaufen. Mit Michael hatte sie manchmal reden können, aber das Wissen um den Tumor hatte sich zwischen sie gestellt, lange bevor die Krankheit Michaels Geist zerstört hatte. Mit den Ärzten hatte sie gesprochen und sie hatte das Gefühl gehabt, dass sie ihr nichts verschwiegen, aber über sie selbst, über ihr Leben mit dem Kranken hatte sie nicht mit ihnen reden können. Menschen, die ihr Ratschläge geben wollten, hatte es zur Genüge gegeben, aber sie hatte diese Ratschläge nicht leiden können. Schließlich hatte sie die Menschen nicht mehr leiden können, die ihr die Ratschläge gaben. Keinen Menschen zu haben, mit dem sie wirklich reden konnte, war vielleicht das Schlimmste gewesen.

Das Feuer war auseinandergefallen und Martha stand auf, um das glühende Holz mit einem Ast zusammenzuschieben. Dann ließ sie sich wieder neben Emilia nieder.

»Woher weißt du, was mit Nandesora geschehen ist?«, fragte Emilia.

»Die Frauen reden trotz der Verbote. Sie reden, wenn sie Wasser holen, sie reden, wenn sie Feuerholz suchen, sie reden, wenn sie die Wäsche waschen. Sie reden immer und kein Mann kann ihnen vorschreiben, worüber sie reden. Ich habe gehört, wie zwei Frauen an der Pumpstation mit Unotjari über Nandesora sprachen.«

»Und ihr wisst wirklich nicht, wo sie ist?« Emilia zögerte. »Oder willst du es mir nur nicht erzählen?«

Martha sah plötzlich ärgerlich aus. »Du hast mir so viel von dir erzählt, glaubst du, ich würde dich jetzt belügen?«

»Entschuldige«, sagte Emilia. »Ich wollte dich nicht kränken.« Sie spürte, dass sie Martha nicht noch mehr bedrängen sollte, aber irgendetwas in ihr ließ sich nicht den Mund verbieten.

»Unotjari wird wissen, wo ihre Schwester ist.«

Ohne ein Wort neigte Martha den Kopf zur Seite und öffnete eine Hand neben der Schläfe in einer Geste der Hilflosigkeit und Unsicherheit, die Emilia schon öfter an ihr gesehen hatte.

»Zeigst du mir Unotjaris Hütte?«

»Was willst du dort?«

»Mit Unotjari sprechen.«

Martha schüttelte heftig den Kopf. »Nein, du darfst niemals gegen den Willen ihres Vaters mit ihr sprechen!«

»Sein Wille interessiert mich nicht.«

»Nein!« Martha war plötzlich laut und heftig geworden. »Du darfst nicht gegen Unotjaris Vater handeln! Er bestimmt darüber, was sie tun darf. Vielleicht sperrt er sie ein und lässt sie nicht mehr zur Schule gehen, wenn du versuchst, dich ihr zu nähern.«

Emilia beteuerte, sie gelobte, dass sie den Willen des Vaters respektieren würde. In diesem Augenblick glaubte sie wirklich an ihr Versprechen.

»Die Schwachen dürfen sich nicht wehren, wenn sie überleben wollen«, sagte Martha. Dann erzählte sie eine der Geschichten, die bei den Herero an den langen Abenden am Feuer seit Urzeiten von den Alten an die Jungen weitergegeben werden. Als sie begann, bekam Marthas Stimme den eigentümlichen und geheimnisvollen Klang, der Emilia an Kindheitstage erinnerte, an Feen und Gnomen in finsteren, undurchdringlichen Wäldern, an feuerspeiende Drachen und verwunschene Prinzessinnen. Plötzlich fühlte sie sich zurückversetzt in längst vergessen geglaubte Zeiten, und zum ersten Mal erinnerte sie sich, wie sie auf dem Schoß ihrer Mutter gesessen hatte, den Kopf an ihren kleinen Busen gelehnt und den Märchen gelauscht hatte. Kummervolle und schaurige Geschichten waren das gewesen, vom Brüderlein und Schwesterlein, von Rapunzel mit den langen goldenen Haaren, von den sieben Geißlein, und dabei hatte sie den Kummer ihrer Mutter für eine Weile vergessen.

Es war einmal, ape hara, so fing auch Marthas Geschichte an.

Es war einmal in der Trockenzeit, als die Wasserstellen weniger wurden. Da sprach der Elefant zur Schildkröte: »Schild-

kröte, bleib bei meinem Wasser!« Dann ging der Elefant fort. Es kam die Giraffe und sie sagte: »Schildkröte, gib uns doch Wasser!« Die Schildkröte sprach: »Das Wasser gehört dem Elefanten.« Es kam der Löwe. Er sagte: »Schildkrötchen, gib uns doch Wasser!« Die Schildkröte wollte aber nicht mit dem Löwen sprechen. Da biss er sie tot und trank das Wasser.«

Martha sah Emilia an und lächelte traurig. »Das ist meine Geschichte«, schloss Martha. »Nga mba! Bis hierher.«

Emilia hatte lange geschwiegen, nachdem Martha geendet hatte. »Die Zeiten haben sich geändert«, erwiderte sie endlich. »Die Schwachen können sich wehren und sie können die Starken besiegen. Ihr Menschen in Namibia habt das aller Welt gezeigt, genauso wie es viele andere Völker getan haben.«

»Wir haben uns von der südafrikanischen Besatzungsmacht befreit, die Apartheid ist abgeschafft, und immer mehr Frauen lassen sich nichts mehr von ihren Männern befehlen. Du hast recht, die Starken wurden besiegt, aber das Namibia, von dem du sprichst, ist nicht hier. Es ist in den Städten, es ist dort, wo die Menschen gebildet sind, und es ist dort, wo auch Frauen gut bezahlte Arbeit finden. Hier bei uns hat sich nichts geändert. Sieh dir den Omukururume an. Jeder Tag ist für ihn wie der andere und jedes Jahr wie das vergangene. An ihm fließen die Veränderungen spurlos vorüber. Er weiß wie alle hier, dass in Namibia gekämpft wurde, aber der Krieg war nicht hier. Vor einem halben Jahrhundert haben uns die Südafrikaner in die Reservate gesperrt, jedes Volk für sich in einem Gebiet irgendwo in der Region, in der es vorher schon lange gelebt hatte, aber immer dort, wo die Europäer nicht leben wollten. Seit Namibia unabhängig geworden ist, dürfen wir wieder gehen, wohin wir wollen, aber ich weiß nicht, ob der Omukururume die Homelands seither jemals verlassen hat.«

»Weißt du, ob er lesen und schreiben kann?«

Martha nickte. »Er hat als Kind eine Missionsschule besucht, er kann lesen, aber hier gibt es keine Zeitung. Er hört sich an, was die Menschen ihm berichten, wenn sie zu ihm kommen. Vielleicht hat man ihm erzählt, dass sich anderswo die Frauen dagegen wehren, wenn ihre Väter oder Männer über ihr Leben bestimmen wollen. Aber so etwas geschieht nicht bei uns. Etliche von den Frauen hier können nicht lesen und schreiben. Die Jungs durften zur Schule gehen, aber viele Mädchen nicht. Wie sollen sich die Frauen auflehnen, wie sollen sie sich zusammenschließen, wie sollen sie Aufrufe verfassen, wenn sie kaum lesen und schreiben können? Sollen sie ihre Männer um Hilfe bitten?« Sie lächelte traurig. »Weißt du, dass es früher zwischen Frauen und Männern bei den Herero einmal anders war? Dass die Frauen etwas galten, bis die Missionare kamen? Sie wurden als Lebensspenderinnen geachtet, als Zauberinnen und Hüterinnen des heiligen Feuers. Erst die Missionare und die Kolonialherren haben die Frauen zu Untergebenen ihrer Männer gemacht.«

»Aber bei euch war es üblich, dass ein Mann mehrere Frauen hatte«, wandte Emilia überrascht ein.

»Das ist richtig und oft ist es noch heute so. Aber früher gab es eine Zeit, da verlor eine geschiedene Frau nicht ihr Ansehen. Sie konnte sich einen anderen Mann suchen. Sie hatte eigenes Vieh und konnte auch sonst etwas besitzen. Wenn heute bei uns ein Mann mehrere Frauen hat, erwartet er, dass ihm jede gehorcht, und wenn sie sich von ihm trennt, verliert sie alles, was sie an seiner Seite besessen hatte.

Die folgende Nacht war so eisig wie die vorhergehenden, bis endlich die Strahlen der aufgehenden Sonne die Kälte vertrieben. Emilia hatte wenig geschlafen. Nandesoras Schicksal hatte sie nicht losgelassen. Wenn wirklich niemand hier wusste, wo sie war, wie sollte sie es herausfinden? Unotjari wird es wissen, hatte sie gesagt, aber je länger sie darüber nachdachte, umso mehr zweifelte sie daran, sie noch zu treffen. Das Wochenende war vorüber. Vielleicht war Unotjari hier gewesen, vielleicht auch nicht. Emilia musste sich damit abfinden, dass sie sie in den folgenden Tagen nicht hier antreffen würde. Trotzdem war Unotjari ihre einzige Chance, mehr über Nandesoras Schicksal zu erfahren.

Martha saß mit verschlossenem Gesicht am Feuer und sah kaum auf, als Emilia sie begrüßte. Vielleicht ist sie noch müde, dachte Emilia und setzte sich neben sie, vielleicht sorgt sie sich um etwas. Martha trug heute einen anderen bunt gemusterten Rock als an den vergangenen Tagen, vielleicht war es auch nur ein Tuch, das sie eng um ihre Hüften geschlungen hatte.

Emilia berührte den Stoff, wo er neben Marthas Knie bis auf den staubigen Boden hing. »Dein Rock ist schön.«

Jetzt lächelte Martha ein wenig. »Gefällt er dir?«

»Ja, sehr.« Dann brach das Gespräch ab und Marthas Gesicht war wieder so verschlossen wie zuvor.

»Warum trägst du nicht die Tracht der Hererofrauen?«, fragte Emilia, um das Schweigen zu unterbrechen.

»Ich habe nur ein einziges Kleid. Es ist das Geschenk von einer Frau, die viele Kleider besitzt. Jetzt liegt es in meiner Truhe und dort liegt es jeden Tag.«

»Ziehst du es niemals an?«

Martha seufzte. »Du stellst so viele Fragen. Du willst immer alles wissen, nicht wahr?«

Emilia ließ ein kleines Lachen hören, ein leises, glucksendes Geräusch, das ihren Fragen das Bohrende nehmen sollte, das sie ihnen nicht hatte geben wollen. Martha hatte recht. Seit sie hier war, ließ sie nicht locker mit ihren Fragen. Martha antwortete, als sie schon nicht mehr damit gerechnet hatte:

»Vielleicht nicht, vielleicht doch. Ja, vielleicht kommt der Tag, an dem ich es anziehen werde.«

Nach dem Frühstück blieb Emilia wieder allein mit der Kranken zurück. Sie ging in die Hütte und holte den Aktendeckel, der einmal blau gewesen war. Sie fand einen Zettel, der mit der Hand geschrieben war, aber es war nicht Justinas Schrift. Er stammte aus dem Jahr 1987.

Wir sind Frauen im Krieg.
Wir wollen wissen, woher Hilfe kommen wird.

Wir werden euch nicht mehr erzählen, was hier geschieht, denn wir haben unsere Geschichte schon so oft erzählt, und noch immer ist keine Hilfe gekommen.
Uns wieder zu befragen, wäre wie Öl ins Feuer zu gießen.
Wir sind ratlos. Jedes Land schickt seine Vertreter hierher und wir erzählen unsere Geschichten, aber alles wird immer schlimmer.
Wir sind müde.
Wir sind müde vom Erzählen. Unsere Bürde ist zu schwer, um sie aufzuheben.
Wir sind wütend.
Wir Frauen von Namibia sind wütend über den Krieg.

Unter dem Zettel lag zusammengefaltet ein kleines, an den Rändern zerrissenes Poster. Es zeigte einen Grabhügel mit einem Kreuz, an dem ein kleines Kind mit Windeln wie in einem Sandkasten spielte. Ein anderes Kind saß mit apathischem Gesicht daneben. Emilia betrachtete lange das Bild. Als ihr Tränen in die Augen traten, schlug sie den Aktendeckel zu. Es waren die verlassenen Kinder, die sie mehr als alle Worte berührten.

Jetzt gegen Mittag stand die Sonne fast senkrecht im Norden über ihr am Himmel und es gab keinen Schatten neben der Hütte. Nichts war in dieser Stunde zu hören als die Blechtür, die sich knarrend in ihren Angeln drehte. Sie schwang auf, wenn eine Böe sie erfasste, blieb so, bis eine Drehung des Windes sie wieder schloss. Unaufhörlich bewegte sie sich, und ihr Knarren war wie eine nicht endende Melodie. Zwei Tauben landeten auf dem Wellblechdach. Das Kratzen und Scheppern, wenn die Vögel über das rote Blech liefen, war die Erinnerung an eine andere Welt: Tauben auf dem roten Wellblechdach eines weißen Farmhauses hoch über dem Fluss, ein alter einäugiger Elandbulle, Eukalyptusbäume, Palmen, deren Wedel im Wind raschelten. Plötzlich hatte sie Sehnsucht nach Uellendahl, nach dem dunklen Wasser des Stausees, nach dem Friedhof mit den alten Grabsteinen und dem klaren Gewässer, an dessen Ufer sie, vor fremden Blicken verborgen, mit Hosea unter den Anabäumen gelegen hatte.

Am Nachmittag, als die Schatten wieder gewachsen waren, nahm Emilia das Schulheft und schlug es auf, wo sie geendet hatte. Mit jedem Satz, den sie las, sah sie Justina deutlicher vor sich, nicht mehr als das Mädchen, mit dem sie die Schulferien verbracht hatte, sondern als die junge Kämpferin, deren Leben von Entbehrung und Leid geprägt war.

Ich bin zu Fuß in dieses Lager gekommen, wie viele von uns. Monatelang sind wir gegangen, bis wir endlich, endlich Kwanza-Sul erreichten. Wir haben Flüsse durchquert und sind durch viele Lager gekommen. Etliche davon waren nur Durchgangslager auf dem Weg hierher, in anderen lebten die Menschen für längere Zeit. Manchmal gab es Schlafsäle oder Zelte, aber manchmal mussten wir unter Bäumen schlafen, egal wie das Wetter war. Diejenigen von uns, die früher auf dem Land gelebt haben, haben weniger unter den Märschen gelitten, als die Menschen aus der Stadt. Sie waren es gewohnt, jeden Tag viele Kilometer zu gehen, zum Wasserholen oder um Holz zu sammeln, zur Schule oder zum Besuch von Verwandten. Essen, Kleidung, Medizin und Lotion gegen die Stechmücken waren oft knapp. Einmal kamen wir in ein Camp, wo die Menschen hungerten. Bei manchen konnte man meinen, sie seien dick, weil ihre Bäuche geschwollen waren, aber das kam vom Hunger. Dort gab es nur eine dünne Getreidesuppe, für Erwachsene einmal am Tag, für Kinder dreimal. Wir konnten von dort nicht weiter, weil feindliche Soldaten in der Nähe waren. Um das Elend voll zu machen, brach auch noch die Krätze aus. Ich muss sagen, das war gar nicht gut. Drei Wochen waren wir dort und es fehlte an allem. Am schlimmsten war es, wenn wir Frauen unsere Periode bekamen. Manche hatten nichts anderes als Gras für das Blut, andere benutzten einen Lappen. Sie wuschen ihn aus, und benutzten ihn wieder. Manche Männer verstanden unsere Probleme, sie gaben uns ihre Tücher und wir zerschnitten sie in kleine Stücke.

Wir haben gefragt, warum wir so weit bis Kwanza-Sul laufen müssen und warum das Lager nicht gleich hinter der Grenze nach Angola liegt. Jetzt weiß ich Bescheid über Kassinga. Ich habe gelernt, dass Angola der SWAPO Platz für große Lager überließ, bei Viana, Kwanza-Sul, Lubango und Kassinga. In Kassinga geschah Furchtbares. Es war im Jahr 1978, als die südafrikanischen Flugzeuge kamen. Sechs Stunden fielen die Bomben auf das Lager und sechshundert Menschen starben, sechshundert!, vor allem Frauen und Kinder. Sie wurden in Massengräbern verscharrt. Dreitausend Flüchtlinge hatten in den Wohnungen, Schulen, Krankenhäusern von Kassinga gelebt. Nun ist dort niemand mehr. Kassinga war nur 260 Kilometer von der namibischen Grenze entfernt, nicht weit genug, um sicher vor den südafrikanischen Bomben zu sein. Bis Kwanza-Sul sind es von Namibia 800 Kilometer.

Wie konnte das geschehen, dachte Emilia. Wie konnten die Menschen aus einem zivilisierten Land so grausam sein, dass sie Bomben auf Frauen und Kinder in einem Flüchtlingslager warfen? Sie wollte die Bilder von blutigen und verstümmelten Körper nicht an sich heranlassen und schlug das Heft zu, doch die Gedanken an das Leid der Überlebenden und ihre Trauer um die Toten ließen sie nicht los. Als das Massaker an den Frauen und Kindern von Kassinga geschah, war sie noch ein Kind gewesen, aber es war ihre Freundin Justina, die sechs Jahre später den langen Marsch in ein solches Flüchtlingslager auf sich genommen hatte. Achthundert Kilometer zu Fuß durch Angola, ein gefährlicher und entbehrungsreicher Marsch ins Ungewisse.

Die Sonne versank hinter dem Horizont und nahm die Schatten der Kakteen mit sich. Martha kam zurück. Sie kochte Maisbrei wie an jedem Tag. Nach dem Abendessen fragte Emilia nach dem Ring, den der Omokururume trug, aber Martha wusste nichts darüber. Danach redeten sie nicht mehr viel, vielleicht, weil es nichts zu sagen gab, vielleicht, weil jede ihren eigenen Gedanken nachhing. Der Abend verging, und das Leben schien still zu stehen.

In dieser Nacht träumte Emilia von Justina. Sie trug Emilias blaue Schuluniform, die nicht zu der dunklen Haut passte. Emilia wusste, dass Justina gerade ihre Periode hatte und nichts besaß, um das Blut aufzufangen. Es lief an ihren Beinen herunter und zu ihren Füßen bildete sich ein roter See, der rasch größer wurde. Plötzlich war überall Blut, das Blut von vielen Menschen, und Emilia begriff, dass das an den Bomben lag, die völlig lautlos und wie große Blätter vom Himmel fielen. Dann war sie plötzlich allein, auch Justina sah sie nicht mehr. Von denen, die hier gelebt haben mussten, war nur das Blut geblieben.

Kassinga, das Wort schälte sich aus Emilias Traum und verfolgte sie, bis die ersten Sonnenstrahlen die Kälte der Nacht aus der Hütte vertrieben. Nachdem sie mit Martha gefrühstückt hatte, setzte sie sich wieder vor die Hütte und las. Die nächsten Seiten waren mit einem hellen Buntstift geschrieben und noch schwerer zu entziffern als die Seiten davor, aber Justinas Schilderungen aus ihrem Leben in einem Flüchtlingslager hielten sie gefangen und ließen sie nicht aufgeben.

Bei unserer Ankunft in Kwanza-Sul wurden wir offiziell registriert. Wir bekamen ein paar Dinge wie ein Stück Seife, Lotion gegen die Stechmücken und einen Teller. Jedem wurde ein Schlafplatz zugewiesen, manchen zunächst in Gemeinschaftszelten, anderen in einfachen Verschlägen oder Baracken. Ich kam mit zwanzig anderen Frauen in einen Schlafsaal in einer Baracke aus Holz.

Am Ankunftstag wurden wir Neuankömmlinge in die Regeln eingewiesen. Uns wurde gesagt, dass sich unser Leben von nun an vollständig verändern würde und eine Umkehr nicht mehr möglich sei. Das Lager habe für alle Flüchtlinge hier nur einen Eingang aber keinen Ausgang. Wir müssten aus Sicherheitsgründen bei der SWAPO bleiben, solange der Krieg dauern würde. Die SWAPO könne es sich nicht leisten, dass die Leute in ihren Lagern ein und ausgehen, weil sich Spione einschleichen könnten. Für viele war dies ein Schock.

Eine Frau hat uns angewiesen, dass wir nicht mit den Männern im Lager schlafen sollen, weil wir doch wieder getrennt würden. Wir sollten uns auch nicht dazu zwingen lassen, auch nicht mit Waffen, wir würden sonst im Laufe der Jahre mit einer Menge Männer schlafen. Ich habe später gemerkt, dass die Männer diese Frau hassten. Für sie war sie wie ein Geier, der zwischen den Neuen schwebte.

Das Camp ist nicht eingezäunt, aber es gibt nur wenige Stellen, wo man hinein oder hinaus kann. Überall patroullieren SWAPO-Soldaten und passen auf uns auf. Wer hinaus will, braucht eine Erlaubnis vom Kommandeur mit genauer Rückkehrzeit. Wer sich nicht daran hält und zu spät kommt, wird hart bestraft. Ich habe gehört, dass sich manche heimlich zu ihrem Freund oder ihrer Freundin davonschleichen und schlimme Strafen riskieren.

Ich bin jetzt seit drei Monaten in Kwanza-Sul. Mein Leben hier ist ganz anders als es früher gewesen ist. Wir müssen jeden Morgen um vier Uhr in der Frühe aufstehen. Als erstes müssen wir uns versammeln, zur Parade, wie sie sagen. Dem Kommandanten wird sofort gemeldet, wenn jemand fehlt. Die Strafen sind sehr hart. Danach werden Informationen ausgetauscht, die das Camp betreffen. Wir lernen auch viele Dinge, die für unseren Kampf wichtig sind, und hören Begriffe wie Guerillakrieg, Freiheitskämpfer und Befreiungskrieg. Wir erfahren, dass viele kapitalistischen Länder gegen Namibia und die SWAPO sind und dass die sozialistischen Länder uns unterstützen. Aber immer mehr Länder sind auf der Seite der SWAPO.

Nach der Parade gibt es Frühstück, danach gehen wir in die Klassen oder verrichten Hausarbeiten, die während der morgendlichen Parade verteilt werden. Wer nicht zur Schule geht, sucht Holz, holt Wasser oder wäscht das Geschirr ab. Auch die Kleidung und die Decken für die Jüngeren müssen gewaschen werden. Männer und Frauen machen dieselben Arbeiten. Frauen heben mit den Männern Gräben aus und Männer sind genauso an der Hausarbeit beteiligt wie Frauen. In den Küchen für die öffentlichen Speisesäle kochen nur Männer, weil die großen Töpfe für uns Frauen zu schwer sind. Wenn das Essen nicht reicht, bekommen die Frauen nicht mehr zu essen als die Männer. Alle sollen gleich behandelt werden, aber das stimmt nicht. Die Kommandanten und Anführer sind fast immer Männer. Das benachteiligt uns Frauen und macht uns verletzlich für Missbrauch.

Die SWAPO versorgt uns. Alles was vorhanden ist, wird umsonst verteilt. Essen, Kleidung, Seife, Lotion gegen Mücken und Medizin.

Als es zu dunkel zum Lesen wurde, ging Emilia ein paar Schritte umher, wartete bis Martha kam, aß mit ihr Maisbrei mit Sauermilch, und dann war wieder ein Morgen zum Mittag geworden, ein Mittag zum Abend und mit dem Versinken des rot lodernden Feuerballs der Sonne ein Abend zur Nacht.

»Du musst lernen zu warten, auch wenn das Warten vielleicht vergeblich ist«, hatte Martha einmal zu Emilia gesagt. Und: »Ihr Europäer habt die Uhr, wir haben die Zeit.« Auch das waren ihre Worte. Also wartete Emilia auch den nächsten Tag, obwohl sie wusste, dass Unotjari an diesem Tag nicht kommen würde, sah zu, wie die Schatten wanderten und ihre Größe änderten, und entzifferte wieder die Zeilen, die Justina in dem Schulheft notiert hatte.

Ein großes, dauerhaftes Lager wie Kwanza-Sul hat Unterkünfte, Krankenhäuser, Schulen, öffentliche Küchen, wo jeder kochen kann, aber auch Küchen, wo für viele gekocht wird. Kwanza-Sul hat sogar eine Bäckerei und deswegen gibt es Brot. Hier in Kwanza-Sul ist das Essen besser als in den Durchgangslagern. Es gibt Reis, Mais, Fisch und manchmal sogar Fleisch, weil andere Länder die SWAPO unterstützen.

Je länger ein Camp schon existiert, umso mehr Gebäude und Einrichtungen gibt es, aber auch die meisten neuen Lager haben ein Krankenhaus, ein Verwaltungsgebäude und eine Schule. In Kwanza-Sul gibt es Backsteinhäuser, Elektrizität und sogar fließend Wasser. Kwanza-Sul ist das größte SWAPO-Camp. Es gibt auf dem Gelände Camps für Ältere,

Camps für die Gesunden und Starken, Camps für Schwache und Behinderte und es gibt die Kindergärten, wo die kleineren Kinder wohnen. Die Schulkinder wohnen in Zelten.

Ich lebe im Namibia Education Centre von Kwanza-Sul. Es ist eine sehr große Schule mit vielen Lehrern und ein paar Tausend Schülern und Studenten. Wir haben Bücher, Kugelschreiber, Bleistifte und anderes Material. Es gibt Tische und Stühle. Wir müssen viel lernen und oft ist es sehr schwer, aber ich gebe mein Bestes. Manche Lehrer kommen aus Europa. Eine Mathematiklehrerin ist aus Schweden, andere sind aus der Deutschen Demokratischen Republik.

Trotz des Krieges versuchen die Menschen ein normales Leben zu führen. Sie haben Gebräuche wie den Vollmondtanz aus dem alten Leben übernommen. Die Menschen können auch zur Kirche gehen, Kinder können getauft werden, aber niemand wird gezwungen, so etwas zu tun. Letzte Woche haben zwei geheiratet. Natürlich ist das Leben hier anders, aber irgendwie haben sie Essen und Trinken für Hochzeitsgäste und hübsche Kleidung besorgt. Wir sangen und tanzten und es wurden Reden gehalten.

Emilia unterbrach das Lesen. Der Eintritt in das Lager zerteilte die Biografie dieser Menschen in ein altes und ein neues Leben, so wie Justinas Tod und ihre Flucht nach Europa ihre eigene zerteilt hatte. Die Menschen in den Lagern hatten aus dem alten Leben hinübergerettet, was ihnen wichtig und was möglich war. Und sie selbst? Ein Fotoalbum, das sie lange Jahre nicht angesehen hatte, Hoseas Aquamarin mit dem schwarzen Sockel aus Turmalin, ein paar Erinnerungen: das war alles.

In den Lagern hatten die Menschen viele Jahre in Ungewissheit und weit von ihrer Heimat entfernt ausgeharrt, Emilias Geduld war schon nach den wenigen Tagen erschöpft. Bis zum nächsten Wochenende wollte sie noch bleiben, aber je länger sie schon wartete, umso hoffnungsloser wurde sie. Irgendwann würde sie handeln müssen. Sie schlug wieder das Schulheft auf, als könne sie darin eine Antwort finden.

Auf die nächste Seite hatte Justina ein Frauengesicht gezeichnet. Trotz der groben Striche war der Schmerz in dem Gesicht zu erkennen. Emilia las, was sie dazu geschrieben hatte.

Kwanza-Sul, im April 1985

Floria Londo ist tot, meine Freundin aus Katutura, Oshosheni hat es mir gestern erzählt. Sie starb in dem Jahr, als ich Katutura verlassen habe. Ihr Mann hat sie erschossen und die beiden Kinder waren dabei. Sie mussten mit ansehen, wie ihre Mutter starb. »Warum haben Sie Ihre Frau erschossen?«, hat der Richter Florias Mörder bei der Gerichtsverhandlung gefragt. »Sie hat immer gelernt und sie wollte studieren«, hat er geantwortet. Er muss nicht ins Gefängnis. »Eine Frau, die ihrem Mann nicht gehorcht und studieren will, ist ihm nicht zumutbar.« Das hat der Richter gesagt. Wenn Floria zu Hause war und lernte, schlief ihr Mann mit anderen Frauen. Oshosheni hat selbst gesehen, wie Florias Mann in einem Auto nackt zwischen den Schenkeln einer Frau lag. Oshosheni war bei Gericht und hat das erzählt, aber es hat den Richter nicht interessiert. Eines Tages werde ich Rechtsanwältin sein. Ich werde alles tun, damit solche Männer hart bestraft werden.

Die nächste Seite im Heft war leer. Absichtlich?

Martha stand plötzlich neben Emilia. »Mutter möchte nach draußen.«

Sie breitete im Schatten des Baumes das Rinderfell aus, auf dem sie vor dem Bett geschlafen hatte, holte ein Kopfkissen und bat Emilia, ihr zu helfen. Sie griff ihrer Mutter unter die Achseln, während Emilia die Beine nahm, ganz behutsam, als könne die Kranke zerbrechen.

»Hast du Angst, Mutter zu berühren? Hast du Angst vor ihrer Krankheit?«

Emilia hatte Angst, aber sie gab es nicht zu. Die Kranke war leicht wie ein kleines Kind. Wie viel mochte sie wiegen? Fünfunddreißig Kilo? Dreißig? Oder noch weniger? Ihr eingefallener Mund verzog sich. Sie lächelte.

An diesem Nachmittag begleitete Emilia Martha, die eine Schüssel mit Kleidungsstücken auf dem Kopf balancierte und in der Hand eine Blechdose trug. Der staubige Weg führte an Dornengebüsch vorbei, das überall gleich aussah, undurchdringlich, und doch glaubte Emilia den Weg wiederzuerkennen, auf dem sie vor Tagen mit dem Auto gekommen war. Von ihren Reifenspuren war nichts zu sehen.

Das Motorengeräusch, das von Zeit zu Zeit zu den Hütten hinüber geweht war, wurde deutlicher. Es rührte von der Pumpstation her, die ihr Ziel war: eine von einem Dieselmotor angetriebene Pumpe, ein runder Wasserbehälter, der zu hoch war, um hineinzusehen, ein flaches Betonbecken, an dem sich magere Rinder drängten. Dahinter erkannte Emilia das rötliche Schotterband der Straße. Auf der anderen Seite der Pumpe war ein Becken, an dessen Rand waschende Frauen in bunten Kleidern hockten. Es war ein schönes Bild, wie es Emilia noch nie gesehen hatte. Martha kniete neben den anderen Frauen am Becken nieder, aber sie wollte sich nicht von Emilia helfen lassen. Starrköpfig wartete sie neben ihrer Schüssel, bis sich Emilia zurückzog, ehe sie mit der Arbeit begann. Emilia sah Martha von Ferne zu, wie sie ruhig und mit ernster Hingabe ein nasses Wäschestück nach dem anderen auf dem Rand des Wasserbeckens durchknetete, ausspülte und in die Plastikschüssel legte. Sie sah nicht auf. Stumm und ernsthaft wie sie alles tat ging sie ihrer Arbeit nach. Die Welt ringsum hatte ihre Bedeutung verloren.

Nahe der Pumpstation stand eine mächtige Akazie, höher und breiter als jeder Baum weit und breit, ein Heiligtum vielleicht oder der Sitz der Ahnen, ein eindrucksvoller Baum jedenfalls und Treffpunkt der Menschen, die zur Pumpstation kamen. In ihrem Schatten, nicht weit von einer Gruppe von den anderen entfernt, ließ sich Emilia nun im warmen Sand nieder. Sie merkte, wie die anderen mit ihrem Schwatzen innehielten und sie, die Fremde, ansahen, die Frauen verstohlen, die Männer offener, stolzer. Ein winziges Kind saß in einer Einkaufstasche unter dem Baum am Boden. Seine dunkle Stirn war mit weißen Zeichen bemalt wie die des kranken Kindes in der Hütte. Als sie dem Knirps zuwinkte, stand ein Mann auf. Er hob die Tasche hoch und trug sie zu ihr herüber, ein stolzer Vater, der sich freute, der Weißen sein Kind zu zeigen. »Boy«, sagte er über das Kind, das mit dem schwarzen Wollhaar aussah wie ein Mädchen. »Boy«, und noch einmal »Boy«. Er zeigte auf sie: »South Africa?«

»Germany.«

Er strahlte: »Oh, Football!«

Als sich der Mann mit dem Kind in der Tasche zurückgezogen hatte, kamen zwei junge Frauen mit dem breiten Kopfputz und den bunten Gewändern der Herero zögernd näher. Sie setzten sich vor Emilia in den Sand, sahen sie lange und neugierig an, entfernten sich wieder, tuschelten, als hätten sie einen geheimen Plan. Eine der Frauen tauchte im Schatten des Baumes unter. Die andere beobachtete sie so unentwegt und geradezu lauernd, als müsse sie sie bewachen. Nach ein paar Minuten kehrte die erste zurück. Sie zeigte mit dem Finger auf ihre Brust. »Mejuiruo«, sagte sie, was vielleicht ihr Name war. Emilia zeigte auf sich: »Emilia.« Mejuiruo lockte mit gekrümmtem Finger wie die Hexe im Märchen und machte Zeichen, dass Emilia ihr folgen solle. Martha war weit. Kein Blick für das, was hier geschah, kein Wink, was sie tun sollte. Emilia stand auf und folgte Menjuiro. Die andere Frau war verschwunden, als habe sich der Sand vor ihr aufgetan und sie verschlungen. Die Frau – doch eine Hexe? – ging barfüßig vor ihr über den Schotter der Straße, bog bald darauf in einen schmalen Weg, ging immer weiter durch den heißen Sand bis zu einer Hütte aus Kuhdung. Vor der kümmerlichen Behausung – dem Hexenhaus? – loderte ein Feuer, bewacht von einer alten Frau mit einem verwitterten Gesicht, das nur noch aus Falten zu bestehen schien. Müde, gleichgültige Augen, die blicklos auf das Feuer gerichtet waren. In der Glut stand ein bauchiger schwarzer Eisentopf mit gewaltigen Ausmaßen, groß genug für einen zierlichen Menschen, so groß, dass Emilia Kannibalismus einfiel, den es bei den Herero nie gegeben hat. Mejuiro hob den Deckel und ließ sie hineinschauen. Erst allmählich erkannte Emilia etwas in dem dunklen, brodelnden

Wasser. Ohren konnten es sein, dunkle Haut, Zähne in einem aufgerissenen Maul, und endlich fügten sich die Teile zu einem Ganzen zusammen: Es war der riesige Kopf eines Rindes, der da kochte, mit Haut, aber ohne Fell. Da war noch etwas anderes in dem Topf, viel dünner als der Kopf, Stangen vielleicht, irgendwelche Hölzer. Aber nein, es waren Füße. Füße mit Hufen. Mejuiro lachte, als Emilia sie erschreckt ansah.

Als Emilia später mit Martha von der Pumpstation aufbrach, fühlte sie sich leicht und beschwingt. Martha redete wie eine geduldige Lehrerin. »Jeder Teil des geschlachteten Rindes ist brauchbar, jeder Teil.« Sie wiederholte die letzten Worte, wie sie es immer tat, wenn ihr etwas sehr wichtig war, als fürchte sie, es könne etwas davon verloren gehen. »Jeder Teil. Die Hunde bekommen das Blut und von den Eingeweiden das, was die Menschen nicht essen können. Die Innereien und das Fleisch werden gekocht oder mit Salz und Gewürzen haltbar gemacht. Auch vom Kopf und von den Füßen geht nichts verloren. Die Haare werden über dem Feuer abgesengt und dann wird alles lange Zeit mit Kräutern und Gewürzen gekocht.«

»Und das esst ihr?«

»Natürlich. Am besten schmeckt das Gehirn.«

»Ihr habt so viele Rinder. Warum esst ihr nicht jeden Tag Fleisch?«

Martha blieb stehen. »Das wundert dich, dass wir immer nur Maisbrei essen, obwohl es so viele Rinder gibt? Und vielleicht fragst du dich, warum wir keine Rinder hergeben, um von dem Geld die Dinge zu kaufen, ohne die ihr euch das Leben nicht vorstellen könnt: die vielen verschiedenen Lebensmittel, die ihr zu brauchen meint, schöne Möbel, vielleicht sogar ein Auto.« Sie schüttelte entschieden den Kopf. »Uns reicht das Wenige, was wir haben. ›Je weniger man besitzt, umso leichter ist es weiterzgehen‹, sagen die Herero.«

»Aber ihr geht nicht weiter.«

»Ja«, sagte sie leise und ein bisschen traurig. »Wir alle gehen nicht mehr weiter. Früher sind die Herero mit ihren Rindern von einem Ort zum anderen gezogen, immer dorthin, wo es das meiste Gras gab. Es war gutes Land, das unseren Vätern gehörte. Jetzt bleiben wir in den Reservaten, weil ringsum die großen Farmen der Weißen sind, und in der Trockenzeit magern die Rinder bis auf die Knochen ab. Ua herere: Er ist weitergegangen, daher kommt unser Name.«

»Aber hier habt ihr sauberes Wasser und ihr habt ein besseres Leben als viele andere Menschen in Afrika.«

»Sicher hast du recht.« Marthas Augen strahlten plötzlich. »Bald werden wir sogar einen Generator und Leitungen für elektrischen Strom bekommen!«

Also träumte sie ihn doch, den Traum von Luxus und Wohlstand, dachte Emilia. Kühlschrank, elektrisches Licht, vielleicht ein Kochherd oder eine Mikrowelle: Das Leben würde ein anderes sein. Sie stellte sich Martha am Elektroherd vor. Kein Kochen am offenen Feuer mehr, keine Funkengarben im Abendwind, kein stundenlanges Beisammensitzen, bis das Essen fertig war. Der Gedanke machte sie wehmütig. – Doch woher würde sie Geld für den Strom und für die Geräte nehmen?

Als die Hütten vor ihnen auftauchten, standen die Männer wieder bei den Rindern, aufrecht und stolz wie bei anderen Hirtenvölkern, wie Massai oder Tuareg. Sie beachteten die Frauen nicht, als sie an ihnen vorübergingen. Sie sahen den Tieren zu und redeten wie jeden Tag. Stunden brachten sie damit zu, bis wieder Zeit war zu melken. Am nächsten Tag würden sie wieder bei den Rindern sein. Sie würden die Tiere zusammentreiben, sie würden zu ihnen reden, sie würden ihre schlaffen Euter melken, sie würden sie wieder trennen.

»Ohne ihre Rinder wäre für sie das Leben sinnlos«, hatte Martha einmal gesagt. Und: »Reich ist ein Mann, der viele Rinder besitzt«, um mit dem gleichen Atemzug zu bemerken, dass selbst beim Sex mit einer Frau die Männer noch an ihre Rinder denken würden. »Woher weißt du das?«

Martha kicherte wie ein Schulmädchen und antwortete nicht.

»Und was denken die Frauen?«

»Sie träumen von Sex mit einem Mann, der viele Rinder hat«, sagte sie und lachte so übermütig, wie Emilia sie noch nie hatte lachen hören, sie konnte gar nicht wieder aufhören.

Später ließ Martha Emilia wieder allein zurück und kam bald darauf mit einem mit Milch gefüllten Eimerchen zurück. Sie verteilte die Milch auf zwei Kalebassen und hängte eine der beiden an die Schnüre, die von dem kleinen Baum herabhingen. Mit der anderen setzte sie sich auf den Boden und begann sie zu schütteln. »Ich würde gern nach Windhoek gehen, um zu arbeiten«, sagte sie unvermittelt und ohne ihre Tätigkeit zu unterbrechen, »aber für eine Frau wie mich gibt es keine Aufgabe. Viele von uns gehen in die Stadt und glauben, dort das große Los zu ziehen, aber sie enden in den Slums und erdulden ein Schicksal, das ihnen in ihrer Heimat erspart geblieben wäre. Sex für Geld mit fremden Männern, um das schäbige Dach über dem Kopf bezahlen zu können und nicht zu verhungern, so sieht die Wirklichkeit aus!«

»Aber bei dir«, sagte Emilia, »bei dir wäre es anders. Eine kluge und gebildete Frau wie du muss doch eine Chance haben, ihr Leben in die Hand zu nehmen!«

»Vielleicht«, antwortete Martha. »Vielleicht stimmt das. Aber ich habe nicht die Möglichkeit, ein anderes Leben zu versuchen. Ich habe kein Geld, um nach Windhoek zu fahren. Ich habe kein Geld, um auch nur die ersten Tage dort wie ein Mensch zu leben. »Nein«, sagte sie plötzlich heftig und unterbrach ihre Arbeit, denn sie schien Emilias Gedanken zu erraten. »Ich will auch kein Geld von dir. Was würde aus meiner Mutter?« Sie fuhr fort, ehe Emilia etwas sagen konnte: »Auch wenn Mutter nicht mehr lebt, will ich nicht fortgehen.«

Sie nahm wieder ihre Arbeit auf, und Emilia sah ihr zu, wie sie mit gespreizten Beinen auf dem sandigen Boden saß und die Kalebasse schüttelte. Gleichmütig, geradezu stumpfsinnig schüttelte sie, um das Fett von der Buttermilch zu trennen. Sie saß dort, wie es Frauen seit Generationen getan haben, eine Eingeborene im Staub bei ihrer eintönigen Tätigkeit, ergeben in ihr Leben und ohne Wille, ihm zu entfliehen und vielleicht ohne einen Gedanken an Glück. Eine Eingeborene, die Hemingway liebt.

Emilia setzte sich ebenfalls auf den Boden, den Rücken an das warme Wellblech der Hütte gelehnt. »Martha, ist das wirklich dein Wunsch, für immer hierzubeleiben?«, fragte sie. »Ist es nicht eine Chance für dich, dass wir uns begegnet sind, vielleicht nicht für jetzt, aber für später, wenn du deine Mutter nicht mehr pflegen wirst?«

Martha schüttelte den Kopf. »Es gibt immer einen Grund zu bleiben, es gibt immer irgendjemanden, der mich braucht.«

Emilia sagte nun nichts mehr. Sie verstand Martha nicht, aber sie wollte sie nicht länger bedrängen. Vielleicht würde der Tag kommen, an dem Martha anders denken würde.

Emilia stand auf und holte Justinas Heft aus der Hütte. Nach den ersten langen Berichten über das Lager hatte Justina über viele Monate nichts mehr aufgeschrieben. Vielleicht hatte das harte Leben im Lager ihre Kraft aufgezehrt, vielleicht war ihr Leben von Gewohnheiten bestimmt, über die zu berichten es nicht lohnte. Oder lag es an ihrer Enttäuschung, dass sie solange geschwiegen hatte?

Januar 1986
Ich bin nicht mehr in Kwanza-Sul. Ich bin sehr traurig. Ich habe gehofft, schon bald im United Nations Institute for Namibia in Sambias Hauptstadt Lusaka zu studieren wie viele andere, aber mich haben die Lehrer nicht ausgesucht. Ich bin sehr enttäuscht und meine Zukunft sieht völlig trostlos aus. Meine Lehrer haben mir erklärt, warum ich nicht zum Studieren nach Lusaka oder nach Kuba oder in die Deutsche Demokratische Republik geschickt werde wie Hunderte andere, aber ich verstehe es nicht. Ich habe kein Interesse mehr an der Schule. Wozu soll ich lernen, wenn ich nicht studieren kann?

Zuletzt musste ich helfen, ein neues Lager zu bauen. Es war harte Arbeit, aber es lenkte mich ab von meinem Kummer. Wir fällten Bäume für den Bau von festen Unterkünften und schnitten Gras für Hütten. Aus Stöcken bauten wir die Betten der Krankenstation. Irgendwann wird es richtige Betten geben. Ein paar von den Älteren haben mit Schlamm einen

Kühlschrank gebaut, wie ihn die Menschen benutzten, als sie noch keinen elektrischen Strom hatten.

Jetzt bin ich in einem Militärcamp. Militärische Camps unterscheiden sich nur wenig von den anderen Lagern, aber die Ausbildung ist härter. Hier spielen Frauen eine wichtige Rolle, auch bei den Kämpfen. Die Frauen des SWAPO Women Council haben dafür gesorgt, dass wir mehr sind als Boten für die kämpfenden Männer oder Pflegerinnen auf den Krankenstationen. Jetzt werden wir Frauen genauso als Kämpferinnen trainiert und ausgerüstet wie die Männer.

Emilia schlug das Heft zu. Sie spürte Justinas Stolz in den letzten Sätzen und fürchtete, die Hoffnung begraben zu müssen, dass Justina niemals selbst mit der Waffe gekämpft hatte. Und wenn sie es getan hatte, war sie deswegen eine Mörderin, wie Magrieta gesagt hatte? Oder war es erlaubt, war es sogar richtig, für die Freiheit seines Volkes zu töten, wenn die Freiheit nicht auf anderem Wege erlangt werden konnte? Und wenn die Antwort auf diese Frage ebenfalls »ja« war, wo waren die Grenzen? Waren sie dort, wo nicht nur fremde Soldaten, sondern die eigenen Brüder und Schwestern auf der Seite des Feindes standen und im Bruderkrieg getötet wurden? Oder war die Grenze erst dort überschritten, wo bei Terroranschlägen unbeteiligte Zivilisten getötet oder als Geiseln genommen wurden? Emilia fand keine Antwort, doch Justinas nächste Sätze waren eine Rechtfertigung, die sie annehmen konnte:

Es ist nötig, alle Männer und Frauen militärisch zu schulen, weil unsere Lager so oft angegriffen werden. Wenn der Feind kommt, tötet er wahllos, ungeachtet des Geschlechts.

Emilia las weiter:

Manchmal müssen wir das Lager verlassen, weil unbekannte Flugzeuge kommen. Menschen, die den Bombenhagel von Kassinga überlebt haben, beginnen zu schreien und zu zittern, wenn wir vor den Flugzeugen fliehen müssen. Sie haben gese-

hen, wie ihre Kameraden und ihre Kinder von den Bomben zerfetzt wurden. Sie haben die verstümmelten Leichen gesehen. Sie haben immer noch große Angst. Wenn die SWAPO-Führer sagen, wir würden in ein sichereres Lager gehen, laufen sie sofort, um sich zu retten. Sie wissen, dass sie ihr Leben selbst vor den Angriffen schützen müssen. Manchmal müssen wir zu unserer Sicherheit für Tage oder für Wochen im Busch leben, ohne ein Dach über dem Kopf. Die vielen Menschen an einem Ort machen es den südafrikanischen Soldaten leicht, uns anzugreifen.

Justina klagte nicht mehr über ihr eigenes Schicksal. Sie schien sich damit abgefunden zu haben – sie hatte keine andere Wahl. Im November 1986 hatte sie notiert:

Mein Leben im Exil ist unstetig geworden und ich besitze nicht viel. Was wir nicht tragen können, müssen wir zurücklassen, wenn wir weiterziehen. Uns gehört so wenig, dass wir es in wenigen Minuten zusammenpacken können. Wir gehen und gehen. Wir gehen von einem Lager zum andern. Wir tragen unsere Bündel auf dem Kopf und dann gehen wir, wohin wir gehen sollen. Manchmal gehen wir zu unserer eigenen Sicherheit, ein anderes Mal müssen wir Aufträge in anderen Niederlassungen übernehmen und manche von uns gehen als Stipendiaten in fremde Länder, über die wir nichts wissen. Es ist mir egal, hierhin und dorthin geschickt zu werden. Ich verstehe es, wenn ich dadurch etwas lernen soll, und ich verstehe es, wenn es für meine eigene Sicherheit ist. Es macht keinen großen Unterschied, in dem einen oder dem anderen Lager zu sein. Überall treffe ich auf Kameraden und ich brauche mich nicht um meine Unterkunft zu sorgen. Nach zwei Jahren in SWAPO-Lagern gibt es überall Menschen, die ich schon kenne und die für dieselben Ziele leben wie ich.

Wir werden siegen! Wer für seine Freiheit und für die Gerechtigkeit kämpft, hat von Anfang an die schärfste Waffe: Den Willen für sich selbst und für seine Kinder den Sieg davonzutragen.

Danach hatte Justina zwei lange Jahre nichts mehr aufgeschrieben und Emilia schien es wie ein Wunder, dass sie das Heft auf ihrem langen Weg von einem Lager ins andere nicht verloren hatte. Während Justina vor Bomben floh und als Heimatlose in den SWAPO-Lagern ein elendes Leben führte, hatte sich Emilia auf der Deutschen Höheren Privatschule in Windhoek auf die Internationale Abiturprüfung vorbereitet. Es war eine Zeit der Freundschaften gewesen, eine Zeit, in der sie das kummervolle Gesicht ihrer Mutter nur selten sah. Trotzdem hatte sie sich im Internat wie in einem Kerker gefühlt. Die festen Regeln, das frühe Aufstehen und die ständige Nähe von Lehrern und Erziehern waren wie Fesseln, die es zwischen den zerklüfteten Hügeln von Uellendahl nie gegeben hatte. Waren ihre Gedanken in dieser Zeit jemals bei Justina gewesen? Vielleicht, aber sicher wusste sie es nicht mehr. Ihre Gedanken waren bei Hosea gewesen. Bei Tag war ihr sein dunkles Gesicht in ihren Schulbüchern erschienen, es hatte sie auf allen Wegen begleitet und es war neben ihrem aufgetaucht, wenn sie in den Spiegel sah. Nachts, in den Stunden zwischen Wachen und Schlaf, hatte sie seine Hände auf ihrem Körper gespürt und sich an ihre Kissen geklammert, als hielte sie Hosea in ihren Armen. Zu ihren Schulkameraden hatte sie sich niemals mit derselben Heftigkeit wie zu ihm hingezogen gefühlt. Es war bei harmlosen Freundschaften geblieben.

Januar 1988
Ich bin wieder in Kwanza-Sul. Ich bin zurückgeschickt worden, um hier zu unterrichten. Ich habe viele Erfahrungen gemacht, die ich weitergebe. Ich lebe nicht für mich selbst, ich lebe immer für andere Menschen. Wir alle leben einer für den anderen, das ist der Geist des Befreiungskrieges.

Viele, die ins Exil gingen, ahnten nicht, was sie erwartete. Wir alle wussten nicht, dass zwanzig Jahre oder noch mehr vergehen konnten, bis wir unsere Familien wiedersehen würden – oder gar nicht. Wir wissen nicht einmal, ob sie noch leben. Das macht das Warten nicht leichter. Manche haben versucht davonzulaufen, manche haben sich umgebracht, weil sie dieses Leben nicht länger erleiden konnten. Die ständigen Angriffe machen die Trennungslinie zwischen Leben und Tod schmal, vor allem bei denen, die Kassinga überlebt haben. Das Leben ist sehr hart, aber je länger wir so leben, um so besser akzeptieren wir die Realität des Exils.

Auf der nächsten Seite war eine kindliche Zeichnung, auf der ein Fluss und Felsen zu erkennen waren. Justina schrieb:

Nicht weit vom Lager entfernt fließt der Kwanzafluss. Manchmal ist er groß und wild und sein Wasser läuft schnell und es macht viel Lärm, wenn es gegen die Felsen prallt. Wenn der Fluss wild ist, denken die Menschen, dass er ärgerlich ist. An anderen Tagen ist er sanft und fließt ganz leise. Wenn ich den Fluss sehe, bin ich manchmal für einen Augenblick glücklich. Das sind die wenigen wundervollen Augenblicke hier, wenn ich am Kwanzafluss die Schönheit der Natur sehe.

Die Sonne stand schon tief, als Emilia das Heft zuschlug. Die schmalen Schatten der Kakteen griffen weit über den großen Platz und erreichten den Pferch der Rinder und die Stelle des heiligen Feuers. Es war ein karges Bild und doch eines von großer Schönheit. Sie sah Justina am Kwanzafluss sitzen und dachte daran, wie sie gemeinsam auf dem Hügel beim See gesessen und in die Landschaft geblickt hatten. Auch das hatte sie mit Justina verbunden: das bedingungslose Glück beim Blick auf die Schönheit der Natur, ein Glück, das aus der Einsamkeit geboren wurde.

Martha saß stumm neben Emilia und tat ebenfalls nichts, als in die Landschaft zu blicken und den eigenen Gedanken nachzuhängen. Sie schien zu spüren, dass Emilia sie von der Seite ansah, und erwiderte den Blick, noch ehe Emilia ihre Frage gestellt hatte: »Warst du schon auf der Welt, als Namibia ein freies Land wurde?«

Martha lachte. »Aber nein. Was glaubst du denn, wie alt ich bin?«

»Ja natürlich«, sagte Emilia ohne die Frage zu beantworten. »Der Krieg ist ja schon seit mehr als zwanzig Jahren vorbei.«

»Siehst du, und ich bin siebzehn.«

»Siebzehn erst? Bist du sicher?«

Wieder lachte Martha. »Natürlich bin ich sicher. Manche alten Menschen wissen nicht, wann sie geboren sind, aber wir jungen kennen alle unseren Geburtstag.«

Emilia hatte Martha erzählen wollen, was Justina über den Kampf um ein freies Namibia auf sich genommen hatte, aber sie spürte, dass dieser Teil der Vergangenheit für Marthas Leben keine Bedeutung hatte.

Wenig später, als sich die Nacht über die Hütten gesenkt hatte, verschwand Martha wie von der Finsternis aufgesogen. In dieser Nacht blieb der Platz vor Emilias Bett leer. Martha kehrte erst zurück, als das erste Morgenlicht durch das staubige Fensterchen drang.

Früh an dem neuen Tag kam ein großer Mann über den weiten Platz. Er trug eine braun karierte Golfmütze und seine Augen waren von einer verspiegelten Sonnenbrille verdeckt. Langsam, aber zielstrebig ging er auf Emilia zu. Sie saß mit Martha in der Sonne, deren Strahlen das Land noch nicht erwärmt hatten, sie streckten ihre nackten Füße zum Feuer aus, warteten auf das Kochen des Wassers, und Emilia erzählte von Nora, wie sie plötzlich im Licht der untergehenden Sonne am Straßenrand gestanden hatte, und dass sie ohne diese Begegnung nicht nach Namibia geflogen wäre. Erst an seiner Stimme, erst an dem heiseren »Moro«, erkannte Emilia Izakuje.

»Geht es dir gut?« Er ließ sich die Floskel nicht nehmen, was immer er zu sagen hatte, und Emilia antwortete in seiner Sprache, wie sie es von den Männern gehört hatte: »Ii, tuapenduka. Naa korene?«

Auch ihm gehe es gut, sagte er, »muapenduka«, so wollte es das Ritual. Sein augenloses Gesicht störte Emilia, sie wusste nicht, warum er jetzt diese schreckliche Brille trug.

»Morgen früh fahren wir«, sagte er.

– Ihr Gesicht im spiegelnden Glas seiner Brille: zwei verzerrte Fratzen, wie missglückte Klone ihrer selbst. »Und Unotjari?«

»Sie ist nicht gekommen.«

Er redete zu Martha in seiner Sprache. »Ii«, sagte sie ein um das andere Mal, ohne aufzusehen. »Ii« und immer wieder »Ii«.

Martha, die Jasagerin. »Ii« heißt »Ja«.

Izakuje verstummte, als hinter der Hütte ein Eselkarren vorbeifuhr, dort, wo Emilia vor Tagen den Reiter gesehen hatte. Langsam und müde schlurfte der Esel mit hängendem Kopf durch den Sand. Auch die Menschen auf dem Karren hatten etwas Hängendes, der zusammengesunkene Schwarze auf dem Kutschbock und hinten auf dem Leiterwagen eine bis auf die Knochen abgemagerte Frau in einem blauen, geblümten Sommerkleid. Sie lehnte, halb sitzend, halb liegend in den Armen einer gebeugten Alten und ihr Kopf pendelte wie ein von dunkler Haut überzogener Totenschädel mit dem Schaukeln des Wagens hin und her.

»Was ist mit der Frau?«, fragte Emilia, um im selben Augenblick die Antwort zu wissen.

»Bronchitis«, sagte Izakuje. »Sie fahren zur Krankenstation.«

Die Antwort musste Aids sein. So sahen sie aus, die Todkranken, abgemagert zum Skelett und jeder Kraft beraubt wie Marthas Mutter, aber das Wort kam nicht über Izakujes Lippen.

Dann redete er wieder und Emilia verstand kein Wort. »Was heißt das?«, fragte sie immer wieder, aber Izakuje blieb bei seiner Sprache und Martha unterbrach ihn nicht und hörte zu ohne zu übersetzen.

»Was sagt er?«, fragte Emilia wieder, aber als Martha ihr antworten wollte, unterbrach Izakuje sie mit barschen Worten.

»Was hat Izakuje zu dir gesagt?«, fragte Emilia erregt, als er endlich gegangen war.

Martha sah sie traurig an und nahm ihre Hand. »Ihr werdet morgen nach Okakarara fahren. Dort wird Izakuje bei Verwandten bleiben und an einem Begräbnis teilnehmen. Wenn du morgen nicht den ganzen Weg bis Windhoek fahren willst, weil dir das zu weit ist, kannst du am Waterberg in der Nähe von Okakarara übernachten.« Sie hatte immer schneller geredet, als könne sie auf diese Weise Emilias Kopfschütteln überwinden. Sie sprach wie ein Kind, das sich ganz schnell eines auswendig gelernten Gedichtes entledigen will. »Es gibt dort Bungalows für Touristen. Morgen früh sollst du mit deinem Koffer zum Haus des Omukururume kommen.«

»Aber Unotjari! Ich habe noch nicht mit Unotjari gesprochen! Ich will wissen, wo Nandesora ist.«

Martha hob ihre Schultern in einer Geste des Bedauerns und der Hilflosigkeit. »Ich kann dir nicht helfen.« Sie stand auf und strich auf ihrem Weg wie zufällig mit einer zarten Bewegung über Emilias Wange. Sie holte die große Tüte mit dem Maismehl und ließ das helle Pulver in das kochende Wasser rinnen. Und dann rührte sie und rührte und sah nicht mehr auf.

Sie sprach erst wieder, als sie Emilia einen Blechnapf mit Maisbrei reichte. »Weißt du, dass Izakuje sieben Kinder hat? Sieben Kinder mit sieben Frauen.«

»Nein«, sagte Emilia überrascht. »Sieben Frauen haben ein Kind von ihm?« Sie sah Martha ungläubig an.

»Er kümmert sich um keine einzige.«

»Und das weißt du?«

Martha nickte.

Emilia schwieg und dachte an Marthas Worte über Aids, das wie die glühende Lava in einem Vulkan auf den Ausbruch lauerte, bereit, jeden in den Tod zu reißen, der sich nicht in Sicherheit gebracht hatte.

»Zwei von den Frauen leben hier, eine in Gobabis, die anderen in Okakarara und Okahandja«, fuhr Martha ungerührt fort.

»Spricht er darüber? Hält er es nicht geheim, dass er so viele Frauen geschwängert hat?«

Martha griff mit der Hand in den Maisbrei, nahm ihn in Klumpen heraus, und stopfte ihn in den Mund. »Es gilt als

Zeichen der Männlichkeit, viele Kinder zu zeugen, auch mit mehreren Frauen. Das ist Sitte bei den Herero und niemand nimmt Anstoß daran.« Sie hob die Schultern und ließ sie wieder fallen. »Zwei oder drei gesunde Kinder genügen vielen Männern nicht. Sie könnten sterben, sagen sie, und dann wäre niemand da, um sie im Alter zu versorgen.«

»Aber warum lassen sich die Frauen mit einem Mann wie Izakuje ein, wenn sie die Kinder allein großziehen müssen?«

Martha sah Emilia an wie man ein fragendes Kind ansieht, das die Antwort noch nicht verstehen kann, ein bisschen mitleidig, ein bisschen von oben herab. »Die Männer wollen natürlich eine fruchtbare Frau, wenn sie heiraten. Wie könnte eine Frau ihre Fruchtbarkeit anders beweisen, als durch die Geburt eines Kindes? Viele Frauen haben schließlich mehrere uneheliche Kinder und wissen nicht, wie sie sie ernähren sollen. Dann sterben sie selbst an Aids und ihre Kinder bleiben elternlos zurück. Ich weiß von einer Großmutter mit achtzehn verwaisten Enkelkindern! Wie soll sie die Kinder ernähren, wo sie doch selbst nichts hat?«

Schrecklich, hatte Emilia sagen wollen, doch sie schluckte ihren Kommentar herunter. Sie musste an Hosea denken, an den Heiratsantrag, den er ihr gemacht hatte, obwohl sie noch keine Kinder geboren hatte. Vielleicht hatte er so sehr an seinen Glücksstein geglaubt, an den glänzenden Aquamarin, der nicht nur Glück, sondern auch viele gesunde Kinder schenken sollte.

»Hast du einen Freund?«, fragte sie nach einer Weile.

Martha sah sie verwundert an. »Meinst du, ich hätte die letzte Nacht draußen verbracht?«

Wenig später sah Emilia den schwarzen Mann mit der verspiegelten Sonnerbrille noch einmal zurückkommen. Sie haben den Plan geändert, dachte sie, und vielleicht gab es noch eine Frist, bis das Unabänderliche eintreten würde, einen Aufschub, der es ihr erlauben würde, bis zum Wochenende auf Unotjari zu warten.

»Du hast das Geld vergessen«, sagte Izakuje, als er vor ihr stand. Richtig, das Geld! Er hätte es schon bei unserer Ankunft bekommen sollen, unabhängig davon, ob sie Unotjari treffen würde oder nicht. Er folgte Emilia in die Hütte und verbarg die Scheine vor Marthas Blicken.

Nach dem Frühstück ging Martha wieder fort und heute war Emilia froh darüber. Nur noch vierundzwanzig Stunden! Die bevorstehende Abreise zwang sie zu handeln. Schluss mit dem Versinken in Sand und Tatenlosigkeit! Nur ein einziger Tag noch. Unwiderruflich. Es würde ein Umweg sein, von hier nach Norden und über Okakarara zu fahren, um zur Hauptstadt zurückzukommen, aber der Waterberg war ein reizvolles Touristenziel, deswegen widersprach sie nicht. Nicht der Umweg beunruhigte sie, es war der Zeitpunkt der Abreise.

Vom Waterberg bis Windhoek waren es nur noch zweihundertfünfzig Kilometer auf Teerstraßen. Und dann? Ein Besuch bei ihren Eltern, ohne dass sie Nandesora gefunden hatte? Oder ein wahrscheinlich ebenfalls vergeblicher Versuch, Hosea zu finden? Nein! Noch würde sie ihre Suche nach Nandesora nicht aufgeben.

Zum ersten Mal betrat Emilia ohne Martha den abgetrennten Teil der Hütte. Sie tat es, um Abschied zu nehmen. Durch das kleine Fenster fiel nur wenig Licht. Marthas Mutter öffnete die Augen, als sie hörte, dass jemand eingetreten war. Emilia überwand noch einmal ihre Angst vor der Ansteckung, nahm die abgemagerte Hand und hielt sie lange. Die Kranke schloss die Augen wieder. Sie öffnete sie auch nicht, als Emilia ihre Hand losließ und dem Dunkel der Hütte entfloh, in dem der Tod schon sein Menetekel hinterlassen hatte.

Der Toyota stand noch immer neben der Hütte des Alten, wo Emilia ihn vor Tagen abgestellt hatte, ein Fremdkörper in dieser Welt, in der die Zeit stehen geblieben war. Den weißen Lack bedeckte der rote Staub der Kalahari. Emilia fürchtete, Sand und Staub könnten bis zum Motor vorgedrungen sein und ihren Plan zunichte machen. Von ihrem Platz vor der Hütte konnte sie den Omukururume sitzen sehen. Er war allein, nur hin und wieder kam einer der Männer zu ihm, einmal eine Frau mit einer großen Thermoskanne, aus der sie etwas in seinen Becher goss. Der Alte rührte sich nicht von seinem Stühlchen. Der Schatten wanderte, die Minuten vergingen, die Stunden.

Als die Sonne dem Zenit zustrebte, wurde Emilia unruhig. Am frühen Nachmittag endete der Schulunterricht, bis dahin musste sie Drimiopsis erreicht haben. Also vor den Augen des Omukururume davonfahren? Seine Würde und Autorität missachten? Verwundert stellte sie fest, dass die Regeln, die hier galten, zu ihren geworden waren. Trotzdem würde sie fahren. Eine zweite Chance, Unotjari zu finden, würde es nicht geben.

Liebe Martha,
ich möchte mich mit einem guten Essen für eure Gastfreundschaft bedanken. Ich bin zum Einkaufen gefahren.
Bis bald
Emilia

Sie nahm einen Ast von dem Stapel Feuerholz, legte den Zettel auf die Stufe am Eingang und beschwerte ihn mit dem Knüppel. Dann wartete sie wieder.

Es war zehn Minuten nach zwölf Uhr, als sich der Omukururume mühsam und schwankend von seinem Gartenstühlchen hochstemmte, sich gleichsam auseinanderfaltete und sich zu seiner ganzen Ehrfurcht gebietenden Größe streckte. Mit gemächlichen Schritten ging er davon. Er näherte sich den Rindern, verharrte eine Weile, schlug dann eine andere Richtung ein und verschwand dort, wo die Fußspuren zu dem Baum mit den großen weichen Blättern führten.

Jetzt war der Zeitpunkt gekommen! Emilia zögerte nicht länger. Das Motorengeräusch ihres Autos erschütterte die Stille und wie eine Buschtrommel rief es die Menschen zusammen. Männer, Frauen und Kinder wuchsen vor den Hütten empor und quollen aus ihnen heraus. Ein junger kräftiger Kerl mit Armen, als könnte er ein ganzes Auto stemmen, lief auf sie zu und schnitt ihr den Weg zwischen den Dornenbüschen ab: Das Ende ihrer Fahrt war nach wenigen Metern gekommen. Keine Unotjari, keine Nandesora!

»Einkaufen«, rief sie ihm zu, »heute letzter Abend, heute gutes Essen.« Dann tat er genau das, was sie nicht erwartet hatte: Er lachte und gab den Weg frei. »Heute Abend gutes Essen«, rief er ihr nach, »heute gutes Essen«, und so ging er den anderen entgegen. Emilia hielt noch einmal an und winkte. Sie würde wiederkommen. Mit gutem Essen.

Das Dornengestrüpp sah an jeder Stelle gleich aus und überall waren Spuren. Emilia war sich nicht sicher, wo die Straße war, sie versuchte nach Himmelsrichtung zu fahren, nach Westen, dorthin, wo irgendwo die Pumpstation sein musste und dahinter die Straße. Nach hundert Metern kam sie nicht weiter. Die Lücke im Gestrüpp war eine Sackgasse, nur ein Trampelpfad führte geradeaus. Platz zum Wenden gab es nicht, sie musste rückwärts fahren. Die Dornen waren gefährlich, drei Zentimeter lang, hart wie Nägel und messerscharf. Schwarze Gesichter beobachteten sie, ganz nah waren jetzt die dunklen Gestalten, die ihr langsam folgten. An einer Lichtung öffnete sich das Dickicht nach Süden. Autospuren waren nirgendwo. Sie folgte diesem Weg, der vielleicht gar keiner war. Verwirrende Gleichförmigkeit! Plötzlich keine Menschen mehr. Bald versperrte meterhohes Gestrüpp die Weiterfahrt, aber die Fußspuren, denen sie folgte, bogen ab, wichen einer Gruppe von Akazien aus und führten zu einem Weg, der in den Büschen verschwand wie in einem Trichter.

Dann lag wirklich die Schotterpiste vor ihr, das schnurgerade rötliche Band in der unendlichen Eintönigkeit aus Sand, Büschen und einzelnen Bäumen, das nach Drimiopsis führte. Doch wie sollte sie die Einmündung zu den Hütten wiederfinden, um zu Martha zurückzukehren? Sie hätte Brotkrumen streuen müssen wie Hänsel und Gretel! Ein kleines Stück von ihrem Weg entfernt glaubte sie die mächtige Akazie zu erkennen, die neben der Pumpstation stand, doch der Wasserbehälter war von der Straße nicht zu sehen. Sie stellte den Kilometerzähler auf Null als vage Versicherung, nicht über ihr Ziel hinauszufahren und irgendwo in der Wüste verloren zu gehen.

Endlich fühlte sich Emilia wieder frei, zum ersten Mal seit vielen Tagen, endlich allein, unbeobachtet, unerreichbar für die unsichtbar lauschenden Ohren, für die heimlichen Blicke und für die allgegenwärtigen Augen des Omukururume. Nur für einen Augenblick hatte sie den unsinnigen Gedanken, aus dem Kometenschweif aus Staub hinter ihrem Wagen könne sich ein anderes Fahrzeug lösen, sie überholen, sie stoppen und ihren Plan zunichtemachen. Aber nein, sie war allein auf der Piste. Nur einmal – sie hatte begonnen zu träumen – erschien gänzlich unerwartet über dem Schotter ein Phantom, das Gesicht ihres Vaters, verschwommen und grau, und die stahlblauen Augen waren wie mit Staub bedeckt. Das Bild zerfiel wieder.

Bei dem vergitterten Laden, an dem auf der Herfahrt die Familie das Auto verlassen hatte, stieg Emilia aus. Ein gebeugter Alter mit grauem Kraushaar und den wachen Augen eines Fuchses schälte sich aus der halbdunklen Nische, in der er auf einem Schemel verharrt hatte, verschwand vor Emilias Augen unter dem Tresen, tauchte mit einem Karton Milky Way wieder auf und stellte ihn vor Emilia hin. Er musterte sie mit unverhohlener Neugierde. Emilia schüttelte den Kopf. Sie wollte kein Milky Way, sie brauchte Mineralwasser. Der Alte schlurfte in eine Ecke seines winzigen Geschäftes und präsentierte mit wichtiger Miene und rollenden Augen seine Auswahl: Mineralwasser in Zweiliterflaschen oder in großen Kanistern. Er trug Emilia einen Kanister und zwei Flaschen zum Auto, dann kehrte er zurück auf seinen Platz, ein einsamer Wächter über verstaubte Säcke mit Maismehl, über Colaflaschen, Wasserkanister, Ölflaschen und Plastikschüsseln.

Eine gute Stunde später erreichte Emilia Drimiopsis: Wege und Straßen aus Sand, nur selten Schotter, kein Asphalt, etliche flache Häuser und Wellblechhütten, ein paar Büsche, kaum ein Baum, aber Lichtmasten mit einem undurchschaubaren Gewirr von Leitungen. Auf einem großen staubigen Gelände hinter einem mit einer Krone aus Stacheldraht gesicherten Zaun standen Reihen von langgestreckten Baracken wie bei einer militärischen Anlage. Neben dem hohen Tor war ein mannshohes Schild: Drimiopsis Secondary School. Emilia parkte den Wagen in der Nähe und kehrte zur Schule zurück.

Durch die Gitterstäbe vor den Fenstern konnte sie Kinder an großen Holztischen sitzen sehen, Mädchen und Jungen in blauen Schuluniformen. Als die Schulglocke dröhnte, stob eine johlende Meute davon. Wie Fliehende drängelten die Kinder durch das Tor und rannten stolpernd, fallend und sich gegenseitig behindernd ins Freie hinaus. Als sie fort waren, wurde es still wie nach einer Explosion. – Und wenn Unotjari eine von ihnen gewesen war?

Etliche von den Größeren, junge Erwachsene schon, waren auf dem Schulgelände zurückgeblieben. Sie kamen näher, als sie Emilia entdecken. Kichernd und feixend krallten sie ihre Hände in den Zaun, der sie einsperrte oder Emilia aus – so genau war das nicht zu erkennen – und versuchten ihre englischen Sätze. Woher sie komme, wollten sie von Emilia wissen, warum sie hier sei, wie sie heiße. Wie kleine Kinder fragten sie immer wieder dasselbe, lachten verlegen, fragten noch einmal. Emilia ließ sie in dem Glauben, dass sie Engländerin sei. Sie fragte nach ein paar Namen, die sie in Epukiro gehört hatte, nach einer Kauaa-Mejuruo – die kannten sie nicht – nach Kavezembua – der sei nicht im Internat und schon zu Hause. Eine Uataviza gab es, ein zierliches Mädchen mit heller Haut wie die Farbe von Milchkaffee. Sie wollte wissen, woher Emilia sie kenne. Sie würde alle guten Schüler kennen, behauptete sie. Sie staunten, aber einer Weißen glaubten sie das. Dann fragte Emilia nach Unotjari. Eine magere junge Frau mit kurzen Haaren und der Figur eines Jungen hob schüchtern die Hand, artig und bemüht, als sei Emilia die Lehrerin, die eine Aufgabe stellt. Sie sah die Fremde durch die Maschen hindurch misstrauisch und erschrocken an. Mit einer Hand hielt sie sich am Zaun. Mit der anderen, die sie eben noch erhoben hatte, griff sie hinter sich und tastete nach dem Schild mit dem Namen der Schule. Wie ein Kind, das sich an seine Mutter klammert, um Sicherheit daraus zu gewinnen, hielt sie sich daran fest. Jemand rief vom Schulgebäude her. Alle wandten sich von Emilia ab, nur Unotjari nicht. Emilia hatte die Hand am Zaun ergriffen und für einen Augenblick war Unotjari wie der Fisch an der Angel, während der Schwarm entkam.

»Ich suche Nandesora.«

Unotjari schwieg, kein Zeichen des Verstehens, aber ihr Gesicht war wie aufgerissen. Emilia drückte ihr ein Zettelchen in die Hand – ihren Namen und die Telefonnummer ihres Handys – und schloss die fremden Finger darum. Dann war Unotjari fort mit den anderen.

Emilia blieb eine Weile mit klopfendem Herzen am Zaun stehen. Alles war so schnell gegangen. Ob Unotjari wiederkommen würde? Oder sie auf dem Schulgelände nach ihr forschen sollte? Nein, das war nicht möglich. Auf keinen Fall durfte Unotjaris Vater von der Weißen erfahren, die nach seiner Tochter suchte. Emilia beschloss zu warten. Sie wollte dem Wunder eine Chance geben, doch bald war ihre Geduld erschöpft. Zutiefst enttäuscht kehrte Emilia zu ihrem Auto zurück. Das Wunder war auch dieses Mal nicht geschehen, wie immer, wenn sie darauf wartete.

Emilia war erleichtert, als sie hinter einem hohen Gitterzaun einen Supermarkt fand, klein und spärlich sortiert für deutsche Verhältnisse, aber hier war er wie ein Schlaraffenland. Sie kaufte Kartoffeln, Karotten und eingefrorene Hähnchenkeulen, dazu Öl, eine große Tüte Weizenmehl und Hefe, ohne recht zu wissen wofür. Ehe sie Drimiopsis verließ, kehrte sie noch einmal zur Schule zurück. Der Schulhof war menschenleer und hinter den vergitterten Fenstern standen die Stühle ordentlich an den Tischen. Keine Schulkinder mehr.

Als Emilia zu den Hütten in der Wüste zurückkehrte, lag der weite Platz einsam im Sonnenlicht. Das Gartenstühlchen war leer. Martha erwartete sie vor ihrer Hütte mit gesenktem Kopf und hängenden Schultern, als sei sie bestraft worden oder habe eine schlechte Nachricht für Emilia.

»Wo warst du?«

»Ich habe für ein Abschiedsessen eingekauft.«

»Warst du in Drimiopsis?«, fragte Martha entsetzt.

Und als Emilia nickte: »Das hättest du nicht tun dürfen.«

»Ich habe Unotjari nicht gesucht und ich habe Unotjari nicht gesprochen: Sag das den Männern, wenn sie dich fragen!« Sie merkte selbst den harten Ton in ihrer Stimme und er tat ihr leid. Ihr Zorn galt nicht Martha, er galt den Männern, die ihr die Freiheit nahmen, das zu tun, was sie für richtig hielt. Sie gab Martha, was sie eingekauft hatte. Die nahm es mit abweisendem Gesicht, als seien die Dinge das Eingeständnis einer Schuld. Schweigend gingen die beiden auseinander.

An der Tür zur Hütte blieb Emilia noch einmal stehen und sah Martha zu, die aus dem Kanister hinter der Hütte Wasser in eine Schüssel goss. Sie hat Angst, weil ich mich nicht um das Wort der Männer kümmere, dachte sie. Sie ist wütend auf mich, weil sie weiß, dass ich Unotjari nur Unglück bringen werde. Sie kehrte noch einmal zu Martha zurück.

»Entschuldige.«

Martha stellte den schweren Kanister ab. Sie sah Emilia aufmerksam an, aber ihr Blick war nicht zu deuten.

Für Emilia war es an der Zeit, ihre Sachen für die Abreise zu ordnen. In einer Stunde würde es dunkel sein. Als sie wieder nach draußen kam, saß Martha auf einer Getränkekiste am Feuer, den Kopf auf eine Hand gestützt und sah so abweisend aus, als wolle sie nie wieder mit ihr reden. In der Glut stand ein mit Öl gefüllter Eisentopf, neben Martha eine Schüssel mit Teig und eine Plastikschüssel. Sie backte Berliner aus dem Weizenmehl, so sahen die Dinger jedenfalls aus, die sie mit einer verbogenen Gabel aus dem Fett fischte, braun und rund und so groß wie kleine Äpfel. Emilia setzte sich neben die Hütte und sah Martha zu, wie sie wortlos arbeitete, verbissen, geradezu vorwurfsvoll. Emilia ging zu ihr und machte eine Bemerkung über das duftende Gebäck, aber Martha sah nicht auf. Wenn sie doch ein wenig gelächelt hätte, dachte Emilia. Wenn sie doch ein klein wenig Stolz gezeigt hätte über das herrliche Gebäck! Niemand zwang sie, so viel auf einmal zu backen. – Aber nein. Marthas Gesicht, ihr ganzer Körper, jede Bewegung waren eine stumme Anklage, und statt sie loben zu können und sich mit ihr zu freuen, blieb Emilia nur ihr schlechtes Gewissen.

Traurig und unzufrieden ließ Emilia Martha allein, um ein letztes Mal die längst vertrauten Wege zu gehen. Zum letzten

Mal! Der Gedanke machte sie nicht froh, wie sie in den langen Stunden des Wartens gedacht hatte, ganz im Gegenteil. Ab morgen würden die Hütten in der Wüste nur noch Erinnerung sein, doch sie wusste, dass sie diese Tage abseits der Zivilisation niemals vergessen würde. Ohne sie würde ihr Leben ärmer sein.

Sie konnte sich nicht vorstellen, wieder nach Deutschland zurückzukehren, nicht einmal nach Windhoek mit seinen vielen Menschen, dem Lärm und den Autos. Der Tag des Abschieds kam zu früh. Unotjari hatte sie zwar getroffen, aber kein Wort mit ihr gewechselt. Wo Nandesora war, lag im Dunklen. Freiheit und Selbstbestimmung: Justinas Traum schien für ihr Kind nicht in Erfüllung gegangen zu sein.

Inzwischen war es dunkel geworden. Ein heller Vollmond stand am Himmel und Emilias Schatten lief neben ihr über den Sand. Mondschatten bei den Bäumen, Mondschatten hinter den Hütten, Rinder mit Mondschatten. In Okahandja war der Mond nur ein silbernes Schiffchen gewesen. Wie lange war sie schon hier? Sie hatte aufgehört, die Tage zu zählen.

Als Emilia nach einer Stunde zurückkehrte, backte Martha noch immer, stoisch, aber entspannter. Sie setzte sich zu ihr, um im Schein des Feuers die Kartoffeln für das Abendessen zu schälen und die Karotten zu putzen. Die Zeit verging und Martha backte. – Fünf Kilo Mehl! Erst als sie fertig war, reichte sie Emilia einen von ihren Kuchen. Ein herrlicher warmer Berliner, wenn auch ohne Zucker und ohne Marmelade. Martha lächelte ein wenig und Emilia lächelte dankbar zurück. Endlich ein Lächeln!

Es war nicht viel, was in diesen letzten Stunden geschah. Martha kochte, und wie am ersten Abend mischte sich heute der Geruch von Gewürzen in den Rauch. Nachbarn kamen, blieben ohne zu fragen zum Essen, verschwanden wieder. Auch Frauen und Kinder waren heute dabei, die mageren Hunde wie immer. Der Omukururume ließ sich nicht blicken. Ein kleines Mädchen mit einem verkrusteten Ausschlag im Gesicht kam in Emilias Nähe und berührte vorsichtig ihre Hand. Ob Martha auch einmal so ausgesehen hatte? Emilia versuchte, sich Martha als Kind vorzustellen: eine halbnackte Eingeborene, ein großäugiges Mädchen mit staubigen Füßen und einem kleinen Schurz aus schmalen Lederstreifen unter dem vorgewölbten Bauch – oder den Omukururume mit einem viereckiges Lederstückchen, wie es die Jungen trugen. Von hinten wären beide nackt. Bei dem Gedanken musste sie lachen.

Als ein riesiger Mond in den Büschen versank, waren sie wieder allein. Das Feuer war in sich zusammengefallen. Langsam verlosch die funkelnde Glut, und mit der sich ausbreitenden Dunkelheit verloren sich die letzten schwachen Konturen, lösten sich auf wie Marthas schwarzes Gesicht, das eins wurde mit dem Sand und dem versinkenden Horizont. Auch die Hütten verloren sich in der Finsternis, die Feuer verloschen und die Wüste wurde zugedeckt von dem schwarzen Tuch der Nacht. Nichts mehr war zu sehen, als die glitzernden Sterne. Emilias Ausflug nach Drimiopsis erwähnte Martha nicht mehr.

An diesem letzten Abend, als Martha neben Emilia auf ihrer Matte lag und sie die Kranke das Kinderlied summen hörten, fing Martha wieder an von Aids zu sprechen. »Du verstehst nicht, warum sich immer noch Tag für Tag so viele Männer und Frauen mit dem Virus anstecken? Du hältst die Menschen hier für primitiv, weil sie ihre Gewohnheiten nicht ändern und mal mit dem einen und mal mit dem anderen schlafen?« Sie wartete nicht auf Emilias Antwort. »Manchmal kommt jemand von der Regierung oder von irgendeiner Hilfsorganisation zu uns und redet über die Krankheit. Es sind die Frauen, die zuhören, die meisten Männer bleiben fern.«

Ihre Stimme wurde ärgerlich, als sie weitersprach. »Wenn wir wieder allein sind, lachen die Männer darüber, was man uns erklärt hat. Sie wischen es einfach weg und glauben nicht, was die Ärzte und Krankenschwestern sagen, kannst du dir das vorstellen?« Martha setzte sich plötzlich auf dem Rinderfell auf. »Das ist noch nicht das Schlimmste«, stieß sie heftig hervor. »Es gibt einen Irrglauben, der ist grauenvoll. Er breitet sich so schnell aus wie die Krankheit selbst und ist so tödlich wie sie. Er ist grauenvoll für die jungen Frauen und noch fürchterlicher für die Kinder.«

»Was ist das?«, fragte Emilia, als Martha nicht weitersprach, und sie dachte an Hexenzauber und geheimnisvolle Heilkräuter, die nicht halfen und die Kinder als Waisen zurückließen.

»›Wer mit einer Jungfrau schläft, wird gesund‹, erzählen sie sich«, antwortete Martha. Ihre Stimme war voller Abscheu und Wut, als sie weitersprach. »Die Mädchen, mit denen sie schlafen, werden immer jünger. Kinder werden vergewaltigt, sogar Kleinkinder, in der Vorstellung, sich durch ihre reinen Körper von der Krankheit zu befreien. Diese Männer glauben was ihnen gefällt, und nicht was offensichtlich ist. Sie schänden die Mädchen und dann nehmen sie sie mit sich in den Tod.«

Sie griff plötzlich nach Emilias Arm. »Aber du musst nicht denken, dass alle Männer hier so sind. Nicht alle, aber viele. Es sind die Traditionen, die dem Tod die Türen öffnen. Alles geht weiter, wie es immer war. Die Missionare wollten die Herero zur Einehe zwingen. Nur diejenigen Männer durften sich taufen lassen, die alle ihre Frauen bis auf eine verstießen und sie dem Elend auslieferten. War das christliche Nächstenliebe? Heute kümmern sich die wenigsten darum, was damals die Missionare erzählten. Die Männer halten wieder fest an ihren überlieferten Rechten und mit den alten Gewohnheiten bringen sie den Tod über unser Volk.«

»Es müssten die Frauen sein, die sich wehren.«

Martha antwortete nicht und legte sich wieder auf das Rinderfell. Lange Zeit schwieg sie. Als Emilia dachte, sie schlafe schon, sprach sie doch weiter. »Izakuje will mit dir nach Okakarara zur Beerdigung eines Bruders fahren. Er ist nach langer Krankheit gestorben. Woran, wenn nicht an Aids, frage ich dich. Izakuje verbringt sein halbes Leben damit, zu Begräbniszeremonien für Verwandte zu reisen, die viel zu früh gestorben sind. Und doch ändert er sich nicht.«

»Ist Izakuje auch infiziert?«

»Das weiß niemand, wahrscheinlich nicht einmal er selbst.«

Auch in dieser Nacht schlief Emilia nur wenig. Marthas Worte, Nandesoras Schicksal, die Ungewissheit, wie sie selbst die nächsten Tage verbringen würde, und ihr Zusammentreffen mit Unotjari ließen sie nicht zur Ruhe kommen. Ob Unotjaris Vater von der weißen Frau am Zaun erfahren würde, die mit seiner Tochter gesprochen hatte? Ob er sie deswegen auch nach Hause holen würde? – Was wusste sie denn von deren Sitten und Gesetzen!

Ein letztes Mal weckte sie die Kälte aus ihrem unruhigen Schlaf, als im ersten Morgengrauen die Temperatur ihren tiefsten Punkt erreichte. Es war die Zeit der Hunde. Von überall kam ihr heiseres Bellen. Bald darauf krähten die ersten Hähne.

Noch einmal saß sie dicht neben Martha im kalten Morgenwind am Feuer und sie aßen Maisbrei. Emilia hatte ein paar namibische Hundertdollarnoten in ein Blatt aus ihrem Schreibheft gewickelt und wollte sie Martha für Unterkunft und Verpflegung geben. Als Martha sah, dass das Päckchen Geld enthielt, weigerte sie sich, es zu nehmen. Sie wurde ärgerlich, als Emilia es ihr zustecken wollte.

Später, als Emilia alles zu ihrer Abreise gerichtet hatte, umarmte sie Martha zum Abschied. Martha sah sehr traurig aus. »Du warst ein Fenster zur Welt«, sagte sie. Sie bückte sich zu einem Kanister aus Plastik, dessen oberer Teil abgeschnitten war und der vor dem Gestell mit den Töpfen gestanden hatte. Er war bis zum Rand mit Berlinern gefüllt. Sie reichte ihn Emilia.

»Sie sind für dich.«

»Alle für mich? Aber ...«

»Bitte nimm sie. Ich möchte, dass du jedes Mal an mich denkst, wenn du davon isst.«

Emilia protestierte nicht länger. Sie lächelte. »Ich werde dich auch dann nicht vergessen, wenn ich alle gegessen habe.«

Eine Weile standen sie sich wortlos gegenüber. Der kalte Wind wirbelte Funkengarben aus dem Feuer und ließ Marthas bunten Rock flattern. Sie sah Emilia an, und ihr Blick war wie ein Gespräch, das Emilia nicht einfach beenden konnte.

»Pass auf dich auf«, sagte Emilia endlich.

Martha sah aus, als denke sie über etwas nach. »Meinst du mit meinem Freund? – Es ist nicht so einfach wie du vielleicht denkst«, sagte sie schließlich leise.

Und als Emilia nickte: »Er sagt: ›Du isst ein Bonbon auch nicht mit Papier.‹ Weißt du, was ich sagen will?«

Emilia wusste es, aber sie wollte sich nicht an den Gedanken gewöhnen, dass sich mit Martha wiederholen könnte, was ihrer Mutter und so vielen anderen Frauen zugestoßen war. »Viele kleine Leute, die in vielen kleinen Orten viele kleine Dinge tun, können Großes verändern«, sagte sie. »Ist das nicht ein afrikanisches Sprichwort?«

Martha schien nachzudenken, nickte dann ein wenig. »Es ist ein Sprichwort, das mich tröstet, wenn ich hier bleibe.«

Emilia wollte etwas sagen, aber Martha fuhr fort: »Du musst nicht meinen, dass ich hier unglücklich bin. Es reicht mir, dass ich nicht lebe wie viele Frauen in den Slums und ich meiner Mutter nützlich bin. Das sind die kleinen Dinge in meinem kleinen Leben.« Sie lächelte. »Später wird mein Freund mein Mann sein und wir werden Kinder haben. Wir werden alles dafür tun, was in unserer Macht steht, dass sie zur Secondary School gehen und später sogar studieren können. Vielleicht werden sie dann eines Tages mit ihrem kleinen Leben ein wenig das Große verändern.«

Sie umarmte Emilia noch einmal, ehe diese etwas erwidern konnte. »Kotokeje! Komm wieder!«

Nach ein paar Schritten kehrte Emilia noch einmal um. »Gibt es eigentlich eine Post bei euch, ich meine, könnt ihr Briefe empfangen?«

Jetzt lachte Martha wieder. »Aber ja, und es gibt auch ein Telefon in der Krankenstation, mit dem wir für Geld telefonieren können. – Hast du etwas zum Schreiben?«

Emilia fand einen Stift in ihrer Tasche und einen Zettel, auf den Martha ihre Adresse notierte. Dann schrieb Emilia ihre eigene Adresse auf. »Ich schreibe dir, wenn ich wieder in Deutschland bin«, sagte sie. »Ich verspreche, dass ich es tun werde.«

Der Omukururume und Izakuje warteten schon auf Emilia, als sie ihren Trolleykoffer durch den Sand zum Auto zerrte.

Der Alte trug einen glänzenden grauen Anzug aus dünnem Stoff mit gelben Streifen am Revers. Emilia wunderte sich: Festtagskleidung zu ihrem Abschied? Seine Begrüßung war sehr kühl und sein Gesicht wieder reglos wie eine Maske aus schwarzem Leder. Kein Lächeln.

Izakuje öffnete die Beifahrertür und trat zurück. Der Omukururume griff ins Wageninnere, hielt sich mit einer Hand an dem Griff über der Tür fest, stützte sich mit der anderen auf seinen Stock. Er setzte einen Fuß in den Wagen, faltete sich zusammen, ließ sich auf den Sitz fallen und zog das andere Bein nach. Izakuje schloss von außen die Tür und stieg hinter dem Fahrersitz ein. Sie fuhren zu dritt und Emilia verstand nun gar nichts mehr. Izakuje lotste sie über einen sandigen Fahrweg nach Osten: Das musste die falsche Richtung sein. An einem rostigen Tor, zwei oder drei Kilometer von den Hütten entfernt, endete der Weg. Jetzt verstand Emilia: Die Toten waren ihr Ziel.

Am Eingang zu einem kleinen Friedhof senkte der Alte ein Knie zum Boden, und so, den Stock auf den Boden gestützt, den Körper hoch aufgerichtet und mit einem Blick, der sich in der Ferne verlor, begann er mit mächtiger Stimme zu sprechen. Weit über die Gräber und himmelwärts rief er die kehligen Laute. Es war ein Zwiegespräch mit Pausen, in denen der Alte zu lauschen schien, und wenn es denn ein Gott war, mit dem er sprach, so war es kein schrecklicher Gott, keiner, vor dem er seinen Stolz verstecken musste. »Was sagt er?«, flüsterte Emilia, aber Izakuje machte ihr ein Zeichen zu schweigen. Stumm betraten sie gemeinsam den Friedhof, als der Alte geendet hatte, stumm hoben die Männer kleine Steine vom Boden auf, legten sie auf die Grabsteine. Sie streichelten die grauen Tafeln, als könnten sie die Toten berühren. Hinten am Zaun, wo sich schiefe Grabsteine zum Boden neigten und die schmucklosen Gräber zerfielen, waren die Alten begraben, Achtzigjährige, Neunzigjährige, noch ältere. In den frischen Gräbern ruhten die, die nur dreißig Jahre oder weniger gelebt hatten. Aids hatte auch auf diesem Friedhof in der Wüste seine schrecklichen Spuren hinterlassen.

Ohne zu reden fuhren sie zu den Hütten zurück, nur hin und wieder wies Izakuje den Weg. Emilia dachte an Michaels Grab, an die Kränze und an die vielen Blumen, die längst verwelkt sein würden. Einer ihrer ersten Wege in Deutschland würde sie zum Friedhof führen – mit frischen Blumen – und sie würde Michael um Verzeihung bitten, weil sie nicht früher gekommen war.

Beim Platz des heiligen Feuers stieg der Omukururume aus. Kein Händedruck zum Abschied, aber er gab Emilia gute Wünsche für ihr Leben mit auf den Weg, die Izakuje übersetzte. Dann fuhr sie mit Izakuje an ihrer Seite davon. Als sie sich am Ende des großen Platzes noch einmal umsah, saß der Alte wieder auf seinem Gartenstühlchen, den Hirtenstab neben sich auf den Boden gestützt, ein alter, weiser Häuptling, der seine Tage wartend verbrachte, ohne Unruhe, ohne Neugierde und ohne etwas anderes zu erwarten, als dass alles so bliebe wie es war.

Emilia fand den Weg zur Straße, ohne dass ihr Izakuje helfen musste, doch die Schotterpiste nach Norden war fürchterlich. Immer wieder tiefe Schlaglöcher und Querrillen: Waschbrettpiste, Kilometer um Kilometer und kein Ende. Izakuje saß so reglos und stumm an ihrer Seite, als wäre einer der Verstorbenen vom Friedhof in ihr Auto gestiegen.

»Hat der Omukururume auf dem Friedhof gebetet?«

Ihre Frage war so vergeblich wie der Versuch, einen der Toten zu wecken.

Izakuje verharrte mit halb geschlossenen Augen. Emilia trat abrupt auf die Bremse. Sie war wütend. Am liebsten hätte sie den Mann aus dem Auto gewiesen. Izakuje fuhr auf: »Er hat mit den Ahnen gesprochen.«

»Was hat er mit ihnen gesprochen?«

Izakuje antwortete nicht, sondern begann, eine leise Melodie zu summen, ein seltsames auf und ab, wie aus einer anderen Zeit. Das Lied seiner Ahnen? Er summte in sich hinein oder etwas summte aus ihm heraus, als hätte er Emilia endgültig vergessen. Als er endlich schwieg, fragte sie nach dem Ring des Omukururume und ob der schwarze Stein eine besondere Bedeutung habe, aber Izakuje wusste es nicht oder wollte nichts erzählen.

Emilia gab ihre Versuche auf, mit ihm zu reden. Dreihundert Kilometer auf der schlechten Piste lagen vor ihr mit diesem Mann, der mindestens sieben Frauen geschwängert hatte und sich nicht darum scherte, ob er mit dem tödlichen Virus infiziert war oder nicht. Und der sich von ihr durch diese gottverlassene Gegend fahren ließ für zweitausendfünfhundert namibische Dollar, die sie ihm bezahlt hatte. Sie biss die Zähne zusammen. Es war einfacher, mit ihm zu fahren, als zu versuchen, ihn rauszusetzen.

In unendlicher Eintönigkeit entrollte sich vor ihr das staubige Band der Straße, an seinem Rand wieder Dornengebüsch, Sand und Steine, hin und wieder Ziegen, nur selten ein Baum, und manchmal hockten Menschen vor ihren ärmlichen Behausungen. Nichts sonst für Stunden.

»Warum suchst du nach Nandesora?« Izakujes Stimme ließ Emilia zusammenzucken. Sie hatte sich wieder auf Schweigen eingestellt.

»Weil ich ihre Mutter gekannt habe.«

Als Emilia zur Seite sah, begegneten sich ihre Blicke. Izakuje hatte die Augen zusammengekniffen und sah sie lauernd an. »Wenn du gekommen bist, um ihr zu helfen, dann stehe Gott dir bei!«

»Helfen?«

Izakuje antwortete nicht und versank wieder in seine todesähnliche Erstarrung. Emilia dachte über die Worte nach, aber ihre Gedanken verloren sich nur in Vermutungen, die ihr nicht weiterhalfen. Noch immer wusste sie zu wenig über Nandesora. Izakuje schwieg immer noch, als sie Otjinene erreichten. Noch einhundertfünfzig Kilometer bis Okakarara: nichts als Sand, Gestrüpp und Ziegen, dazu die fürchterliche Straße.

In Okakarara, am Rande einer Ansammlung von schäbigen Wellblechhütten, stieg Izakuje aus. Ein kurzer Gruß zum Abschied, ein knapper Dank, dann schulterte er seine verschlissene Reisetasche. Ohne Bedauern sah sie ihn davongehen:

eine hohe stolze Gestalt zwischen winzigen Blechhütten, vor denen runzlige Alte in schmutzigen Gewändern zwischen ihren staubigen Enkelkindern am Boden kauerten. Sie lebten im Staub, und sie sahen aus, als würden sie selbst bald zu Staub zerfallen. Emilia blickte Izakuje lange nach, wie er seinem unsichtbaren Ziel entgegenstrebte, hinter Hütten verschwand, in der Ferne wieder auftauchte, immer weiter ging, kleiner wurde, bis sie ihn endlich aus den Augen verlor. Zwei Jungen mit Rotznasen und eitrigen Wunden an den Lippen waren unterdessen näher gekommen. Mit großen Augen betrachteten sie verwundert die Frau mit der weißen Haut. Als Emilia lächelte und ihnen mit den Fingern zuwinkte, hob der größere schüchtern die Hand, ließ sie aber gleich wieder sinken, als wage er nicht, die Geste zu erwidern. Emilia winkte noch einmal, dann fuhr sie davon.

In Okakarara hielt Emilia an einer Tankstelle, der ersten, seit sie mit Izakuje auf der Fahrt in die Homelands getankt hatte. Während ein Mann in blauem Overall den Zapfhahn in den Tank hielt, stürzten sich zerlumpte Gestalten auf ihren Wagen und machten sich daran zu schaffen. Sie putzten und polierten und wischten über die Scheiben und alle wollten sie Geld. Emilia öffnete die Scheibe und reichte dem Tankwart Geld fürs Benzin und ein reichliches Trinkgeld. Er solle es mit den anderen teilen. Beim Fortfahren hörte sie noch die wütenden Rufe derer, die leer ausgehen würden.

Zum ersten Mal, seit Emilia Izakuje am Holzmarkt von Okahandja in ihr Auto hatte steigen lassen, war sie wirklich frei. Als sie bald darauf auch noch die Teerstraße erreichte, fühlte sie sich wie von den Qualen der Hölle erlöst. Der schweigende Riese war fort und die Anstrengung der Schotterpiste lag hinter ihr. Emilia ließ die Scheibe herunter und fuhr schneller, den Ellenbogen draußen, so wie Nora neben ihr gesessen hatte. *I'm still in love*, hatte das Radio gespielt. Sie dachte an den Abend in Stuttgart und nach einer Weile begann sie selbst zu singen, erst ganz leise, sie summte die Hits, die ihr gerade einfielen. *Hey Jude* und *Don't bogart that joint my friend, pass it over to me ...*, aus Easy Rider. Mit jedem Lied fühlte sie sich freier. Sie sang lauter, sang an gegen Izakujes Drohung und die bedrückenden Gedanken, bis sie keinen Platz mehr in ihrem Kopf hatten. Die Songs aus *The Wall* von Pink Floyd brachte sie nicht mehr zusammen, statt dessen wieder einen von den uralten Hits, *I Can't Get No Satisfaction*. Sie sang mit Mick Jaggers rauer Stimme, nur lauter. Allein in einem fahrenden Auto in der Einsamkeit darf man alles. Nach einer halben Stunde war ihre Stimme heiser, ihr Arm taub und die Schulter tat ihr weh. So kam sie nicht einmal bis zum Waterberg, geschweige denn bis Windhoek. Sie fuhr wieder wie ein vernünftiger Mensch. Sie dachte an Nora und sehnte sich danach, sie wiederzusehen, genau wie Martha, doch sie konnte sich nicht vorstellen, noch einmal zu den Hütten in der Wüste zurückzukehren.

Mit der Erinnerung an die Hütten kehrten ihre Gedanken zu Unotjari zurück. Sie hatte dem Mädchen ihre Telefonnummer in die Hand gedrückt ohne große Hoffnung, von ihr zu hören. Verräterische Nummer! Was würde ihr Gnomenvater vermuten, wenn ihm die Nummer in die Hände fiel? Die Nummer eines Mannes, von dem er nichts wusste? Ein Geheimnis, in das er nicht eingeweiht wurde? Vielleicht würde er Unotjari in eine finstere Hütte sperren. Keine Schule mehr, auch nicht die geringste Freiheit. Aber vielleicht wählte Unotjari wirklich die Nummer, die Emilia ihr gegeben hatte. – Der Akku ihres Handys war längst leer. »Wenn du ihr helfen willst, dann stehe Gott dir bei«, hatte Izakuje gesagt. Natürlich wollte sie Nandesora helfen, nur wie und wo, das wusste sie nicht.

Wie der glühende Tisch eines Riesen ragte plötzlich das Waterberg-Massiv vor Emilia aus der Ebene. Die roten senkrechten Felswände, die wie ein Stehkragen aus Bernstein das Plateau einfassten, waren viel gewaltiger, als sie sie in Erinnerung hatte. Und leuchtender. Die Felswände thronten auf einem smaragdgrünen Sockel, der, kaum weniger steil als die Felswände, sich mit seinen bewaldeten Abhängen unvermittelt aus der trockenen Savanne erhob.

Neben einem Wegweiser zum Waterberg hielt Emilia an. Sie starrte lange auf das rote Leuchten, so lange, bis sie sich einbildete, dort oben zeichne sich im Spiel von Licht und Schatten eine Gestalt vor den Felsen ab. Jetzt war die Erinnerung wieder da: der alte Birnbaum am Straßenrand, die tiefstehende Sonne und Nora inmitten des Leuchtens wie eine geheimnisvolle Verheißung. Emilia bog von der Hauptstraße ab und fuhr auf die mächtige Erhebung zu. Keine sinnvolle Überlegung leitete sie, auch kein Plan. Es war das Leuchten, das in ihr die Hoffnung weckte, ihre Reise könne doch noch eine bessere, eine ungeahnte Wendung nehmen. Windhoek musste warten, ihre Eltern mussten warten. War sie erst einmal in Windhoek, würde sich der Kreis ihrer Reise schließen – viel zu früh. Der Flughafen war dort nah, Deutschland war nah. Nach Windhoek zurückzukehren wäre das Eingeständnis, dass sie Nandesora nicht gefunden hatte. Nach Hosea hatte sie noch nicht einmal gesucht.

Emilia hielt direkt auf das mit Stroh gedeckte Empfangsgebäude aus roten Backsteinen zu, hinter dem, in die Landschaft verstreut, kleine Bungalows lagen. Als sie aus ihrem Wagen stieg, war das rote Leuchten erloschen.

Die Rezeption des Waterberg Plateau Resort war einer Polizeiwache ähnlicher als dem Empfang einer Ferienanlage. Die drei Männer und zwei Frauen in steifen blauen Uniformen schienen nur auf Emilia gewartet zu haben. Endlose Formalitäten, als wolle sie sich ein Häuschen kaufen. Um sich die Zeit zu vertreiben, studierte sie die Titel der Broschüren, die zum Kauf angeboten wurden. Viele betrafen die Geschichte der Herero und die Zeit, als Südwestafrika eine deutsche Kolonie war. Die Schlacht zwischen dem Volk der Herero und den Deutschen Kolonialherren im Jahr 1904, ein dunkles Kapitel der deutschen Vergangenheit, war in den ausgestellten Heften lebendig geblieben.

Als Emilia endlich vor ihrem Bungalow stand, war der Berg grau geworden. Trotzdem gefiel ihr das einsam unter hohen Bäumen gelegene Häuschen mit seiner Terrasse, einer Gruppe flinker Perlhühner, einem bunten Wiedehopf, einem Grill, Brennholz, einem richtigen Badezimmer und zwei sauber bezogenen Betten. Nirgendwo ein Mensch, nur Paviane am Steilhang.

Emilia verband ihr Handy mit dem Ladegerät und steckte den Stecker in die einzige Steckdose ihres Bungalows. Sechs Anrufe waren in den vergangenen Tagen eingegangen. Eine Nummer auf dem Display war aus Namibia, die übrigen waren aus Deutschland. Sie wählte die namibische Nummer, aber es meldete sich niemand. Die meisten Anrufe aus Deutschland kamen von Vorwahlnummern aus der Region Konstanz, nur ein Anruf war aus Deutschlands Norden. Sie hätte wenigstens diese Nummer anrufen können, um zu hören, woher der ungewohnte Anruf kam, aber sie tat es nicht. Stattdessen wählte sie in einem plötzlichen Entschluss die Nummer ihrer Eltern, die sie aus dem Telefonbuch abgeschrieben hatte. Mit klopfendem Herzen wartete sie, doch die Stimme am Apparat war die einer Fremden: »The number you dialed, does not exist. Please check it and redial.« Sie versuchte es ein zweites Mal, sie konnte sich verwählt haben, aber es blieb dabei: »The number you dialed ...« In diesem Augenblick wusste sie nicht, welches ihrer Gefühle stärker war: Enttäuschung oder Erleichterung.

Mit ihrer Abreise aus dem Gästehaus in Okahandja vor vielen Tagen waren alle ihre Verbindungen zur Außenwelt abgerissen. In einer Wellblechhütte in der Kalahari war sie so unerreichbar gewesen wie auf einem fernen Stern. Sie war abgeschnitten gewesen von allem, von den kleinen Ereignissen ebenso, wie von allen Katastrophen dieser Erde. Ganz Europa hätte untergehen können – eine gewaltige Atomexplosion vielleicht – sie hätte es weder gemerkt noch erfahren.

Am nächsten Morgen rief Emilia in der Rezeption ihre E-Mails ab. Nora hatte ihr dreimal geschrieben:

Liebe Emilia,
was für eine schöne Überraschung, dass du mir geschrieben hast! Bitte berichte mir mehr. Ich beneide dich um deine Reise!
Herzliche Grüße
Nora

Zwei Tage später hatte sie wieder eine Mail geschickt:

Wo bist du jetzt? Warst du schon in der Etosha und hast die vielen Zebras und Antilopen gesehen? Und die Elefanten? Hast du schon Löwen gesehen? Nashörner? Wenn du in den Süden von Namibia kommst: Die Dünen von Sossusvlei sollen wunderschön sein. Oh, ich beneide dich! Schreib mir doch bitte.

Wiederum zwei Tage später hatte Nora geschrieben:

Erst war ich traurig, dass du nicht antwortest, dann wurde ich ein bisschen wütend. Ich habe gehört, dass die meisten Hotels und die guten Lodges Internet haben. Oder stimmt das nicht? Ich würde dich so gern in Gedanken auf deiner Reise begleiten, aber dafür muss ich wissen, wo du bist.

Emilia lächelte. Hotel Martha hatte keinen Internetanschluss gehabt. Dann schrieb sie:

Liebe Nora,
in meiner Phantasie habe ich dich nach Namibia mitgenommen und jetzt freue ich mich, wenn mich deine Gedanken begleiten. Könnten deine Gedanken sehen, wärst du jedoch sicher enttäuscht: keine Löwen, keine Nashörner, keine Elefantenherden, keine Etosha. Stattdessen ein paar Hütten im Kalaharisand, eine Martha, die ihre aidskranke Mutter pflegt und die mich beherbergt hat, ein alter Häuptling auf einem Gartenstühlchen und ein Geheimnis um eine verschwundene Nandesora. Meine Suche nach ihr ist die Suche nach meiner eigenen Vergangenheit, doch bislang ist die Suche vergeblich. Manchmal habe ich Sehnsucht nach einem Freund aus alter Zeit, aber ich weiß noch nicht, ob ich ihn wiedersehen will.
Ich möchte dich treffen, wenn ich wieder zu Hause bin! Es gibt so viel zu erzählen.
Emilia

Noras Antwort kam sofort.

Liebe Emilia,
meine Gedanken scheinen wirklich blind zu sein. Ich sehe nicht die Farm, auf der du aufgewachsen bist, und ich sehe deine Eltern nicht. Oder hast du nach diesem Stück von der Vergangenheit gar nicht gesucht?
Nora

PS: Du hast Sehnsucht nach einem Freund und zögerst, ihn zu sehen? Das musst du mir erklären.

Liebe Nora,
überall finde ich die Puzzle-Teilchen der Vergangenheit. Wenn ich genug gefunden habe, werde ich sie zusammensetzen und vielleicht das Bild verstehen. Vielleicht fehlt dann nur noch ein Teil: Hosea, aber ich weiß nicht, wie ich ihn finden könnte. Ja, ich habe Sehnsucht nach ihm und ich werde ihn suchen.
Emilia

Sie schickte die Mail ab und kehrte zu ihrem Bungalow zurück.

Die nächsten Stunden verbrachte Emilia auf einer Liege am großen Swimmingpool, nicht weit von ihrem Häuschen entfernt, und betrachtete das Gekräusel der Wellen in immer neuen Mustern, die der Wind auf die glitzernde Oberfläche zeichnete. Das Wasser war zu kühl zum Schwimmen. Blaue Glanzstare hüpften um sie herum, flogen davon, andere kamen. Glanzstare waren die Lieblingsvögel ihrer Mutter gewesen und sie hatte sie um ihr wunderbares blau und violett glänzendes Gefieder beneidet. – Ich sehe deine Eltern nicht, hatte Nora geschrieben. Sie hatte recht, sie hatte sie mit keinem Wort erwähnt, obwohl sie häufig an sie dachte – jedenfalls an ihren Vater. Es war einfach noch zu früh gewesen, um etwas über sie zu schreiben.

Emilia nahm das Heft, in dem sie Marthas Geschichte aufgezeichnet hatte. »Doch du redest nur von Einsamkeit«:

Die Zeile aus dem Lied war ihr letzter Satz. Jetzt notierte sie, was ihr gerade in den Sinn kam, Gedanken über Väter im Allgemeinen und über ihren eigenen im Besondern. Gedanken über das Gespräch, das sie mit ihm führen wollte. Über weiße Herren und schwarze Diener. Über Gerechtigkeit und Gleichberechtigung. Sie hatte noch nicht alles notiert, was ihr durch den Kopf ging, als ihre Schrift plötzlich blasser wurde. Noch ein halbes Wort, dann war die Tinte in Michaels Füllfederhalter zu Ende. Sie holte keinen anderen Stift, denn es war sinnlos, noch mehr zu notieren. Was erwartete sie denn von dem Gespräch? Was wollte sie von ihrem Vater? Ein Eingeständnis seiner Fehler? Hatte er überhaupt etwas anderes getan, als die meisten weißen Farmer? War seine Einstellung seinen Arbeitern gegenüber wirklich einen Streit wert? Auch in Deutschland mochte es Chefs geben, die nicht anders mit ihren Untergebenen redeten, als es ihr Vater mit seinen getan hatte. Was also warf sie ihm vor? Und warum hatte sie damals nie mit ihm über diese Dinge gesprochen? Sie dachte lange darüber nach und die Antwort, die sie endlich fand, erschreckte sie: Es hatte keinen Grund gegeben, mit ihrem Vater darüber zu reden, weil sie seine Meinung geteilt hatte. Es war die Welt gewesen, in der sie damals lebten. Die andere Seite der Welt, die der unterdrückten Bevölkerung, hatten sie nicht wahrgenommen, weder ihr Vater noch sie selbst. Sie seufzte. Wer sah schon mehr als seine eigene beschränkte Welt?

Nach einer Weile stand Emilia auf und holte den fleckigen Aktendeckel. Sie suchte nach einem kurzen Bericht, der ihr schon beim ersten Durchsehen aufgefallen war.

Die UNICEF schätzt, dass in den Jahren von 1980 bis 1988 mehr als 90.000 Menschen umgebracht wurden, das sind rund fünf Prozent der Bevölkerung Namibias. Die Zahl der besatzungs- und kriegsbedingten Todesfälle unter Säuglingen und Kleinkindern wird in diesem Zeitraum auf 50.000 geschätzt. Allein 1988 starben 10.000 Säuglinge und Kleinkinder, die unter den Bedingungen der Unabhängigkeit gelebt hätten. Beim militärischen Flügel der Befreiungsorganisation SWAPO werden Verluste von 5.000 PLAN-Kämpfern genannt.

Aber was hatte ihr Vater mit diesem Blutvergießen zu tun? Gar nichts doch wohl. Sie las noch einmal die Sätze, die sie eben in ihrem Heft notiert hatte. Es war wirres Zeug, das ihr nicht mehr gefiel, als sie es nun im Zusammenhang las. Was von ihren Vorwürfen blieb, waren die Giftschlangen, die in schlecht gesicherten Käfigen lebten und deren Opfer Justina geworden war. Aber was unterschied die Schlangen von den Leoparden oder Löwen, die andere Farmer als Touristenattraktion auf ihren Farmen hielten? Niemand würde den Besitzern einen Vorwurf machen, wenn jemand in selbstmörderischer Absicht den Raubtieren zu nahe kam. Sie riss die Seite aus dem Heft. Keiner der Vorwürfe gegen ihren Vater wog so schwer wie das, was sie sich selber vorwarf: Sie hätte mit Justina reden müssen. Jetzt war sie wieder da, wo sie immer ankam, wenn sie an Justinas Tod dachte: bei dem Zwang, jede Minute ihrer letzten Tage auf der Farm immer und immer wieder zu durchdenken, ohne sich von ihrer Schuld entledigen zu können.

Emilia ging noch einmal zur Rezeption und besorgte sich das Heft über die Geschichte der Herero, um den Gedanken in ihrem Kopf zu entkommen.

Als sie zurückkam, waren die Liegen beim Swimmingpool immer noch frei, und es schien ihr, als wäre sie der einzige Gast in der großen Anlage. Noch mehr Glanzstare waren gekommen und hüpften zwischen den Liegen. Sie flogen auf, als Emilia näherkam, aber kehrten bald wieder zurück. Ein Vogel hatte sich dort niedergelassen, wo Emilia vorhin gelegen hatte, und putzte sein Gefieder. Sie legte sich auf eine andere Liege und schlug die Broschüre auf. Auf den ersten Seiten waren Fotos aus der Zeit, als das deutsche Kaiserreich Südwest-Afrika als seine Kolonie besetzt hielt: eine Kompanie Kamelreiter vor einem Windrad wie dem auf Uellendahl, Offiziere in den Uniformen des deutschen Kaiserreiches vor einem Zelt, Männer in weißen Tropenuniformen. Es waren Fotos aus dem Jahr 1904, dem Jahr des

Hereroaufstandes. Uellendahl war damals eine junge, moderne Farm gewesen, gebaut auf dem Land, das die verschuldeten Eingeborenen Emilias Vorfahren zum Ausgleich ihrer Schulden hatten überlassen müssen. Die ersten Zeilen in der Broschüre lasen sich denn auch wie ein Bericht über die Farm ihrer Vorfahren: Viele Herero hatten sich bei den weißen Kaufleuten und Siedlern verschuldet und anstatt die Schulden zu bezahlen, hatten sie den Eindringlingen in folgenschwerer Ahnungslosigkeit einen großen Teil ihres Landes überschrieben. Landbesitz hatte keine Bedeutung für Menschen, die keine Zäune kannten, die anderen den Zutritt verwehren konnten. Erst als sie mit ihren Rindern von ihrem Weideland und den Wasserlöchern vertrieben wurden, hatten sie die Tragödie bemerkt. Sie wehrten sich mit Überfällen auf Handelsstationen und Farmen, unterbrachen Eisenbahnlinien und töteten Siedler, in der Hoffnung, ihr Land wieder in Besitz nehmen zu können. Nur Missionare und Frauen und Kinder verschonten sie.

Emilia unterbrach das Lesen. Sie lauschte. Stimmen? Wirklich, sie hörte menschliche Stimmen! Die ersten Glanzstare flogen auf, andere folgten, bis alle fort waren und Emilia allein war mit den Stimmen, die sie nicht hören wollte. Und dann sah sie die Menschen: zuerst die nackten Beine, die auf dem abschüssigen Weg zum Swimmingpool herunterkamen, mit sonnenverbrannter Haut, über den Knien faltig wie der Balg einer Ziehharmonika. Darüber erschienen Männerbäuche, rund wie pralle Luftballons und vorgewölbt wie der Leib von Schwangeren kurz vor der Niederkunft. Die Frauen wie Tonnen mit ihren weiten Blusen, darüber Dauerwelle im vergilbten Strohhaar oder tizianrote Haare mit grauem Scheitel. Die ersten Weißen seit vielen Tagen. Was für ein ungewohnter und befremdlicher Anblick! Emilia verstand jedes Wort, sollte es wohl auch. Von Kapstadt und dem Tafelberg redeten sie, als wären sie dort aufgewachsen, in Kenia waren sie auch schon gewesen, dann waren sie mit ihren Worten schon bei den Victoriafällen. Jetzt also der Waterberg: enttäuschend im Vergleich zu dem, was sie schon gesehen hatten. Und all das drang in dem Dialekt in Emilias Ohren, an den sie sich bis heute nicht gewöhnt hatte, die Sprache berühmter Deutscher, Martin Luther muss so ähnlich gesprochen haben, Händel wohl auch. Emilia stand auf und ging grußlos davon. Sie wollte nicht hören, wie diese Menschen die Schönheit des Waterbergs mit ihren Worten zerstörten.

Vor ihrem Bungalow las Emilia weiter. Damals, als sich die Herero gegen die Weißen erhoben hatten, waren 25.000, vielleicht sogar 50.000 von ihnen am Waterberg versammelt – Männer, Frauen und Kinder – und bei ihnen waren die großen Rinderherden, die dem Hirtenvolk trotz Rinderpest, Heuschreckenplage und der Vertreibung durch deutsche Siedler noch geblieben waren. Viertausend oder fünftausend Krieger oder noch mehr waren unter den Herero, vielleicht sogar achttausend, viele mit Gewehren bewaffnet, die anderen mit Wurfkeulen, die ihnen seit Jahrhunderten als gefährliche Waffe dienten. Sie standen bereit, die Deutschen zu verjagen, um sich für immer von der Unterdrückung, der Vertreibung vom fruchtbaren Weideland und dem Raub und der Vergewaltigung ihrer Frauen zu befreien.

Emilia schlug das Heft zu. Sie würde weiterlesen, wenn sie den Waterberg erklommen hatte und das Schlachtfeld unter ihr lag.

In der Nähe von Emilias Bungalow zog ein Fußweg steil den Berghang empor. Am Nachmittag, als der Hang im Schatten lag, stieg Emilia hinauf. Der Pfad führte durch grünen Urwald, dann himmelwärts in einer düsteren Schlucht, schwang sich endlich hinauf über Felsblöcke, für die sie die Hände zu Hilfe nehmen musste. Nach einer Stunde stand sie auf dem Plateau. Tief unter ihr, wie beim Blick aus dem Flugzeug, lag die Ebene. An dieser Stelle hatten sich ihre und Justinas Vorfahren gegenübergestanden, als unter dem menschenverachtenden Generalleutnant Lothar von Trotha das große Blutvergießen begann. Schmale Schneisen, wie von Überirdischen angelegt, durchzogen jetzt schnurgerade den schütteren Wald und verloren sich am Horizont, Folgen der verlorenen Schlacht und der Vertreibung der Eingeborenen. Es waren die Farmgrenzen, die das Land zerteilten, das vormals – grenzenlos – den Hereros gehört hatte. Ein besiegtes und vertriebenes Nomadenvolk hinterlässt keine Ruinen, keine gesprengten Bunker, keine zerstörten Straßen und Brücken, nur die Schneisen waren die Signaturen der Sieger.

Emilia ließ sich auf einer der roten Felsstufen nieder und las weiter in dem Heft. Am 11. August des Jahres 1904 hatte die blutige Schlacht begonnen, die zwei Tage dauern sollte. »Wem gehört Hereroland? Uns gehört Hereroland!« »Wem gehört Hereroland? ...« Emilia meinte die Schlachtrufe zu hören, mit denen die Hererofrauen ihre Männer im Kampf angefeuert hatten. Vergeblich, denn den Maschinengewehren und Geschützen der Deutschen konnten die Eingeborenen nichts Gleichwertiges entgegensetzen. Emilia las ein paar Sätze, blickte hinunter in die Ebene und glaubte, die halbnackten Krieger und die deutschen Soldaten zu sehen, dazu die Hererofrauen, die sich todesmutig zwischen die Kämpfenden stürzten, um ihre Verletzten und Toten vom Schlachtfeld zu bergen. – Die Frauen, dachte sie bei sich, als sie diese Sätze las. Schon damals hatten die Frauen nicht abseits gestanden, als die Männer gegen die Herrschaft der Weißen kämpften. Mit diesen Gedanken las sie weiter.

Lothar von Trotha hatte damals versucht, die versammelten Herero einzukesseln, um sie zu vernichten, doch die brachen aus dem Kessel aus und flohen mit ihren Familien und ihrem Vieh nach Osten in die fast wasserlose Omaheke. Von Trotha ließ die Wüste abriegeln, sodass Tausende Herero – Männer, Frauen und Kinder – mitsamt ihrem Vieh verdursteten. Die Herero hatten die Frauen und Kinder des Feindes geschont, von Trotha kannte keine Gnade. Das Sterben in der Wüste war sein Kalkül. Die Omaheke sollte vollenden, was die deutschen Waffen begonnen hatten: die Vernichtung des Hererovolkes. Der Bericht eines Majors über die Tragödie füllte eine Seite des Heftes und offenbarte die Brutalität des Befehls:

Die Herero flohen nun weiter vor uns in das Sandfeld. Immer wiederholte sich das schreckliche Schauspiel. Mit fieberhafter

Eile hatten die Männer daran gearbeitet, Brunnen zu erschließen, aber das Wasser ward immer spärlicher, die Wasserstellen seltener. Sie flohen von einer zur andern und verloren fast alles Vieh und sehr viele Menschen. Vielfach fanden wir Erdlöcher von oft acht und mehr Metern Tiefe, um die Tote lagen, die verzweifelt nach Wasser gegraben hatten. Die Flucht fiel in die Trockenzeit des namibischen Winters, der neben Nachtfrost erst im November neuen Regen erwarten ließ. Wie ein halb zu Tode gehetztes Wild wurde das Volk von Wasserstelle zu Wasserstelle gescheucht, bis es schließlich willenlos ein Opfer der Natur des eigenen Landes wurde. Zehntausende verdursteten auf der Flucht.

Nie zuvor hatte Emilia solche Einzelheiten über das Drama in der Wüste gelesen. Es waren Ereignisse vor ihrer Zeit, ein Unrecht, das sich in nüchterne Zahlen fassen ließ, aber das sie nicht betraf. Das Schreckliche, das Unerträgliche waren wie immer die Details. Noch etwas anderes wurde ihr mit einem Schlag bewusst: Epukiro, wo sie die letzten Tage in einer Wellblechhütte verbracht hatte, lag dort, wo damals viele tausend Menschen umgekommen waren: in der Omaheke. Es waren die Nachkommen der wenigen Überlebenden, die sie beherbergt hatten.

Sie schlug das Heft zu. Gern wäre sie jetzt weitergelaufen, um hier oben zwischen Himmel und Erde über die alten Geschichten nachzudenken, sah aber am Stand der Sonne, dass sie zu ihrem Bungalow zurückkehren musste. Sie fürchtete in die Finsternis zu kommen und verloren zu gehen in dieser Wildnis aus Fels und Geröll, die den Schakalen und Pavianen gehörte.

Es dunkelte schon, als sie zum Bungalow zurückkehrte. Am Himmel folgte ihr ein verbeulter Vollmond, viel rötlicher als der Wüstenmond von Epukiro. In den Bungalows in ihrer Nähe brannte kein Licht und kein Mensch begegnete ihr. Jetzt war die Stille vollkommen, selbst die Paviane hatten Ruhe gegeben.

Der Abend war milder als die Abende in der Kalahari. Im Licht der altmodischen Laterne auf ihrer Terrasse schlug sie die

Broschüre noch einmal auf. Auf einer Seite war ein Foto von einer Gruppe von halb verhungerten Herero, Männer, Frauen und Halbwüchsige. Drei Männer, abgemagert zu mit schwarzer Haut überzogenen Skeletten, standen hoch aufgerichtet mit ungebrochenem Stolz, dem die Nähe des Todes nichts anhaben konnte. Andere hielten sich kaum noch aufrecht und ihre Arme und Beine waren dünner als die Knüppel, auf die sie sich stützen, ihre Gesichter teilnahmslos und leer. Wieder andere, die Jüngsten der Gruppe wohl, kauerten mit gesenktem Kopf und halb geschlossenen Augen am Boden. Alle waren bekleidet mit zerlumpten Tüchern, die sie um ihre Hüften geschlungen hatten oder einem Lendenschurz. Von den vielen Eisen- und Kupferringen um die Waden und Unterarme der Hererofrauen waren bei jeder nur einer oder zwei übrig geblieben. Der Schmuck war Ballast, den sie irgendwo zurückgelassen hatten. Nur eine trug noch immer eine Kette aus kleinen, dunklen Kugeln über den abgemagerten Brüsten, die wie schwarze dreieckige Lappen über die vorstehenden Rippen hingen.

Emilia betrachtete das Bild lange. Das also sind Marthas und Justinas Vorfahren, dachte sie, Menschen, die in einer anderen Zeit hätten sein können, so wie sie. Die vielleicht Hemingway gelesen hätten. – Emilia blätterte weiter zur nächsten Seite:

Von Trotha wollte dem am Boden liegenden Volk nicht die kleinste Chance geben, wieder zu erstarken. Am 2. Oktober 1904 erließ er eine Proklamation an das in die Wüste gejagte Volk, mit der dessen Vernichtung endgültig besiegelt werden sollte:

Ich, der große General der Deutschen Soldaten, sende diesen Brief an das Volk der Herero. Die Hereros sind nicht mehr deutsche Untertanen. Das Volk der Herero muss das Land verlassen. Wenn das Volk dies nicht tut, so werde ich es mit dem Groot Rohr dazu zwingen. Innerhalb der deutschen Grenze wird jeder Herero, mit oder ohne Gewehr, mit oder ohne Vieh erschossen. Ich nehme keine Weiber und Kinder mehr auf, treibe sie zu ihrem Volk zurück oder las-

se auf sie schießen. Das sind meine Worte an das Volk der Herero.
Der große General des mächtigen Deutschen Kaisers.

Zusammen mit ihrem Oberhäuptling Samuel Maharero erreichten kaum mehr als tausend Herero nach dem Todesmarsch durch die Omaheke Betschuanaland, wo sie Asyl erhielten. Sehr viel mehr Menschen überwanden jedoch von Trothas Absperrung und kehrten trotz des Vernichtungsbefehls in ihre alte Heimat zurück. Verarmt, erschöpft und hungernd zogen sie nun im Land umher, versteckten sich und wurden nach ihrer Ergreifung entweder erschossen, gehängt oder in die Konzentrationslager gebracht, wo nicht einmal die Hälfte der Gefangenen die Strapazen der Zwangsarbeit überlebten. Von dem beim Ausbruch der Schlacht auf rund 80.000 Menschen geschätzten Hererovolk lebten 1911 nur noch 15.000. Der grausame Feldzug des Lothar von Trotha hatte dem größten Teil des stolzen Hirtenvolkes das Leben gekostet.

Emilia schlug die Broschüre erst wieder zu, als sie alles bis zur letzten Seite gelesen hatte. Lange blieb sie noch vor dem Bungalow sitzen und lauschte auf die Geräusche der afrikanischen Nacht. Beim Sonnenuntergang hatte sich ein Chor von Stimmen erhoben, betäubend und viel lauter als die Geräusche des Tages, Schakale mit heiserem Bellen, dazu das Gebrüll von Affen, das Gequake von Fröschen, die Schreie der Nachtvögel. Emilia dachte an Martha und ihre Geschichte von der Schildkröte, die vom Löwen totgebissen wurde. »Die Schwachen dürfen sich nicht wehren, wenn sie überleben wollen«, hatte Martha gesagt. Emilia hatte den Gedanken zurückgewiesen, doch Marthas Volk hatte dies als bittere Wahrheit am eigenen Leibe erfahren müssen. Die Frage, wann es besser war, sich zu wehren und wann nicht, ließ Emilia nicht mehr los und sie grübelte darüber nach, bis sie müde wurde. Sie aß noch zwei von Marthas Berlinern. Sechs oder sieben blieben noch übrig. Wenig später fiel sie in einen tiefen Schlaf.

– Eine wilde Horde tobte durch ihr Zimmer, überall waren die schwarzen Gestalten. Kobolden gleich turnten sie im Mondlicht an den Möbeln, rissen Schränke auf, wühlten in ihren Sachen, und immer mehr quollen durch das offene Fenster herein. Das war kein Traum! Ihr Schrei erschreckte die Horde und er vervielfältigte sich und setzte sich fort in ihrem gellenden Kreischen wie in einem vielstimmigen Echo. Fort waren sie, nur ein Affenbaby hing noch eine Weile weinend und jammernd an einem geschlossenen Fenster. Der Kühlschrank stand offen. Sie hatten Marthas Berliner gestohlen. Es war das einzige gewesen, was Emilia noch von ihr geblieben war, das machte sie sehr traurig. – Die ganze Nacht tobten draußen die Affen.

Am nächsten Morgen war Emilia noch immer unschlüssig, an welchem Ort sie die nächsten Tage verbringen würde. Sie ging zur Rezeption, wo etliche Prospekte von Reisezielen in Namibia ausgelegt waren. Nora hatte wissen wollen, ob sie schon in der Etosha war und sie hatte von der Schönheit der Dünen von Sossusvlei geschrieben. Beides war weit entfernt und Emilia war mit ihren Eltern mehr als einmal dort gewesen. Andere Prospekte waren von Gästefarmen, aber Emilia wusste nicht, was sie dort finden wollte. Halbherzig, ohne rechte Überzeugung, fuhr sie schließlich doch in Richtung Windhoek über das Asphaltband, das in der heißen Luft wie der Spiegel einer stillen langgestreckten Wasserfläche vor ihr lag. Es dauerte länger, als sie gedacht hatte, bis sie Okahandja erreichte. Sie bog in die Voortrekker Road und hielt neben dem Holzmarkt an. Hier schloss sich der Kreis, der seinen Anfang genommen hatte, als Izakuje in ihr Auto stieg. Sie hatte viel riskiert, um Nandesora zu finden, aber es war vergeblich gewesen. Ihr Mut, ihre Kühnheit war zu nichts Nutze gewesen. Nun hatte sie keinen anderen Plan. Nicht einmal nach Hosea konnte sie suchen, denn sie hatte nicht die geringste Ahnung, wo er sein konnte. Ihre einzige Hoffnung war, dass sich Unotjari doch noch melden würde. Und wenn Unotjari schon angerufen hatte? Wenn die namibische Nummer zu ihr führen würde? Noch einmal wählte Emilia die Ziffern, doch auch dieser Versuch war so vergeblich wie der erste. – Als sich die ersten Männer mit Schnitzereien ihrem Auto näherten, fuhr sie davon.

Ein paar Straßenecken weiter entdeckte sie den Schnellimbiss, wo sie darauf gewartet hatte, dass die Banken wieder öffneten. Dort kaufte sie eine Cola und setzte sich an denselben Tisch wie damals. Sie wusste nicht weiter. Sie wusste nicht einmal, was sie jetzt nach Okahandja geführt hatte. Ein dritter Besuch auf Uellendahl, das diesen Namen nicht mehr trug? Oder war Okahandja nur eine Durchgangsstation nach Windhoek, das weniger als zwei Stunden entfernt war? Aber was hatte sie jetzt in Windhoek verloren? Nichts. Sie hatte nicht mit ihren Eltern sprechen wollen, ehe sie mehr darüber wusste, was Justinas Tod unmittelbar vorausgegangen war.

Am Straßenrand hielt ein staubiger Pick-up hinter ihrem Toyota an. Ein Weißer mit schweißbedecktem Gesicht stieg aus, unter dem Arm eine zusammengefaltete Zeitung. Er ließ sich am Nebentisch nieder, bedeckte seinen kahlen Schädel mit einem Taschentuch und zündete sich eine Zigarette an. Nach einer Weile schlug er die Zeitung auf, blätterte sie durch, ohne auf einer Seite länger zu verweilen und faltete sie wieder zusammen. Er zerdrückte die Zigarette im Aschenbecher und fuhr davon. Die Zeitung ließ er liegen. Emilia stand auf und holte sie, die erste Zeitung, seit sie das Gästehaus in Windhoek verlassen hatte. Es war »The Namibian«, Namibias größte Tageszeitung.

Auf der ersten Seite stand ein kritischer Artikel über ausländische Hilfsorganisationen in Afrika. Sie würden eine neue Art von Imperialismus etablieren, indem sie die afrikanischen Länder von auswärtiger Hilfe abhängig machten. Auf der zweiten Seite blieb Emilias Blick an einer Schlagzeile hängen:

Juanita Mabula wurde durch einen Schuss in den Hinterkopf getötet

Juanita Mabula, 21, eine alleinerziehende Mutter und Prostituierte war vor drei Wochen nackt und enthauptet an der B 1 zwischen Windhoek und Okahandja gefunden worden.

Juanita Mabula: Plötzlich hatte die Tote ohne Kopf einen Namen. Und sie hatte ein Gesicht. Neben dem Bericht war ein Foto der Ermordeten: eine gepflegte junge Frau, die mit wachem Gesicht in die Kamera lächelte, eine von den vielen in Katutura, die ihren Körper für ein Dach über dem Kopf und für die Zukunft ihrer Kinder verkauften. Der Bericht über die Trauerfeier berührte Emilia. Es war das Schicksal der kleinen Tochter der Toten, das ihr plötzlich die Tränen in die Augen trieb.

Im Trauerzug der ermordeten Juanita Mabula ging eine Frau mit einer grauen Plastiktüte in der Hand. An ihrer anderen Hand lief ein kleines Mädchen. In der Kapelle nahm die Ältere eine kleine Wasserflasche aus der Tüte, steckte ein paar selbstgepflückte Blumen hinein und stellte die Flasche auf den Boden vor das mit Kerzen geschmückte Foto der Toten. Sie weinten laut, als sie zu ihren Plätzen gingen – Juanita Mabulas Mutter und Tracy, die Tochter der Ermordeten.

Und weiter unten: *Mehr als hundert Menschen, unter ihnen mehrere Politiker, waren zur Trauerfeier gekommen. Eine Blaskapelle hatte gespielt, Gospelsängerinnen und Chöre waren aufgetreten, Prediger und Mitglieder von Juanitas Kirchengemeinde hatten kniend ihren Respekt vor der Toten bekundet. Viele hatten geweint. Der Pastor hatte von Arbeitslosigkeit und bitterer Armut vieler Frauen gesprochen und von der Prostitution als ihrer einzigen Möglichkeit, ein Dach über dem Kopf zu bezahlen, ihre Kinder zu ernähren und ihnen eine Ausbildung zu ermöglichen. Frauen ohne Rechte, die schutzlos Peinigern und Räubern ausgeliefert und immer vom Tod bedroht waren.*

Die Nutte aus Katutura, wie sie der Farmer genannt hatte: eine junge Mutter mit Freunden und Verwandten und einer kleinen Tochter, die auf den Namen Tracy hörte. *Commercial sex worker* wurde sie in dem Artikel genannt – als sei Prostitution ein Beruf wie jeder andere.

Emilia schlug die Zeitung zu. Sie hätte sich besser gefühlt, wenn sie nicht von der Toten und dem weinenden Mädchen gelesen hätte. Ohne große Hoffnung wählte sie ein drittes Mal die Nummer aus Namibia. Es meldete sich auch jetzt niemand. Dann versuchte sie noch einmal ihre Eltern anzurufen: »The number you dialed ...«

Emilia ging in den Schnellimbiss und fragte nach einem Telefonbuch. Es gab keines, aber sie erfuhr die Nummer der Telefonauskunft. Die Nummer, die ihr die Auskunft nannte, war dieselbe, die sie immer wieder vergeblich gewählt hatte. Im nächsten Augenblick stand ihr Entschluss fest. Sie würde nach Windhoek fahren, heute noch. Wenigstens über das Schicksal ihrer Eltern wollte sie Gewissheit haben.

– Die letzten Häuser von Okahandja, ein trockenes von einer Brücke überspanntes Flussbett, eine weite Rechtskurve, dann zog sich das graue Band der B1 wieder schnurgerade durch die ausgedörrte Landschaft in Richtung Süden. Sie würde Windhoek mühelos vor Einbruch der Dunkelheit erreichen. Ihr Herz schlug heftiger bei dem Gedanken, vielleicht schon heute Abend an der Tür ihrer Eltern zu klingeln. Herbst-Street Nr. 4, so war die Adresse ihrer Eltern im Telefonbuch eingetragen. Wenn sich Emilia richtig erinnerte, war es eine Straße in Klein-Windhoek, dem Stadtteil, in dem vor der Apartheid viele Schwarze und später wohlhabende Weiße wohnten.

Emilia bremste scharf, als sie ihr Handy hörte, und hielt auf dem Schotterstreifen neben der Straße. Als sie sich endlich meldete, war niemand mehr am Apparat. Auf dem Display las sie die Nummer ab. Es war dieselbe, die sie vor wenigen Minuten vergeblich gewählt hatte. Sie versuchte es erneut, horchte auf das Tuten. Nach dem vierten Ton meldete sich eine Frau. Unotjari? – Nein, sicher nicht Unotjari, die Stimme musste einer älteren Frau gehören. Die Frau hatte ihren Namen genannt, aber Emilia hatte ihn nicht verstanden. Emilia horchte auf das Englisch, das mühelos war und ohne Fehler. Die Stimme war leise und hastig und bei dem laufenden Motor kaum zu verstehen.

»Spreche ich mit Frau Gehrke?«, fragte die Stimme atemlos wie nach einem schnellen Lauf oder bei großer Aufregung.

»Die bin ich«, antwortete Emilia.

»Sind Sie die Frau, die am Zaun der Schule in Drimiopsis war?«

Emilia bestätigte es.

»Warum waren Sie dort?«

Emilia zögerte. War die Frage ein Vorwurf? Der Ton der atemlosen Stimme war schwer zu deuten: Eile? Aufregung? Zorn? Mit wem sprach sie überhaupt? Dem fremdartigen Namen nach musste die Frau eine Schwarze sein. Emilia spürte den Schweiß auf ihrer Stirn. Sie hatte den Motor abgestellt, um die Frau besser zu verstehen, und die Klimaanlage lief nicht mehr.

»Entschuldigen Sie, ich habe nicht verstanden, wer am Apparat ist.«

Die Frau wiederholte ihren Namen. »Riruako«, sagte sie dann gleich noch ein drittes Mal: »Ida Riruako.« Und nach einer Pause: »Sie standen am Zaun und haben behauptet, alle Schulmädchen zu kennen.«

»Ja, das habe ich wohl«, bestätigte Emilia. Sie öffnete die Fahrertür. Im Wagen war es heiß wie in einem glühenden Ofen.

»Und dann haben Sie erst nach Unotjari und dann nach Nandesora gefragt.«

Auch dieses bestätigte Emilia zögernd. Sie hörte den Atem der Frau. Er war noch immer heftig und schnell. Wer war diese Frau, die Ida Riruako hieß?

»Was wollten Sie von Nandesora?«

Emilia zögerte. »Warum möchten Sie das wissen? Warum ist das wichtig?«

»Ich bin die Schulleiterin.«

Emilia erschrak. »Haben Sie meine Telefonnummer bei Unotjari gefunden?«

»Ich durchsuche meine Schülerinnen nicht.«

»Aber wie ...?«

»Unotjari hat mir die Nummer gegeben.« Die Antwort kam zu hastig, als dass Emilia beruhigt gewesen wäre. Sie stieg aus und trat in den Schatten einer Akazie am Straßenrand. Trotz der offenen Tür war die Temperatur im Wagen unerträglich geworden.

»Warum haben Sie Unotjari nach Nandesora gefragt?«

Emilia antwortete nicht gleich.

»Was wollten Sie von Nandesora?«, wiederholte die Stimme ungeduldig.

»Ich habe ihre Mutter gekannt. Ich habe Briefe und ein Tagebuch von ihr. Deswegen möchte ich Nandesora treffen.«

»Nandesoras Mutter ist seit mehr als zwanzig Jahren tot.«

»Aber ich habe ...« Emilia brach ab. Sie brauchte sich nicht zu rechtfertigen. »Ich weiß, dass Nandesora verheiratet werden soll«, sagte sie stattdessen. »Ich weiß, dass sie verschwunden ist.« Dann fielen ihr Izakujes Worte ein. »Ich weiß, dass sie Hilfe braucht.«

»Ja«, sagte Ida Riruako, »Nandesora braucht Hilfe.« Dann schwieg sie. Sie schien zu überlegen. »Werden Sie ihr helfen?«, fragte sie, und jetzt war wieder die Eile in ihrer Stimme.

Ein mit rotem Staub bedeckter Pick-up näherte sich. Der Fahrer bremste plötzlich, fuhr aber weiter, als Emilia rasch die wenigen Schritte zu ihrem Wagen ging.

»Wenn ich helfen kann«, antwortete sie.

»Vielleicht können Sie ihr helfen, vielleicht nicht. Wir werden es erst wissen, wenn alles vorbei ist.«

Die Andeutungen der Schulleiterin ärgerten Emilia. »Was soll ich tun?«, fragte sie trotzdem.

»Nandesora nach Windhoek bringen.«

»Sie wissen, wo sie ist?«

»Ich weiß, wo sie am vergangenen Sonntag war, aber ich weiß nicht, ob sie noch immer dort ist«, stieß sie hervor.

»Wie soll ich Nandesora nach Windhoek bringen, wenn nicht sicher ist, wo sie sich aufhält?«

»Ich bete zu Gott, dass Sie sie finden werden.«

»Und wo soll ich suchen?«

»Nicht weit von der Stelle entfernt, wo Unotjari wohnt. In Epukiro.«

Alles hier ist Epukiro, hatte Izakuje gesagt, als die bunte Herero-Familie vor einer Ewigkeit wieder aus ihrem Auto gequollen war.

»Epukiro ist groß«, sagte Emilia.

»Am vergangenen Wochenende hat Unotjari ihre Halbschwester bei Verwandten in der Nähe von Posten 3 gefunden. Dort hat ihr Vater sie versteckt.«

»Was ist Posten 3?«

»Das ist der alte Viehposten drei von Epukiro, das alte Wasserloch, wo jetzt eine Pumpstation ist.«

»In deren Nähe auch Unotjari wohnt?«

»Ja. Das ist dieselbe.«

»Ich kenne die Pumpstation.«

»Großer Gott!« Es blieb eine Weile still am anderen Ende der Leitung, bis Emilia wieder die atemlose Stimme hörte. »Ich weiß nicht, warum Sie dort am Zaun waren und was Sie wirklich von Nandesora wollten, aber ich weiß, dass Sie im richtigen Augenblick gekommen sind. Gott lässt nicht zu, dass Nandesora gegen ihren Willen verheiratet wird. Deswegen hat er Sie zu uns geschickt. Es ist ein Wunder: eine Fremde, die Posten 3 kennt.«

»Aber warum …?«

»Ja?«

»Warum muss Gott mich schicken, um Nandesora nach Windhoek zu bringen? Warum kann nicht jemand anderes fahren?«

»Ich habe keine Freundin oder Vertraute, die ein Auto hat, und ich kenne keinen Mann, den ich darum bitten könnte.« Sie sprach weiter, ehe Emilia etwas gesagt hatte: »Nandesora ist hier zur Schule gegangen. Sie hatte keinen anderen Wunsch, als Lehrerin zu werden. Nandesora war so stolz an ihrem ersten Schultag in der Secondary-School. All die folgenden Jahre war sie fleißig und hatte kein anderes Ziel als das Studium. Und jetzt sollen alle ihre Mühen vergeblich gewesen sein? Sie will diesen Mann nicht heiraten! Sie will zurück nach Windhoek.«

»Was soll ich tun?«

»Heute beginnen hier in Drimiopsis die Schulferien«, fuhr die Schulleiterin fort, »und in einer Viertelstunde fährt Unotjari nach Hause. Sobald es dunkel ist, wird sie versuchen, heimlich mit Nandesora zu sprechen. Sie wird ihr sagen, wann und wo sie Sie antreffen wird.«

»Aber ich weiß nicht ...«

»Unotjari soll Nandesora sagen, dass sie gegen zwölf Uhr in der Nacht von morgen auf übermorgen bei der Pumpstation auf Sie warten soll.« Sie zögerte. »Wenn sie nicht längst von dem Mann abgeholt worden ist.« Sie zögerte. »Werden Sie uns helfen?«

»Ich ..., ich weiß nicht ... Doch. Ich werde es versuchen.«

»Ich danke Ihnen so sehr! Es ist alles wie ein Wunder. Eine Viertelstunde später wäre es zu spät gewesen. Ich warte schon so lange auf dieses Wunder!«

Als Emilia das Gespräch beendet hatte, zitterten ihre Hände. Sie setzte sich im Schatten der Akazie auf einen Stein und versuchte, ihre Gedanken zur Ruhe zu bringen. Bilder tauchten vor ihren Augen auf, wuchsen zusammen, wurden zu einem Film: die lange Fahrt zurück nach Epukiro, wieder Schotterpiste, Staub, Eintönigkeit, das Suchen nach der Pumpstation, dann das Warten. Das Warten würde das schlimmste sein. Würde Nandesora überhaupt noch bei ihrem Vater sein? Würde sie fliehen können? Oder würde alles vergeblich sein?

Bis zu diesem Augenblick hatten die Berichte über die ihrer Freiheit beraubten Frauen das Leben anderer betroffen, nicht Emilias eigenes. Doch Nandesoras Schicksal war wie ein Netz, aus dem sie sich nicht mehr befreien konnte, seit sie Justinas Brief an das kleine Mädchen gelesen hatte. Dabei war es nichts als der Zufall, der sie jetzt hineinzog in die dunkle Welt der überlieferten Traditionen. Sie hatte mehr erfahren wollen über Justinas Tod und sie hatte Nandesora treffen wollen, das war alles. Doch nichts lässt sich vorhersehen, nicht, wie sich die Dinge tatsächlich entwickeln. Was wäre geschehen, wenn die Zeitung in Okahandja nicht auf dem Nebentisch liegen geblieben wäre? Dieses ganz normale Ereignis hatte plötzlich ungeahnte Bedeutung bekommen. Ohne die Zeitung wäre ihre Pause viel kürzer ausgefallen und etwas weiter außerhalb von Okahandja hätte der Anruf sie nicht mehr erreicht. Unotjari wäre in die Ferien gefahren ohne eine Nachricht für Nandesora. Doch jetzt, wo sie über ihre Rolle nachdachte, wuchsen ihre Zweifel. Sie würde Nandesora entführen, anders konnte man es nicht bezeichnen, auch wenn Nandesora es wollte. Dem Vater würde sie die Tochter stehlen und dem Omukururume, dem Wächter über Regeln und Bräuche, die Macht. Aber Nandesora war ein erwachsener Mensch, der selbst über sein Leben entscheiden durfte. Natürlich würde sie fahren. Justinas Tochter vor einer Zwangsheirat und einem Leben ohne Selbstbestimmung zu bewahren, war das mindeste, was sie für die tote Freundin tun wollte. Deren Worte in ihrem Brief an die kleine Nandesora erschienen Emilia plötzlich wie eine Verpflichtung: »Ich möchte dich wissen lassen, dass du alles werden kannst ...« – Ob die Männer versuchen würden, sich an ihr zu rächen? Der Gedanke war unsinnig. Sie würden sie gar nicht finden.

Noch diesen halben Tag und eine Nacht, dann würde sie wieder auf dem Weg nach Epukiro sein. Von Okahandja führten zwei Routen dorthin: eine südliche über Windhoek und Gobabis, über die sie Izakuje auf der Hinfahrt gelotst hatte, und eine nördliche über Okarara, die von hier die kürzere war. Es machte wenig Sinn, jetzt nach Windhoek weiterzufahren. Sie wendete. Ihre Eltern würde sie auch heute nicht sehen.

Am Nachmittag bezog Emilia zum zweiten Mal das Häuschen im Waterberg Plateau Resort, von dem sie an diesem Morgen aufgebrochen war. An der Rezeption rief sie wieder ihre E-Mails ab. Nora hatte gestern sofort geantwortet:

Liebe Emilia,
ich habe einmal ein Puzzle mit tausend Teilen geschenkt bekommen. Es ist niemals fertig geworden. Ob du nun viele oder wenige Vergangenheitsteilchen findest: Ich wünsche dir von ganzem Herzen, dass dein Puzzle zu einem schönen Bild wird.
Viele liebe Grüße von Nora, die immer an dich denkt

Liebe Nora,
heute Nacht musst du mir die Daumen drücken. Ich soll eine Frau an einer Pumpstation in der Kalahari abholen, damit ihr Vater sie nicht mit einem alten Mann verheiraten kann. Es ist die verschwundene Nandesora.

Oh, ich bin so aufgeregt!
Liebe Grüße
Emilia

PS: Hast du es gemerkt: Wenn du aus Nandesora in der Mitte das »andes« herausnimmst, wird der Name zu Nora. Das muss doch ein gutes Zeichen sein!

Ehe Emilia die Rezeption verließ, blätterte sie noch einmal in den hier ausgelegten Prospekten der Gästefarmen und Lodges. Uellendahl war nicht dabei. Eine Gästefarm warb in einer reich bebilderten Werbebroschüre mit Wanderungen durch das weitläufige und von unzähligen Wildtieren bevölkerte Gelände. Neben dem Text war ein Foto von zwei weißen Urlauberpaaren und einem hochgewachsenen Schwarzen, der ein altmodisches Gewehr an einem Schulterriemen trug. Die Frauen hatten von beiden Seiten eine Hand um die Schultern des Rangers gelegt und schmiegten sich lächelnd an die hochgewachsene Gestalt, während die Männer, beide mit großen Teleobjektiven vor den runden Bäuchen, mit gleichgültigen Gesichtern neben ihren Frauen standen. Der Ranger trug ein khakifarbenes Hemd, knielange Shorts und Kniestrümpfe im selben Farbton, dazu einen hellen Safarihut und sah aus, als wäre er direkt aus der Kolonialzeit auf das Foto gelangt. Emilia las, was unter dem Bild stand: Zum Schutz vor den Löwen und Leoparden auf unserer Farm werden Sie bei den Wanderungen von unserem Ranger Hosea Ukongo begleitet. Emilias Herz schlug plötzlich wie ein Hammer in ihrer Brust. Der Mann auf dem Foto war wirklich ihr Hosea: kein armseliger Landarbeiter in verschlissener blauer Arbeitskleidung, wie sie es befürchtet hatte, sondern ein Ranger mit Gewehr: ein Fotomodell für Touristen, ein schöner Mann, wenn auch auf seltsame Weise verkleidet. Emilias Hände zitterten heftig, als sie den Prospekt einsteckte. Die plötzlich so naheliegende Möglichkeit, Hosea wiederzusehen, verwirrte sie. Benommen wie eine Schlafwandlerin kehrte sie zu ihrem Bungalow zurück und breitete die Landkarte aus. Die Farm, auf der Hosea arbeitete, lag in der Nähe von Omaruru nur rund zweihundert Straßenkilometer vom Waterberg und ebenso weit von Windhoek entfernt. Hosea! Nach ihm hatte sie allenfalls halbherzig gesucht. – Weil sie ihn gar nicht wiedersehen wollte? Weil sie die Erinnerung an den großen unbekümmerten Jungen nicht zerstören wollte? – Hin und wieder hatte sie versucht sich vorzustellen wie er jetzt wohl aussehen mochte und was für ein Leben er führte: als Vater mit einem halben Dutzend Kindern, die ihn im Alter einmal versorgen sollten? Oder als dahinsiechender Aidskranker, vor dem keine Zukunft mehr lag?

Eines Tages hatte sie lange auf Hosea gewartet, als sie plötzlich das Getrappel von Pferdehufen hörte. Sie sprang erschrocken auf, weil sie glaubte, ein Reiter käme am Fluss entlang, aber es war Hosea, der ein Pferd mit einem Seil am Halfter führte. Er sah glücklich aus.

»Du hast wirklich ein Pferd gefangen?«

Er nickte voller Stolz. »Es ist gar nicht schwer. Du brauchst nur Geduld. Du musst warten können. Lange warten. Und dann«, er machte eine heftige Bewegung »ein schneller Wurf mit dem Lasso, und du hast es.«

Emilia betrachtete staunend das schöne Tier, das ganz ruhig neben Hosea stand. Erst als sie sich ihm näherte, warf es unruhig den Kopf zurück, aber es versuchte nicht zu fliehen.

»Wo hast du es gefangen?«

Hosea machte eine vage Geste flussaufwärts. »Beim See. – Möchtest du darauf reiten?«

»Ich kann nicht reiten. Meine Mutter hat es mir verboten. Sie hatte Angst, ich könne stürzen und mich verletzen oder sogar sterben.«

Hosea sah enttäuscht aus.

»Außerdem haben wir keinen Sattel.«

Sie wunderte sich über das Tier, das so ruhig neben ihnen verharrte.

»Wann hast du es gefangen?«

»Eben gerade. Vor einer halben Stunde vielleicht.«

Er band das Pferd an einen Baum.

»Aber ...«, begann Emilia.

»Was aber?«

Vom See bis hierher sind es zu Fuß zwei Stunden. Du musst über die Hügel gehen. Im Flussbett ist kein Durchkommen.«

»Für mich schon.«

Emilia schüttelte ungläubig den Kopf. »Hosea, du hast das Pferd nicht selbst gefangen. Es ist ein zahmes Pferd.«

Hosea grinste breit. »Aber bald werde ich mein eigenes Pferd fangen. Ich weiß auch schon, wie man ein Halfter anlegt.«

Keine Spur von einem schlechten Gewissen. War das jetzt eine gemeine Lüge, die er ihr aufgetischt hatte, oder war das einfach nur die Art, wie man in seinem Volk Geschichten erzählte?

Emilia faltete die Landkarte wieder zusammen. Jetzt hätte sie ihre Sachen für die Fahrt in die Wüste richten müssen, aber ihre Gedanken waren bei Hosea. Sie atmete tief ein und aus und versuchte zur Ruhe zu kommen. Ob sie zu Hosea fahren würde, musste sie später entscheiden. Ihre Aufregung wuchs erneut, als sie die kommende Nacht in der Wüste in ihren Gedanken vorüberziehen ließ. Sie öffnete ihren Koffer. Ohne zu wissen, was sie wirklich brauchen würde, legte sie ein paar Kleidungsstücke für die Fahrt bereit. Schließlich nahm sie Justinas Aufzeichnungen aus dem Koffer. Sie setzte sich mit angezogenen Beinen auf das Mäuerchen, das die Terrasse des Bungalows umgab. Es war besser zu lesen, als sich Schreckensphantasien hinzugeben, was morgen alles passieren konnte.

Emilia musste eine Weile suchen, bis sie die Seite wiederfand, die sie zuletzt gelesen hatte. Es war Justinas Rückkehr in das Lager Kwanza-Sul im Januar 1988. Danach hatte sie fast anderthalb Jahre – bis zu dem Zeitpunkt, als die Flüchtlinge und die ehemaligen SWAPO-Kämpfer nach Namibia zurückkehren konnten – nichts mehr in dem Heft notiert. Kein einziges Wort hatte Justina über den politischen Umsturz verloren, als Südafrika im Dezember 1988 endlich bereit war, die Resolution 435 der Vereinten Nationen umzusetzen und Namibia in die Selbstständigkeit zu entlassen, kein Wort über das Hin und Her von Waffenstillstand und dessen Bruch mit erneutem Blutvergießen, kein Wort über die Friedenstruppen der Vereinten Nationen, auch kein Wort darüber, was sie selbst in dieser Zeit erlebt hatte.

19. Juni 1989
Zum ersten Mal in meinem Leben bin ich mit einem Flugzeug geflogen. Es war ein großes Flugzeug, und es war voll mit Flüchtlingen, die zurück nach Namibia gebracht wurden. Nun bin ich wieder in einem Durchgangslager. Es heißt Mariabronn und ist in der Nähe von Grootfontein. Wir leben in Zelten, aber es ist nicht genug Platz für die vielen Menschen, die gekommen sind. Wir sollen nicht länger als sieben Tage hier bleiben, weil der Platz für andere Heimkehrer gebraucht wird, aber viele von uns wissen nicht, wohin sie sich wenden sollen. Ich möchte bald mit Kazenambo nach Katutura gehen. Unser Baby soll nicht in einem Durchgangslager zur Welt kommen!

»Unser Baby soll nicht in einem Durchgangslager zur Welt kommen«, schrieb Justina. Es war der erste und einzige Satz, den sie über das Ungeborene notiert hatte. Kein Wort darüber, wie sie sich fühlte und ob sie sich auf das Kind freute. Fünf Tage später hatte Justina mit ihren Notizen wieder eine ganze Seite gefüllt, aber über das Kind hatte sie fast nichts geschrieben, was Emilia wunderte. Es war, als hätte es noch keinen Platz in Justinas Zukunft gefunden. Ob sie nun schon in Katutura war, konnte Emilia nicht erkennen.

Ich habe viel Selbstbewusstsein gewonnen, eine »befreite Frau« bin ich freilich noch lange nicht. Das ist in einer patriarchalischen Gesellschaft wie in diesem Land auch kaum möglich.

Meine Befreiung als Frau bedeutet für mich eine Entwicklung hin bis zu einem vollen menschlichen Wesen. Seit ich gesehen habe, dass ich reden kann und etwas zu sagen habe, kann ich auch auf eine öffentliche Plattform gehen und dort etwas sagen. Ich kann ein Kind zur Welt bringen und es aufziehen, ihm Wärme geben. Ich bin mir bewusst, dass wir Frauen diese Stärke haben. Befreiung der Frauen bedeutet für mich, sich all der Qualitäten bewusst zu werden, die durch die Umstände und anders denkende Menschen zugeschüttet worden sind. Ich gehe durch diesen Prozess meines eigenen Wachstums hindurch und je mehr ich wachse, desto mehr macht mich diese Befreiung zu einem vollen Mitglied der Gesellschaft. Ich werde Teil dieser entstehenden Nation, unserer namibischen Nation. Ich trage bei und habe teil. Und das gibt meinem Leben einen Sinn. Das Ziel wäre dann, dass wir Frauen voll an allem teilhaben und teilnehmen, geistig und menschlich und an allen Entscheidungen in unserem Land beteiligt sind – auch auf allerhöchster Ebene.

Ich weiß nicht, ob man das Feminismus nennt, aber ich sehe mich als eine Frau, der Rechte zustehen, und diese Rechte müssen von allen anerkannt werden.

Auf der nächsten Seite stieß Emilia endlich auf die Sätze, auf die sie schon lange gewartet hatte. Das Datum war der 2. Juli 1989 und die Zeilen waren in Katutura geschrieben. Justinas Hoffnung, ihr Baby erst in Katutura zur Welt zu bringen, schien sich erfüllt zu haben:

Jetzt halte ich dich endlich in meinen Armen, meine süße Nandesora! Ich bin so glücklich über dich mein kleines hübsches Mädchen und ich bin glücklich, dass dein Namibia ein freies Land sein wird. Dein Leben wird ein besseres sein, als es meins bislang gewesen ist!

Auch eine Woche später war Justina voller Hoffnung:

Wir Mütter in Namibia sind optimistisch und freuen uns darauf, dass Apartheid bald nichts anderes mehr ist als eine Erinnerung. Wir haben den Krieg gegen Kolonialismus und Rassismus geführt und unsere Belohnung sollen Einfluss und aktive Teilhabe nach der Unabhängigkeit sein, insbesondere in der

Politik. Wir waren Frauen im Krieg. Nun müssen wir Frauen im Frieden unseren Ehrgeiz darauf richten, unser Land aus der Dunkelheit und der Armut herauszuführen!

Als das Licht zu schwach wurde, um die blasse Bleistiftschrift zu entziffern, blätterte Emilia wieder in dem Aktendeckel. Sie stieß auf einen Briefumschlag, der Zeitungsartikel aus dem Jahr 1989 enthielt. Mit welcher Freude musste Justina diese Zeilen gelesen haben!

2. Oktober 1989. Die gesamte Kampfeinheit der Sonderpolizei »Koevoet« wurde am Samstag in Oshakati während einer Parade entlassen. Seit etwa einem Monat waren schätzungsweise eintausendzweihundert ehemalige Mitglieder der von Südafrika eingesetzten Sicherheitspolizei in Oshakati zusammengezogen worden. Am Samstag gaben sie ihre Uniformen und Waffen ab.

Eine andere Notiz aus der in Windhoek erscheinenden Allgemeinen Zeitung war vom 10.11.1989:

Enorme Wahlbeteiligung
Der Enthusiasmus der Wähler ist unbeschreiblich. Die Statistik spricht eine eindeutige Sprache: Im ganzen Land haben während der ersten drei Wahltage 80,34 Prozent ihre Stimmen abgegeben. Im Wahlbezirk Lüderitzbucht wurde eine Wahlbeteiligung von 98 Prozent erzielt. Es folgen der Kavango mit 87,22 Prozent, Owambo mit 84,55 Prozent und Hereroland mit 82,45 Prozent.

Quer über eine Tabelle mit Zahlen über die Wahlbeteiligung in den einzelnen Regionen hatte Justina am 16.11. mit großen Buchstaben geschrieben: Wir haben gewonnen! Die SWAPO hat die Wahlen gewonnen! Ich bin so glücklich!

Emilia hielt inne mit dem Lesen. Den Tag, an dem das Wahlergebnis bekanntgegeben wurde, würde sie nie vergessen. Es war der Tag, an dem ihre Mutter aus Angst vor der Zukunft

Trauerkleidung angelegt hatte. Und es war der Tag, an dem sie zum ersten Mal mit Hosea geschlafen hatte.

Ein weiterer Artikel aus derselben Zeitung war vom 29.12.1989:

Hinter uns liegt ein Jahr, das die Welt veränderte. Sieht man von dem vergeblichen Volksaufstand auf dem Platz des Himmlischen Friedens in Peking und von seiner brutalen Niederschlagung am 3. und 4. Juli mit mehreren tausend Opfern ab, so war das Jahr 1989 ein Jahr des Volkes. In Europa zerfiel die Macht der kommunistischen Parteien und in Namibia fand die erste freie Wahl statt, die der SWAPO einen überlegenen Wahlsieg brachte. Während der Wahl vom 7. bis 11. November 1989 in Namibia wurde am 9. November in Berlin die Mauer geöffnet und am 18.3.1990, drei Tage bevor die namibische Unabhängigkeit ausgerufen wurde, waren mit dem Sieg der CDU bei den letzten DDR-Volkskammerwahlen die Weichen für die Wiedervereinigung Deutschlands gestellt worden.

Das alles lag mittlerweile ein Vierteljahrhundert zurück und für junge Menschen in einer längst versunkenen Vergangenheit. Und für sie selbst? Sie erinnerte sich gut an die Angst vor der SWAPO und vor einem sozialistischen Namibia, die damals unter den weißen Farmern wie eine Seuche grassierte. Doch wie eine Epidemie eines Tages ihren Höhepunkt überschreitet, hatte sich die Angst wieder gelegt. Etliche Weiße bewirtschafteten ihre Farmen noch immer als rücksichtslose Herrenmenschen mit schlecht bezahlten schwarzen Arbeitern, so wie es schon vor hundert Jahren gewesen war. Die meisten Menschen in Namibia lebten noch immer in Armut. Das Internet hatte die Welt so schnell verändert, wie es nie zuvor in einem kurzen Zeitraum geschehen war, und doch war vieles so geblieben, wie es seit Menschengedenken gewesen war – Stillstand inmitten der sich überstürzenden Veränderungen.
Emilia schlug die Mappe zu. Sie lehnte ihren Rücken an die warme Hauswand und sah den Eidechsen zu, wie sie plötzlich

wie bunte Farbspritzer über die Steine schossen. Wie lange taten das diese Eidechsen schon? Hunderttausend Jahre? Eine Million Jahre? Viele Millionen Jahre? Bis zum Einbruch der Dunkelheit saß sie so und hing ihren Gedanken nach. Als sie zu Bett ging, dachte sie an Michael. Seit sie den Füllfederhalter nicht mehr benutzte, waren ihre Gedanken noch seltener bei ihm gewesen, als an den Tagen davor.

Nachts schreckte Emilia aus einem seltsamen Traum. Sie kämpfte sich durch dichten Regenwald, als sie, kaum zu erkennen in dem grünen Gewirr, zwei schwarze Beine stehen sah. Die Beine – Füße bis zum Knie – schienen allein dort zu stehen. Sie trat näher, eher verwundert als besorgt, sah die Beine nicht mehr – waren sie nur eine Täuschung gewesen? – entdeckte jetzt an deren Stelle winzige dünne Kinderchen, ineinander verschlungen, wie die Brut von irgendetwas – von Schlangen? Regenwürmern? Das seltsame zappelnde und wabernde Knäuel befand sich unter einer Glasglocke – einem Schauglas? Einer Käseglocke? – und sie erkannte, als sie genau hinsah, dass es tatsächlich die Arme, Beine und Leiber von schwarzen, halb verhungerten Kindern waren. Ja doch, Köpfe entdeckte sie auch, als sie danach suchte. Auch ein Mann steckte unter der Glocke, der Vater wohl, ein klapperdürrer Zwerg, der bei seinen Kindern hockte, auch er nur Haut und Knochen. Sie brauchten dringend Nahrung. Plötzlich wusste sie, dass es ihre Schuld wäre, wenn sie verhungerten. »Riruako«, rief sie und noch lauter: »Riruako!«, immer nur dieses eine Wort und es klang wie das Quaken eines Frosches. Frau Riruako würde wissen, was zu tun war, aber von dem Telefonhörer, den Emilia in der Hand hielt, war die Schnur abgerissen. Emilia wachte auf, todunglücklich, weil sie nicht hatte helfen können. Den Rest der Nacht verfolgten sie die Gedanken an Reifenpannen und Motorschaden. Vielleicht würde sie gar nicht bis zur Pumpstation kommen.

Viel zu früh war sie am nächsten Morgen zur Abreise bereit. Bis die Rezeption öffnete und sie das Gelände verlassen konnte, war noch eine Stunde Zeit. Sie würde reichen, auch noch die letzten Seiten in Justinas Schulheft zu lesen.

Den nächsten Eintrag hatte Justina auf einer neuen Seite begonnen, obwohl auf der vorhergehenden Seite noch Platz war. Er war der längste im ganzen Heft. Der erste Absatz war fast ohne nachträgliche Korrekturen geschrieben, in den folgenden Zeilen hatte sie manchmal ganze Sätze wieder durchgestrichen, hatte neu begonnen, dann wieder einzelne Worte ersetzt:

Katutura, 19. Juli 1989

Was ich hier schreibe, ist die Geschichte von Panduleni. Sie hat mir erzählt, was ihr und ihrer Zwillingsschwester Ndamona zugestoßen ist. Sie erzählt es jeden Tag und sie erzählt es jedem Menschen, der ihr zuhört. Sie spricht über nichts anderes, denn ihre Gedanken sind immer bei dem, was sie erlebt hat. Panduleni sagt, was ihr und ihrer Schwester zugestoßen ist, haben viele Unschuldige erleiden müssen, aber nur ganz wenige sprechen darüber. Die Frauen schämen sich für das, was ihnen angetan wurde. Was Panduleni erzählt, ist wie ein böser Traum, auch für mich, für alle, die zur SWAPO gehören, und ich wünschte, es wäre nicht wahr. Bis heute hatte ich nicht glauben wollen, dass solche Dinge wirklich geschehen sind, jetzt aber weiß ich, sie sind wahr. Manchmal hat Panduleni geweint und konnte vor Tränen nicht weitersprechen, aber sie hat nicht geendet, bis ich alles wusste.

Und das sind Pandulenis Worte, so, wie sie zu mir gesprochen hat:

»Vor fünfzehn Jahren sind Ndamona und ich bei der SWAPO eingetreten. Wir waren erst fünfzehn Jahre alt. Später gingen wir in Kuba zur Schule. Eines Tages wurden wir aus dem Unterricht abgeholt. Wir mussten uns ausziehen und erfuhren nicht warum. Eine Frau zog sich Handschuhe an und untersuchte uns innerlich. Dann mussten wir uns wieder anziehen. Wir fragten, warum, aber bekamen keine Antwort. Als wir zu unserer Unterkunft zurückkamen, sahen wir zu unserer Überraschung, dass jemand unsere Sachen gepackt hatte. Wir mussten die Schlüssel abgeben und wurden nach Havanna ins Ministerium für Staatssicherheit gebracht. Wir mussten uns wieder ausziehen und wurden wieder untersucht.

Dann wurden wir von zwei Männern abgeholt, einer schwarz, einer weiß, der eine war Namibier, der andere Kubaner. Der Schwarze sagte, er sei von der SWAPO geschickt, um uns zu sagen, dass es ein kleines Problem gäbe. Wir würden in Afrika gebraucht. Wenn das Problem gelöst sei, kämen wir nach Kuba zurück, um weiter zu studieren. Es war ein Schock, weil wir von einem Augenblick zum anderen von freien Studenten mit Freunden in einem sozialistischen Land zu Gefangenen von bewaffneten Männern wurden, Untersuchungen und Leibesvisitationen ertragen mussten und viele Meilen entfernt mit unseren von den Sicherheitskräften gepackten Habseligkeiten in eine Zelle gesperrt wurden. Wir hatten nichts Verbotenes getan. Nach fünf Tagen wurden wir zum Militärflughafen gebracht. Wir durften beim Flug nicht einmal die Plastikmesser behalten.

Nach unserer Landung in Angolas Hauptstadt Luanda kam ein Lastwagen von der SWAPO und wir wurden zu einem Posten im Busch gebracht, wo wir eine Woche blieben. Dort waren Leute, die uns zu essen und zu trinken gaben und die uns begleiteten, wenn wir zur Toilette mussten. Dann mussten wir in einen Lastwagen nach Lubango steigen. Dort saßen zwei mit den Händen auf dem Rücken gefesselte Kameraden. Einer weinte vor Schmerzen, weil die Fesseln schmerzten. Zwei Tage dauerte die Fahrt, dann wurden wir von den männlichen Kameraden getrennt und sahen sie für fünf Jahre nicht.

Am nächsten Tag mussten wir unsere Biographien schreiben, danach wurden wir Schwestern getrennt. Zwei Jahre wussten wir nichts voneinander.

In der nächsten Nacht wurde ich von sechs Männern geholt und jetzt musste ich meine Biographie erzählen. Dann sagten sie, es sei höchste Zeit, dass ich die Wahrheit sagte. Die SWAPO wisse alles über mich, alle Aktivitäten in und außerhalb Namibia. »Glaube nicht, dass du irgendetwas geheim tun konntest«, sagten sie. Sie fragten, ob ich freiwillig reden würde oder ob sie Gewalt anwenden müssten. Ich sagte, es war die Wahrheit. Sie standen auf und ich muss-

te mit ihnen hinausgehen. Ein Mann mit einer kleinen Laterne ging voraus. Ich musste ihm zu einem unterirdischen Raum folgen. Später kamen zwei andere Männer hinzu. Im Raum waren zwei senkrechte Stangen und eine horizontale. Ich sollte mich ausziehen, aber ich weigerte mich und fragte nach einer Erklärung. Sie sammelten ein paar Stöcke auf und schlugen mich, während ich mich auszog. Dann nahmen sie ein Seil und banden meine Hände an der horizontalen Stange zusammen. Meine Beine wurden zusammengebunden und an der anderen Stange festgebunden, was im Rücken sehr schmerzte. Sie schlugen mich, bis ich das Bewusstsein verlor. Erst dann brachten sie mich zurück. Das wurde zwei Monate fortgesetzt.

Später wurde ich zu einem anderen Ort gebracht und immer wieder wurden mir dieselben Fragen gestellt: Wo, wann und durch wen ich als südafrikanische Spionin angeworben wurde. Ich sagte, ich sei niemals angeworben worden. Ich sei der SWAPO beigetreten, um für die Freiheit unseres Landes zu kämpfen und ich hätte niemals Kontakt zum südafrikanischen Regime gehabt. Ich sei in der Jugendorganisation gut bekannt. Vor allem in meiner Schule in Omaruru könnten sie etwas über meine politischen Aktivitäten erfahren. Später erfuhr ich, dass sie unsere Schule als Trainingscenter für südafrikanische Spione notiert hatten. Deswegen trauten sie niemandem, der von dieser Schule kam.

An einem Tag musste ich mich ausziehen und ein schwarzes Tuch wurde um meine Augen gebunden. Das machte mir große Angst und ich fing an zu weinen. Einer sagte, er würde mich jetzt erschießen. Ein anderer sagte: »Nein, gib ihr mehr Zeit zum Nachdenken. Sie wird noch zur Besinnung kommen.« Er fragte: »Willst du sterben oder willst du die Wahrheit sagen?« Ich sagte, es ist die Wahrheit. Sie stießen mich hinaus und ich rief, sie würden einen unschuldigen Menschen töten. Es war irgendein Loch, in das sie mich führten. Ich musste mich auf den Boden setzen und dann schlugen sie mich wieder mit Stöcken. Ich konnte nichts sehen und wusste nie, von wo der nächste Schlag kommen würde. Ich musste mich auf die eine Seite legen und sie schlugen auf die andere, dann auf den Bauch. Als sie fertig waren, nahmen sie mir die Augenbinde ab. Ich wollte mich aufsetzen, aber ich wurde ohnmächtig. Als ich wieder sitzen konnte, bemerkte ich ein Mädchen in der Nähe des Loches. Ich bat es um Wasser und es verweigerte es mir. Es begann zu regnen und ich war noch immer im Loch. Ein Mann sagte mir, ich solle in eine Hütte gehen. Ich konnte nicht gehen wegen der Schmerzen, ich konnte nur zur Hütte kriechen. Diese Verhöre dauerten acht Monate. Nach diesen acht Monaten konnte ich den Schmerz nicht mehr ertragen. Ich hatte die Hoffnung, dass sich die Gerechtigkeit eines Tages durchsetzen würde und dass die Wahrheit herauskäme. Vielleicht würde es nur noch einen Monat dauern. So entschied ich, eine Geschichte zu erfinden. Später merkte ich, dass die Lüge für fünf Jahre anhielt, möglicherweise sogar für den Rest meines Lebens, weil die SWAPO noch immer keine Bereitschaft zeigt, meinen Fall zu untersuchen. So gestand ich, ein südafrikanischer Spion zu sein. Ich sagte unmögliche Daten. Ich sagte, ich sei in Rehoboth in einem großen Gebäude mit einer Beschriftung South Africa Trainingscenter gewesen, so etwas gibt es nicht in Rehoboth. Ich sagte Namen von nicht existierenden Menschen, aber die SWAPO tat nichts, um herauszufinden, dass alles eine Lüge war.

Nach meinem Geständnis kam ich zu anderen angeblich feindlichen Agentinnen. Wir schliefen in einem Bunker. Erst waren wir dort dreißig Menschen, später hundert. Das Dach war aus Wellblech. Es war sehr heiß. Es gab kleine, mit Gittern gesicherte Fenster. Der Bunker war so überfüllt, dass wir ganz eng beieinander liegen mussten, um Platz zum Schlafen zu finden. Wenn wir nicht für harte Arbeit draußen waren, hatten wir in dem Loch kaum genug Platz, um uns auf den Boden zu setzen. Im Bunker mussten wir alles tun. Wenn die Tür verschlossen war, war er Toilette und Essraum. Als Toilette benutzten wir kleine Büchsen. Der Bunker war gleichzeitig Krankenhaus. Eine Frau gebar ihr Kind in dem Loch, ohne Wasser, ohne Schere, ohne saubere Tücher, auf die sie das Baby legen konnte. Das Baby starb und die Mutter wur-

de fortgebracht. Nach ein paar Tagen kam sie zurück in das Loch.

Ich blieb dort bis Mai 1989, das waren fünf Jahre seit meiner Verhaftung in Kuba. All die Zeit hatten wir kein Bett und keinen Stuhl. Wir hatten nichts zu lesen. Wir überlebten, indem wir über unsere Kindheit sprachen und über unsere Fantasien und Träume. Das war so wichtig, dass wir uns schlecht fühlten, wenn wir nicht geträumt hatten, denn dann hatten wir nichts zu erzählen.

Glücklicherweise kam Sam Nujoma zum Gefängnis. Das war 1989, im Jahr, in dem wir befreit wurden, und ein Jahr, bevor er Präsident von Namibia wurde. Er erzählte uns, dass Truppen der Vereinten Nationen von April 1989 bis März 1990 in Namibia sein würden, um freie Wahlen sicherzustellen. Er sagte, dass die SWAPO uns verziehen habe und dass wir nun freigelassen würden. Wir mussten die Hand heben und gestehen, wir hätten einen Fehler gemacht und würden ihn niemals wiederholen. Viele Leute wollten ihre Hände heben, während eine Frau vortrat und sagte, sie habe keinen Fehler gemacht. Von dem Tag, an dem sie geboren wurde, sei sie niemals ein Spionin gewesen. Als sie zu Nujoma sprach, versuchten andere, sie zum Schweigen zu bringen. Sie redete und sofort wurde sie wieder verhaftet. Sie wurde verhaftet, weil sie die Wahrheit gesagt hatte.

Am 12. Mai 1989 waren wir sogenannte Freigelassene, sogenannte, weil wir nicht wirklich frei waren. Wir kamen aus dem Gefängnis, aber wir wurden in ein Camp geschickt, das zum Sicherheitsdienst der SWAPO gehörte. Dort waren wir, bis sich einige von uns heimlich zur Stadt und zum Flüchtlingshilfswerk der Vereinten Nationen schlichen. Danach konnten wir endlich nach Hause.

Willkür, Tod und Gewalt, das hatte Emilia seit ihrer Kindheit mit der SWAPO verbunden. Die Zeitungsberichte über grausame Folter ihrer eigenen, als Spione verdächtigten Leute, über Verschleppung und Gefangenenlager hatten ihr Urteil nur bestätigt. Doch was sie gelesen hatte, waren Worte gewesen, die nicht zu Bildern geworden waren. Panduleni und Ndamona: Wieder einmal hatten Greuel Gesichter bekommen. Fünf Jahre in einem überfüllten Bunker, fünf schrecklich Jahre, die das Ende einer hoffnungsvollen Zeit bedeutet hatten.

Emilia hing lange ihren Gedanken nach, ehe sie weiterlas. Auch das Folgende war ein Bericht über das Elend einer Frau. Von welcher Frau?, dachte Emilia, und dann merkte sie, dass diese Frau Justina war. Sie schilderte ihr eigenes Leben:

Katutura, 10. Dezember 1989
Ich koche für ihn, ich wasche seine Kleidung, ich versuche ein bisschen Geld für uns zu verdienen, aber er schlägt mich, wenn er betrunken ist, und so ist es jeden Tag. Jeden Abend gehe ich weinend ins Bett und hoffe, dass es morgen besser sein wird. Aber am nächsten Tag ist es nicht anders, er ist noch immer derselbe und ich habe den Schmerz auch am nächsten Tag zu erleiden. Er glaubt, dass dies die richtige Art sei, seine Frau zu behandeln. In den SWAPO-Lagern sollten wir Frauen gleichberechtigt sein, aber trotz allem, was geschehen ist – ich meine politisch – bin ich jetzt für ihn doch nur eine Frau.
Ich habe gedacht, wenn ich arbeiten würde und Geld verdiente, würde es uns vielleicht besser gehen und eines Tages könnte ich so viel Geld haben, dass ich studieren kann. Doch wie soll ich Geld verdienen mit einem Kind und ohne Beruf? Ich bin verzweifelt wie viele andere, die aus dem Exil nach Katutura gekommen sind. Wenn du nicht arbeiten kannst, bist du nicht produktiv. Wenn du nicht produktiv sein kannst, bist du frustriert und dein Leben, deine ganze Existenz wird bedeutungslos. Deswegen suchen die Menschen Zuflucht beim Alkohol und die Probleme werden noch qualvoller. Victoria, die neben uns wohnt, ist Hausangestellte und verdient genug, um davon zu leben. Doch sie sagt, Hausangestellte seien noch immer das Eigentum ihres Bosses. Sie seien für ihn nicht besser als seine Hunde. Das will ich nicht. Also geht mein Leben weiter wie bisher. Ich weiß, dass ich Kazenambo verlassen muss. Ich würde ein besseres Leben haben ohne ihn.

Kazenambo: Das musste Nandesoras und Unotjaris kleiner schiefer Vater sein, der so armselig neben dem Omukururume und Izakuje gestanden hatte, der Mann mit dem kurzen Hirtenstab. Emilia erinnerte sich nicht, seinen Namen in Epukiro gehört zu haben. Martha hatte immer nur von Nandesoras Vater gesprochen.

Katutura, 16. Januar 1990
Es ist immer einfacher an die eigene Opferbereitschaft zu glauben, als einem anderen die Stirn zu bieten, um für seine eigenen Rechte zu kämpfen. Es ist immer einfacher, eine Unterdrückung hinzunehmen, als den Mut aufzubringen, sich gegen Stärkere aufzulehnen. Doch ich werde wieder kämpfen und meine Feinde sind nicht länger die Koevoet und die südafrikanischen Besatzer. Macht ist jede Chance, innerhalb einer sozialen Beziehung den eigenen Willen durchzusetzen, gleichviel, worauf diese Chance beruht. Ich werde etwas Besseres finden, als täglich geschlagen zu werden.

Emilia hielt inne beim Lesen. Namibia war befreit, die Waffen schwiegen. Wann Justina wohl gemerkt hatte, dass auf sie noch ein anderer Kampf zukommen würde? Ein Kampf, der nicht mit Gewehren ausgetragen wurde. Einer, für den sie nicht trainiert worden war. Einer, bei dem sie keine Kameraden an ihrer Seite hatte.

Katutura, 12. Februar 1990
Manchmal vermisse ich das Leben im Lager. Ich vermisse die Kameradschaft. In den Camps haben wir gelernt, dass jeder den anderen braucht, um zu überleben und der Zusammenhalt war zutiefst in uns verwurzelt. Aber es war nicht gut, dass eine Mentalität der Abhängigkeit von der Lagerleitung entstand. Manche Leute hatten das Gefühl, es würde immer so weitergehen. Kazenambo war einer von ihnen. Sie vernachlässigten deswegen ihre Ausbildung und wollten nicht wahrhaben, dass im unabhängigen Namibia wieder jeder für sich selbst sorgen muss.

Zurück in Namibia haben wir Heimkehrer ein paar Monate noch alles geteilt, doch jetzt kümmert sich jeder um sich oder seine Familie. Schulgebühren müssen bezahlt werden, Rechnungen beglichen und für den Nachbarn, dem es schlechter geht, bleibt nichts übrig.

Die SWAPO versprach gute Häuser für jeden, guten Verdienst, genügend Schulen und Krankenhäuser, Bezahlung für Soldaten, es sind so viele Dinge, auf die wir warten!

Emilia sah auf die Uhr. Noch zehn Minuten, dann musste sie fahren. Eine einzige Seite blieb, die sie noch nicht gelesen hatte und sie glaubte nicht mehr daran, dass sich Justinas niedergeschlagene Stimmung wieder bessern würde.

Katutura, 18. Februar 1990
Wenn du in irgendeinem Durchgangscamp warst und warst für eine Nacht mit einem Mann zusammen, konntest du ihn nicht als deinen Freund bezeichnen, und er nannte dich nicht seine Freundin. Vielleicht sahst du ihn für viele Jahre nicht wieder. Was sollte er in der Zwischenzeit tun? Auf dich warten? Vielleicht musste er an die Front oder du konntest längst tot sein und er hätte das nicht erfahren. Andere Frauen hatten ebenso in einem Camp eine Nacht mit ihm verbracht. Niemand nannte solche Frauen Huren, es war die Situation. Heute ist es oft anders. Hier haben Frauen nicht mehr dieselben Rechte wie Männer. Es ist den Männern vorbehalten, ihre Partnerinnen zu wechseln wie es ihnen gefällt.

Seit gestern ist Kazenambo fort. Er ist mit dem Bus nach Epukiro gefahren, wo seine Familie wohnt. Sein Onkel hat eine Frau gefunden, die er heiraten wird. Es ist gut, dass er fort ist, trotzdem habe ich die ganze Nacht geweint, weil er mich verlassen hat. Er hat gesagt, er wolle meine kleine Nandesora zu sich holen, aber ich werde es nicht zulassen. Ich bin sehr traurig. Viel zu lange habe ich meine Zeit mit diesem Mann verbracht, der trank und mich schlug.

Emilia las den Eintrag noch einmal. »Wenn du in einem Durchgangscamp warst«, hatte Justina begonnen und am Schluss fast nebenbei erwähnt, dass Kazenambo sie verlassen hatte. Das Leben als Durchgangscamp, vielleicht hatte es ihr dieser Gedanke leichter gemacht, die Schmach und Erniedrigung zu ertragen, die ihr dieser Mann, der sie ausgenutzt und misshandelt hatte, mit seinem Fortgehen angetan hatte. Danach folgten Justinas letzte Sätze. Emilia hatte sie schon einmal gelesen, als sie voller Ungeduld zum Ende des Heftes geblättert hatte. Das Datum war der 23. März des Jahres 1990, zwei Tage nachdem Namibia unabhängig geworden war und sechsundvierzig Tage vor Justinas Tod.

Ich habe mich entschieden. Ich werde meinen Weg gehen. Ich weiß, dass es niemals zu spät ist, noch einmal von vorn beginnen. Ich werde Geld verdienen und dann werde ich studieren. Keine Hürde ist zu hoch. Ich werde nach Uellendahl zurückkehren, zu Magrieta, zu Hosea und zu Herolda. Ich kenne meine Kraft. Das Opferbild hingegen ist grundsätzlich zerstörerisch, für Frauen, für Schwarze, Kinder, Arbeiter und alle anderen Unterdrückten, weil es dazu führt, dass die Rechte ignoriert werden, die jedem Menschen zu eigen sind. Solange wir Frauen uns nicht selbst befreien, macht der Rest der Befreiung für mich keinen Sinn!

Emilia schlug das Heft zu. Sie hatte sich geirrt, als sie dachte, Justina würde mit jedem weiteren Eintrag tiefer in die Hoffnungslosigkeit hineinsinken. Sie hatte vergessen, dass Justina so kurz vor ihrem Tod noch immer Pläne hatte. Aber warum dann ihr Tod?

Es war Zeit zu fahren, doch vor der geschlossenen Schranke des Resorts musste Emilia warten, bis endlich ein Mann in dunkelblauer Uniform kam, ihre Papiere überprüfte und den Weg freigab. Sie hatte das Gefühl, nun keine Minute mehr verlieren zu dürfen. Sie musste Epukiro unbedingt vor Einbruch der Dunkelheit erreichen, nur so hatte sie eine Chance, die Pumpstation wiederzufinden. Die Zeit würde reichen – sofern alles gut ging. Sie plante, an der Pumpstation vorbei bis Drimiopsis weiterzufahren und dort auf den Abend zu warten. Erst im Schutz der Dunkelheit würde sie zum verabredeten Treffpunkt zurückkehren.

Sie hielt wieder an der Tankstelle in Okakarara, obwohl der Tank noch fast voll war. Heute näherte sich nur der Tankwart ihrem Auto, keine Bettler, die sie bedrängten, niemand, der ein Trinkgeld verdienen wollte. Den Grund sah sie, als sie weiterfuhr: Im Schatten neben der Station stand ein Jeep mit offenen Türen, in dem zwei Polizisten auf den Vordersitzen dösten.

Hinter Okakarara wurde die Schotterpiste wieder zur Qual und die Erschütterungen waren wie bösartige Attacken, die ihr das Lenkrad aus den Händen reißen wollten. Neben der Piste wieder das unendliche Gestrüpp der Dornbüsche, nur manchmal Gruppen von breitkronigen Akazien, armselige Hütten, Ziegen, von Zeit zu Zeit Menschen im Sand und Staub, der hier alles bedeckte. Viele Stunden fuhr sie so und die Strecke zog sich viel länger hin, als sie sie in Erinnerung hatte. Dann plötzlich das Ortsschild von Drimiopsis. Was sie gefürchtet hatte, war eingetreten: Sie war längst an der Pumpstation vorbeigefahren. Die Vorstellung, die große Akazie beim Wasserbehälter im Vorüberfahren zu entdecken, war absurd gewesen. Es gab viel mehr große Akazien als nur die eine, und die Hütten in der Nähe der Straße, die Dornbüsche und Ziegen waren überall gleich. Trotzdem war sie zuversichtlich. Auf dem Rückweg von Unotjaris Schule in Drimiopsis hatte sie die Pumpstation schon einmal wiedergefunden, sie würde es auch heute tun. Etwas anderes durfte nicht geschehen. Der Gedanke, Nandesora könne vergeblich in der Dunkelheit auf sie warten, war fürchterlich. Ehe Emilia umkehrte, fuhr sie wieder zu dem kleinen Supermarkt, in dem sie für das Abschiedsessen eingekauft hatte. Sie brauchte Wasser und etwas zu Essen für die Fahrt mit Nandesora nach Windhoek.

Am Ortsrand von Drimiopsis stellte Emilia den Tageskilometerzähler auf Null und hielt wieder auf Epukiro zu. Auch jetzt begegnete ihr kein einziges Auto. Nach fünfundvierzig Kilometern fand sie die Akazie genauso mühelos wieder, wie sie es drei Tage zuvor getan hatte. Sie fuhr vorbei. Hier konnte sie nicht warten ohne bemerkt zu werden. Genau zehn Kilometer weiter fand sie eine Fahrspur zwischen Dornbüschen. Dort fuhr sie ein kleines Stück hinein, um auf die Finsternis zu warten. Selbst wenn der Wagen auffiele, würde ihn an dieser Stelle niemand mit Nandesora in Verbindung bringen. – Aber wenn jemand versuchen würde ihn zu stehlen? Sie würde sich nicht wehren können.

Dann der Schreck: Die große Akazie würde sie bei Dunkelheit gar nicht sehen. Der Baum würde ein dunkler Schatten sein, nicht anders als Hunderte andere. Auch würde sie die Pumpstation nicht hören können, der Dieselmotor schwieg nachts. Sie schob die Zweifel beiseite. Wie so oft im Leben kam es darauf an, etwas wirklich zu wollen. Allein auf ihr Glück durfte sie nicht bauen, wenn sie Posten 3 wiederfinden wollte. Sie musste sorgfältiger planen: Sie musste am Ziel sein, ehe es völlig dunkel war. Nandesoras Schicksal lag in ihrer Hand.

Als die glutrote Sonnenscheibe den Horizont berührte, startete sie den Motor, legte den Rückwärtsgang ein und gab Gas. Die Räder drehten sich, doch sie gruben sich tief in den lockeren Sand. Der Wagen bewegte sich nicht. Emilia versuchte, ein Stück vorwärts zu fahren – vergeblich. Mit jeder Umdrehung versanken die Räder tiefer im Sand. Es kommt nur darauf an, etwas wirklich zu wollen, hatte sie gedacht. Welch ein Irrtum! Statt Zuversicht nur noch Angst und Verzweiflung. Von der Sonne war mittlerweile nichts als ein golden strahlender Rand zu sehen, dann verschwand auch der. Bald würde es völlig finster sein. Die Fußmatten, dachte sie, sie müsste die Matten unter die Räder legen. Heftig zog sie an der Matte vor dem Beifahrersitz, doch vergeblich. Auch die vor dem Fahrersitz ließ sich nicht herausnehmen. Rasch senkte sich jetzt die Dämmerung über das Land. Dieser Druck auf ihrer Brust, die Faust auf ihrem Magen und ihr wie verrückt schlagendes Herz. Sie fühlte sich wie in einem ihrer in ähnlicher Weise immer wiederkehrenden Träume. Irgendetwas musste sie tun oder irgendein Ziel in Eile erreichen, aber manchmal fand sie das Gleis nicht, von dem ihr Zug abfahren sollte, oder sie suchte endlose Zeit nach irgendeinem Gegenstand, den sie mitnehmen musste, mal wusste sie schlichtweg nicht, wo ihr Ziel war. Verzweifelt sah sie in diesen Träumen die Zeit verstreichen. Immer, wenn die Aussichtslosigkeit übermächtig wurde, war sie aufgewacht. Aber dies war kein Traum.

Noch zwei oder drei vergebliche Versuche, dann stieg sie aus. Im nächsten Moment hatte sie ein Idee. Sie öffnete ihren Koffer, nahm ihre Jacke und ihre Jeans heraus. Sie arbeitete fieberhaft, bis sie die Kleidungsstücke weit genug unter die Vorderräder geschoben hatte. Dann legte sie wieder den Rückwärtsgang ein, ließ ganz vorsichtig die Kupplung kommen. Der Wagen bewegte sich! Noch ein paar bange Sekunden und sie war frei. Die Kleidungsstücke ließ sie liegen. Sie fuhr genau zehn Kilometer. Im letzten Tageslicht entdeckte sie die Akazie und bog von der Piste ab. Im Scheinwerferlicht erkannte sie Fußspuren im Sand. Sie mussten zu den Hütten führen, wo Martha und der Omokururume wohnten und wo sie tagelang vergeblich auf Unotjari gewartet hatte. Sie folgte den Spuren nur ein kleines Stück, dann stellte sie den Motor aus. Eine Viertelstunde später hatte sich die Finsternis einer mondlosen Nacht über das Land gebreitet.

Emilia stieg aus. Der Kontrast zwischen dem hellen Sand des Weges und den dunklen Dornbüschen war auch jetzt noch zu erahnen. Sie folgte dem Weg, bis er plötzliche endete. Aus der hellen Fläche wuchs ein Hindernis vor ihr empor, diffus und undurchdringlich zugleich: der Wasserbehälter. Sie war wirklich angekommen. Ihre unbändige Freude währte nicht lange. Was wäre, wenn sie Nandesora in der Dunkelheit nicht entdeckte? Oder wenn sie gar nicht käme? Emilia kehrte zum Auto zurück. Noch waren es fast fünf Stunden bis Mitternacht. Sie war müde von der Fahrt und sie wehrte sich vergeblich gegen den Schlaf.

Erst Stunden später weckte sie die Kälte wieder auf. Nur noch eine Stunde! Niemand schien ihren Wagen entdeckt zu haben. Dreißig Minuten vor Mitternacht verließ sie wieder ihr Auto. Noch immer war der Mond nicht aufgegangen und der Himmel war ein fast schwarzer Hintergrund für die Sterne, die einzigen Lichter in der Finsternis. Emilia ging wieder zur

Pumpstation und setzte sich auf der windgeschützten Seite des Wasserbehälters in den Sand. Sie lauschte in die Dunkelheit, aber da war nichts als der Wind in den Zweigen der großen Akazie und hin und wieder das Bellen der Hunde in der Ferne. Manchmal war es ganz still, gespenstisch still, so still und dabei eisig kalt, wie die Nächte auf Uellendahl es niemals gewesen waren. In ihrer Aufregung hatte sie vergessen, einen Pullover aus dem Auto mitzunehmen. Sie sah auf die Uhr, aber die Zeiger waren nicht zu erkennen. Als sie wieder zum Auto zurückkehrte, um einen Pullover zu holen, war es zehn Minuten nach Mitternacht. »Ihr habt die Uhr, wir haben die Zeit«, hatte Martha zu ihr gesagt. Vielleicht war das der Grund, warum Nandesora noch immer nicht eingetroffen war. Ob sie sich nach dem Stand der Sterne richtete? Dann ein plötzlicher Schreck, jemand könnte von den Hütten die Scheinwerfer ihres Autos gesehen haben und Nandesoras Flucht vereitelt haben.

Emilia hatte geglaubt, sich an das Warten gewöhnt zu haben, Tag für Tag hatte sie auf etwas gewartet, seit sie mit Izakuje von Okahandja aufgebrochen war, aber nie war es eine Folter gewesen wie in dieser stockfinsteren, kalten Wüstennacht. Immer wieder dieselben quälenden Fragen: Hatte sie sich geirrt? War es die falsche Nacht oder die falsche Pumpstation? Oder war Nandesora an der Flucht gehindert worden? Oder war sie womöglich schon viel zu früh vergeblich hier gewesen, ohne Uhr wie sie war, und hatte das hinter den Büschen verborgene Auto in der Dunkelheit nicht entdeckt? Dann wieder überfiel sie die Angst, der Wagen könne im Sand feststecken, wie es heute schon einmal geschehen war.

Stundenlang wartete Emilia auf Nandesora, mal im Auto, mal bei der Pumpstation, sie hatte keine andere Wahl. Es war besser, hier bis zum Morgen auszuharren, als die Gefahren einer Autofahrt bei Nacht auf sich zu nehmen. Der Zusammenstoß mit einem großen Tier konnte tödlich sein. Quälend langsam bewegten sich die Zeiger der Uhr, um kurze Zeit später über die Minuten zu springen. Dann musste sie trotz der Kälte geschlafen haben.

Meine kleine Nandesora, ich möchte dich wissen lassen, dass du alles werden kannst, was auch immer und wer auch immer du werden möchtest. – Was Justina geschrieben hatte, schien ein unerfüllter Traum zu bleiben.

Als ein heller Streifen im Osten das Ende der Nacht ankündigte, kehrte Emilia ein letztes Mal zur Pumpstation zurück. Nandesora war nicht gekommen. Sie lehnte ihre Stirn an den kalten Wasserbehälter und weinte. Es war das einzige, was sie in dieser Kälte und Einsamkeit tun konnte. Lange stand sie so. Sie fuhr herum, als sie eine Bewegung hinter sich hörte. Nandesora? Nein, es war nur eines der Rinder näher gekommen, die dösend in der Nähe der großen Akazie standen.

Emilia trocknete sich die Tränen ab, die eiskalt auf ihren Wangen brannten. Noch schliefen die Menschen in ihren Hütten – und eine von ihnen war Martha. Wenn sie schon Nandesora nicht angetroffen hatte, so gab es vielleicht die Chance, Martha noch einmal zu sehen? Ihre Füße trugen sie weiter, noch ehe der Plan in ihr gereift war, sie trugen sie in die Richtung, wo bald die Sonne aufgehen würde. Dort mussten die Hütten sein. Fußspuren wiesen Emilia den Weg zwischen den Dornbüschen. Nie musste sie umkehren, weil Gebüsch ihr das Durchkommen versperrte. Sicher wie eine Traumwandlerin folgte sie dem kaum sichtbaren Weg. Es dämmerte, als wirklich die Hütten vor ihr auftauchten. Wie die grauen Bauklötzchen eines Riesen standen sie im Kreis um den Pferch mit den Rindern. Noch brannten die Feuer nicht. Welches war Marthas Hütte? Die meisten Behausungen waren einander zum Verwechseln ähnlich: ein Gestell mit Küchengerät, eine Feuerstelle, dahinter die Hütte aus Wellblech. Emilia dachte daran, wie Marthas verstoßene Mutter bei Nacht die Hütte gefunden hatte, in der ihre Kinder schliefen, wie sie das Lied für sie gesungen hatte. Sie versuchte, sich an die kleine Melodie zu erinnern, und stellte sich vor, Martha damit zu wecken. Aber die Melodie fand sie so wenig, wie sie in der Morgendämmerung Marthas Hütte ausmachen konnte. Sie fror, aber noch kehrte sie nicht um. Wenigstens eine Nachricht wollte sie Martha hinterlassen, eine Nachricht, die niemand außer ihr verstehen konnte. Hemingway, dachte sie, mit großen Buchstaben ein HEMINGWAY in den Sand schreiben, wo sie Marthas Hütte vermutete. Doch der Gedanke war kindisch – und die Nachricht konnte gefährlich sein. Vielleicht entdeckten die Männer die Schrift. Vielleicht hielten sie sie für ein geheimes Zeichen, das Nandesora galt. »Wenn du gekommen bist, um ihr zu helfen, dann stehe Gott dir bei!«, hatte Izakuje gesagt. Wozu waren diese Männer fähig?

Sehr langsam und tief betrübt ging Emilia zu ihrem Auto zurück. Sie stieg noch einmal aus, ging zu einem Dornbusch und brach einen Zweig ab. Sie würde ihn mit nach Deutschland nehmen und jedes Mal, wenn sie ihn ansah, würde Martha wieder in ihren Gedanken sein.

Noch einmal fuhr Emilia nach Drimiopsis und hielt bei der Schule an. Das Tor war verschlossen wie beim ersten Mal, der Schulhof leer. In den Klassenzimmern waren jetzt die Stühle auf die Tische gestellt, Stühle, die denen glichen, auf denen sie selbst einmal gesessen hatte. Noch am Zaun wählte sie die Nummer der Schulleiterin, aber niemand nahm den Hörer ab. An dieser Stelle neben dem Schulhof aus Wüstensand hatte sie schon einmal vergeblich auf ein Wunder gewartet. Gott lässt nicht zu, dass Nandesora gegen ihren Willen verheiratet wird, hatte Ida Riruako gesagt, aber Gott schien den richtigen Zeitpunkt zum Eingreifen verpasst zu haben.

Lange bleib Emilia neben der Schule stehen. Es fiel ihr schwer, eine Entscheidung zu treffen. Ihr Kopf war leer vor Müdigkeit und Enttäuschung. Es gelang ihr kaum, sich die zwei Möglichkeiten vor Augen zu führen: über Gobabis auf dem kürzesten Weg nach Windhoek oder auf Schotterstraßen den endlosen Weg nach Okahandja und dann weiter nach Omururu, in dessen Nähe die Farm lag, auf der Hosea arbeitete. – Sie musste eingeschlafen sein, ehe sie wusste, was sie tun würde. Als sie aufwachte, war es im Auto heiß geworden und die Landkarte lag vor ihren Füßen am Boden. Jetzt wusste sie, was sie wollte, es gab gar keine andere Möglichkeit: Der kurze Schlaf würde ausreichen, um bis Okahandja zu kommen. Am nächsten Tag würde sie in Omaruru sein. Hosea! Sie konnte gar nicht mehr verstehen, warum sie überhaupt gezögert hatte.

Emilia wusste nicht, wer es damals ihren Eltern verraten hatte. Irgendjemand musste sie mit Hosea beobachtet haben, irgendwann und irgendwo. Eisiges Schweigen, als sie sich an diesem Abend als letzte an den großen Esstisch setzte. Die Mutter starrte zu Boden, als habe sich dort ein Abgrund aufgetan. Die Augen ihres Vaters hingen an Emilias Gesicht. Er musterte sie unentwegt mit einem Blick, als ginge etwas Ekelhaftes von ihr aus. Lange sagten sie nichts, kein einziges Wort. Ihr Blick und ihr Schweigen waren vernichtender als jede Verurteilung. Endlich sprach ihr Vater den ersten Satz: »Wer war der Mann?«

Emilia schwieg.

»Mit wem warst du am Fluss?«

Sie schüttelte den Kopf, schüttelte ihn lange und widerstrebend, bis ihr Vater seine Hand plötzlich hob. Sie duckte sich, als müsse sie einem Schlag ausweichen, aber er ließ seine Hand wieder sinken. Dann saßen sie wortlos, aber eine Spur von Erleichterung mischte sich in Emilias Entsetzen: Ihre Eltern wussten nicht, dass Hosea ihr Geliebter war. Von ihr würden sie es niemals erfahren. Die Drohungen ihres Vaters ließ sie schweigend über sich ergehen. Irgendwann fiel der Satz über die Schande, die Emilia über die Familie gebracht hatte. Ohne auch nur ein einziges Wort gesprochen zu haben, stand sie auf und wandte sich zur Tür. Ganz langsam tat sie das, aufrecht und mit großer Entschiedenheit. Im Gehen hörte sie dann dieses Wort: Hure. Ihr Vater hatte es ausgesprochen. Sie knallte die Tür ins Schloss.

Vom Büro ihres Vaters rief sie ein Taxiunternehmen in Windhoek an. Als sie eine Stunde später ihre Sachen gepackt hatte, hielt der Wagen bereits auf dem Vorplatz. Ihre Mutter kam aus dem Farmhaus gelaufen. »Emilia, warte doch«, rief sie, aber Emilia kümmerte sich nicht darum. Als das Taxi losfuhr, sah sie Hosea aus einem der Arbeiterhäuser kommen. Er machte eifrige Bewegungen, als habe er eine Aufgabe oder einen Plan. Er entdeckte sie nicht, und das war gut so. Die kleinste Geste hätte ihn verraten können. Sie verließen den Vorplatz und es war ihr, als würde sie niemals mehr zurückkommen. Der Taxifahrer redete über alles Mögliche, aber Emilia hörte nicht zu. Zum letzten Mal, dachte sie, als das vertraute Farmland an ihr vorüberzog. Aber Hosea! Sie wollte ihn doch nicht verlieren! Sie dachte an die Beleidigungen aus dem Mund ihres Vaters und merkte, dass ihr Tränen über das Gesicht liefen.

Wenige Wochen später war Emilia doch auf die Farm zurückgekehrt. Die Trimesterferien ihrer Schule hatten sie dazu gezwungen. Sie hatte nicht genug Geld, um in Windhoek in ein Gästehaus zu ziehen, und sie kannte niemanden, bei dem sie hätte wohnen können. Und sie sehnte sich nach Hosea. Viel zu viel Zeit war vergangen, seit sie sich zum letzten Mal gesehen hatten.

Am letzten Tag vor den Ferien hatte eine Klassenkameradin Emilia geraten, nach der Schulzeit in Konstanz zu studieren. Konstanz sei eine schöne Stadt und die Ausbildung besser als in Windhoek. Sie hatte Emilia die Adresse von Verwandten gegeben, aber Emilia konnte sich nicht vorstellen, Hosea für Jahre zu verlassen. Trotzdem forderte sie die Bewerbungsunterlagen an und füllte sie aus.

In den folgenden Wochen auf der Farm ging Emilia an ihren Eltern vorüber wie eine Fremde, die die Sprache der anderen nicht versteht. Nicht einmal zu den Mahlzeiten trafen sie noch regelmäßig zusammen. Ihre Mutter verbrachte die Zeit damit, ihre Tochter stumm zu beobachten. Ihr Vater tat nicht einmal das. Jeden Tag streifte Emilia zu Fuß durch das weite Farmland, ohne dass ihre Mutter Anstalten machte, sie zu verfolgen. Das Gehen in der weglosen Landschaft war ihr zu mühsam geworden.

So oft wie möglich versuchte Emilia Hosea zu treffen. Sie ging dann über die Hügel auf den See zu. Hier war die Landschaft offen und keine Bäume oder hohe Büsche konnten einen Verfolger verbergen. Wenn sie sicher war, allein zu sein, bog sie hinter der ersten Kuppe ab und ging zum Fluss hinunter zu der Stelle, die man nur zu Fuß erreichen konnte. Immer wenn sie kam, wartete Hosea bereits auf sie. Er bestritt, den ganzen Tag hier zu sein. Er sagte, er spüre, wann sie käme. Sie glaubte ihm.

Was sie in diesen Wochen bestürzte, war seine Liebe, seine Hingabe, sein Bedürfnis, sie täglich zu treffen – und sein Plan, sie zu heiraten, sobald sie die Schule abgeschlossen hatte. – Merkte er denn nicht, dass sie nie seine Frau werden konnte?

Das letzte Trimester ihrer Schulzeit begann, und Emilia kam nur noch selten nach Uellendahl. An einem Samstag in dieser Zeit tauchte Justina auf der Farm auf. Ihre wenigen Habseligkeiten trug sie in einem Bündel auf dem Kopf, die kleine Nandesora in einem bunten Tuch auf ihrem Rücken. Sie kam zu Fuß über den steilen steinigen Weg. Emilia sah sie, aber sie erkannte sie nicht. Erst am nächsten Tag, als sie sich beim Farmhaus begegneten, wechselten sie ein paar Worte.

»Kennst du mich nicht mehr?«

Emilia musterte das verbitterte und alt gewordene Gesicht, bis sie Justina erkannte. Die Frau, die zu ihr sprach, war eine Fremde, nicht die Freundin aus Emilias Kindertagen.

Sie sei in Angola gewesen, antwortete sie auf Emilias Frage, was sie getan habe.

»Und jetzt?«

»Die SWAPO hat die Wahlen gewonnen, deswegen bin ich zurückgekommen. Namibia ist unser Land.«

Emilia hatte nicht weiter gefragt, sie spürte die Kluft, die sich zwischen ihnen aufgetan hatte.

»Wie alt ist das Kleine?«, fragte sie und zeigte auf das magere Kind im Tragetuch, das ihren Blick aus großen ängstlichen Augen erwiderte.

»Neun Monate.«

Höchstens sechs Monate hatte Emilia geschätzt. Sie wartete, ob Justina noch mehr erzählen würde, aber das winzige Kind schien sich vor ihr zu fürchten und begann kläglich zu weinen.

»Sie wird Angst vor deiner weißen Haut haben. Sie ist Weiße noch nicht gewohnt.«

Ein paar unverbindliche Worte hatten sie noch gewechselt, dann war Justina weitergegangen, ohne sie um etwas zu bitten. Zwei Wochen später war sie tot, gestorben durch das Gift einer Kap-Kobra.

Bald nach Justinas Tod hatte Emilia beschlossen, Namibia für immer zu verlassen. Vielleicht wäre sie geblieben, wenn nicht die tote Freundin überall gegenwärtig gewesen wäre. Sie hatte Angst vor dem Abschied von Hosea und suchte nach Worten, mit denen sie es ihm erklären würde. Nein, es war nicht möglich, dass sie einander abhanden kamen, so wie man einen Handschuh verliert. Sie musste ihm ihre Entscheidung offenbaren.

Der Tag ihrer Abreise kam näher, aber sie hatte Hosea noch kein Wort davon gesagt, sie wusste noch nicht einmal, wann und wie sie es tun würde. An einem kühlen und windigen Tag gingen sie am Fluss entlang, als unvermittelt schwarze Vögel vor ihnen aufstiegen, riesenhafte Tiere mit schwarzen Schwingen und gebogenen Schnäbeln: Ohrengeier mit kahlen Hälsen unter den blutroten Köpfen. Am Ufer lag das Gerippe einer großen Antilope, deren leerer Brustkorb sich dem Himmel entgegenwölbte.

Emilia blieb stehen. Noch waren die Knochen nicht von der Sonne gebleicht, sie waren braun und fleckig vom eingetrockneten Blut und den letzten winzigen Fetzen von Fleisch, die die Geier zurückgelassen hatten. Wie eine zerstörte Kathedrale, dachte sie, oder wie die Balken in einem ausgebrannten Dach. Der Anblick deprimierte sie. Nur ein paar Meter von der toten Antilope entfernt setzte sie sich auf einen Stein.

»Ich muss dir was sagen.«

Hosea sah sie erwartungsvoll an und ließ sich neben ihr nieder. »Bist du schwanger?«

Emilia schüttelte den Kopf. »Ich werde Namibia verlassen«, sagte sie. »Ich werde in Deutschland studieren. Ich habe lange darüber nachgedacht. Vielleicht komme ich später zurück, aber das weiß ich noch nicht.«

Er starrte sie an: Unglauben in seinem Blick, Bestürzung. »Aber warum? Du kannst doch in Windhoek studieren.«

Sie versuchte ihm ihre Entscheidung zu erklären, sprach über Justina, über deren Tod und über die Schlangen ihres Vaters. Sie sagte, dass sie den Anblick der Schlangen nicht mehr ertragen konnte. Über die Beleidigungen ihres Vaters und seine Schimpfworte verlor sie kein Wort. Wie hätte Hosea denn verstehen sollen, dass sie sich für ihre Liebe zu ihm schämte?

Die Enttäuschung in seinem Gesicht tat ihr weh. »Ich melde mich aus Deutschland, Hosea, ich verspreche es dir.«

»Du kannst nicht einfach nach Deutschland gehen«, sagte Hosea sehr ernsthaft. »Es geht nicht.«

»Was meinst du damit?«

»Ich traue dir nicht zu, dass du mich je vergessen wirst.«

Bei seinen Worten lächelte Emilia ein wenig trotz ihrer Traurigkeit. Nein, vergessen würde sie Hosea niemals. Trotzdem konnte sie nicht bleiben.

»Ich schreibe dir, sobald ich in Deutschland bin.«

Hosea, der ihr nicht glaubte. Sie sah seine stummen Zweifel.

»Mach's gut, Hosea.«

»Emilia, du kannst mich doch nicht einfach zurücklassen.«

»Ganz bestimmt, ich melde mich.«

Dann schwiegen sie, bis Hosea plötzlich aufstand. Mit hängenden Schultern stand er vor ihr. »Wann wirst du zurückkommen?«

Emilia machte eine hilflose Geste. »Ich weiß es noch nicht. Ich werde dir schreiben.«

Sie stand auf und wandte sich zum Fluss, ehe er ihre Tränen sehen konnte.

Ja, sie würde ihm schreiben und ihn nach Deutschland einladen, sie war ganz sicher, und dieser Entschluss erleichterte sie.

Bei der Flussbiegung sah sie Hoseas dunkles Gesicht zum letzten Mal. Er war stehen geblieben genau wie sie. Als sich ihre Blicke kreuzten, drehte er sich wortlos um und ging mit langsamen Schritten davon. Es machte ihr Mühe zu denken, dass sie sich vielleicht niemals wiedersehen würden.

– Sie hatte ihm nicht geschrieben. Ein paar Mal hatte sie begonnen, aber der Gedanke, dass jeder Brief an einen Menschen auf der Farm durch die Hände ihres Vaters ging, hatte jeden Versuch scheitern lassen.

Die Nacht nach der Fahrt in die Kalahari verbrachte Emilia in derselben Lodge bei Okahandja, in der sie nach ihrem ersten Besuch auf Uellendahl gewohnt hatte. Sie war müde und ging früh zu Bett, aber sie konnte nicht einschlafen. Ihre wirren Gedanken waren mächtiger als die Müdigkeit. Die Angst, bei der Verabredung in der Wüste einen Fehler gemacht zu haben, paarte sich mit dem Selbstmitleid wegen der vergeblich durchlittenen Nacht, und die Sorge um Nandesoras Schicksal vereinte sich mit der Aufregung, dass sie vielleicht morgen Hosea wiedersehen würde. – Zum ersten Mal seit ihrem stummen Abschied am Fluss.

Sie erreichte Omaruru am nächsten Tag gegen Mittag. Bald hinter dem Ort wies ihr ein buntes Schild mit einem brüllenden Löwen den Weg zur Farm, auf der Hosea arbeitete. Kilometerweit fuhr sie über eine schmale Schotterstraße auf die Erongoberge zu, bis sie auf ein hohes Gittertor stieß. Dahinter saß neben einer mit Stroh gedeckten Schutzhütte ein Wachmann in olivfarbener Uniform. Er öffnete Emilia das Tor ohne Fragen zu stellen. »You're welcome, Ma'am«, sagte er mit einer höflichen Verbeugung, als sie sich bedankte.

Emilia parkte auf einem schattigen Parkplatz, auf dem ein Toyota wie ihrer und ein paar herausgeputzte Geländewagen mit dem aufgemalten brüllenden Löwen vom Hinweisschild standen. Nicht weit vom Parkplatz entfernt entdeckte sie ein mächtiges Strohdach, auf das sie zuhielt. In einer Nische unter dem Dach war ein Empfangsbereich mit einem breiten Sofa und zwei bequemen Sesseln. Emilia musste längst beobachtet worden sein, denn von irgendwo kam sofort ein Bediensteter herbei. Er war mit einem khakifarbenen Hemd, einer olivfarbenen Hose und einer engen Weste bekleidet, dazu trug er eine farblich passende Krawatte. Hosea? Auf einem viel zu großen Tablett brachte er ein Glas Saft und ein schneeweißes feuchtes Tuch in einem Körbchen. Er lud Emilia ein, auf dem Sofa Platz zu nehmen und reichte ihr den Saft und das Tuch. Emilia bedankte sich. »You're welcome, gern geschehen«, sagte der Mann, verbeugte sich und verschwand wieder. Ein anderer in der gleichen Kleidung kam, fragte nach ihren Wünschen. Sie sagte, dass sie eine oder zwei Nächte bleiben wolle.

»You're welcome, madame.« Wieder eine Verbeugung.

An den Empfangsbereich schloss sich unter dem Strohdach ein großer Speisesaal an. Hier standen mit weißen Tischtüchern gedeckte Tische, die mit Rosensträußen geschmückt waren. Neben einer Theke wartete Personal in einheitlicher oliv- und khakifarbener Kleidung, die Frauen in knielangen Röcken. Andere servierten: linke Hand auf dem Rücken, höfliche Verbeugungen: You're welcome. Angestellte wie Marionetten an den Fäden des Farmbesitzers, der dem Namen nach ein Weißer sein musste. Hier also arbeitete Hosea! Unterwarf er sich jetzt einem Drill, der an längst vergangene Kolonialzeiten erinnerte? Sie versuchte sich vorzustellen, wie dieser andere Hosea ihr begegnen würde. Würde er sich freuen, sie wiederzusehen? Oder ihr noch immer böse sein, weil sie ihn verlassen hatte? Oder würde er vor allem höflich sein, wie alle hier? Und was würde er denken, wenn er sie sah? Würde er denken, dass sie alt geworden war – oder würde er sie noch immer hübsch finden? – Sie spürte, wie sie bei jedem Gedanken unsicherer wurde.

Emilia bezog einen kleinen Bungalow in der Nähe des Haupthauses. Sie duschte und zog das Sommerkleid an, das unberührt zuunterst in ihrem Koffer lag. Dann schminkte sie sich so sorgfältig, wie sie es nur zu besonderen Anlässen tat. Sie vergewisserte sich, dass der Aquamarin noch immer in ihrer Handtasche steckte, und kehrte unter das Strohdach zurück. Mittlerweile hatten noch mehr Menschen an den Tischen Platz genommen, die meisten waren grauhaarige gutgekleidete Weiße. Ein junger Mann mit einem dünnen krausen Bärtchen am Kinn eilte an Emilias Tisch und empfahl den Buschmann-Spieß mit dem Fleisch von Strauß, Zebra, Kudu, Springbock und Hühnchen, dazu süße, angebratene Maisfladen und grüne Bohnen. Sie stimmte zu.

»You‘re welcome, Ma'am.«

Das Gericht schmeckte ausgezeichnet, aber Emilia konnte kaum etwas essen. Sie fühlte sich nicht wohl. Hosea, dachte sie. Ob sie ihn wirklich treffen würde? Sie hätte anrufen sollen und fragen, ob er immer noch hier arbeitete. Nach dem Essen ging sie zur Rezeption. Eine Frau mit geglätteten halblangen Haaren und einem roséfarbenen Lippenstift, der gut zu ihrer tiefbraunen Haut passte, erkundigte sich nach Emilias Wünschen.

Ob Hosea Ukongo auf der Farm sei, fragte Emilia und sie spürte wie ihr Herz viel zu schnell schlug.

»Möchten Sie an einer Wanderung teilnehmen?«

»Ich möchte ihn sprechen.«

Für einen Augenblick belebte eine Spur von Neugierde das hübsche Gesicht.

»Unser Ranger kommt erst am Nachmittag. Ich werde ihm sagen, dass Sie auf ihn warten.« Emilia bedankte sich.

»You're welcome, Ma'am.« Nach Emilias Namen hatte die Frau nicht gefragt. Ob sie die Botschaft tatsächlich ausrichten würde? Und wann begann hier der Nachmittag? Um drei? Um vier? Oder früher? – Es spielte keine Rolle. Das Wichtigste war, dass Hosea wirklich hier war.

Emilia holte Justinas Aufzeichnungen aus ihrem Bungalow und setzte sich an einen der Tische, die auf dem grünen Rasen vor dem Restaurant standen. Ein Marabu stolzierte zwischen den Stühlen umher. Mit seinem greisenhaften Schädel schien er Emilia wie ein alter weiser Ober, einer, der sich nicht der hier üblichen Dressur unterwarf. Sie blätterte, bis sie den Satz fand, den sie zuletzt gelesen hatte:

Solange wir Frauen uns nicht selbst befreien, macht der Rest der Befreiung für mich keinen Sinn!

Nach einer Weile schlug sie das Heft wieder zu. Sie konnte jetzt nichts lesen. Ihre Gedanken waren bei Hosea.

Eine Stunde hatte sie ausgeharrt und nichts getan, als den Marabu zu beobachten, als ein großer schlanker Mann mit dunkler

Haut aus dem Schatten unter dem Strohdach trat und auf sie zukam. Er trug Shorts, Kniestrümpfe und Khakihemd wie es Hosea auf dem Foto getan hatte, und auf dem Kopf einen hellen Safarihut. Der Mann war weniger schmächtig, aber etwas kleiner, als der Hosea, den sie in Erinnerung hatte. Seine Haut war glatt wie bei einem jungen Mann, nur von der Nase bis zu den Mundwinkeln hatten sich zwei Falten eingegraben. Die Narbe auf dem Wangenknochen war zu einer kaum noch sichtbaren flachen Kerbe geworden. Es war Hosea, wirklich Hosea!

Emilia stand auf. Sie suchte seinen Blick, lächelte ihm entgegen, lächelte trotz der Unsicherheit, die sie plötzlich befallen hatte, während er zögernd auf sie zukam. Sein Gesicht blieb unbewegt. Was er dachte, was er fühlte, blieb ihr verborgen. Keine Spur von Freude in seinem Gesicht. Ob er sie überhaupt erkannt hatte? Er sah sie schon viel zu lange wortlos an.

Ein paar Schritte von ihr entfernt blieb er stehen. »Du hast nie geschrieben«, sagte er endlich und seine Stimme klang so enttäuscht wie damals, als er am Fluss plötzlich hinter ihr gestanden hatte: »Der Damm ist fortgespült.«

»Jetzt bin ich selbst gekommen.« Emilia versuchte heiter zu klingen, aber es gelang ihr nicht. Hoseas ernstes Gesicht beunruhigte sie. Sie hatte nicht mehr an ihr Versäumnis gedacht, nur an den stummen Abschied.

»Warum hast du nicht geschrieben?«, fragte er.

»Weil ich nicht wollte, dass mein Vater den Brief liest.«

Hosea schien über ihre Antwort nachzudenken.

»Außerdem hättest du meinen Brief gar nicht bekommen«, entschuldigte sie sich. »Ich habe gehört, dass du die Farm bald verlassen hast.«

Hoseas Gesicht blieb so reglos, wie sie es früher niemals an ihm gesehen hatte. Wie Izakuje, dachte sie erschreckt.

»Warum bist du hier?«, fragte er.

»Weil ich dein Bild auf dem Prospekt der Farm gesehen habe und ich dich wiedersehen wollte.«

Plötzlich lachte er.

»Du siehst gut aus als Ranger«, sagte sie.

»Gefalle ich dir?« Jetzt hatte er dasselbe stolze Gesicht wie auf dem Foto mit den Touristinnen.

Sie ging auf ihn zu und griff nach seiner Hand. »Du gefällst mir sehr.«

»Besser als im blauen Overall der Farmarbeiter?« Seine Stimme bekam plötzlich einen bitteren Klang und er entzog ihr seine Hand.

Irritiert sah Emilia ihn an. Was wusste er noch über ihre Gedanken und über ihre Zweifel aus vergangener Zeit, über die sie nur ein einziges Mal gesprochen hatte?

»Wie hast du es geschafft, Ranger zu werden?«, fragte sie.

Er sah sie forschend an. »Du hättest es nicht gedacht? Du hast es mir nicht zugetraut?«

Sie überlegte. Sie wollte ihn nicht mit der Wahrheit kränken. »Ich habe nicht darüber nachgedacht«, antwortete sie ausweichend. – Sie standen noch immer. Wie zwei Menschen, die sich zufällig auf der Straße getroffen haben, dachte Emilia.

Hosea sprach weiter, ehe sie noch etwas gesagt hatte: »Als du Uellendahl verlassen hattest, bin ich nach Katutura gegangen, zu einer Tante, die dort mit ihrer Familie lebte. In ihrem Haus war kein Platz für mich, aber ich konnte mir daneben eine Wellblechhütte bauen, so groß, dass ich darin stehen konnte.« Er breitete die Arme aus, zeigte dann nach oben. Sein Gesicht dabei, als habe er einen ganzen Palast gebaut.

»Ich habe die Secondary School besucht. Es war nicht einfach für mich, aber ich wollte nicht der Handlager deines Vaters werden, wie es mein Vater war.« Er zögerte plötzlich, ehe er weitersprach. »Ich habe immer an dich gedacht, wenn ich keine Lust zum Lernen hatte.«

»Beim Lernen hast du an mich gedacht?«, fragte Emilia verwundert.

»Ich habe gehofft, dass du zurückkommst und wir dann heiraten werden.«

Sie sah ihn ungläubig an.

»Doch, bestimmt. Ohne den Gedanken an dich hätte ich niemals die Schule bis zum Schluss durchgehalten.«

Die Antwort gab Emilia einen Stich. Sie konnte nicht verstehen, dass sie selbst immer nur an ihren Erinnerungen festgehalten und niemals darüber nachgedacht hatte, wie sich Hoseas Leben nach ihrem Abschied verändert haben mochte – und ob es doch eine gemeinsame Zukunft hätte geben können. Sie hatte nicht einmal versucht, ihm irgendwie eine Nachricht zu schicken.

Sie schwiegen wieder, sahen sich an. Mehr als zwei Jahrzehnte waren vergangen, aber Hosea hatte sich viel weniger verändert, als sie erwartet hatte. – Und sie selbst? Sie wusste nicht, was er dachte.

Hosea wandte sich um und ging ein paar Schritte bis zu dem Tisch, an dem sie eben selbst gesessen hatte. »Komm«, sagte er. »Wir brauchen doch nicht im Stehen miteinander reden.«

Emilia schob ihren Stuhl zurecht, lächelte Hosea an, um ihre Befangenheit loszuwerden. »Kannst du eigentlich mit deinem Gewehr auch schießen?«, fragte sie.

Hosea rollte bedeutsam mit den Augen. »Oh ja, und ich muss regelmäßig zum Training gehen.« Mit großen Gesten erzählte er von Begegnungen mit Löwen und Leoparden, und wie sie schon beim Anblick seines Gewehrs die Flucht ergriffen hatten, bis Emilia lachen musste. Hosea war noch immer der Alte.

»Du glaubst mir nicht?«, fragte Hosea in ihr Lachen hinein und sah gekränkt aus.

»Doch Hosea.« Sie griff wieder nach seiner Hand. »Ich glaube dir.«

Sie redeten eine Weile über die Lodge und über Hoseas Beruf als Ranger, bis Emilia begann, von ihrem Leben in Deutschland zu erzählen, von ihrer kinderlosen Ehe, von Michaels Tod. Hosea hörte zu, aufmerksam wie ein Kind, das einem Märchen lauscht.

»Wie lebst du als Witwe?«, fragte er, als Emilia geendet hatte. »Ich meine, ist es schwer in Deutschland ohne Mann zu leben?«

»Meinst du, ob ich genug Geld habe? Um mein Auskommen brauche ich mich nicht zu sorgen. Alles andere weiß ich noch nicht.«

Emilia nestelte in ihrer Handtasche, bis sie den Aquamarin fand. Sie hielt ihn Hosea auf ihrer ausgestreckten Hand hin, so wie er es vor langer Zeit getan hatte. Über dem schwarzglänzenden Sockel aus Turmalin schimmerte der blaugrüne Kristall wie Gletschereis in der Sonne.

Hosea blickte so lange und aufmerksam auf den Stein, als sehe er ihn zum ersten Mal.

»Du hast ihn immer noch«, sagte er endlich. »Du hast ihn nicht vergessen?« Seine Worte klangen wie eine Frage.

Emilia nickte. »Aber ich habe in Deutschland erfahren, dass es solche Steine nicht in der Gegend von Uellendahl gibt.«

Hosea schwieg und sah verwundert aus.

»Du hast gesagt, du hättest ihn im Fluss auf Uellendahl gefunden.«

»Das habe ich wohl gesagt«, antwortete er vorsichtig.

»Warum hast du nicht verraten, was es mit dem Stein wirklich auf sich hat?«

»Vielleicht hättest du ihn nicht genommen, wenn ich dir die Wahrheit gesagt hätte.«

»Die Wahrheit?«

Er nickte und sah plötzlich wehmütig aus. »Es ist ein ganz besonderer Stein. Ein Großonkel hat ihn hier in der Nähe in den Erongobergen gefunden. Er hat ihn meinem Vater geschenkt und gesagt, dass der Stein magische Kräfte habe. Er verbinde zwei Menschen für immer und schenke seinem Besitzer viele Kinder. Mein Vater hat ihn meiner Mutter zur Hochzeit geschenkt, aber sie hat nur zwei Kinder bekommen. Eines ist bald nach der Geburt gestorben, das andere bin ich. Als meine Mutter eines Tages schwer krank wurde und merkte, dass sie bald sterben würde, hat sie mir den Stein gegeben. Für deine Frau, hat sie gesagt, auf dass sie lange leben möge.«

»Und diesen Stein hast du mir geschenkt«, sagte Emilia verwundert.

»Ich war sicher, dass du lange leben würdest, und wir viele gesunde Kinder bekommen würden. Wenn du einmal krank geworden wärest, hätte dein Vater einen guten Arzt bezahlt und der hätte dich wieder gesund gemacht.« Er sah sie sehr ernst an. »Aber dann bist du einfach verschwunden.«

»Ich wusste doch nicht, was für ein Stein das ist«, versuchte sie zu scherzen.

»Wärst du bei mir geblieben, wenn du es gewusst hättest?«

Emilia sah in Hoseas Gesicht. Nur Neugierde? Oder Hoffnung? In diesem Augenblick fühlte sie sich wieder so heftig zu ihm hingezogen, wie damals, als sie sich heimlich am Fluss getroffen hatten.

»Ich weiß es nicht. Damals schien uns so viel zu trennen.«

Hosea schüttelte heftig den Kopf. »Das hast du gemeint. Aber wenn du wirklich bei mir hättest bleiben wollen, wäre irgendwo ein Weg gewesen.«

»Ja, vielleicht«, sagte Emilia nachdenklich. Vielleicht gibt es wirklich einen Weg, dachte sie, jetzt, in der Zeit, in der wir heute Leben.

Am Nebentisch hatte ein Pärchen Platz genommen, das etwa ihr Alter haben mochte. Obwohl ihre Kleidung sportlich war, hatte sie die besondere Eleganz, die nur für viel Geld zu haben war. Die beiden schwiegen und sahen angespannt aus. Manchmal hatte sie so mit Michael gesessen, irgendwo, wo es nicht hätte schöner sein können, aber nie war Michael zufrieden gewesen. Mal waren Menschen in der Nähe, die ihm nicht gefielen, oder die Suppe im Restaurant war nicht heiß genug oder am Nebentisch saßen Kinder, die ihn störten. Es war, als habe sich Michael verboten, jemals uneingeschränkt zufrieden oder gar glücklich zu sein. Sie sah Hosea an und wusste, dass es an seiner Seite anders wäre. Vielleicht war es gerade das, was sie schon immer an ihm geliebt hatte.

»Woran denkst du?«, wollte Hosea wissen.

Emilia lachte nun. Ihr Leben in Deutschland war so fern. Es lag in einer Welt, die sie weit hinter sich gelassen hatte. »An einen langweiligen Film«, sagte sie, »mit mittelmäßigen Darstellern.«

Und als Hosea sie überrascht ansah:

»An meine letzten Jahre in Deutschland.«

Hosea runzelte die Stirn, er schien eine Weile zu brauchen, bis er verstand, was sie meinte. »Dann kehrst du nicht mehr dorthin zurück?«

»Doch«, sagte Emilia und schluckte den Kloß herunter, den sie plötzlich im Halse spürte. »Meine Reise ist bald zu Ende.«

Hosea sah sie lange an. Besorgt? Traurig? Oder einfach nur forschend? Sie war sich nicht sicher. »Wie lange wirst du hier bleiben?«, fragte er.

»Ich weiß es noch nicht. Mag sein eine Nacht, vielleicht länger.« Sie zögerte. »Ja, es könnte sein, dass ich sehr viel länger bleibe. Niemand wartet auf mich.« Sie versuchte in Hoseas Gesicht zu lesen, aber es blieb unergründlich.

Dann schwiegen sie wieder, bis sich Hosea plötzlich vorbeugte und sie sacht an der Schulter berührte, wie er es früher oft getan hatte. »Ich muss jetzt gehen. Gleich beginnt der Safari-Walk. Wirst du mitkommen?«

Emilia schüttelte den Kopf, als sie an das Foto dachte. Sie wollte Hosea nicht mit aufdringlichen Touristinnen teilen. »Vielleicht morgen«, sagte sie.

»Schade«, sagte er. Er stand auf und sie fürchtete schon, er würde einfach davongehen, aber er stützte die Hände auf den Tisch und beugte ich zu ihr herunter. »Möchtest du sehen, wie ich jetzt lebe?«

»Hier auf der Farm?«

Hosea strahlte plötzlich. Er ist immer noch wie ein kleines Kind, dachte sie. Nur bei Kindern wechselte die Stimmung so schnell und so offensichtlich.

»Ich arbeite nur noch an zwei Tagen in der Woche hier, sagte er. »Ich habe eine eigene Farm.«

»Wirklich?«

»Wenn du in drei Stunden zum Parkplatz kommst, zeige ich sie dir.«

»Ich werde kommen«, sagte sie. »Natürlich möchte ich sehen, wie du lebst.«

Emilia blieb noch sitzen, als Hosea gegangen war. Auf geheimnisvolle Weise hatte sich plötzlich die Welt verändert, alles war farbiger geworden, schöner. Sie fühlte sich so leicht, als wäre sie ein wenig betrunken. Der Marabu war neben ihrem Tisch stehen geblieben. Hatte er ihr nicht eben zugezwinkert, so als habe er verstanden, warum sie plötzlich sehr glücklich war? Auf dem Tisch lag noch immer der Aquamarin. – Ein magischer Stein für die Frau, die Hosea hatte heiraten wollen. Ob er jetzt verheiratet war? Er hatte keinen Ehering getragen. Hätte er nicht gleich von seiner Frau erzählt, wenn er eine hatte, oder von seinen Kindern?

Als Emilia den Aquamarin vom Tisch nahm, zitterten ihre Hände, und sie ließ ihn fallen. Sie erschrak und musste eine Weile suchen, bis sie ihn im Gras wiederfand. In der Ferne sah sie Hosea wie er, gefolgt von ein paar grauhaarigen Touristen, hinter hohen Schirmakazien verschwand – mit umgehängtem Gewehr wie auf dem Foto. Langsam und in Gedanken versunken ging Emilia zum Swimmingpool und legte sich auf eine der Liegen. Sie versuchte sich vorzustellen, wie ihr Leben weitergehen könnte, wenn Hosea nicht verheiratet war, und wie es wäre, wenn sie dort den Faden wiederaufnehmen würde, wo sie ihn vor vielen Jahren zerschnitten hatte: auf einer Farm in Namibia. Auf Hoseas Farm als seine Frau.

Hosea wartete schon, als sie zum Parkplatz kam. Seine Rangerkleidung hatte er abgelegt. Er trug eine mit Lammfell gefütterte Jacke und eine weite Stoffhose, dazu Sonnenbrille und einen Motorradhelm mit offenem Visier. Er saß auf einem verstaubten Motorrad. Die Maschine hatte ein auffälliges Chromgestänge zwischen Vorderrad und Motor, das aussah wie die Rammstangen an einem Geländewagen. Der Tank, die Stoßfänger am Hinterrad und eine aufwendige Verkleidung vor dem Lenker waren blau lackiert. – Ein Motorrad mit so vielen Lampen hatte Emilia noch nie gesehen.

»Fahren wir Motorrad?«, fragte Hosea lachend.

Emilia zögerte. »Wir könnten auch meinen Wagen nehmen.«

»Traust du dich nicht?«

»Doch«, sagte sie trotzig. Sie hängte ihre Handtasche schräg über die Schulter und kletterte ungeschickt auf den hinteren Sitz. Ihr enges Kleid behinderte sie. Sie umklammerte Hoseas Taille und presste ihre Oberschenkel an seine Hüften. Plötzlich musste sie laut lachen. Nie zuvor hatte sie auf einem Motorrad gesessen, ihre Eltern hatten es verboten. Vorsichtig, als transportiere er eine zerbrechliche Fracht, fuhr Hosea über den von Schlaglöchern übersäten Weg zu einer Schotterstraße. Sie führte zwischen Granitfelsen, rundgeschliffen vom Gletschereis längst vergangener Zeiten, durch kahles Land. Der Fahrtwind war kühl und Emilia fröstelte in ihrem dünnen Kleid. An einem verrosteten Farmtor hielt Hosea an. Emilia stieg vom Motorrad und öffnete das Tor, als wäre sie hier zuhause. Sie fuhren weiter. An einer morastigen Wasserstelle neben einem Windrad dösten ein paar braune Rinder. Sie waren nicht so mager wie die in der Wüste und ihre Euter praller.

Er habe zwanzig Rinder, rief Hosea Emilia über die Schulter zu, aber bald würden es noch mehr werden.

Bald darauf hielt er an. »Im letzten Jahr habe ich einen richtigen Damm gebaut«, sagte er stolz. »Ich möchte ihn dir zeigen.«

Es waren nur wenige Schritte, bis sie auf eine Senke in der Landschaft stießen. Talwärts war die Vertiefung durch einen Erdwall verschlossen, der viel niedriger war, als der Damm auf Uellendahl. Ihm gegenüber mündete, jetzt kaum zu erkennen, ein ausgetrocknetes Bachbett in die Senke. An deren tiefster Stelle hatte sich ein winziger See gebildet.

Hosea blieb stehen und zeigte stolz auf das Wasser, das kaum mehr als eine große Pfütze war. »Du müsstest den See in der Regenzeit sehen!«, rief er.

Seine Begeisterung steckte sie an. »Ein richtiger Damm mit einem richtigen See«, staunte Emilia. »Ich hätte es nicht für möglich gehalten.« Und nach einer Weile: »Du kannst stolz auf dich sein.«

Lange standen sie so, sein Arm um ihre Schultern, ihr Arm um seine Taille. Niemals hatten sie gewagt, gemeinsam zum See ihres Vaters zu gehen. Jetzt hatte Hosea seinen eigenen, einen kleinen zwar, aber doch einen richtigen Stausee. Hosea der Tagträumer!

Er ließ Emilia plötzlich los. »Ich werde dir jetzt das Farmhaus zeigen.«

Ein paar hundert Meter waren sie gefahren, als hinter einer kleinen Anhöhe ein Wellblechdach auftauchte. Bald darauf war das kleine weiß gestrichene Haus zu sehen, zu dem das Dach gehörte. Hosea hielt neben einem uralten offenen Geländewagen und half Emilia vom Motorrad.

»Mein Jeep«, sagte er stolz.

Die Windschutzscheibe war gesprungen und hatte zwei Löcher, wo Steine eingeschlagen waren. Überall nagte der Rost. Ein Nummernschild gab es nicht.

»Fährt er denn noch?«

»Aber ja. Meistens jedenfalls. Als Farmer brauche ich einen Wagen.«

Emilia sah sich um. Vor dem Haus blühten rote und violette Bougainvillien und auf einer kleinen Veranda standen Blumentöpfe mit weißen Margeriten nicht viel anders, als früher auf Uellendahl. Neben dem Haus war ein kleiner Garten. Tomaten, Gurken, Salat, Mangold und Bohnen wuchsen dort.

»Wie schön«, sagte Emilia, und im nächsten Augenblick wusste sie, was sie plötzlich so beunruhigte. Es waren das herausgeputzte Häuschen, die Blumen und der Garten. All das trug nicht Hoseas Handschrift wie das Motorrad, der alte Jeep oder der kleine Staudamm. Sie trugen die Handschrift einer Frau. Emilia fragte nicht, ob er verheiratet sei, stattdessen: »Wie viele Kinder hast du eigentlich?«

»Zwei«, lachte er. »Ein Mädchen und einen Jungen.«

Die Antwort gab Emilia einen Stich. Es hatte nicht an ihr gelegen, dass ihre Ehe kinderlos geblieben war.

Die Frau, die in diesem Moment die Haustür öffnete, war jünger als Emilia, aber ebenso blond. Sie trug Jeans und eine helle gemusterte Bluse, deren Ärmel sie hochgekrempelt hatte.

»Das ist Emilia«, sagte Hosea, und an Emilia gewandt »und das ist Claudia.«

Emilia zwang sich zu einem Lächeln und streckte der Frau die Hand entgegen. Hoseas Frau – eine Weiße. Sie sah entspannt und zufrieden aus und schien nicht zu merken, wie

Emilia sich fühlte. Ein kleiner Junge mit schwarzem Kraushaar und hellbrauner Haut stolperte aus der Haustür seinem Vater entgegen und juchzte vor Freude, als der ihn hochhob und durch die Luft wirbelte. Auf der Terrasse saß ein Mädchen mit angezogenen Beinen auf einem Korbstuhl und blätterte in einem Comic-Heft. Sie sah nur kurz auf, als Emilia und Hosea kamen, rief einen Gruß und vertiefte sich wieder in ihre Lektüre.

Claudia brachte Tee und selbstgebackene Kekse auf die Terrasse. Sie erzählte, dass sie vor zwölf Jahren als Zweiundzwanzigjährige zum ersten Mal mit ihrem Freund als Touristin nach Afrika gekommen sei. In Hosea habe sie sich sofort verliebt. Ein Jahr später sei sie ohne ihren Freund zurückgekehrt. Bei ihrem dritten Besuch – sie hatte mittlerweile nach dem Lehramtsstudium das Referendariat abgeschlossen und das zweite Staatsexamen bestanden – sei sie für immer geblieben. Namibia sei ein wunderbares Land und einen besseren Mann und Vater als Hosea könne sie sich nicht vorstellen.

Emilia nickte, lächelte, bewunderte, nickte wieder, lächelte, bis sie das Gefühl hatte, das Lächeln sei in ihrem Gesicht festgewachsen und sie könne es niemals wieder loswerden. Sie fühlte sich miserabel. Sie sah Claudia zu, wie sie redete, wie sich ihr Mund dabei öffnete und schloss, sah die Lachfältchen, die sich vertieften und wieder glätteten, sah die blonden Haare auf ihrem Kopf, ein fremdes Teil, wie die Perücke einer Barbiepuppe, und sah Augen, über die Lider hinfuhren mit Bewegungen wie das Zucken von Schmetterlingsflügeln. Die Sätze drangen kaum noch in ihr Bewusstsein. »Ich bin sehr glücklich hier«, sagte Claudia, und die Worte tanzten einen sinnlosen Ringelreihen in Emilias Kopf. – Diese Frau hätte sie sein können.

Nach einer Stunde stand Emilia auf. Sie sei sehr müde von der weiten Fahrt bis Omaruru, sagte sie.

»Du hast noch gar nichts von dir erzählt«, wandte Claudia ein.

»Hosea kann alles erzählen, wir kannten uns schon, als wir noch kleine Kinder waren.«

Bald darauf begleitete Claudia sie nach draußen und lachte, als Emilia ungeschickt auf das Motorrad stieg.

Noch langsamer als sie gekommen waren fuhren sie zur Gästefarm zurück. Warum hatte Hosea nicht gleich gesagt, dass er verheiratet war? Weil er sich ein Leben ohne Familie gar nicht hatte vorstellen können? Oder hatte er es ihr absichtlich verschwiegen, damit sie sich Hoffnung machte, er sei noch frei? Emilia war froh, dass sie hinter ihm auf dem Motorrad saß und nicht neben ihm in ihrem Toyota, so konnte er ihre Tränen nicht sehen. Als sie die Gästefarm erreichten, war es dunkel geworden.

»Kommst du morgen mit zum Safari-Walk?«

Emilia schüttelte ihren Kopf. »Morgen früh fahre ich nach Windhoek zurück.«

»Morgen früh? Wolltest du nicht viel länger bleiben?«

»Ja. Heute Mittag habe ich das noch gedacht.«

»Bist du nun enttäuscht?«

Emilia antwortete nicht. Sie nahm ihre Handtasche von der Schulter und suchte, bis sie im schwachen Licht einer Laterne den Aquamarin fand.

»Schenke den Stein Claudia. Sie ist deine Frau geworden.«

Hosea nahm den Stein nicht. Er schüttelte den Kopf. Er sah traurig aus. »Jetzt, wo du mir von deinem Leben erzählt hast, weiß ich, dass der Stein doch kein Glücksstein ist. Meine Mutter ist früh gestorben und ich bin ihr einziges Kind, das nicht gestorben ist. Dein Mann lebt nicht mehr und ihr habt gar keine Kinder bekommen. Der Stein bringt weder Glück noch Kinder. Mein Großonkel hat gelogen.« Und als Emilia noch immer mit dem Stein in der Hand zögernd dastand: »Verkaufe ihn, er ist besonders schön und sicher sehr wertvoll. Mit dem Geld kannst du irgendetwas tun, was dir Freude macht oder du kannst dir etwas Schönes kaufen.«

Jetzt lachte Emilia ein wenig trotz ihrer Traurigkeit. »Das werde ich tun«, sagte sie und dachte, was sie mit dem Geld tun könnte. Eine kurze Bootsfahrt auf dem Bodensee vielleicht, einen Blumenstrauß kaufen, vor dem Konzilsgebäude in Konstanz eine Tasse Kaffee trinken und vielleicht auch ein Stück

Kuchen essen. Mehr war der Stein nicht wert, aber das verriet sie Hosea nicht. Sie gab ihm ihre E-Mail-Adresse und er versprach sie zu besuchen, wenn er mit Claudia und den Kindern in ihre Heimat reisen würde.

Sie umarmten sich zum Abschied, und es war Emilia, die Hosea bald wieder losließ. Sie war niedergeschlagen und versuchte nicht, es zu verbergen. Ohne sich noch einmal umzusehen, ging sie zu ihrem Bungalow. Sie packte ihren Koffer und bezahlte die Rechnung. Dann versuchte sie noch einmal, Ida Riruako anzurufen. Vergeblich. – Morgen Nachmittag würde sie in Windhoek vor der Wohnung ihrer Eltern stehen.

Der Ventilator war immer noch nicht von der Decke gestürzt. Oder war es ein anderes Zimmer mit einem anderen Ventilator, als dem, dessen schaukelnde und rumpelnde Windmühlenflügel sie schon während ihrer ersten Nacht in Windhoek erschreckt hatten? Emilia duschte und zog dasselbe Sommerkleid an, das sie bei ihrem Zusammentreffen mit Hosea getragen hatte. Jetzt, wo sie sich entschieden hatte, ihre Eltern zu besuchen, war sie aufgeregt wie vor einem unangenehmen Vorstellungsgespräch für eine wichtige Position – und zwar für eine, die sie bei genauerer Überlegung vielleicht gar nicht einnehmen wollte. Dann ging sie zur Rezeption und ließ sich auf dem Stadtplan die Herbst-Street zeigen, die Straße, in der ihre Eltern wohnten.

Die Herbst-Street lag tatsächlich in Klein-Windhoek, wie Emilia es vermutet hatte, und es war eine Straße wie viele hier: Hecken, in denen massive Zäune verborgen waren, wechselten mit Mauern, deren Kronen mit Elektrodrähten, Glasscherben oder Metallspitzen gegen ein Übersteigen gesichert waren, dahinter duckten sich, kaum sichtbar von der Straße, die weißgestrichenen Häuser. Menschen sah sie nicht. Wer hier wohnte, verschanzte sich in seinem eigenen kleinen Paradies und lief nicht auf der Straße herum.

Sie hielt vor der hohen Gartenpforte, hinter der das Haus ihrer Eltern lag, aber stieg noch nicht aus. Sie war sich ihrer

Sache nicht mehr sicher. Was sollten ihre Vorwürfe, die nicht in die Zeit und nicht in die Welt passten, in der ihre Eltern vor einem Vierteljahrhundert gelebt hatten? Sie wollte mit Maßstäben messen, die heute galten, und nicht mit denen, die sie früher selbst angelegt hatte. Was würde sie aussprechen, wenn sie ihrem Vater gegenüberstand? Würde er überhaupt bereit sein, ihr zuzuhören? Wenn sie ihn denn überhaupt anträfe.

An den Abenden nach Justinas Tod hatte sie kaum gewagt ins Bett zu gehen, weil sich die Selbstvorwürfe in der Stille der Nacht ins Unerträgliche gesteigert hatten. Wie bei einer hängengebliebenen Schallplatte waren immer dieselben Sätze wiedergekehrt, zehn Mal, hundert Mal, tausend Mal: Würde Justina noch leben, wenn sie mit ihr geredet hätte? Hätte sie ihren Tod verhindern können, wenn sie sie nicht gemieden hätte wie eine Aussätzige? Welche Verantwortung trug ihr Vater für ihren Tod? Wäre alles anders gekommen, wenn sie nicht wegen Hosea das Band zu ihren Eltern vollständig zerschnitten hätte? – Schon damals hatte sie das Gefühl gehabt, der einzige Mensch auf Uellendahl zu sein, der Justinas Tod hätte verhindern können.

Emilia stieg aus und las die Namen neben dem mit Eisenspitzen bewehrten Gartentor: Wilhelm und Gertrud Ebert. Daneben war ein Klingelknopf aus Messing, auf den sie drückte. Sie trat einen Schritt zurück und wartete. Ein Kameraauge über dem Tor starrte sie an. Ein Auge, hinter dem sich das Auge ihres Vaters verbarg? Oder das ihrer Mutter? Oder niemand? Die Sprechanlage blieb stumm, das Tor geschlossen. Emilia klingelte ein zweites Mal, lauschte. In einer Hecke auf der anderen Straßenseite tschilpten Spatzen, dahinter, vor ihren Augen verborgen, hörte sie einen Rasensprenger. Er schien sich zu drehen, denn das leise Rauschen schwoll an, ebbte wieder ab. Ganz in der Nähe begann ein Hund zu kläffen, ein zweiter, ein dritter fiel von Ferne ein, als wären sie ein Echo. Auf dem Grundstück ihrer Eltern blieb es still. Emilia presste ihre Stirn an einen winzigen Spalt zwischen dem Gartentor und dem Pfosten, aber es war nicht möglich, einen Blick in den Garten oder auf das Haus zu werfen. »Hallo«, rief sie durch den Spalt und nach einer Weile: »Mutter? Vater?«, aber das Tor war wie eine Wand, die keinen Ton hindurchließ. Sie klingelte ein drittes Mal, dann setzte sie sich in ihr Auto und wartete fünfzehn Minuten, ehe sie noch ein letztes Mal zum Tor ging. Was erwartete sie? Dass ihre Eltern geschlafen hatten und ihr jetzt öffneten? Dass sie das Klingeln beim ersten Mal nicht gehört hatten, aber jetzt? Natürlich öffnete wieder niemand. Die Sätze und Fragen, die sie sich für ihren Vater zurechtgelegt hatte, verblassten, als sie zum Gästehaus zurückfuhr, und an ihre Stelle trat die Gewissheit, auch morgen vor einer verschlossenen Tür zu stehen. – Ich sehe deine Eltern nicht, hatte Nora geschrieben. Würde es dabei bleiben? Würde auch sie selbst ihre Eltern nicht sehen?

Als Emilia wieder zum Auto zurückkehrte, fühlte sie sich sehr allein. Sie hatte keine anderen Verwandten mehr als ihre Eltern. Auch Michaels Familie existierte nicht mehr. Seine Eltern waren früh gestorben, Geschwister gab es nicht. Zu den entfernten Neffen, die irgendwo im Ausland lebten, hatte er keinen Kontakt gehabt. Und Hosea hatte eine andere Weiße geheiratet.

Zurück in ihrem Zimmer breitete Emilia alles auf ihrem Bett aus, was der blaue Aktendeckel enthielt. Manche Blätter waren ihr immer wieder in die Hände gefallen und sie hatte sie zwei oder drei Mal gelesen, andere hatte sie beiseitegelegt, weil sie kaum noch zu entziffern waren, wie die vergilbten und zerknitterten Zeitungsartikel oder die mit Bleistift geschriebenen Notizen. Sie versuchte die einzelnen Seiten in der Reihenfolge ihres Datums nebeneinander zu legen, als wäre Ordnung eine Möglichkeit, Licht in das Dunkel der Vergangenheit zu bringen. Nicht einmal bei den Zeitungsartikeln gelang ihr das, noch viel weniger bei den kopierten Aufrufen und den kurzen Notizen. Mehrere Briefe hatten in dem Aktendeckel gelegen. Einen hatte sie wieder und wieder gelesen: Justinas Brief an die kleine Nandesora. Ein anderer war der Notruf der namibischen Frauen an die Vereinten Nationen. An die anderen Briefe konnte sich Emilia nur vage erinnern, war sich nicht einmal sicher, ob sie überhaupt alle gelesen hatte. Diese Briefe waren mit Schreibmaschine geschrieben und offenbar Absagen, nachdem sich Justina um Arbeit beworben hatte: zwei kamen von Schulen in Katutura, wo Justina als Hilfslehrerin hatte anfangen wollen, einer von einem Krankenhaus, in dem sie wohl schon früher einmal als Hilfspflegerin gearbeitet hatte. Auch der vierte, dessen Umschlag keinen Absender und keine Briefmarke hatte, war eine Absage.

... nach dem, was du und deine Gesinnungsgenossen getan haben, ist deine Bitte eine Unverschämtheit.

Emilia stockte, las den Satz noch einmal, begann wieder von vorn, las atemlos die folgenden Zeilen:

Du weißt, dass mir das Wohlergehen meiner Angestellten immer am Herzen liegt, aber die Erwartung, dass du dein Kind, für das du offenbar keinen Vater hast, Magrieta überlässt, während du studierst, ist eine Unverschämtheit. Außerdem hat Magrieta keine Zeit, sich um dein schreiendes Baby zu kümmern. Wer hat es dir übrigens erlaubt, dich auf Uellendahl aufzuhalten? Ich war es nicht, und ich bin der einzige, der das kann. Entweder du bezahlst die Miete für ein Gästezimmer oder du verschwindest. Ich bin ein mitleidiger Mensch. Deswegen gebe ich dir eine Woche Zeit, dir eine andere Unterkunft zu suchen. Bist du dann nicht fort, werde ich dich und dein Kind notfalls mit Gewalt von Uellendahl fortschaffen lassen.

Emilia ließ das Blatt sinken. »... werde ich dich und dein Kind notfalls mit Gewalt fortschaffen lassen.« Wie ein Feuer brannte der Satz in Emilias Bewusstsein. Brutaler konnten Justinas Pläne und ihre Hoffnung kaum zunichte gemacht werden. Noch fürchterlicher als der Inhalt des Briefes aber war die Tatsache, dass ihr Vater ihn geschrieben hatte. Uellendahl, 29.4.1990, das war neun Tage vor Justinas Tod. »... werde ich dich und dein Kind fortschaffen lassen.« Hätte sie versucht, ihren Vater umzustimmen, wenn sie damals von diesem Brief und von der Drohung gewusst hätte? Emilia versuchte sich einzureden, dass sie es getan hätte, aber sie wusste, dass die Kluft zu ihrem Vater längst unüberwindbar geworden war. Nicht einmal mit Hosea hatte sie über Justina gesprochen. An ihm war die politische Entwicklung vorbeigegangen, als beträfe sie ihn nicht. Er träumte sich die Welt zurecht, wie sie sein sollte, und war zufrieden damit.

Offenbar war Justina nach dem Brief nicht von Uellendahl fortgegangen, wie es von ihr verlangt worden war, und trotz des Verbotes hatte Magrieta an dem Tag, als Justina starb, auf die kleine Nandesora aufgepasst. Was mochte Magrieta empfunden haben, als Justina ihr Nandesora anvertraute? Die alte Magrieta, die Justina eine Mörderin genannt hatte und deren eigener Sohn von Kämpfern der SWAPO getötet worden war? Emilia ließ den Brief sinken und riss das Fenster auf. Sie konnte die stickige Luft im Zimmer nicht mehr ertragen. Dann beugte sie sich wieder über die Papiere, die sie auf dem Bett ausgebreitet hatte, suchte, las, suchte wieder. Jedes Blatt nahm sie noch einmal in die Hand, aber sie fand nichts, was sie nicht schon kannte.

Es war kurz nach Mitternacht, als Emilia mit schmerzenden Knien aufwachte. Sie kauerte vor dem Bett am Boden und ihr Kopf ruhte in der rechten Ellenbeuge. Sie erhob sich mühsam und schob die losen Blätter im Aktendeckel zusammen. Dann zog sie sich aus und legte sich Schlafen. Die folgenden Stunden der Nacht lag sie mit offenen Augen auf ihrem Bett, während Bilder durch ihre Gedanken gaukelten, Bilder von dunklen Gesichtern, die ihr einmal begegnet waren, aber die sie nicht mehr erkannte, Bilder von Orten, wo sie einmal gewesen war, aber vergessen hatte, wo sie sich befanden. Und in dem Kaleidoskop erschien immer wieder das Bild ihres Vaters, wie er ihren Koffer bei ihrer Abreise am Hosea Kutako Flughafen aus seinem Geländewagen hob. Er hatte darauf bestanden, sie selbst nach Windhoek zu fahren, obwohl sie in den Wochen davor kein Wort miteinander gewechselt hatten. Emilia hatte gefürchtet, er würde die Fahrt nutzen, um doch noch den Namen ihres Geliebten zu erfahren, aber er hatte es nicht versucht. Der Abschied war kurz gewesen. Ihr Vater war sicher gewesen, dass sie bald nach Namibia zurückkommen würde. »In drei Monaten bist du wieder hier«, hatte er gesagt. Er hatte ihr nicht zugetraut, ein selbstständiges Leben zu führen. Damit hatte er recht gehabt – solange Michael lebte.

Emilia war sich nicht mehr sicher, ob sie morgen ihrem Vater gegenübertreten wollte. Alles, was sie hatte sagen oder fragen wollen, verblasste angesichts seines ungeheuerlichen Briefes, und ihr eigenes Versagen trat mit einem Mal grell hervor: Sie hatte sich feige vor seinen Vorwürfen verkrochen, anstatt mit ihm über Justina zu reden – und zu Hosea zu stehen. In dieser Nacht träumte sie von Hosea. Als sie aufwachte, war sein Gesicht noch gegenwärtig, aber an den Traum konnte sie sich nicht erinnern. Nur so viel wusste sie noch: sie waren sich in einem engen Zimmer in einem Gästehaus oder einem Hotel begegnet und Michael war dabei gewesen.

Am nächsten Morgen fuhr Emilia doch wieder nach Klein-Windhoek. Sie wollte endlich Gewissheit haben. In dem Augenblick, als sie in die Herbst-Street einbog, klingelte ihr Handy. Sie meldete sich dieses Mal ohne anzuhalten. Als sie die Stimme erkannte und die Worte hörte, war sie sicher, dass etwas Fürchterliches geschehen sein musste.

»Sind Sie bei Posten 3 gewesen?« Es war die Stimme von Ida Riruako.

Jetzt hielt Emilia an. »Ich war dort ...«, sagte sie und in diesem Augenblick konnte sie nichts anderes denken, als dass der Plan durch ihren Fehler gescheitert war, »... aber vielleicht war ich am falschen Posten? Oder war es die falsche Nacht?«

»Nein. Sie haben sicher nichts falsch gemacht und es tut mir sehr leid, dass Sie vergeblich die weite Fahrt auf sich genommen haben.«

»Sie wissen es schon?«

»Als Unotjari von der Schule nach Hause kam, konnte sie Nandesora nicht mehr antreffen. Unotjari wird ihre Schwester gesucht haben, und ich bete zu Gott, dass niemand sie gesehen hat, als sie bei der Hütte der Verwandten war, wo Nandesora festgehalten wurde.«

»Woher wissen Sie, dass Nandesora fort war? Von Unotjari?«

»Nein. Unotjari konnte mich nicht mehr benachrichtigen, nachdem sie die Schule verlassen hatte.«

»Aber ...«

»Von Nandesora selbst.«

»Von Nandesora?«

»Sie ist in Katutura und hat mich angerufen.«

Emilia brauchte Zeit, um zu begreifen, was Ida Rirurako eben gesagt hatte. Sie spürte ihr Herz bis zum Halse schlagen. Sie hatte sich geirrt, als sie über den Anruf erschrak. Eine Katastrophe hatte sich nicht ereignet, ganz im Gegenteil. Nandesora war dort, wohin sie sie hatte bringen sollen. Sie wollte sagen, wie erleichtert sie sei, aber sie fand keine Worte.

»Nandesoras Wunsch ist es, Ihnen ihre Geschichte selbst zu erzählen«.

»Kann ich sie anrufen?«

»Nein. Sie hat kein Telefon. Sie erwartet Sie in Katutura.«

»Wo kann ich sie treffen?«

»Haben Sie etwas zu schreiben? Das Haus ist nicht leicht zu finden.«

Emilia musste den Apparat aus der Hand legen und suchen, bis sie Papier und einen Kugelschreiber in ihrer Handtasche fand.

»Nehmen Sie ein Taxi zur Ongava Road. Auf dieser Straße fahren Sie nach Westen. Sie kommen schließlich zu einem Supermarkt. Dort biegen Sie nach Norden ab. Wo die Wellblechhütten beginnen, müssen Sie nach rechts in eine kleine Asphaltstraße abbiegen. Von dieser fahren Sie in die Chief-Mandume-Street. Bei den Verkaufsständen mit den schwarzen Planen geht es nach links auf einem unbefestigten Weg weiter. Dort fragen Sie nach Elizabeth Katjiveri.« Sie buchstabierte den Namen.

»Wie heißt der Weg?«

»Das weiß ich nicht. Vielleicht hat er keinen Namen.«

»Waren Sie schon einmal dort?«

»Nein. Nandesora hat mir den Weg beschrieben.«

Als Emilia eben den Wagen starten wollte, fuhr ein breitschultriger, grauhaariger Mann langsam in einem weißen Geländewagen an ihr vorüber. Sie hatte nicht darauf geachtet, aus welcher Einfahrt der Wagen gekommen war. Wieder spürte sie dieses verrückte Schlagen in ihrer Brust. Der Mann in dem Wagen konnte ihr Vater sein. Ja, so konnte er aussehen nach all den Jahren, und während sie ihm nachblickte, war sie sich fast sicher, dass er es wirklich gewesen war. Doch sie zögerte, ihm zu folgen, zögerte so lange, bis der Wagen hinter einer Biegung verschwand.

Emilia fuhr zum Zentrum zurück. Sie wusste nun, wo Nandesora war und sie wollte sie finden. Sofort.

In Katutura drängten sich mehr als siebzigtausend Menschen zusammen. Wie viele Straßen würde es geben, deren Namen ein Taxifahrer noch nie gehört hatte? Würde die Ongava Road dazu gehören? Wie viele Supermärkte würde es an dieser Straße geben? Wie viele Menschen lebten an dem Weg, der von den Verkaufsständen weiterführte? Als sie sich dem Zentrum von Windhoek näherte, merkte sie, wie froh sie über die Gnadenfrist war, bis sie wieder auf den blankgeputzten Messingknopf neben dem Gartentor ihrer Eltern drücken würde. Mittlerweile wusste sie nicht mehr, was sie stärker fürchtete: das Gespräch mit ihrem Vater oder die Möglichkeit, ihre Eltern nicht anzutreffen, sie möglicherweise gar nicht zu finden, solange sie in Namibia war, und vielleicht niemals mehr.

Die Independence Avenue in Windhoeks Innenstadt war eine moderne Einkaufsstraße, kaum anders als eine in Europa. Emilia hätte vergessen können, dass sie in Afrika war, wenn die vielen schwarzen Polizisten nicht gewesen wären, die bewaffneten Wachleute an den Eingängen der Kaufhäuser und überall die Aufpasser mit langen Schlagstöcken. Die meisten Menschen, schwarze wie weiße, waren europäisch gekleidet, nur hin und wieder eine Frau mit den weiten bunten Röcken und dem breiten Kopfputz der Herero. Emilia fuhr am Uhrturm vorbei, einem Relikt der deutschen Kolonialzeit, klein und hübsch wie Spielzeug zwischen den großen Kaufhäusern. Bei einem Einkaufszentrum stellte sie ihren Wagen ab und nahm ein Taxi, wie ihr Ida Riruako geraten hatte.

»Zur Ongava Road.«

»In Katutura?« Ihr Fahrer, ein Alter mit grauem kurzgeschorenem Kraushaar, schien die Straße zu kennen.

Emilia nickte. Sie erinnerte sich kaum noch an ihren einzigen Besuch in Katutura. Sie war mit einer Schulfreundin und deren Mutter zu einem Haus gefahren, wo Frauen selbst hergestellte Handarbeiten verkauften. Sie erinnerte sich noch an die kleinen, einförmigen Häuschen, die eher zu einer überfüllten Feriensiedlung mit heruntergekommenen Bungalows passten, als zu einem Wohngebiet, und sie erinnerte sich an die Gitter und Zäune am Ziel, die die Frauen und ihre bescheidenen Waren schützten. Auch in der breiten Ongava Road waren diese kleinen Steinhäuschen in Reih und Glied wie in einer Spielzeugstadt aufgestellt. Dazwischen war jedes freie Eckchen mit windschiefen Hütten zugebaut, wo Verwandte oder Freunde der Hausbewohner sich ihre Behausungen selbst errichtet hatten. Überall gingen, standen, saßen Menschen. Größer konnte der Kontrast zu Klein-Windhoek nicht sein – und zu Uellendahl. Emilia dachte an Hosea, der sich vor vielen Jahren hier irgendwo seine Wellblechhütte zusammengezimmert hatte: kaum mehr als vier Wände und ein Dach über dem Kopf, unter dem er aufrecht stehen konnte. – Hosea, der an sie gedacht und ihre Rückkehr erhofft hatte, um die Schule ertragen zu können. In dieser Zeit hatte sie ein Zimmer im sechsten Stock eines Studentenwohnheims in Konstanz bezogen und versucht, Afrika zu vergessen.

Emilias Fahrer, der bislang geschwiegen hatte, riss sie aus ihren Gedanken. Er erzählte von seinem kleinen Haus hier in Katutura, in dem sieben Erwachsene und sieben Kinder wohnten, dann von Dieben, die ihm vor seiner Haustür und fast unter seinen Augen einen verzinkten Eimer gestohlen hatten. Er sprach von seinem jüngsten Sohn, der die Tage vom billigen Bier benebelt in den Shebeens von Katutura verbrachte, weil er keine Arbeit hatte und er es in der Enge des kleinen Hauses mit Großmutter und zwei Schwestern mit deren Familien nicht aushielt. Dann erzählte er von der Kaution von dreihundert namibischen Dollar, die er für seinen Sohn gezahlt hatte, als er nach einer Prügelei in der Arrestzelle saß.

Als sie nach einem oder zwei Kilometern auf einen Supermarkt stießen und die Ongava Road verließen, schwieg der Mann. Emilia wies ihm den Weg und sie fanden wirklich die Verkaufsstände in der Chief-Mandume-Street. Kleine Bananen, verschrumpelte Äpfel, Säcke mit verschiedenen Körnern und getrockneten Früchten, die Emilia nicht kannte: Das war alles, was es hier zu kaufen gab. Junge Männer mit bunten T-Shirts und schlanke Frauen in engen Hosen und knappen Trägerhemdchen standen schwatzend im Schatten der schwarzen Planen, und Emilia dachte, dass dies auch Hoseas Welt gewesen war. Ein heftiger Wind wehte hier, zerrte an den Planen und den zarten Bäumchen zwischen den niedrigen Häusern und wirbelte den Staub auf, der sich wie schwerelos in den stahlblauen Himmel schraubte. Winzige Wellblechhütten begleiteten den Weg, der sich vom Verkaufsstand zu den Hügeln zog. Er führte in die Armseligkeit. Vor den Behausungen, deren Dächer mit altem Gerümpel vor dem Wegfliegen gesichert waren, saßen magere Männer und Frauen, Kinder krochen um sie herum. Hundert Menschen mochten an diesem Weg wohnen, vielleicht auch zweihundert. So oft Emilias Fahrer auch fragte: niemand kannte eine Elizabeth Katjiveri. Emilia fürchtete schon, den Namen falsch verstanden zu haben, als sie zum Beginn des Weges zurückgeschickt wurden.

Elizabeth war eine alte Frau, eine zwergenhafte Erscheinung mit struppigen Haaren, der Körper krumm und buckelig und ihr Kopf saß schief und seltsam verdreht über den Schultern. Sie hockte vor einem dreibeinigen Topf, in dem sie über einem alten Spirituskocher Wasser erhitzte. Emilia fragte nach Nandesora und sie nickte.

Als der Fahrer fort war, erhob sie sich mühsam, holte eine Colakiste aus dem Häuschen und forderte Emilia mit einer Handbewegung zum Sitzen auf. »Nandesora kommt«, sagte die Alte auf Englisch. Emilia setzte sich und, um das Schweigen zu brechen, erzählte sie von Uellendahl, von ihrer Suche nach Nandesora und von ihrer Freude über die gelungene Flucht. Die Bucklige lächelte zu Emilias Worten und nickte an unpassenden Stellen. »Nandesora«, sagte sie. Sie verstand kein Englisch.

Eine junge Frau mit einem Korb auf dem Kopf und einem kleinen Mädchen an der Hand kam den Weg entlang. Sie blieb stehen und rief Elizabeth ein paar Worte auf Afrikaans zu. Die Alte stand auf, humpelte zur Hütte und kam mit zwei Zigaretten wieder heraus. Das Geld, das sie dafür bekam, verbarg sie in einer Tasche ihres weiten Rockes. Vielleicht war der Handel mit einzelnen Zigaretten, für die sie ein paar Cent mehr bekam als sie dafür bezahlt hatte, ihre einzige Einnahmequelle.

Als Mutter und Kind fort waren, ließ die Alte Maismehl mit ihren faltigen Händen in das Wasser rinnen. Sie nahm einen hölzernen Löffel und dann rührte sie. Es kostete sie alle Kraft ihres gebrechlichen Körpers, schnell genug zu rühren, dass der Brei nicht anbrannte. Es waren dieselben Bewegungen wie bei Martha, nur mühsamer, angestrengter, und Emilia war, als hätte ein neuer wunderlicher Traum begonnen: ein ärmliches Häuschen in Katutura, eine alte, krumme Frau, die in einem verbeulten Topf Maisbrei kochte, so fremd und unwirklich wie der mit seinem Gartenstühlchen verschmolzene Omukururume in der Wüste. Wieder war sie ganz unvermittelt in die fremde Welt hineingestürzt, abgeworfen von einem Taxi, von dem sie nicht wusste, ob es wiederkommen würde, um sie dorthin zurückzubringen, wohin sie gehörte.

»Nandesora«, sagte die Alte und nickte. Dann füllte sie einen Blechnapf mit Brei und reichte ihn Emilia. Sie griff hinein, als hätte sie nie anders gegessen, formte den Brei mit den Fingern zu kleinen Bällchen und steckte sie in den Mund, wie sie es bei Martha gelernt hatte. Die Alte sah ihr zu, ohne zu essen.

»Wo ist Nandesora?«, fragte Emilia auf Afrikaans.

Zum ersten Mal sah die Alte Emilia in die Augen. Sie schien nicht erwartet zu haben, dass die Fremde ihre Sprache beherrschte.

»Nandesora ist in Windhoek«, antwortete sie. »Bald kommt sie.«

Ob sie schon lange hier wohne, fragte Emilia, als sie wieder eine Zeitlang geschwiegen hatten.

Die Alte sah nicht auf. Langsam bewegte sie ihren Kopf erst zur einen Seite, dann zur anderen, als müsse sie abwägen, ob ihre Zeit in Katutura eine lange sei oder eine kurze. »Schon lange?« sagte sie und die Worte klangen wie eine Frage. »Ja. Von Anfang an.« Dann schwieg sie wieder.

Ob sie hier geboren sei, wollte Emilia nun wissen und merkte selbst, dass sie schon wieder zu viel fragte, vielleicht aus Neugierde, vielleicht auch nur, um nicht schweigend neben Elizabeth zu sitzen.

Die Alte schüttelte den Kopf. »Ma'am«, sagte sie und hörte nicht auf zu schütteln. »Als ich geboren wurde, lebte hier kein Mensch.«

Natürlich konnte Elizabeth nicht hier geboren sein, Emilia hätte es wissen müssen, aber seit sie denken konnte, hatte es Katutura gegeben. Sie war noch nicht auf der Welt gewesen, als das südafrikanische Apartheidsregime 1959 begonnen hatte, alle schwarzen Familien wieder von der Alten Werft und aus Klein-Windhoek zu vertreiben, den einzigen beiden Stadtbezirken Windhoeks, in denen Schwarze während der deutschen Kolonialzeit hatten leben dürfen. Nicht einmal fünfzig Jahre waren sie dort geduldet worden. Ganz Windhoek sollte nun eine Stadt für Weiße sein. Winzige Einheitshäuser, viertausend an der Zahl, wurden nach dem Vorbild von Soweto in der Einöde sieben Kilometer nordwestlich von Windhoek aus dem Boden gestampft, dazu Schulen, Einkaufsmöglichkeiten und Krankenhäuser. Nur die Schwarzen, deren Arbeitskraft gebraucht wurde, sollten das Ghetto verlassen, um das weiße Windhoek zu betreten. Katutura tauften die Bewohner ihre neue Bleibe: »Ort, an dem wir nicht wohnen wollen«.

Während Emilia noch darüber nachdachte, wie ihre Eltern diese Zeit erlebt haben mochten – ihr Vater in Windhoek als

Schüler der Deutschen Höheren Privatschule, die damals noch Deutsche Realschule hieß, ihre Mutter als Schülerin einer heute nicht mehr existierenden Schule – begann die Alte zu erzählen. Erst sprach sie langsam und stockend, dann wurden die Pausen weniger, und sie erzählte die Geschichten aus der versunkenen Zeit, als lägen sie nicht ein halbes Jahrhundert zurück, sondern wären erst gestern geschehen. Emilia lauschte schweigend. Sie stellte keine Fragen, nickte nicht einmal zu Elizabeths Worten und vielleicht war es gleichgültig, ob sie zuhörte oder nicht, vielleicht hätte Elizabeth noch geredet, wenn Emilia einfach verschwunden wäre.

Vor siebzig Jahren war Elizabeth in der Old Location inmitten von Windhoek auf die Welt gekommen, der »Alten Werft«, wie die Gegend früher auch genannt wurde. »Wir wollten dort bleiben, wo unsere Eltern geboren wurden, und wir haben protestiert und uns gewehrt, als die Weißen kamen um uns von dort zu vertreiben«, erzählte die Alte. »Immer wieder sind wir Frauen bei der Stadtverwaltung gewesen. Wir gehen nicht fort, haben wir gesagt. Lieber wollen wir tot sein, als uns aus unseren Häusern und Hütten und von dem bisschen Grund und Boden vertreiben zu lassen, auf dem wir mit unseren Tieren leben. Wir haben uns auch noch gewehrt, als sie uns tagelang eingesperrt haben.« Die Alte seufzte. »Dann kam der zehnte Dezember«, sagte sie leise. Nach diesen Worten verstummte sie. Was blieb, waren die Geräusche Katuturas – Musikfetzen, die der Wind von einem Radio herüberwehte, schwatzende Stimmen in einer Sprache, die Emilia nicht verstand, manchmal Gelächter. Sie dachte an das verschlossene Gartentor vor dem Haus ihrer Eltern, das keine Blicke hindurchließ, und an die Geräusche in Klein-Windhoek: Rasensprenger, Hundegebell, Spatzen in einer Hecke. Menschliche Stimmen hatte sie dort nicht gehört.

Die Alte erhob sich. Sie nahm den Blechnapf, aus dem Emilia gegessen hatte, spülte ihn an der nahen Pumpe, ließ sich endlich wieder neben Emilia auf dem Boden nieder. Sie schwieg noch lange, als sei der Strom ihrer Erinnerungen plötzlich versiegt.

»Es war ein glutheißer Tag und über der Stadt flimmerte die Hitze«, fuhr sie plötzlich doch fort. »So viel Polizei wie an diesem Tag war noch nie bei uns gewesen. Sie wollten uns mit Gewalt fortbringen. Aber dann«, Elizabeth stockte wieder, »dann trat Mama Kakurukaze Mungunda plötzlich vor. Sie war vorher nie aufgefallen. Sie trug ihr bestes Kleid, das Kleid, das sie sonst nur sonntags zur Kirche anzog, und auf dem Kopf die Haube wie an Feiertagen. Mit beiden Händen schleppte sie einen großen Kanister. Sie ging zum Auto von Nel de Wet, das war der weiße Superintendent der Alten Werft, und goss den Inhalt über das Auto. Dann zündete sie es an, ehe noch jemand sie hindern konnte. Es war Petroleum. Die Polizisten haben Mama Mungunda totgeschossen. Sie fiel in den Staub mit ihrem schönen Kleid und die Polizisten schossen immer noch. Dann schossen sie auf uns. Am Ende waren zwölf von uns tot. Sehr viele wurden verwundet.«

Elizabeth schwieg lange. »Vielleicht«, sagte sie endlich, »vielleicht wäre alles anders gekommen, wenn Mama Mungunda nicht das Auto angezündet hätte. Vielleicht wäre die SWAPO nie gegründet worden, wenn die Polizei nicht auf uns geschossen hätte.« Dann verstummte sie wieder.

Ja, was wäre gewesen? Was wäre gewesen, wenn die schwarzen Familien gleich in dem Stadtteil hätten bleiben dürfen, der heute Hochland Park hieß? Was wäre gewesen, wenn die gewaltsame Räumung der Alten Werft für eine Siedlung für Weiße nie stattgefunden hätte? Vielleicht wäre tatsächlich die SWAPO nie gegründet worden, vielleicht wäre es aus einem anderen Anlass zum organisierten Widerstand der eingeborenen Bevölkerung gekommen. Die Zeit war reif dafür gewesen. Vielleicht hätte aber alles einen friedlicheren Verlauf genommen. Heute wohnten dort, wo die Old Location gewesen war, Schwarze und Weiße einträchtig nebeneinander. Auch etliche Politiker – unter ihnen Minister und Staatssekretäre, die selbst gegen die Apartheid gekämpft hatten – hatten sich bewusst in dem Stadtteil angesiedelt, aus dem ihre Vorfahren von den Weißen vertrieben worden waren.

Der zehnte Dezember! Plötzlich begann Emilia zu begreifen, was mit einem Gedicht gemeint war, das sie in dem blauen Aktendeckel entdeckt, aber nicht verstanden hatte.

Den ganzen Dezember
Ist der Schmerz der Wehen
Alles, an was ich mich erinnere, ...

So hatte es begonnen. Später war vom 10. Dezember und von einer emporschießenden Flamme die Rede gewesen. Sie würde die Zeilen lesen, sobald sie wieder im Gästehaus war.

»Damals«, fuhr die Alte fort, »damals auf der Alten Werft haben wir alle, ob Damara, Herero, Nama oder Ovambo, einträchtig Hütte an Hütte gewohnt. Hier in Katutura haben sie uns getrennt, um uns besser überwachen zu können.«

Emilia nickte. Noch heute standen in Katutura die Buchstaben an etlichen Türen: ein H an den Häuschen, die früher einmal für die Herero gebaut worden waren, ein O an den Türen der Ovambo, ein D dort, wo die Damara gewohnt hatten.

»Die Behörden haben uns viel versprochen, aber nichts haben sie gehalten«, sagte Elizabeth heftig, und jetzt sprach sie zum ersten Mal wirklich zu Emilia. »Sie versprachen kostenloses Wohnen, freies Wasser und Kanalisation in Katutura. Sie haben uns belogen. Unser Recht auf Eigentum haben wir verloren, nicht einmal unser Vieh durften wir in Katutura behalten. Wir lebten hier wie in einem Durchgangslager für Gefangene, die auf ihre Überführung zu einem unbekannten Bestimmungsort warten.«

Seit über fünfzig Jahren lebte Elizabeth in Katutura. Ob sie es immer noch als Durchgangslager empfand, dachte Emilia, aber sie fragte nicht danach. Sie fürchtete, die Alte würde verstummen, wenn sie sie in ihrer Erzählung unterbrach.

»Wir waren zu fünfzehnt in unserem winzigen Häuschen, hatten kein Wasser, keinen Strom«, sprach Elizabeth weiter, jetzt wieder stockend und in sich gekehrt, als spräche sie zu sich selbst. »Mein Vater war ungelernter Arbeiter, meine Mutter hatte früher als Dienstmädchen in weißen Haushalten gearbeitet, aber jetzt lebten wir dort, wo es keine bezahlte Arbeit gab. An vielen Tagen sind wir hungrig ins Bett gegangen, an anderen Tagen durften wir Kinder bei anderen Leuten mitessen. Meine Schwester musste die Schule verlassen, weil mein Vater das Schulgeld und die vorgeschriebene Uniform nicht mehr bezahlen konnte. Ich war die Ältere und habe versucht, selbst Geld zu verdienen, aber es reichte kaum zum Leben. Später hatte ich Kinder und einen Mann, der ein bisschen Geld verdiente. Er war ein guter Mann. Eines Tages bekam er hohes Fieber. Zwei Tage später war er tot. Ich hatte nicht einmal Geld für einen Sarg. Vier Kinder hatten wir, aber ich hatte kein Geld, um sie zu ernähren. Eine Zeit lang habe ich Essen gekocht und es an der Bushaltestelle verkauft, oder die Kinder haben es zur Bushaltestelle getragen. Aber was wir taten, war nicht legal. Manchmal kamen Polizisten. Sie haben uns die Behälter weggenommen und den Inhalt verschüttet. Ich konnte die Behälter bei der Polizeiwache zurückkaufen – wenn ich Geld hatte.«

Als Elizabeth schwieg, sah Emilia unauffällig auf die Uhr. Es war elf Uhr, die Sonne brannte vom Himmel und Nandesora war noch immer nicht gekommen.

»Meine Tochter war zweimal im Gefängnis«, fuhr Elizabeth fort. »Das erste Mal wurde sie verhaftet, als sie während einer SWAPO-Kundgebung gegen die Wehrpflichtkampagne der Südafrikaner die Mütter Namibias aufgefordert hat, ihre Söhne von der Armee abzuhalten, damit sie nicht gegen ihre eigenen Brüder und Schwestern kämpften.« Sie hob den Kopf und sah Emilia in die Augen. »Hunderttausend Soldaten gab es damals in Namibia, einen Soldaten auf zehn Zivilisten, weil die Südafrikaner Angst vor uns hatten.«

Sie senkte ihren Kopf wieder. »Das zweite Mal im Gefängnis war schlimmer«, sagte sie leise. »Sie hat Flugblätter der SWAPO verteilt, in denen zum bewaffneten Kampf aufgerufen wurde. Fünf Jahre war sie deswegen im Zentralgefängnis von Windhoek. Ihr erster Sohn wurde zu früh geboren und musste in den Brutkasten. Drei Tage war sie nach der Entbindung in der Klinik. Als sie ins Gefängnis zurückkam, musste sie gleich wieder arbeiten. Sie hätte kein Essen bekommen, wenn sie das Pensum nicht erfüllt hätte. Oft hatte sie nicht genug Milch für den Kleinen, weil sie selbst nicht genug zu essen bekam. Ich konnte ihr nichts bringen. Nur zweimal im Jahr durfte ich sie besuchen. Anderthalb Jahre blieb der Kleine bei seiner Mutter im Gefängnis, dann kam er zu mir. Mit zwei Jahren starb er an hohem Fieber. Seine Mutter durfte nicht einmal zu seiner Beerdigung gehen.«

Emilia hatte betroffen gelauscht. Wieder eine Geschichte von einer Mutter und ihrem Kind, und wieder war es eine Geschichte von Tod und Traurigkeit.

Die Alte schwieg nun wieder, und dieses Schweigen schien endgültig zu sein.

»Was ist aus deiner Tochter geworden?«, fragte Emilia endlich.

Sie musste lange auf Elizabeths Antwort warten. »Nach den Gefängnisjahren hatte sie nur ein Ziel. Sie wollte etwas für die Kinder in Katutura tun. Ihr Sohn war tot und so viele Kinder lebten hier im Elend.«

»Konnte sie das?«, fragte Emilia vorsichtig.

Elizabeth nickte. »Mit anderen Frauen gründete sie einen Kindergarten: ein einziger Raum für fünfzig Kinder, und wenn es regnete, lief das Wasser durch das Dach auf die Kinder. Jetzt ist es besser dort. Es gibt mehr Räume, und wenn das Dach undicht ist, wird es bald geflickt.«

Eine junge Frau kam auf dem Weg näher, sah zu ihnen herüber, winkte mit einer kleinen vorsichtigen Bewegung. »Nandesora«, sagte die Alte und nickte dazu. Emilia sprang auf. Es war wirklich Nandesora. Sie trug ein enges T-Shirt, das einmal leuchtend rot gewesen sein mochte, und verwaschene Jeans, die über der Hüfte einen Streifen ihrer dunklen Haut frei ließen. Sehr schlank war sie, dabei aufrechter als ihre Schwester, aber mit dem kurzen Kraushaar ebenso jungenhaft wie sie.

Nandesora wusste sofort, wer Emilia war, und griff nach ihren Händen. »Du hast mir helfen wollen«, sagte sie auf Englisch, »aber ich war nicht an der Pumpstation. Ida Riruako hat es mir erzählt.«

Emilia entzog ihr ihre Hände. Sie nahm Nandesora in den Arm und hielt sie lange fest. Sie spürte die Tränen in ihren Augen, Tränen der Erleichterung und der grenzenlosen Freude.

Elizabeth stand plötzlich mit einem verbeulten Töpfchen und einer alten Thermoskanne neben ihnen. Sie sagte etwas zu Nandesora, was Emilia nicht verstand.

Nandesora öffnete die Hände in einer Geste der Entschuldigung. »Ich muss Elizabeths Neffen das Essen bringen«, sagte sie. »Ihr fällt das Gehen schwer.« Sie füllte Maisbrei in das Töpfchen und verpackte es zusammen mit der Thermoskanne in einer alten Plastiktüte. »Willst du mich begleiten?«

Sie gingen gemeinsam weiter aufwärts auf dem Weg, den Emilia vorhin mit dem Taxi gekommen war. Neugierige Gesichter sahen ihnen nach. Eine Weiße zu Fuß in Katutura war ungewöhnlich.

Eine Weile schwiegen sie. In Emilias Kopf waren so viele Fragen, ein ganzer Schwarm von Fragen, und eine von ihnen schlüpfte heraus, sicher nicht die brennendste. »Bist du mit Elizabeth verwandt?«

Nandesora schüttelte den Kopf. »Sie ist eine Tante von Ida Riruako.«

Sie verließen den staubigen Fahrweg, wo ein Pfad aufwärts führte und sich bald in einem Gewirr von schäbigen Blechhütten verlor. Dunkle Gestalten, manche in zerlumpter Kleidung, tauchten an den Eingängen auf und verschwanden wieder. »Du brauchst keine Angst zu haben«, sagte Nandesora, als Emilia ihre Handtasche fest an sich presste. »Die Bewohner von Katutura halten zusammen. An ihrer Seite geschieht dir nichts. Menschen sind nicht böse, nur weil sie arm sind.«

Ein Mann folgte ihnen, holte sie langsam ein, hielt mit ihnen Schritt und starrte Emilia unverwandt an, überholte sie, blieb wieder zurück.

»Kennst du ihn?«

Nandesora verneinte.

Der Mann ging jetzt dicht neben Emilia, so dicht, dass er nur die Hand etwas auszustrecken brauchte, um sie zu berühren. Sie zweifelte an Nandesoras Beteuerungen.

»Aus Deutschland?«, fragte er plötzlich. Er freute sich, als sie nickte. Zahnloses Lachen. Er habe in Köln gearbeitet, sagte er, aber das liege zwanzig Jahre zurück. Er sei krank geworden und als Kranken habe man ihn in Deutschland nicht mehr gebraucht. »Schizophrenie«, sagte er. Heute ginge es ihm gut, aber vielleicht kämen morgen schon die Stimmen wieder. »Deutschland, das war eine gute Zeit«, sagte er, »aber zu kalt im Winter.« Er begleitete die Frauen noch eine Weile ohne zu reden, schließlich kehrte er um.

Dann, während sie ein Rinnsal aus stinkenden Abwässern überquerten, sprach Nandesora von dem Tag, an dem ihr Vater vor der Universität gestanden hatte. »Er hat mich ohne Erklärung abgeholt. Er sagte, ich würde niemals zurückkommen.« Nandesoras Gesicht war plötzlich verschlossen und ganz starr. »Ich hätte mich wehren sollen, ich hätte schreien müssen, so laut schreien, dass alle Welt gehört hätte, was mir angetan wird, aber ich habe mich wie ein Schaf zur Schlachtbank führen lassen.« Emilia wartete, dass Nandesora mit ihrer Geschichte fortfahren würde, aber sie schwieg nach den wenigen Sätzen.

Sie hatten eine kleine Anhöhe am Rande von Katutura erreicht. Unaufhaltsam wie ein bösartiges Geschwür kroch der Ort hier den niedrigen Hügel hinauf und die armseligen Behausungen bedeckten den gelben Boden wie hässliche Beulen. In dieser Gegend hatten sich die Ärmsten ihre Verschläge gebaut, aus dem, was sie irgendwo aufgesammelt hatten. Blechteile, Pappkartons, aufgeschnittene Kanister waren zu niedrigen Hütten geworden, Hundehütten ähnlicher als menschlichen Wohnungen. Unsichere Behausungen waren es, denn erst nach dem ersten Unwetter konnten ihre Bewohner wissen, ob Dach und Wände hielten und sie vor Sturm und Regen beschützten. Halbnackte Kinder huschten über den Weg, klaubten Plastikflaschen auf, mit denen sie sich bewarfen, lachend und johlend, spielende Kinder, die sich gegenseitig jagten und fingen wie anderswo, und die innehielten, um Emilia neugierig anzustarren.

Nandesora war stehen geblieben und zeigte zu einem der bunt gestrichenen Steinhäuschen am Fuße des Hügels. Ein Meer von Blumen stand vor dem Eingang, unzählige Flaschen mit gelb blühendem Unkraut, das in den Senken wuchs, wo das Abwasser versickerte, dazwischen leuchtend rote Blumen, Rosen vielleicht. »Hast du von Juanita Mabula gehört?« Und als Emilia nickte: »Dort unten hat sie gewohnt.«

»So viele Blumen«, sagte Emilia. »Sie muss viele Freunde und Verwandte gehabt haben.«

»Sie ist nicht irgendein Opfer, sie steht für die vielen Frauen, die Gewalt erleiden bis hin zum Tod. Vielleicht war es die Brutalität, die uns aufgerüttelt hat, vielleicht sind deswegen die Studentinnen der Universität Windhoek gemeinsam mit den Bewohnern Katuturas auf die Straße gegangen, um gegen die Schutzlosigkeit von Frauen zu protestieren. Vielleicht sind deswegen Politiker zu ihrer Beerdigung gekommen.«

Emilia folgte Nandesora nicht gleich. Sie sah dorthin, wo Juanita gewohnt hatte. Es war ein gemauertes Häuschen und ganz anders als die armseligen Verschläge hier oben am Hügel. Juanita hatte dieses bisschen Wohlstand mit ihrem Leben erkauft.

»Kannst du dir vorstellen, wie ein erwachsener Mann aussieht, der nur noch fünfundzwanzig Kilo wiegt?«, fragte Nandesora ganz unvermittelt.

Emilia konnte es sich nicht vorstellen.

Bei einer aus rostigen Blechteilen zusammengezimmerten Behausung, kaum mehr als ein vom Wind zerknautschtes Kistchen, machte Nandesora halt. Der Eingang war so niedrig, dass sie sich beim Eintreten tief bücken mussten. Ein geduckter Schatten kauerte auf einer Matte am Boden, ein Skelett mit vertrockneter dunkler Haut, zu matt, zu apathisch, um Freude über den Besuch zu zeigen. Eine knochige Hand reckte sich empor wie der vergebliche Versuch zu winken und sank zurück auf den ausgemergelten Körper. Nandesora sprach leise auf den Kranken ein. Sie sammelte ein schmutziges Tuch vom Boden auf, räumte einen Blechbecher beiseite und kniete neben dem Lager nieder, um den Mann zu füttern. Es war mühsam und der Brei fiel aus dem zahnlosen Mund wie bei einem kleinen Kind, das bislang nur getrunken hat. Mit einer wortlosen rührenden Demut sammelte Nandesora immer wieder die Brocken auf, wischte dem Kranken den Mund ab, versuchte aufs Neue ihn zum Essen zu bewegen. Eine Weile gelang es Emilia, ihren Widerwillen zu unterdrücken, doch dann floh sie hinaus. Der Tod hat einen üblen Geruch, schon wenn er auf der Türschwelle steht. Dieser Geruch begegnete Emilia nicht zum ersten Mal. Er hing im Sterbezimmer ihrer Tante in Grootfontein, in dem die Gelähmte bei lebendigem Leib an ihren Geschwüren verfaulte, und in dem kleinen Zimmer auf der Farm, wo ihr Großvater die letzten Monate seines Lebens verdämmerte. Ob Marthas Mutter noch immer hinter dem Vorhang aus verschlissenen Kleidern auf ihr Ende wartete? Oder war sie längst erlöst und im Kreise ihrer Ahnen angekommen? Hatte die Krankheit erst einmal ihre tiefen Spuren hinterlassen, war das Opfer besiegt und das Ende ließ nicht lange auf sich warten.

Während Nandesora bei dem Kranken blieb, saß Emilia im Windschatten der Hütte auf einem Stein und wartete. Das Warten störte sie nicht. Zeit hatte eine neue Dimension bekommen, Zeit gab es im Überfluss, sie war endlos und was sie unterteilte, waren Tag und Nacht. Seit den Tagen in der Wüste war eine tiefe Ruhe an die Stelle des ständigen Blickes auf das Weiterrücken der Zeiger getreten, an den sie sich in Deutschland gewöhnt hatte. Sie musste an Michaels Armbanduhr denken, eine besonders schöne Memovox von Jaeger-le Coultre, die ihn auf die Sekunde pünktlich an jeden wichtigen Termin erinnert hatte. – Der Gedanke an die nutzlos gewordene Uhr und an alles, was mit seinem Tod sinnlos geworden war, betrübte sie plötzlich. Sie schob die Gedanken beiseite und versuchte sich zu erinnern, ob Hosea eine Uhr getragen hatte. Sie wusste es nicht, aber ohne Frage musste er sich die Pünktlichkeit zu eigen gemacht haben, die die Touristen erwarteten.

Nandesora sah abwesend und bekümmert aus, als sie aus dem Dunkel der Hütte in die gleißende Helle zurückkehrte. »Jeden Tag, wenn ich Suvera verlasse, denke ich, jetzt wird der letzte Tag seines Lebens gekommen sein. Der Tod steht schon neben ihm. Wir sehen ihn beide und hoffen auf ein gnädiges Ende. Der Tod ist grausam mit seinem Zögern.« Sie reichte Emilia die Hand, um ihr beim Aufstehen zu helfen. »Komm, lass uns gehen.«

Emilia blieb noch einmal stehen, als sie die Hütte schon hinter sich gelassen hatten. »Suvera hat Aids, nicht wahr?« Und als Nandesora nickte. »Bekommt er keine Medikamente?«

»Doch«, sagte sie leise. »Er hat kostenlose Medikamente gegen das Virus bekommen, aber die Behandlung kam für ihn zu spät.«

Eine Weile gingen sie schweigend zwischen bunt gestrichenen Wellblechhütten, freundlich geradezu im Vergleich zu den erbärmlichen Verschlägen vom Hinweg.

»Warum gehen wir auf einem anderen Weg zurück?«

»Du solltest sehen, wie die ganz armen Menschen wohnen«, antwortete Nandesora. »Und ich wollte dir Juanita Mabulas Haus zeigen, die vielen Blumen davor. Deswegen sind wir dort entlanggegangen.«

»Wolltest du mir nicht auch deine eigene Geschichte erzählen?«

»Ja.« Nandesora zögerte. »Meine Geschichte. Ja, ich will sie dir erzählen, damit du verstehst, warum ich davongelaufen bin.«

Nun erzählte Nandesora lange, manchmal langsam und stockend, dann wieder heftig und leidenschaftlich. Oft wiederholte sie ganze oder halbe Sätze, so wie auch Martha es getan hatte, wenn ihr etwas sehr wichtig war. Immer wieder blieb sie dabei stehen.

»Kannst du dir vorstellen«, begann Nandesora ihre Geschichte, »kannst du dir vorstellen wie das ist, wenn du nach Hause kommst und dort wartet ein alter hässlicher Mann, den du noch nie gesehen hast, und dem sollst du gehören, solange er lebt? Zweiundsechzig Jahre ist der Mann alt, vierzig Jahre älter als du selbst. Vielleicht bleiben ihm noch zwanzig Jahre, vielleicht wird er sogar neunzig Jahre alt oder noch älter. Und selbst wenn er früh sterben sollte, wärst du niemals wieder frei. Du würdest einem seiner Brüder gehören oder einem seiner Söhne oder irgendeinem anderen Mann aus seiner Verwandtschaft, den du dir nicht aussuchen kannst. Du hättest keine Ausbildung, keine Chance zu arbeiten und dein eigenes Geld zu verdienen. Kannst du dir das vorstellen?« Und als Emilia nicht antwortete: »Verstehst du, dass ich geflohen bin? Was für ein Leben hätte vor mir gelegen als Ehefrau dieses irgendwie mit mir verwandten Mannes mit unzähligen Rindern, drei Frauen und einer Schar von Kindern, von denen etliche viel älter wären als ich selbst? Wie hätte ich mich jemals geborgen fühlen können an der Seite eines Mannes, der mich sowenig liebte wie ich ihn? Bis an mein Lebensende wäre ich nichts als Besitz, Handelsware ohne Rechte wie das Vieh, und was zählte, wäre meine Arbeitskraft und meine Fähigkeit Kinder zu gebären.«

Neben einer Wellblechhütte, vor der sich ein paar Frauen lachend und schwatzend versammelt hatten, blieb Emilia stehen. Nandesoras Schmerz, ihre Angst und Enttäuschung waren ihr plötzlich so nah, als sei sie ihre eigene Tochter, ihr eigenes Fleisch und Blut. Und diese Frau sollte Handelsware ohne Rechte sein, so wie Marthas Mutter! Auch Nandesora war stehen geblieben und zum ersten Mal, seit sie begonnen hatte, über ihr Schicksal zu sprechen, sah sie Emilia in die Augen.

»Ich ekelte mich vor ihm, von dem Augenblick an, wo ich ihn zum ersten Mal sah. Mit diesem Mann sollte ich schlafen! Und niemals hätte ich Lehrerin werden können. Alle mein Ziele hätte ich aufgeben müssen.«

»Das hätte dein Vater zugelassen?«

Nandesora seufzte. »Komm«, sagte sie anstelle einer Antwort. »Lass uns weitergehen.«

Erst als sie eine breite staubige Straße überquert hatten, fuhr sie mit ihrer Erzählung fort.

»Munjuku, so heißt der Mann, ist sehr reich. Er war nicht mit leeren Händen gekommen. Als mich mein Vater nach Hause holte, stand vor der Tür ein großer neuer Topf und auf dem Bett meiner Eltern lagen drei schöne, warme Decken. Eine war für meinen Vater, eine für meine Mutter und eine für Vaters besten Freund. Mir hatte er nichts mitgebracht.« Sie seufzte. »Ich habe sehr geweint, als ich verstand, was mein Vater ausgehandelt hatte. Ich habe gesagt, dass ich weiter studieren will. Munjuku hat nur dagesessen ohne ein Wort zu sprechen. »Du bist meine Tochter«, hat mein Vater gesagt. »Du wirst tun, was ich dir sage.« Meine Mutter hat geschwiegen und als ich einmal ihr Gesicht sah, merkte ich, dass sie weinte. Ich habe mich an sie geklammert, weil sie mir helfen sollte, aber Mutter schüttelte nur den Kopf, ganz sacht, ganz ruhig, und ich wusste, dass mein Schicksal längst entschieden war. Dann hat mich mein Vater hinten in unsere Hütte geschickt. Als ich wieder herauskommen durfte, war Munjuku fort. Bald würde er wiederkommen, sagte mein Vater, und mich in sein Dorf holen, für immer. Windhoek und die Universität sollte ich nicht wiedersehen.«

Wieder blieb Emilia stehen. – Mir hatte er nichts mitgebracht. – Dieser Satz, diese scheinbar belanglose Enttäuschung war ihr nur zu gut vertraut. Es war ein Satz ihrer Mutter. Alles andere klang wie ein schauriges Märchen aus alter Zeit, nicht wie die Geschichte der jungen Studentin, die leibhaftig neben ihr stand. Und doch wusste sie, dass dies das Schicksal von Millionen Frauen war, nicht nur in Afrika. Aber die meisten dieser Unterdrückten bleiben stumm.

Von einem Verkaufsstand neben dem Weg plärrte Radiomusik herüber. Nandesora fasste Emilia am Arm und zog sie zum Stand hinüber, dessen schwarze Planen wie riesenhafte Rabenvögel im Wind flatterten. Es war, als wolle sie Emilia für eine Weile aus der dunklen Vergangenheit befreien und zurückholen in die Welt, die sie hier umgab. Auf dem Boden vor dem Verkaufsstand und auf einer roh zusammengezimmerten Theke standen Körbe mit getrockneten Fischen, mit Äpfeln und mit Früchten, die aussahen wie hölzerne Kugeln. In großen offenen Säcken wurden verschiedene Getreidearten und Körner angeboten und in einer aus Stroh geflochtenen Schale lagen fingerdicke längliche Früchte wie große braune Raupen.

»Was ist das?«

»Getrocknete Mopanewürmer.« Und als Emilia sie ungläubig ansah: »Raupen, die auf den Mopanebäumen leben.«

»Was macht ihr damit?«

Endlich lächelte Nandesora wieder. »Essen natürlich!«

Sie nahm eine apfelsinengroße braune Kugel aus einem Korb am Boden, gab der Frau hinter der Theke einen zerknitterten Geldschein und reichte Emilia die Frucht. »Ich möchte, dass du an Katutura denkst, wenn du sie isst.«

»Du kaufst mir etwas, aber du brauchst Geld, hat deine Schulleiterin gesagt.«

Nandesora sah Emilia unschlüssig an, als wisse sie nicht, was sie darauf antworten sollte. »Lass mich der Reihe nach erzählen, was weiter geschehen ist«, fuhr sie fort ohne auf Emilias Worte einzugehen. »Hast du noch Zeit? Du sollst alles erfahren.«

»Erzähle nur«, sagte Emilia und dachte ohne Unruhe an den Taxifahrer, der jetzt irgendwann zurückkommen sollte, aber sie nicht antreffen würde. Vielleicht würde er warten, vielleicht wieder fort fahren. Nandesora würde wissen, wie sie Katutura wieder verlassen konnte.

»Es waren nicht nur die Decken, und der große teure Kochtopf, die Munjuku meinen Eltern geschenkt hat«, fuhr Nandesora fort, »dafür hätte mich mein Vater nicht verkauft. Zwölf Kühe sollte mein Vater als Brautpreis bekommen, mehr, als er je besessen hat.«

Plötzlich sah Emilia ihn wieder vor sich, den Vater von Unotjari und Nandesora, eine armselige Gestalt mit schiefen Schultern über einem zu kurzen Hirtenstab, einer, dem Misserfolg und Pech anzuhaften schienen, wie anderen Reichtum und Glück. Zwölf Kühe für eine Tochter! Das war eine Spur von Wohlstand.

»Als Unotjari am Wochenende aus der Schule nach Hause kam, haben wir gemeinsam meine Flucht beschlossen. Aber wir brauchten Hilfe. Wir hofften, dass mich Frau Riruako unterstützen würde.«

»Das hat sie getan, nicht war?«

Nandesora nickte. »Sie kämpft dafür, dass auch die Mädchen eine gute Schulbildung bekommen und selbst über ihr Leben bestimmen können. Deswegen haben wir sie in unseren Plan eingeweiht. Wenn sie uns verraten hätte, wäre alles verloren gewesen.«

Emilia schwieg und dachte an die schüchterne und zaghafte Unotjari, deren Hand sie am Zaun der Schule festgehalten hatte. Ihre eigene Ausbildung hatte sie aufs Spiel gesetzt, um ihrer Schwester zu helfen.

»Unotjari kehrte wieder nach Drimiopsis zurück«, fuhr Nandesora fort, »und ich sehnte das nächste Wochenende herbei. Das Warten war furchtbar. Ein Tag verging langsamer als der vorherige und jede Stunde hatte ich Angst, dass Munjuku plötzlich in der Hütte stehen würde um mich zu holen. Als Unotjari eine Woche später wieder zu Hause war, wusste sie, dass ich eine Weile bei Elizabeth in Katutura wohnen könnte, um in Windhoek zu studieren. Aber wie sollte ich von Epukiro fortkommen? Für die Busse, die mehrmals in der Woche nach Gobabis fahren und dann weiter nach Windhoek, hatte ich kein Geld. Ich dachte daran, an der Straße auf ein Auto zu warten, das mich mitnehmen würde. Aber sicher hätte es Stunden gedauert. Bis dahin hätte mich mein Vater längst gefunden und mich eingesperrt wie ein wildes Tier. Eine zweite Chance zur Flucht hätte es nicht gegeben.«

Nandesora blieb stehen und sah jetzt sehr ernsthaft und geradezu andächtig aus. »Nur ein Wunder konnte mir noch helfen. Mit Unotjari habe ich Pläne für meine Flucht geschmiedet und wir haben zu Gott gebetet, dass er mir helfen möge. Vater ahnte nichts davon. Er hätte sich meine Flucht gar nicht vorstellen können. Eine Frau gehorcht ihrem Vater, und wenn sie verheiratet ist, gehorcht sie ihrem Mann. So halten es die Menschen hier.«

Nandesora schwieg nun und Emilia hatte Zeit ihren Gedanken nachzuhängen. Die Frau gehorcht ihrem Mann, das war die Realität in vielen Ländern der Erde und es galt für viele Frauen. Für die meisten sogar? Sie wusste es nicht.

Sie hatten Elizabeths Unterkunft erreicht. Trotz aller Armut war Katutura an dieser Stelle nicht schrecklich, nicht wie die erbärmlichen Slums, die man aus dem Fernsehen kennt, oder wie an Katuturas Rändern, wo die Siedlung auseinander trieb wie Öl auf dem Wasser. Hier, wo Nandesora und Elizabeth wohnten, war noch ein wenig Platz zwischen den kleinen Steinhäusern, und die Wellblechhütten dazwischen waren geräumig und bunt gestrichen. Sechs Familien teilten sich eine Pumpe für sauberes Wasser und in der Nähe stand ein Klohäuschen. Wie kleine viereckige Reklamesäulen sahen diese Häuschen aus, wie Litfasssäulen mit einem Ventilator, der ihnen mit einem glänzenden Rohr aufgesetzt war wie ein Schornstein.

»Komm nur herein«, sagte Nandesora, als Emilia vor der Hütte stehen blieb.

Im vorderen mit einem Vorhang abgegrenzten Teil von Elizabeths Behausung stand ein Bettgestell mit einer Matratze an einer fensterlosen Wand. Dem Bett gegenüber lag eine Matte auf dem kahlen Zementboden. Eine schlichte Holztruhe wie bei Martha gab es und eine Getränkekiste, die als Stuhl dienen mochte. Alles war sauber und aufgeräumt. Innen an der Tür hing ein handgeschriebenes Gedicht. Emilia versuchte, die Zeilen zu entziffern, aber das Licht, das durch ein kleines Fensterchen fiel, war zu schwach.

Als Nandesora das bemerkte, trug sie die Zeilen vor, ohne auf das Blatt zu sehen. In ihrer Stimme war ein Ausdruck, der Emilia tief berührte.

I had no voice
I had no choice when he came
I knew it would never be the same
I had no say
I had to go away
I lied on a cement floor
not protected by any law

I had nothing to eat
with fitty feet
But because of hope
I'll stay and cope.

Nandesora hatte die Zeilen geschrieben, nachdem sie die erste Nacht in Katutura verbracht hatte, schlaflos auf dem kahlen Zementboden und voller Sorge, wie ihr Leben weitergehen würde. Es waren schlichte Worte ohne künstlerischen Anspruch, die Emilia dennoch oder vielleicht gerade deswegen nahe gingen.

Draußen fuhr ein Auto vor. Es war Emilias Taxi. Es kam viel später, als sie verabredet hatten, aber noch immer zu früh, um Katutura zu verlassen. Sie gab dem Fahrer Geld für den vergeblichen Weg und bat ihn, in einer Stunde wiederzukommen. Als sie sich umdrehte, war Nandesora verschwunden.

»Nandesora kommt«, sagte die Alte wieder und sie kam wirklich gleich darauf zurück. Sie brachte einen grauen, wohl ehemals weißen Plastikstuhl, dessen Lehne gebrochen war, und stellte ihn neben Elizabeth, die noch immer vor der Hütte am Boden kauerte. Der Stuhl war für Emilia. Nandesora ließ sich auf der Getränkekiste nieder.

»Ich will dir nun erzählen, wie es weiterging«, sagte sie, und dann redete sie lange. Emilia lauschte ihrer Stimme, die sich mit den Geräuschen Katuturas vermischte, den Musikfetzen von irgendwo, den fremden Stimmen, dem Klappern und Schlagen von Blechteilen, wenn der Wind heftiger wehte, und unterbrach sie nicht. Elizabeth, die von Zeit zu Zeit nickte, sah Nandesora zu, als würde sie jedes Wort verstehen.

»Es war eine sehr kalte Nacht. Ich fror und konnte nicht schlafen. Nur deswegen habe ich gehört, wie mein Vater leise zu meiner Stiefmutter sprach. Am nächsten Tag sollte Munjuku kommen und mich holen. Zwei seiner Brüder würden ihn begleiten. Mein Vater trug meiner Stiefmutter auf, Matten unter den großen Baum zu legen, wo er gewöhnlich saß, und Essen und Trinken für die Gäste vorzubereiten. Ich wusste sofort, dass mir nur wenige Stunden blieben, wenn ich Munjuku entkommen wollte. Ich musste fort, noch in dieser eisigen Nacht, und ich würde nichts mitnehmen können.«

Nandesora seufzte und sah mit einem Mal so verzweifelt aus, als läge ihre Flucht noch vor ihr. Ganz leise, als dürfe niemand außer Emilia ihre Worte verstehen, sprach sie weiter: »Ein paar Stunden später, als ich sicher war, dass alle schliefen, habe ich mich fortgeschlichen, barfuß, denn ich fand meine Schuhe nicht in der Dunkelheit. Die Hunde vor den Hütten bellten, als wollten sie das ganze Dorf wecken, aber kein Mensch sah mich in der Dunkelheit zwischen den Dornbüschen verschwinden. Der Mond war noch nicht aufgegangen, doch ich fand den Weg zur Straße im Licht der Sterne. Nie zuvor bin ich in der Finsternis diesen Weg gegangen. Stundenlang bin ich auf der Straße gelaufen, meine Füße taten so weh von dem Schotter, aber ich musste weiter. Bei Tagesanbruch habe ich mich in einem Gebüsch neben der Straße verborgen. Als ich einen Lastwagen hörte, habe ich mich hervorgewagt. Ich kenne niemanden, der einen Lastwagen fährt, und ich habe gehofft, dass der Fahrer nichts von mir und Munjuku weiß. Meine Füße waren blutig von den Dornen und den Steinen und ich habe mich geschämt, weil ich barfuß war. Schon der erste Wagen hat angehalten und mich bis Windhoek mitgenommen. Der Fahrer wollte wissen, warum ich morgens an der Straße stand. Ich habe gelogen und ihm von einer Schwester erzählt. Sie sei sehr krank und ich wolle sie im Krankenhaus besuchen.«

Nach diesen Worten schwieg Nandesora. Das also war ihre Geschichte. »Nga mba«, sagte Emilia leise. Bis hierher, so hatte Martha die Geschichte von der Schildkröte beschlossen. Nga mba, aber wie würde Nandesoras Leben weitergehen?

»Hast du keine Angst, dass dein Vater dich zurückholt?«

Nandesora schüttelte den Kopf. »Ich bin einmal davongelaufen. Nun wissen sie, dass ich es immer wieder tun werde. Kein Mann zahlt Lobola für eine Frau, die ihn vielleicht am nächsten Tag wieder verlässt.«

»Er hat deinen Eltern schon Geschenke gebracht.«

»Er wird alles zurückfordern, den neuen Topf, die Decken, und mein Vater wird keine zwölf Kühe bekommen. Er wird sehr böse sein.«

Nandesoras kleiner schiefer Vater: Wieder war er der Verlierer. Ihren eigenen Vater hatte Emilia nicht als Verlierer gesehen, als sie ihn verließ – anders als ihre Mutter. »Wirst du deine Familie wiedersehen?«, fragte sie.

Nandesora seufzte. »Ich weiß es nicht. Vielleicht, wenn ich so alt bin, dass mein Vater mich nicht mehr verheiraten kann.«

»Willst du denn gar nicht heiraten?«

Nandesora sah Emilia an, kleinlaut, geradezu verzweifelt, und in diesem Augenblick ähnelte ihr Gesicht dem ihres Vaters. »Ihr Europäer fragt immer nach Dingen, die in der Zukunft liegen. Vielleicht werde ich heiraten, vielleicht auch nicht. Ja, vielleicht werde ich meine Familie wiedersehen. Wie soll ich das alles wissen? Vielleicht wird mein Vater froh sein, wenn ich ihn mit Geld unterstützen kann, das ich eines Tages verdienen werde. Jetzt ist es meine Sorge, wie ich als Studentin in Katutura überleben kann und wo ich wohnen werde, wenn Elizabeths Nichte bei ihr einzieht, um hier die Secondary School zu besuchen.«

Emilia dachte an das Schicksal von Juanita Mabula und daran, dass sie ihren Körper verkaufen musste, um in Katutura mit ihrer Tochter menschenwürdig zu leben.

»Entschuldige, dass ich so viel frage, aber das ist noch wichtig: Wovon lebst du? Hast du Geld?«

»Ich habe ein Stipendium, aber ich muss sehr fleißig sein, damit ich es nicht verliere.«

»Ich könnte dir sonst helfen. Versprichst du mir, dass du dich melden wirst, wenn du kein Geld aus dem Stipendium mehr bekommst?«

Nandesora schüttelte heftig den Kopf. »Ich werde dein Geld nicht brauchen.«

»Aber wenn du ...«

Nandesora schnitt Emilia das Wort ab: »Ich will meinen Weg ohne Almosen von reichen Weißen gehen.«

»Aber ich würde gern ...«

Nandesora schüttelte wieder den Kopf und jetzt schwieg Emilia. Die Worte und der Ton, mit denen Nandesora das Angebot ablehnte, kränkten sie.

»Entschuldige«, sagte Nandesora leise. »Ich weiß, dass du es gut meinst, aber ich will das Studium allein schaffen, verstehst du das?«

»Ja, ich verstehe dich, und ich wünsche dir von ganzem Herzen den Erfolg, den du verdient hast.«

Eine alte Frau kam den staubigen Weg entlang. Vor Elizabeth blieb sie stehen. »Suvera ruft nach dir«, sagte sie. »Er glaubt, er werde heute sterben.«

Elizabeth erhob sich mühsam und schickte sich an, der anderen Alten zu folgen.

»Ich gehe mit euch«, sagte Nandesora.

Der Abschied kam schnell. Emilia schrieb Nandesora ihre E-Mail-Adresse auf einen Zettel. Über Hilfe sprach sie nicht mehr. Dann umarmten sie sich zum Abschied. Nach ein paar Schritten drehte sich Nandesora noch einmal um. »Ich schreibe dir, wenn ich in Windhoek bin, ich verspreche es dir.«

Emilia setzte sich wieder auf den schäbigen Plastikstuhl und sah den dreien enttäuscht nach. Nandesora verließ sie, lange bevor alles gesagt war, was Emilia am Herzen gelegen hatte. Eigentlich hätte sie sich jetzt freuen können, denn ein Ziel ihrer Reise hatte sie erreicht: Sie hatte Nandesora gefunden und sie wusste, dass sie den Weg gehen würde, um den sie immer gekämpft hatte. Doch in ihr blieb ein Gefühl von Leere. Es tröstete Emilia ein wenig, dass sie Nora über diesen Tag berichten konnte. Ohne deren Anteilnahme wäre die Episode mit Nandesora nichts als ihre einsame Erinnerung, genau wie die viel zu kurze Begegnung mit Hosea. Sie bereute, dass sie die Gästefarm so schnell verlassen hatte, und es gab ihr einen Stich, dass sie nicht mit Hosea durch die Wildnis gewandert war. Der Stachel der Eifersucht hatte sie fortgetrieben. Sie war nicht einmal bereit gewesen, Hosea beim Safariwalk mit anderen Touristen zu teilen.

Mittlerweile war es später Nachmittag geworden. Emilia überlegte, die Telefonauskunft anzurufen und sich nach der

Nummer eines Taxiunternehmens zu erkundigen, doch dann dachte sie an das zuversichtliche Gesicht ihres Fahrers und an die Kaution, die er für seinen jüngsten Sohn gezahlt hatte und wartete.

Der Wind war noch stärker geworden und wirbelte gelbe Staubfahnen zwischen den Häuschen auf. Sie sah einer Gruppe junger Männer und Frauen nach, die lachend an ihr vorübergingen und dachte an Aids. Wie lebten diese Menschen mit der tödlichen Gefahr? Nahmen sie sie überhaupt wahr? Gehörte sie zu ihrem Schicksal, das man hinnehmen musste, wie es kam? Oder trugen sie vielleicht schon selbst das Virus in sich? Emilia wusste, dass noch immer die Hälfte aller Infizierten nichts von den Viren in ihrem Körper wussten. Mit Suvera war Emilia wieder einem Opfer begegnet. In Deutschland hatte sie sich nie ein Bild davon gemacht, was 35 Millionen infizierte Menschen bedeuten. Sie hatte dies zur Kenntnis genommen wie vieles andere auch. 35 Millionen waren nichts als eine nüchterne Zahl, bis sie die Sterbenden gesehen hatte und die Waisen, die in der Obhut ihrer verarmten Großmütter zu einem trostlosen Leben verurteilt waren. Viele Kinder lebten ohne Erinnerung an Vater oder Mutter, deren Tod zu früh kam, um ein Bild in den Köpfen ihrer Nachkommen zu hinterlassen. Emilia hatte nicht gewusst, wie qualvoll der Tod durch Aids sein kann, welche Schmerzen viele Sterbende aushalten müssen, wenn das Virus die Nerven im Körper zerstört. Und welche Angst. Angst ist die Schwester des körperlichen Leidens, Angst vor der Diagnose, wenn das Blut auf den tödlichen Virus untersucht wird, Angst vor dem Verfall und den Schmerzen, Angst um die Zukunft der Kinder, die elternlos zurückbleiben werden. Und dann die Angst der Kinder, welche die Bedrohung spüren, die mit der Krankheit in die Familie eingebrochen ist, lange bevor sich das Unausgesprochene in ein Wort verwandelt: Aids.

Die Schatten auf dem hellen Sand vor den Hütten waren lang geworden, als ihr Taxi endlich zurückkehrte. Armut, Krankheit und Tod blieben hinter ihr zurück, kaum dass sie Katutura verlassen hatte. Emilia ließ sich zum Einkaufszentrum bringen, wo sie den Toyota abgestellt hatte. Mittlerweile waren die meisten Parkplätze belegt. Männer und Frauen schoben Einkaufswagen über den Asphalt zu ihren Fahrzeugen, Schwarze und Weiße, alle gut gekleidet. Wer hier kaufte, hatte Geld. Ihr Toyota stand unversehrt an der Stelle, wo sie ihn verlassen hatte.

Zehn Minuten später klingelte Emilia wieder am Gartentor in der Herbst-Street. Sie wartete, klingelte ein zweites Mal. Mehr noch als beim ersten Mal fühlte sie sich schutzlos dem Kameraauge ausgeliefert. Und dann, als sie gar nicht mehr damit rechnete, vernahm sie die brüchige Stimme einer alten Frau. »Bist du es, Emilia?«

Bist du das, Mutter, dachte Emilia mit Herzklopfen, ist das jetzt deine Stimme? Sie hörte den Summer. Ganz leicht schwang das Gartentor auf, als sie dagegen drückte. Eine weißhaarige Frau stand in der offenen Haustür, fremd geworden wie ihre Stimme. Sie war klein und sah zerbrechlich aus in ihrem geblümten Altfrauenkleid. Emilia ging ohne Eile über den knirschenden Kies bis zum Haus. Sie war froh über jeden Schritt, den sie tun musste, und über jede Sekunde, die verging. Es war die Zeit, die sie brauchte, um in der alten Frau ihre Mutter wiederzuerkennen. Ich bin auch alt geworden, dachte sie, und in diesem Augenblick wurde ihr bewusst, dass sie, wenn ihr Leben anders verlaufen wäre, Kinder haben könnte, die so alt waren wie sie selbst bei der letzten Begegnung mit ihrer Mutter gewesen war. Dann stand sie vor ihrer Mutter, die sie unverwandt ansah. Freude war nicht in ihrem alt gewordenen Gesicht zu lesen, nur Verwunderung. So standen sie wortlos, bis sie beide fast gleichzeitig und wie auf ein geheimes Kommando die Arme ausbreiteten und sich stumm umarmten. Sie ist so mager geworden, dachte Emilia, sie ist wirklich so zerbrechlich, wie sie aussieht.

Emilias Mutter löste als erste die Umarmung. »Ich habe nicht mit dir gerechnet«, sagte sie, dann ging sie stumm voran, als führe sie einen fremden Gast in ihre Wohnung, einen unangenehmen oder einen, der eine Forderung offen hat.

»Setz dich doch«, sagte sie und zeigte auf das viel zu große Sofa im Wohnzimmer. »Ich koche uns Kaffee.«

Emilia setzte sich nicht. Sie sah sich in dem Zimmer um, das hinter den zur Hälfte heruntergelassenen Rollläden dunkel und eng wirkte. Die Möbel, die hier standen, mussten neu sein. Jagdtrophäen wie in Uellendahl gab es nicht. An den Wänden hingen Fotos. Auf allen war ihr Vater zu sehen, mit Jagdgewehr, am Steuer seines Jeeps, neben einem halbfertigen Gebäude, an dem Schwarze arbeiteten, neben den Schlangenkäfigen in Siegerpose mit einer Schlange in den Händen oder inmitten von anderen weißen Farmern an einem Tisch, auf dem Bierdosen standen. Er hatte sich über die Jahre kaum verändert. Lediglich auf zwei Bildern war ihre Mutter abgebildet. Das eine war das Hochzeitsfoto, das auch in Emilias Fotoalbum klebte, das andere ein Familienbild aus der Zeit, als Emilia noch nicht zur Schule ging.

Emilia folgte ihrer Mutter in die Küche und sah zu, wie sie mit ihrer altmodischen Art Kaffee kochte. Sie benutzte noch immer denselben Filteraufsatz und dieselbe hohe Kaffeekanne wie in Emilias Kindertagen.

»Warum bist du in Namibia?«, fragte sie, und während sie immer wieder Wasser aus dem alten, mit den Jahren stumpf gewordenen Wasserkessel in den Filteraufsatz goss, suchte Emilia nach einer Antwort, die nicht sofort Enttäuschung oder Zorn nach sich ziehen würde.

»Ich wollte sehen, wie es euch geht.«

Ihre Mutter zog die Stirn kraus, als täte ihr etwas weh, aber sie schwieg dazu. »Du könntest den Tisch decken«, wechselte sie das Thema. Sie zeigte Emilia den Schrank mit den Tassen, dieselben, aus denen Emilia schon als Kind getrunken hatte. Emilia brachte zwei nach draußen zum Gartentisch, der auf einer kleinen von Bougainvilleen fast zugewachsenen Terrasse stand. Sie holte Zucker und Löffel, dann setzte sie sich und wartete auf den Kaffee. Ihre Mutter kam, goss den Kaffee ein, lehnte sich dann mit gefalteten Händen auf dem Stuhl zurück und sah geradeaus. Sie sagte nichts, kein einziges Wort. Kleine Augen, dachte Emilia, Augen, die nichts mehr neugierig aufnahmen, Blicke, begrenzt auf das, was sie schon immer gesehen hatten und was zum Bewältigen des Alltags unverzichtbar war. Die kummervollen Augen waren zu verloschenen Augen geworden, das bedrückendste Zeichen, dass ihre Mutter alt geworden war.

»Freust du dich denn gar nicht, dass ich gekommen bin?«, fragte Emilia, und merkte im selben Moment wie unsinnig ihre Frage war.

Der Blick ihrer Mutter veränderte sich überhaupt nicht. »Ich hätte mich sicher gefreut, wenn du nicht zwanzig Jahre geschwiegen hättest«, sagte sie endlich. »Vielleicht hätte ich mich auch noch gefreut, wenn du wenigstens dein Kommen angekündigt hättest.«

Emilia stellte die Kaffeetasse ab, ehe sie daraus getrunken hatte. »Ich habe versucht euch anzurufen, aber die Nummer muss falsch gewesen sein.«

Ihre Mutter schwieg.

»Habt ihr eine neue Nummer?«

»Ich habe nur noch ein Handy.«

»Sonst hätte ich dich angerufen.«

Emilias Mutter griff nach ihrer Tasse. Ihre Hände zitterten, als sie einen Schluck trank und die Tasse vorsichtig wieder abstellte. »Warum bist du in Namibia?«, fragte sie und ihre Stimme hatte plötzlich etwas Lauerndes. »Was willst du hier?«

Der misstrauische Ton irritierte Emilia: als wäre ihr Kommen eine Bedrohung. »Ich bin vor allem gekommen, weil ich über Justina reden möchte.«

»Justina?« Für einen Augenblick schien ihre Mutter nicht zu wissen, wen Emilia meinte. »Ach, Justina«, sagte sie gleichgültig.

»Ich will wissen, warum sie sich umgebracht hat.«

Das Gesicht ihrer Mutter verschloss sich. »Wenn das der einzige Grund für dein Kommen ist, hätte ich dir besser nicht die Tür geöffnet.«

Emilia wusste, was sie jetzt hätte sagen sollen: etwas Versöhnliches, eine Entschuldigung für die letzten Sätze, die ihrem Vater galten und die ihr zu früh über ihre Lippen gekommen waren. Es war auch der Gedanke an ihren Vater, der ihr jetzt den Mund verschloss, und die plötzlich so heftige Erinnerung an die Verachtung und Beleidigungen, als ihre Eltern von ihrem Verhältnis zu einem Schwarzen erfahren hatten. Hure. Wäre sie sonst Hoseas Frau geworden? Emilia wandte sich ab. Mit einer heftigen Bewegung riss sie eine Blütenrispe ab, die sie im Nacken kitzelte. Die Bougainvilleen bedrängten sie. Wie Schlangen hingen die Ranken über dem Tisch und den Stühlen und erinnerten sie an die verhassten Schlangen ihres Vaters.

»Lass das bitte!«, sagte ihre Mutter, jetzt mit demselben Tonfall wie damals, als Emilia noch ein Kind war.

Emilia ließ ihre Hand sinken, mit der sie eben die nächsten Blüten ergreifen wollte. Beim Gedanken an die Schlangen ihres Vaters und den Ton ihrer Mutter brachen die alten Wunden noch stärker auf. Vielleicht war das der Grund, dass sie weiterbohrte, hartnäckig und herzlos. »Warum, glaubst du, hat sich Justina umgebracht? Oder hat sie das gar nicht? Ist sie auf andere Weise gestorben?«

Ein kurzes Flackern in den Augen ihrer Mutter, ehe sie mit leiser Stimme antwortete. »Mit Justinas Tod habe ich nichts zu tun.«

»Ich werde mit Vater darüber sprechen, was damals ...«

»Vater ist tot.« Sie redete weiter, ehe noch Emilia etwas sagen oder fragen konnte. »Er ist vor einem halben Jahr an Lungenkrebs gestorben. Wenn ich gewusst hätte, wo du wohnst, hätte ich es dir geschrieben.«

Emilia hörte kaum zu, was ihre Mutter noch sagte. Vater ist tot, die Worte klangen wie ein Echo in ihren Ohren nach, aber das Begreifen war noch fern. Nur drei Worte: Vater ist tot. Wohin mit den Fragen, wohin mit den Sätzen, die sie sich zurechtgelegt hatte? Das war das erste, was sie denken konnte.

Emilia stand auf. »Wo ist die Toilette?« Sie wollte allein sein. Die Toilette war schon immer der Ort gewesen, wo sie sicher sein konnte, dass ihr ihre Mutter nicht folgte.

Als sie Minuten später zurückkam war sie bereit zu hören, was ihre Mutter über die letzten Monate im Leben ihres Vaters zu berichten hatte und über seinen Tod. Seit Monaten hatte er gehustet, aber er war nicht zum Arzt gegangen. Als ein großer Tumor in der Lunge entdeckt wurde, war es zu spät.

»Habt ihr wegen Vaters Krankheit Uellendahl verlassen?«, fragte sie, als ihre Mutter geendet hatte.

»Das war es nicht. Damals wusste Vater noch nichts von der Krankheit.«

»Aber warum ...?«

»Ich wollte fort. Es gab Überfälle auf Farmen. Du kannst dir nicht vorstellen, welche Angst ich auf der Farm in den letzten Jahren ausgestanden habe!« Die Erinnerung wischte die Müdigkeit aus ihrem Gesicht. »Der 85-jährige Izak Dreyer wurde auf seiner Farm bei Uhlenhorst überfallen. Vier Schwarze haben ihn gefesselt und zusammengeschlagen. Sie haben ihm einen Knebel in den Mund gesteckt. Daran ist er erstickt.«

Emilia unterdrückte einen Laut des Entsetzens, wie ihn ihre Mutter ausgestoßen haben mochte, als sie von der Nachricht erfuhr. Sie hasste diese Laute, mit denen ihre Mutter alles untermalt hatte, was ihre Vorstellung von einer heilen Welt in Frage stellte, nicht nur das Entsetzliche.

Ihre Mutter fuhr fort: »Mike und Sabine Krafft, kennst du sie noch?«

Emilia schüttelte den Kopf.

»Auch sie wurden auf ihrer Farm überfallen. Eine ganze Stunde haben die Banditen auf die alten Leute eingeschlagen, bis die Frau verriet, wo das Bargeld und die Waffen waren. 70.000 Namibia-Dollar und ein Gewehr haben sie erbeutet, aber die Polizei tut nichts. Glaubst du, ich wollte warten, bis es uns treffen würde? Ich habe in meinem Leben schon genug erduldet!«

Da war es wieder, dieses leidende Gesicht, für das Emilia früher nie eine überzeugende Erklärung gefunden hatte. Vielleicht war ihre Mutter schon mit diesem Gesicht auf die Welt gekommen, vielleicht hatte sie es von ihrer eigenen Mutter abgeschaut. Selbst auf dem Hochzeitsfoto hatte sie den weinerlichen Ausdruck gehabt. Emilia hatte diese Traurigkeit verabscheut, weil sie sich schuldig fühlte, doch jetzt überfiel sie eine andere, eine lang verschüttete Erinnerung: Sie sah das braune

Ledersofa vor sich, das noch immer im Farmhaus von Uellendahl stand, sah sich selbst auf dem Schoß ihrer Mutter sitzen und versunken in einer wohltuenden Traurigkeit kummervollen Märchen lauschen. Oft hatte sie geweint, wenn Hänsel von der bösen Hexe gemästet wurde, um ihn zu schlachten, oder wenn Jorinde in eine Nachtigall verwandelt wurde und Joringel ihr nicht helfen konnte.

Mein Vöglein mit dem Ringlein rot singt
Leide, Leide, Leide:
es singt dem Täublein seinen Tod, ...

hatte ihre Mutter vorgelesen und alles Leid hatte sich in dem Märchen versammelt, und mit dem glücklichen Ende hatte sie für eine kurze Zeit das Leid der Mutter vergessen. Manchmal hatte sich ihre Mutter dann an den Flügel gesetzt und ein bisschen gespielt, einfache kleine Lieder, die Emilia mitsummte und die ihr später nie wieder begegnet waren.

»Ich habe etwas für dich«, sagte Emilia, noch ehe ihre Mutter mit der nächsten Klage begonnen hatte. Beim plötzlichen Aufstehen stieß ihr Knie gegen das Tischbein, der Kaffee aus ihrer Tasse schwappte über den Rand.

Als sie auf die Terrasse zurückkam, schien es ihr, als sei ihre Mutter auf dem Gartenstuhl noch kleiner geworden, zusammengesunken und schmächtiger, als noch Minuten zuvor. Emilia spürte ihre Furcht, die sie abweisend und fremd machte. Sie sah das Flattern ihrer Augenlider und ihre kleinen unruhigen Hände, und in diesem Augenblick tat sie ihr leid. Sie wollte ihr den verblichenen Aktenordner und das Heft reichen, aber ihre Mutter streckte die Hände nicht aus.

»Ich möchte, dass du das liest«, sagte sie leise.

»Was ist das?«

»Das hat Justina aufgeschrieben oder gesammelt und Magrieta hat es aufbewahrt.«

»Leg es dorthin«, sagte ihre Mutter und zeigte auf einen Stuhl neben dem Gartentisch.

Emilia legte beides auf den Stuhl, auf dem sie vorher gesessen hatte. Sie blieb stehen und sah auf die braune Pfütze auf der Untertasse. Sie rührte den Kaffee nicht mehr an. »Ist es dir recht, wenn ich morgen wiederkomme?«, fragte sie.

Die Augen ihrer Mutter weiteten sich. »Warum willst du schon gehen? Und warum willst du morgen wiederkommen?«

»Ich möchte mit dir über das sprechen, was Justina aufgeschrieben hat. Bist du morgen zu Hause?«

»Wenn du früh kommst ...«

Eine Weile noch stand Emilia mit hängenden Armen vor ihrer Mutter und vielleicht warteten sie beide auf ein Zeichen für eine Umarmung zum Abschied oder wenigstens ein freundliches Wort. Sie warteten vergeblich. Die Mutter saß still und wie von einer großen Anstrengung erschöpft, während Emilia sich langsam umwandte. Sie hielt noch einmal inne, ehe sie ins Haus ging. »Bis morgen«, sagte sie, und nun drehte sie sich doch noch einmal um. Sie bückte sich zu der kleinen knochigen Frau hinunter und umarmte sie zum Abschied. Dann trat sie in das Halbdunkel hinter den Rollläden, ging durch die Dunkelheit des Hauses hindurch und ohne noch einmal zu zögern in die blendende Helle des Kiesweges und hinaus auf die Straße.

Zurück im Gästehaus rief Emilia die Namibian Airlines an. Nur am nächsten Abend waren im Flugzeug nach Frankfurt noch Plätze frei, an den folgenden Tagen war die Maschine besetzt. Sie buchte den Flug für morgen. Nur noch ein einziger Tag in Namibia!

Neben der Rezeption war eine winzige Nische, die einmal ein Abstellraum oder eine Besenkammer gewesen sein mochte. Hier stand auf einem wackeligen Tischchen ein großer Röhrenmonitor. Davor lag eine vergilbte Tastatur und unter dem Tisch stand ein uralter Computer. Emilia ließ sich an der Rezeption das Passwort für das Internet geben, dann setzte sie sich auf den Drehschemel, dessen Bezug aus Kunstleder im Lauf der Jahre rissig geworden war, und fuhr den Computer hoch. Sie rief ihre E-Mails ab. Eine war von Nora.

Liebe Emilia,
ich habe die ganze Nacht kaum geschlafen, weil ich immer an dich denken musste. Eine Pumpstation mitten in der Wüste und du ganz allein: Ich muss gestehen, dass ich dir das gar nicht zugetraut hatte. Du warst so, ich will mal sagen, unschlüssig, so wenig zupackend. Und nun das! Schreib mir bitte bald. Ich muss wissen, ob N(andes)ora in Sicherheit ist, wer auch immer diese Frau sein mag.
Nora

PS: Hast du den alten Freund getroffen?

Liebe Nora,
Nandesora ist in Sicherheit, und das ist schon das Wichtigste. Morgen fliege ich nach Deutschland zurück, dann werde ich dir alles erzählen.
Emilia

PS: Ich habe meinen alten Freund getroffen und meine Mutter, aber der letzte Akt steht noch aus.

Als sie wieder in ihrem Zimmer war, suchte sie das Gedicht über den 10. Dezember, das sie beim ersten Lesen nicht verstanden hatte.

Den ganzen Dezember
Ist der Schmerz der Wehen
Alles, an was ich mich erinnere
Ist das Blutvergießen und der Schmerz
Schwanger mit der Hoffnung auf Freiheit
Wartend mit Hoffnung und Verzweiflung
Press, mein Land, Freiheit zu gebären
Press, statt in Verzweiflung zu warten
Im Schmerz leuchtet der Mut meines Landes
Das Dunkle mit Licht zu verscheuchen
Mein Mutterland in seiner flammenden Schönheit
So anziehend, ehrlich und strahlend

Am 10. Dezember heilige Flamme
Die Dämmerung langsam in Blut wandelnd
Doch im Schmerz der emporschießenden Flamme
Brennen ihre Augen im Leid
Keine Freiheit ohne Schmerz
Keine Geburt ohne Nachgeburt
Mehr Blut und Schmerz
Es ist ein Tod auf dem Scheiterhaufen

Verfasst war es von T. Chris, wer auch immer dies war. Emilia dachte an Elizabeths Erzählung, dachte an das brennende Auto und an Mama Mungunda, die tot im Staub lag, angetan mit ihrem besten Kleid, das nun rot von ihrem eigenen Blut war.

Noch am selben Abend schrieb Emilia einen Brief an Martha und berichtete, wie sie Nandesora gefunden hatte. Die letzten Zeilen lauteten:

Ich habe einen Zweig von einem Dornbusch bei der Pumpstation abgebrochen. Ich werde ihn mit nach Deutschland nehmen, und immer, wenn ich ihn sehe, werde ich an dich denken. Ich danke Dir für deine Gastfreundschaft. So wie ich für dich ein Fenster zur Welt war, warst du für mich ein Fenster zu meiner eigenen Seele.
Emilia

PS: Wirst du mir schreiben?

In der Nacht träumte sie von Schlangen. Sie waren grün und braun und hatten sich ineinander verknäult, sodass sie aussahen wie ein wabernder Klumpen. Noch im Traum erinnerte sie sich an das Knäuel von nackten Kindern mit dem winzigen klapperdürren Vater unter der gläsernen Käseglocke, denen sie in einem anderen Traum nicht hatte helfen können. Dann sah sie ihren eigenen Vater. Er war groß und stark. Sie suchte an ihm nach Zeichen seiner Krankheit, aber sie sah nichts und das erleichterte sie. Sie wollte auf ihren Vater zugehen, aber wo er eben noch gestanden hatte, war niemand mehr. So sehr sie auch suchte, sie konnte ihn nicht finden. Sie wachte auf und musste weinen. Sie weinte um ihren Vater, weil sie ihn im Traum nicht gefunden hatte. Dann fiel ihr ein, dass er nicht mehr lebte und sie weinte über seinen Tod und konnte nicht wieder einschlafen.

Die heftige Trauer über seinen Tod überraschte sie. Als sie ein Kind war, hatte sie ihn verehrt, aber je älter sie wurde umso fremder war er ihr geworden. Seine Härte bis hin zur Unmenschlichkeit hatte sie abgestoßen. Die Farm, die Jagd, die Schlangen, alles war ihm wichtiger gewesen als seine Familie. Auch nach Justinas Tod war er nicht bereit gewesen, alle Schlangen aus den Käfigen wieder freizulassen. Er hatte kein Hehl daraus gemacht, dass ihn der Verlust der Kap-Kobra mehr schmerzte als Justinas Tod.

Emilia tastete nach dem Schalter der Nachtischlampe. In dem trüben Licht las sie die Sätze, die sie für das Gespräch mit ihm notiert hatte. Einer war so vorwurfsvoll wie der andere. Was hatte sie sich davon versprochen, sie ihrem Vater an den Kopf zu werfen? Dass er daraufhin ein anderer werden würde? Dass er seine Sicht auf die Vergangenheit genauso ändern würde, wie sie ihre geändert hatte? Dass er seine Verachtung für die farbige Bevölkerung aufgeben würde? Dass er sich dafür entschuldigen würde, dass er sie Hure genannt hatte? Es war besser, dass dieses Gespräch nicht stattgefunden hatte. Mit diesem Gedanken löschte sie wieder das Licht und schloss die Augen.

Dann sah sie ihre Mutter in der Haustür stehen. Sie winkte zum Abschied. Die Tür war viel größer, als Emilia sie in Erinnerung hatte und die Mutter reichte nicht einmal bis zum Türgriff. Sie hätte sich recken müssen, um die Tür zu schließen oder zu öffnen. Worüber sie zuletzt gesprochen hatte, wusste Emilia nicht mehr. Sie drehte sich um und ging über den Kiesweg, der unter ihren Füßen knirschte wie Schnee bei großer Kälte. Sie wusste, dass sie hätte umkehren sollen, sie wusste, dass sie soeben dabei war, einen nie wieder gut zu machenden Fehler zu begehen, aber ihre Füße trugen sie davon, als hätte sie die Macht über sie verloren. So deutlich wie in diesem

Traum hatte sie ihre Ohnmacht über ihre eigenen Entscheidungen noch nie gespürt. Mit dem Gedanken, dass dieses der letzte, der endgültige Abschied von ihrer Mutter sein musste, wachte sie auf.

Ihre Mutter öffnete sofort, als Emilia am nächsten Morgen am Gartentor klingelte. Mit ihrer cremefarbenen, sorgfältig gebügelten Bluse und einem dunkelblauen Kostümrock sah sie aus als wolle sie noch ausgehen. Sie hatte sich geschminkt und ihr Gesicht war wie aus zartem Porzellan, auf das ein schmaler roter Mund und zwei dunkle Striche als Augenbrauen aufgemalt waren. Sie nestelte am Kragen ihrer Bluse, wie wenn sie noch etwas richten müsse, und schon im Näherkommen spürte Emilia ihre Erregung.

»Du bist pünktlich«, stellte ihre Mutter fest, als sei es eine Überraschung, und ging voran ins Wohnzimmer, das auch heute hinter den heruntergelassenen Rollläden dunkel und beklemmend war. Sie setzte sich aufs Sofa. »Ich möchte lieber drinnen sitzen«, sagte sie, als Emilia die Terrassentür öffnete.

Emilia zögerte einen Augenblick. »Draußen ist es viel schöner.«

Eine Weile sagte ihre Mutter gar nichts, dann seufzte sie. »Emilia«, sagte sie. »Wir haben uns so lange nicht gesehen und vielleicht ist es das letzte Mal in unserem Leben. Kannst du nicht ein einziges Mal Rücksicht auf mich nehmen?«

Ein einziges Mal Rücksicht nehmen? Nach Emilias Erinnerung hatte sie zwanzig Jahre lang nichts anderes getan, als auf das Leid ihrer Mutter Rücksicht zu nehmen. Sie sprach es nicht aus. Der Traum, dachte Emilia. Vielleicht würde er ihr ersparen, sich im Streit von ihrer Mutter zu trennen. Sie schloss die Terrassentür wieder und ließ sich auf einem Sessel mit hohen Armlehnen nieder, der neben dem verdunkelten Fenster stand.

Ihre Mutter zeigte auf den Aktendeckel und Justinas Heft, die auf dem Couchtisch lagen. »Ich konnte die ganze Nacht nicht schlafen! Aus Ärger! Ich weiß nicht, warum ich das lesen soll.«

»Hast du es gelesen?«

»Nicht viel. Ich bin entsetzt über Justinas Worte. Ich bin entsetzt, wie sie zum Kampf gegen die Weißen aufgerufen hat. Es ging ihr gut auf unserer Farm. Viel zu gut.« Sie knipste die altmodische Stehlampe an und blätterte in dem Heft. »Hier«, sagte sie. »Das ist unerträglich: *Jedes Mitglied der Gesellschaft – Männer, Frauen und Kinder – wird gebraucht, um gegen die gewaltige Kraft der Kolonialisten zu kämpfen.*«

Ihre Stimme wurde noch schärfer: »Ich bin vor allem entsetzt, dass du mir dieses Geschmiere zum Lesen gibst.«

»Es ist kein Geschmiere, es ist ein Thema, das uns alle angeht.«

»Ich bin eine alte alleinstehende Frau, die ihre letzten Jahre in Frieden leben möchte. Ich will das nicht lesen. Es geht mich nichts mehr an.«

Emilia ging nicht darauf ein, was ihre Mutter sagte. »Hast du denn Vaters Brief gelesen«, fragte sie vorsichtig, »den, mit dem er abgelehnt hat, dass Justinas kleine Tochter auf der Farm bleiben kann, während sie in Windhoek Geld verdient und studiert?«

»Ich habe keinen solchen Brief gesehen und will ihn auch nicht sehen«, entgegnete ihre Mutter unwillig. »Aber ich habe damals diesen schlimmen Brief gelesen, den Justina auf Vaters Absage geschrieben hat.«

Emilia fuhr auf. »Justina hat auf die Absage noch einen Brief geschrieben?«

»Schrei doch nicht so! Ich bin nicht schwerhörig.«

Emilia versuchte ihre Erregung zu zügeln. »Wann war das?«

»Am Tag, bevor sie sich umgebracht hat.«

»Und was stand in dem Brief? Hat sie angekündigt, dass sie sich umbringen will?« Emilia sprach schon wieder lauter als sie wollte. Ohne zu antworten stand ihre Mutter auf und ging in die Küche. Als sie zurückkam, hielt sie ein kleines Porzellanschälchen mit Pralinen in der Hand. Sie zeigte auf eine Praline, die mit einer Pistazie verziert war. »Die musst du unbedingt probieren. Diese Pralinen sind die besten, die du in Windhoek bekommen kannst. Ich nehme auch eine. Schokolade beruhigt die Nerven. Das wird uns gut tun. Wir wollten uns doch jetzt nicht wegen Justina streiten.«

»Nein«, sagte Emilia, »ich will mich nicht mit dir streiten, aber ich möchte wissen, was in dem Brief stand.«

»Möchtest du nicht wenigstens diese eine probieren?«

»Die Pralinen sind jetzt nicht wichtig. Wichtig ist, was Justina in ihrem letzten Brief geschrieben hat. Ich bin nach Namibia gekommen, um das zu erfahren.«

Ihre Mutter blieb mit dem Pralinenschälchen in der Hand neben Emilia stehen. »Der Brief war eine Abrechnung mit allen auf der Farm, nicht nur mit Vater, auch mit dir, mit mir, mit Magrieta, mit allen hier. Aus Hass auf uns alle hat sie sich umgebracht. Sie wollte uns verletzen, deswegen hat sie das getan.«

Emilia schwieg. Ich will das nicht hören, dachte sie. Aus Hass auf andere die hilflose Nandesora allein gelassen: Der Gedanke war unerträglich. »Niemals! So eine war sie nicht«, rief sie heftig aus. »Sie hat sich umgebracht, weil es niemanden gab, der ihr nach ihrer Rückkehr aus Angola geholfen hätte.«

»Niemand hat sie gezwungen, sich gegen die zu wenden, die früher für sie da gewesen waren.«

»Sie hatte Ziele. Doch als sie merkte, dass ihr Kampf für sie persönlich vergeblich gewesen war, wollte sie nicht mehr leben.«

»Sie hätte sich vorher überlegen müssen, dass im Leben nun einmal nicht alle Wünsche in Erfüllung gehen.«

Emilia sagte nichts dazu. Mit einem Mal kamen ihr ihre Worte wie eine verspätete kindische Rache vor. Sie würde ihre Mutter nicht überzeugen, so viel sie auch redete. Es war als sprächen sie verschiedene Sprachen. Justina hatte Freunde und Verwandte verlassen, hatte den weiten Weg nach Angola und jahrelang das Leben in den SWAPO-Lagern ertragen, war von Tod und Gewalt umgeben gewesen, hatte vielleicht sogar selbst mit der Waffe in der Hand gekämpft. Und was hatte sie dafür bekommen? Einen Mann, der sie verprügelte, wenn er getrunken hatte, und ein Kind, mit dem sie allein gelassen wurde. Und dann hatte dieser Mann, der ihr Leben zerstörte, sie wegen einer anderen verlassen, ehe sie selbst den Entschluss zum Gehen gefasst hatte. Rechtsanwältin hatte sie werden wollen, sich stark machen für die Rechte unterdrückter Frauen und hatte sich selbst nicht helfen können. Sie hatte ihre Heimat befreit und ihr Zuhause verloren. Sie, die gesiegt hatte, war zum Opfer derer geworden, für deren Rechte sie gekämpft hatte, und die sie heute eine Mörderin nannten. Nach dem ablehnenden Brief war ihre Hoffnungslosigkeit größer gewesen als die Sorge um ihre kleine Tochter. Emilia sprach nichts davon aus. Ihre Mutter hatte bei all dem nur zugesehen – genau wie sie selbst. »Ich möchte gern Justinas Brief lesen«, sagte sie ruhig.

»Vater hat ihn zerrissen.«

»Du hast den Brief wirklich nicht mehr?« Jetzt gelang es ihr besser, ruhig zu bleiben.

»Warum hätten wir einen Brief aufheben sollen, der uns wütend gemacht hat? Dein Vater war rasend vor Zorn.«

Endlich setzte sich ihre Mutter wieder. Sie stellte das Schälchen mit den Pralinen ab und sah stumm an ihrer Tochter vorbei.

Wie zwei Reisende, dachte Emilia. Wir sitzen uns gegenüber wie zwei Reisende im Warteraum, deren Züge gleich in verschiedene Himmelsrichtungen fahren werden. Das hatte sie nicht gewollt. Sie spürte, dass es mutiger wäre zu verzeihen und sich zu versöhnen, als in den alten Vorwürfen zu verharren. Wo war ihr Mut geblieben, auf den sie auf ihrer Reise so stolz gewesen war?

»Nandesora sollte verheiratet werden«, fuhr sie in versöhnlichem Ton fort.

»Ich kenne keine Nandesora.«

»Justinas Tochter.«

Ihre Mutter zeigte keine Reaktion.

»Nandesora hat in Windhoek studiert, wie es schon ihre Mutter gern getan hätte, aber ihr Vater wollte sie an einen alten reichen Mann verkaufen. Sie hätte jedes Recht auf Selbstbestimmung verloren. Deswegen ist sie geflohen und lebt jetzt wieder in Katutura.«

Emilias Mutter schwieg.

»Justina hat nicht nur gegen die Vorherrschaft der Weißen gekämpft, ihr großes Ziel war die Gleichberechtigung der Frau.«

Noch immer zeigte ihre Mutter keine Regung.

»Diesen Kampf hat sie für sich selbst verloren. Sie geriet an einen Mann, der trank und der sie schlug. Dann hat sie beschlossen, doch noch ein selbstbestimmtes Leben versuchen. Deswegen sollte Magrieta auf die kleine Nandesora aufpassen.«

Ihre Mutter schwieg noch immer, aber vielleicht war es ein anderes Schweigen als zuvor – ein nachdenkliches?

Eine Weile sprachen beide nicht. »Mutter«, sagte Emilia endlich leise in das Schweigen hinein, »woran denkst du jetzt?«

Ihre Mutter schüttelte nur mit einem verneinenden Laut den Kopf. Selbst wenn sie an dasselbe dachte wie Emilia, wenn sie spürte, wie sehr Justinas Kampf um Gleichberechtigung auch das Leben der weißen Farmerfrauen betraf, so ließ sie es sich nicht anmerken.

»Möchtest du wissen, wie ich die vergangenen Jahre verbracht habe und wie ich jetzt lebe?«, fragte Emilia, nachdem sie wieder eine Weile geschwiegen hatten.

»Ich habe mich gewundert, dass du mir gestern nichts erzählt hast, sondern nur diese Justina im Kopf hattest. Ja, es interessiert mich, wie du jetzt lebst. Hast du Kinder?«

Emilia verneinte und erzählte von ihrem Leben in Deutschland bis zu Michaels Tod.

»Und jetzt stehst du da ohne einen Beruf, von dem du leben kannst, und ohne den Mann, der für dich gesorgt hat?«

Emilia brauchte eine Weile, bis sie verstand. »Ich habe genug Geld, wenn du das meinst. Ich brauche mir keine Sorgen um die Zukunft zu machen.«

»Du bist also nicht auf deinen Anteil von Vaters Erbe angewiesen?«

Das also hatte ihre Mutter gefürchtet, als sie so misstrauisch nach dem Grund ihres Besuchs fragte. »Nein«, sagte sie, »ich bin nicht gekommen, um mir mein Erbe zu sichern. Ich wusste ja nicht einmal, dass Vater nicht mehr lebt.«

Plötzlich erschien auf dem Gesicht ihrer Mutter ein kleines Lächeln, und Emilia konnte es nicht anders deuten, als dass es die Erleichterung war. Hatte ihre Mutter wirklich in ihrer üblichen Schwarzseherei geglaubt, sie hätte ihren Erbteil eintreiben wollen?

Sie berührte das Thema nicht mehr. »Und wie geht es dir?«

»Mir geht es gut hier. Ich habe Freunde in Klein-Windhoek und in Ludwigsdorf gefunden. Ja, es geht mir besser als in der Zeit, als Vater noch lebte.«

Emilia wunderte sich, dass ihre Mutter wagte, das auszusprechen. »Das freut mich für dich«, sagte sie.

Dann schwiegen sie wieder. »Wir können nicht noch einmal an jenem Punkt vor dreiundzwanzig Jahren stehen und unserem Leben eine ganz andere Richtung geben als diejenige, die es genommen hat«, stellte Emilia fest.

»Warum sagst du das?«

»Ich würde manches anders machen. Ich würde Justina anders sehen, als ich sie damals bei ihrer Rückkehr gesehen habe. Ich würde mit ihr reden.«

Ihre Mutter seufzte. »Schon wieder Justina«, sagte sie.

»Und ich wäre auch früher wieder hierher gekommen, viel früher.«

Ihre Mutter sah erstaunt auf.

»Es war nicht nötig, solange zu schweigen.«

Sie wartete, ob ihre Mutter etwas sagen würde, aber sie blieb stumm.

»Und ich hätte Hosea heiraten und in Namibia bleiben sollen.«

Eine Weile blieb es still. »Hosea? Ich erinnere mich an keinen Hosea.«

»Ich hätte mich nicht darum kümmern sollen, was ihr gesagt habt.« Da war sie wieder, die alte Wut, die ihr die Worte in den Mund legte, die sie gar nicht aussprechen wollte. Ihre Mutter sah ratlos aus.

»Hure hat Vater mich genannt.«

Das Gesicht ihrer Mutter veränderte sich plötzlich, wurde starr als sei es aus Stein, dabei weiß wie Wachs. Ihre kleinen

Greisenaugen füllten sich mit Tränen, die über die faltigen Wangen rollten.

Emilia biss sich auf die Lippen. Sollte sie sich jetzt dafür entschuldigen, dass sie das Wort ausgesprochen hatte, mit dem ihr Vater sie beschimpft hatte?

»Damals, als du mit einem Schwarzen ...«, begann ihre Mutter stockend.

»Was meinst du?«

»Du weißt schon.«

Emilia schwieg.

»Es war furchtbar für mich.«

Ihre Mutter schluchzte laut auf und Emilia merkte, dass sie noch etwas sagen wollte, etwas Schreckliches, was vielleicht gar nicht mit dem zusammenhing, was ihre Tochter getan hatte.

»Was war damals so schrecklich?«, fragte sie leise.

»Es war ja nicht nur das, dass du dich mit einem Schwarzen eingelassen hast ...«

»Sondern?«

Jetzt schluchzte sie heftiger. Als Emilia ihren Arm um die mageren Schultern legte, spürte sie, dass ihre Mutter am ganzen Körper zitterte.

»Wovon sprichst du denn?«

»Dein Vater ...«

»Was war mit Vater?

»Dein Vater ... Einmal habe ich ihn gesehen ...«

Emilia wartete schweigend, bis ihre Mutter ganz allmählich wieder ruhiger wurde, so wie ein Schauer wieder vorübergeht, wenn es lange genug geregnet hat.

Mit brüchiger Stimme sprach sie endlich weiter. Ihre Worte waren kaum zu verstehen. »Einmal habe ich ihn im Büro gesehen. Ich stand draußen und blickte durchs Fenster.« Sie schluchzte leise. »Er kniete am Boden. Vor Ilona kniete er am Boden. Er hatte ihren Rock hochgeschoben und ihren Slip heruntergezogen. Ich sah ihre nackte braune Haut und ihre dichten schwarzen Schamhaare und ...« Sie brach ab, atmete tief und angestrengt. »Ich habe niemals gesagt, was ich gesehen habe. Niemandem. Auch dein Vater hat nie erfahren, dass ich ihn so gesehen habe. Ich bin weggegangen und habe mich ins Bett gelegt. Ich wollte nicht sehen, was die beiden dann noch getan haben.«

Emilia hatte plötzlich das Gefühl, der Boden gäbe unter ihr nach. Ihr Vater mit Ilona. Ihr Vater, der sie Hure genannt hatte, mit der viel zu jungen Hausangestellten. Ihr Vater, der immer nur voller Verachtung von den Schwarzen gesprochen hatte, kniend vor dieser Frau mit dem Gesicht eines Kindes und dem Körper einer reifen Frau. – Wenn sie das gewusst hätte, ob sie gewagt hätte, zu Hosea zu stehen?

»Wer war Hosea?«, fragte ihre Mutter plötzlich.

»Der Sohn von Bethuel, aber was spielt das jetzt noch für eine Rolle? Es ist lange vorbei.«

»Der Sohn von Bethuel? Kenne ich ihn?«

Emilia zögerte. Sie hätte jetzt von dem kleinen Jungen sprechen können, mit dem sie vor einer Ewigkeit die Hühnerställe geöffnet hatte, um den eingesperrten Tieren ein Leben in Freiheit zu schenken, aber wem hätte das genutzt?

»Nein«, sagte sie. »Ich glaube nicht, dass ihr euch begegnet seid.«

Ihre Mutter stand plötzlich auf und ging aus dem Zimmer. Als sie wiederkam, hatte sie den Lippenstift nachgezogen und die Nase gepudert.

Sie setzte sich wieder und Emilia bemerkte, wie sie verstohlen auf die kleine goldene Armbanduhr sah. Sie hatte die Uhr schon getragen, als Emilia auf ihrem Schoß gesessen und den traurigen Märchen gelauscht hatte.

»Wirst du nach Deutschland kommen und mich besuchen?«

»Warum fragst du jetzt nach so langer Zeit? Zwanzig Jahre habe ich nicht gewusst, wo du bist, und nun fragst du, ob ich dich besuche.«

Emilia überlegte. »Vielleicht weil Vater nicht mehr lebt«, antwortete sie leise.

»Das ist kein Grund.«

»Weil …«, Emilia wusste keine Antwort, die sie selbst überzeugte, »weil …, vielleicht weil ich dich heute besser verstehe.«

»Oder weil ein Wiedersehen nach langer Zeit eine Einladung zum Gegenbesuch nun einmal nach sich zieht?«, wich ihre Mutter aus.

»Nein. Es ist nicht nur das.«

»Ich weiß nicht, was ich in Deutschland soll. Ich kenne dort niemanden und es gibt nichts, was ich unbedingt noch sehen muss. Der Flug ist mir zu lang, verstehst du das?«

Emilia nickte.

»Aber ich würde mich freuen, wenn du im nächsten Jahr zu meinem Geburtstag kommen würdest«, fuhr ihre Mutter fort.

»Der siebzigste?«

Ihre Mutter nickte.

»Ja, ich werde kommen«, versprach Emilia. Dann dachte sie an die anderen Menschen, die sie wiedersehen wollte, nicht nur an Nandesora und an Hosea, auch an Martha in ihrer Wellblechhütte in der Wüste und an den Omukururume, der auf einem klapprigen Gartenstühlchen den Lauf seiner kleinen Welt überwachte. Nicht als Bittstellerin würde sie dieses Mal nach Epukiro kommen, sondern als Marthas Freundin.

Es klingelte an der Tür.

»Ich muss jetzt gehen«, sagte ihre Mutter. »Ich werde abgeholt.«

Sie standen beide auf und umarmten sich. »Ja, doch, ich freue mich, dass du gekommen bist. Es ist nicht leicht zu ertragen, wenn sich das eigene Kind für immer abwendet, selbst dann nicht, wenn du nicht mein einziges Kind wärst.«

»Ich komme wieder. Ich verspreche es.« Emilia nahm das Heft und den Aktendeckel wieder an sich, dann gingen sie gemeinsam durch das Gartentor, das ihre Mutter sorgfältig verschloss.

»Bleib gesund«, sagte Emilia. Sie sah zu, wie ihre Mutter in einen kleinen Geländewagen stieg, in dem eine weißhaarige Frau am Steuer saß. Im Wegfahren winkte ihre Mutter, auch Emilia winkte.

Ein paar Straßen weiter hielt Emilia noch einmal unter der breiten Krone eines Baumes an und dachte nach. Nein, es sprach nichts dafür, dass Justina umgebracht worden war. Der Gedanke, der sie von Zeit zu Zeit heimgesucht hatte, war absurd gewesen. Justina war nicht die einzige, die nach den Jahren in SWAPO-Lagern nicht mit der Realität des erkämpften Sieges zurecht gekommen war. – Was wäre gewesen, wenn Emilia damals von dem Brief ihres Vaters gewusst hätte? Ob sie mit ihm geredet hätte? Ob sie ihn umgestimmt hätte? Aber sie hatte nichts gewusst und sie hatte nicht geredet, weder mit ihm noch mit Justina. – Als sie weiterfuhr, wurde sie das Bild nicht mehr los, wie ihr Vater vor Ilona kniete, das Gesicht an ihrer Scham vergraben.

Emilia fuhr zu dem Einkaufszentrum, auf dessen Parkplatz sie schon einmal ihren Wagen abgestellt hatte. Sie nahm ein Taxi und ließ sich wieder zur Chief-Mandume-Street bringen. Bei den Verkaufsständen an der Ecke zum Weg, wo Nandesora mit Elizabeth wohnte, sah sie eine Frau stehen, die genauso gekleidet war, wie es Nandesora gewesen war, und die ihr ähnelte. Sie bat den Fahrer zu halten und ging hinüber. Es war wirklich Nandesora. Sie war überrascht, Emilia zu sehen.

»Ich möchte dir etwas geben«, sagte Emilia und bat Nandesora, mit zum Taxi zu kommen.

Der Fahrer war auch ausgestiegen und redete mit ein paar jungen Männern, die vor einer Shebeen standen und Bier tranken. Es schien ihn nicht zu stören, dass Emilia die Fahrt unterbrochen hatte.

»Was ist das?«, fragte Nandesora, als Emilia ihr das Schulheft und den Aktendeckel gab.

»Das Tagebuch deiner Mutter und was sie sonst noch aufgehoben hat, auch ein Brief an dich.«

Es war heiß in der Sonne, die fast senkrecht über ihnen am Himmel stand. Emilia suchte trotzdem, bis sie den Brief fand, und reichte ihn Nandesora zum Lesen.

Als Nandesora geendet hatte, glitzerten Tränen in ihren Augen. »Gib nicht auf, wenn du auf deine Ziele zuarbeitest«, wiederholte sie leise. Dann sah sie Emilia an. »Ich weiß, dass ich meinen Weg gehen werde«, sagte sie. »Ich bin es meiner Mutter schuldig.«

Sie schwiegen, bis Nandesora Emilia mit einer sanften Bewegung in den Schatten unter den Planen der Shebeen zog. »Du hast mir noch gar nicht erzählt, woher du meine Mutter gekannt hast.«

Sie setzten sich nebeneinander auf zwei leere Bierkästen und Emilia erzählte von der gemeinsamen Zeit auf der Farm ihrer Eltern. »Wir waren enge Freundinnen. Ich habe viel von ihr gelernt und sie vielleicht ein bisschen von mir.« Emilia zögerte einen Augenblick, ehe sie weitersprach. »Ich war sehr traurig, als sie nach Windhoek ging, um die Secondary School zu besuchen. Ich habe sie danach fast zehn Jahre nicht gesehen. Sie kam erst wieder auf die Farm, als die SWAPO die ersten Wahlen gewonnen hatte.«

»Stimmt es, dass sie sich umgebracht hat?«

»Ja, es stimmt.«

Dann erzählte Emilia alles, was sich damals auf der Farm ereignet hatte, verschwieg auch nicht den Brief ihres Vaters und nicht, dass sie selbst damals kein Wort mit Justina gewechselt hatte. »Sie war für mich zu einer Fremden geworden«, sagte sie.

»Aber ihr wart doch Freundinnen gewesen.«

»Es war so viel in den langen Jahren dazwischen geschehen. Ich wollte mich nicht mehr daran erinnern, was uns früher verbunden hatte. Jetzt ist es zu spät.« Emilia legte ihren Arm um Nandesoras Schultern. »Bei deiner Mutter kann ich mich nicht mehr entschuldigen, aber bei dir. Es tut mir unendlich leid, was geschehen ist.«

Jetzt weinte Nandesora wieder. Sie wischte sich mit der flachen Hand die Tränen von ihren Wangen. »Ich danke dir, dass du gekommen bist und mir alles erzählt hast. Ich habe so wenig darüber gewusst, was damals geschehen ist. In vielen Nächten habe ich wach gelegen und an meine Mutter gedacht, aber es war als würde ich an etwas denken, was es gar nicht gibt und auch nie gegeben hat. Jetzt werde ich alles lesen und dann werde ich nicht mehr so traurig sein.«

Sie schaute Emilia aufmerksam an. »Weißt du etwas über die Frau, bei der ich nach dem Tod meiner Mutter gelebt habe?«

Emilia nickte. »Das ist die alte Magrieta. Sie lebt noch auf der Farm, die früher meinen Eltern gehört hat. Sie hat mir das Heft gegeben, das du jetzt in den Händen hältst.«

Emilia sah, wie Nandesora zu lächeln begann. Sie streckte Emilia die Hände entgegen. »Sag mir, wo ich sie finden kann.«

Emilia nahm Nandesoras Hände. »Es ist noch früh. Wenn du willst, können wir zu ihr fahren.«

Im ersten Augenblick sah Nandesora so aus, als hätte sie nicht verstanden, doch dann war ihr Gesicht wie erleuchtet vor Glück. »Meine Mutter kann ich auf dieser Welt nicht wiedersehen, und ich habe gefürchtet, auch die Frau niemals zu treffen, die mich aufgenommen hat. Und jetzt kommst du und sagst, wir fahren zu ihr.« Plötzlich zögerte sie. »Aber vorher muss ich noch mit Elizabeth reden.«

Emilia warf einen schnellen Blick auf ihre Uhr. »Musst du vorher ihrem Neffen noch das Essen bringen?«

Nandesora schüttelte betrübt den Kopf. »Suvera? Nein. Er lebt nicht mehr. Er war schon tot, als wir zu ihm kamen. Heute Morgen ist er beerdigt worden. Deswegen bin ich heute nicht in Windhoek gewesen.«

Es war glutheiß im Taxi, als Emilia mit Nandesora zurück zu dem Einkaufsmarkt fuhr, wo sie ihren Leihwagen abgestellt hatte. Emilia bezahlte den Fahrer und gab ihr letztes Kleingeld dem Parkwächter. Sie war froh, dass sie noch einmal mit der alten Magrieta sprechen würde. Wie hätte die alte Frau sonst erfahren können, wie sich alles zum Guten entwickelt hatte? Die Zeit war knapp, aber wenn sie heute ihr Flugzeug nicht mehr erreichte, würde es irgendwann ein anderes geben. Niemand erwartete sie zu Hause.

Nandesora hangelte sich so ungeschickt in den Toyota, als sei sie es nicht gewohnt, in einen PKW zu steigen. Auch einen Sicherheitsgurt schien sie noch nie benutzt zu haben. Als sie endlich starteten, war Nandesora so aufgeregt wie ein Kind, das zum ersten Mal mit einem Auto fährt. In diesem Augenblick erinnerte sie Emilia an Nora und deren übermütige Freude auf der Fahrt nach Stuttgart.

»Hier bin ich noch nie gewesen«, rief Nandesora immer wieder aus, als sie durch die weite hügelige Landschaft fuhren, und Emilia dachte, vielleicht hat sie recht, weil sie als kleines Kind über Okakarara nach Epukiro gebracht worden war.

Viel schneller als Emilia erwartet hatte, erreichten sie Uellendahl. Nie zuvor hatte Nandesora eine so zerklüftete Gegend gesehen. »Wie schön es hier ist«, sagte sie ein um das andere Mal.

Emilia hielt an und zeigte zu einer mit einzelnen Akazien bestandenen Senke hinüber. Der Hals und Kopf einer Giraffe waren dort erschienen. Langsam schritt das Tier weiter und sein Hals schwang vor und zurück wie ein Pendel.

»Sieh doch, wie sie sich bewegt, wie sie schaukelt. Sieh doch!«, rief Nandesora und zog aufgeregt an Emilias Ärmel. Eine zweite Giraffe folgte, viel kleiner als die erste. Staunend beobachtete Nandesora, wie die beiden Giraffen ganz ohne Eile weitergingen, bis sie hinter einem Hügel verschwanden.

»Ich habe mein ganzes Leben in Afrika verbracht, aber Giraffen habe ich nur auf Bildern gesehen«, rief sie aus. »Bei uns gibt es nur Ziegen, Rinder und Hunde.«

Und Fliegen, dachte Emilia, und manchmal ein mageres Huhn.

Emilia parkte den Wagen unterhalb des letzten steilen Stückes zum Plateau mit dem Farmhaus. Sie wollte nicht unnötig auffallen. Gemeinsam gingen sie zu dem niedrigen Häuschen, aus dem Magrieta gekommen war. Sie klopften und riefen, aber wieder öffnete niemand. Nandesora presste die Stirn gegen eines der kleinen Fenster, um das Dunkel des Raumes zu durchdringen. »Ich bin es, Nandesora«, rief sie. Sie lauschten, aber es rührte sich nichts.

Emilia kehrte zur Tür zurück und drückte auf die Klinke. Sie bewegte sich mit einem hässlichen Quietschen, aber die

Tür ließ sich nicht öffnen. Sie erschrak, als sie plötzlich hinter sich eine Männerstimme hörte.

»Wenn Sie zu Magrieta wollen, müssen Sie zum Friedhof gehen.«

Emilia drehte sich um. Der Mann hinter ihr trug einen blauen, an den Knien verschmutzten Overall und hielt mit der einen Hand einen schmutzigen Werkzeugkasten und in der anderen einen großen ölverschmierten Lappen. Emilia erkannte sein Gesicht. Es war der Mann, der bei ihrem ersten Besuch auf Uellendahl den Hof mit dem riesigen Besen gefegt hatte.

»Auf den Friedhof?«, rief Nandesora, und ihr Gesicht war wie aufgerissen vor Schreck.

Der Schwarze grinste sie an. »Sie sitzt dort bei den Gräbern.«

Er schlug vor, sie zum Friedhof zu führen, doch Emilia bedankte sich und sagte, sie würde den Friedhof kennen. Beim ersten Wiedersehen von Nandesora und Magrieta brauchte kein Fremder anwesend zu sein. »Da drüben, nicht wahr«, sagte sie und zeigte in die Richtung, wo nach ihrer Erinnerung der Farmfriedhof liegen musste.

Er nickte und sah Emilia mit unverhohlener Neugierde an.

»Wir haben hier einmal gewohnt«, kam sie einer Frage zuvor, »aber das ist schon lange her.«

Wieder grinste der Mann und zeigte seine großen weißen Zähne. »Das muss vor meiner Zeit gewesen sein.« Er grüßte und Emilia sah ihm nach, wie er zu einem schiefen Wellblechdach schlenderte, unter dem ein alter Unimog abgestellt war.

Nandesora sah noch immer ganz verzweifelt aus. »Ich dachte, Magrieta wäre gestorben und wir sollten zu ihrem Grab gehen.«

Magrieta saß am Boden neben einem Grab, das nichts anderes war, als ein trockener Erdhügel. Der einzige Schmuck war ein schlichtes Holzkreuz mit dem Namen Herolda Tjitunga und dem Tag ihres Todes, der genau ein Jahr zurücklag. Nandesora und Emilia blieben neben der Alten stehen, doch sie sah nicht auf. Sie war zu versunken, um die beiden zu bemerken. Es war sehr still zwischen den Gräbern.

»Magrieta«, sagte Nandesora endlich leise. »Magrieta, ich bin's, Nandesora.«

Das verwitterte Gesicht hob sich und wandte sich Nandesora zu. Dann fiel der Blick der alten Frau auf Emilia, kehrte wieder zu Nandesora zurück und blieb verwundert an ihr hängen.

»Weißt du nicht, wer ich bin?«, fragte Nandesora und hockte sich neben der Alten auf den staubigen Boden.

»Doch, doch«, sagte sie mit ihrer brüchigen Greisenstimme. »Natürlich weiß ich, wer du bist.« Sie musterte Nandesora und schob ihre große Unterlippe noch weiter vor. »Du siehst deiner Mutter ähnlich.«

Emilia erschrak, doch gegen Nandesora schien Magrieta keinen Groll zu hegen. Ihr Gesicht wurde lebhafter und ihre Augen bekamen einen Glanz, als gäbe ihr Nandesora einen längst vergangenen Teil ihres Lebens zurück.

»Ich habe oft an dich gedacht.« Sie streichelte Nandesoras Hand, »und ich danke Gott, dass ich dich noch einmal sehen darf. Nicht mehr lange, dann werde ich für immer bei Herolda sein.« Sie schwieg und sah Nandesora unverwandt an. Schließlich schüttelte sie langsam den Kopf, als könne sie das Wunder noch nicht glauben. »Meine Kleine«, sagte sie und strich Nandesora über das kurze Kraushaar. »Meine kleine Nandesora.«

Emilia ließ die beiden allein. Sie setzte sich auf einen umgefallenen Grabstein, von dem sie zum Flussbett hinuntersehen konnte und wo sie manchmal mit Justina gesessen und mit ihr geredet hatte. Heute war es sehr still. Das einzige Geräusch rührte von zwei vertrockneten Blättern einer Dattelpalme her. Mit leisem Rascheln schlugen sie im Wind, immer wieder, gleichmäßig wie das Schlagen eines Herzens. Auch unten am Fluss, der jetzt kaum noch Wasser führte, war es ruhig. Nur ein einsamer Wasserbock stand im Schatten eines mächtigen Anabaumes. Eines seiner langen Hörner stand aufrecht und war schön geformt, das andere war verkrüppelt und wies zum

Boden. Wie zwei ungleiche Menschen, dachte Emilia, wie zwei Partner, die untrennbar miteinander verbunden und doch auf entgegengesetzten Wegen sind.

Nach einer Weile stand sie wieder auf. Sie ging hinunter zum Fluss und suchte die Stelle, wo sie mit Hosea im Ufersand gelegen hatte, aber das Flussbett hatte sich seither verändert. Schließlich setzte sie sich dort auf einen Stein, wo die steilen Ufer und die Felsen im Fluss die Durchfahrt für einen Geländewagen schon damals versperrt hatten. Hier irgendwo musste es gewesen sein. Sie dachte an Claudia, die wirklich so glücklich zu sein schien, wie sie sagte. Ob sie selbst an Hoseas Seite glücklich geworden wäre? Emilia stellte sich vor, in dem Häuschen zu leben, den Garten zu pflegen, die Blumen zu gießen und sich um die Kinder zu kümmern. – Eigene Kinder, das war es, was sie in diesem Moment am schmerzlichsten vermisste. Sie hatte sich damit zufrieden gegebenen, kinderlos zu bleiben, weil sie von Michael nur durch eine künstliche Befruchtung hätte schwanger werden können. Der Gedanke an das Schicksal von überzähligen Embryonen hatte sie abgeschreckt – und Michael vielleicht sogar der Gedanke an eigene Kinder. Ausgesprochen hatte er das nie, aber sie hatte es gespürt.

Ein afrikanisches Sprichwort fiel ihr ein: Die Straße sagt dem Reisenden nicht, was ihn am Ende seines Weges erwartet. Hätte sie anders gehandelt, wenn sie es gewusst hätte? An Michaels Seite hatte sie die Sicherheit gewählt – und hatte sie durch seinen frühen Tod wieder verloren. Doch die Schwester der Sicherheit war die Langeweile gewesen. An Hoseas Seite hätte sie das Abenteuer gewählt – und die Liebe, aber auch die wäre nicht so schön und heftig geblieben, wie sie es in der Zeit der verbotenen Umarmungen am Fluss gewesen war. Sie nahm den Aquamarin aus ihrer Handtasche und betrachtete ihn lange. Es ist doch kein Glücksstein, hatte Hosea gesagt. In einem plötzlichen Entschluss schleuderte sie ihn fort. Sie hatte ihn ins Wasser werfen wollen, aber sie hatte eine kleine Insel aus Kies getroffen. Dort glänzte er zwischen den matten Kieselsteinen. Sie zog die Schuhe aus und holte ihn wieder. Der Stein war nicht schuld, dass sie Hosea nicht geheiratet hatte, und mit ihrer Kinderlosigkeit hatte er auch nichts zu tun. Es war ein besonders schöner Stein und er würde sie immer an Hosea und die Stunden am Fluss erinnern.

Eine Stunde mochte vergangen sein, als Emilia zu Magrieta und Nandesora zurückkehrte, die nun schweigend nebeneinander saßen.

Nandesora sah auf. »Müssen wir jetzt fahren?«

Emilia nickte. »Ich würde sonst mein Flugzeug versäumen.«

Nandesora erhob sich, während die alte Magrieta mit auf den Boden gestützten Händen sitzen blieb.

»Geht nur«, sagte sie, als Nandesora ihr aufhelfen wollte. »Geht nur, ihr beiden, und lasst mich noch ein wenig hier sitzen.«

Nandesora ließ sich wieder neben der Alten auf die Knie sinken. »Ich danke dir für alles«, sagte sie leise. Dann küsste sie sacht die faltige Stirn.

Emilia wartete, bis Nandesora wieder aufgestanden war, dann hockte sie sich neben dem Grab auf den Boden nieder. »Magrieta, ich habe Hosea gefunden. Möchtest du wissen, wie es ihm geht?«

»Hosea«, wiederholte die Alte. »Er ist fortgegangen und niemals wiedergekommen.«

»Ich habe ihn gefunden.«

»Hosea ist fort«, wiederholte sie.

Emilia schwieg nun. Hosea war gegangen, er war fort aus Magrietas Leben, und sie schien nicht zu wollen, dass er zurückkehrte. Sie umfasste die knochige Hand der alten Frau mit beiden Händen. »Danke, Magrieta. Danke für alles.« Sie hielt die Hand lange, ehe sie sich wieder erhob.

Auf der Rückfahrt war Nandesora sehr still. Emilia hätte gern gewusst, was sie mit Magrieta gesprochen hatte, aber sie fragte nicht nach. Als sie sich vor Elizabeths Häuschen von Nandesora verabschiedet hatte, blieben ihr drei Stunden bis zum Abflug. Sie musste noch zum Gästehaus fahren und ihren Koffer holen. Er war schwerer als auf der Hinfahrt, und sie hatte ihn kaum schließen können. Die harte Frucht aus Katutura hatte sie eingepackt, weil sie sie nicht hatte öffnen können, und das zerbrochene Schild mit der Aufschrift »lendahl« nahm mehr Platz ein, als sie erwartet hatte. Sie hätte es gern Michael gezeigt und ihm noch mehr von Namibia erzählt, als sie es früher getan hatte, doch dafür war es nun zu spät. – Morgen würde sie einer ihrer ersten Wege zu seinem Grab führen.

Im letzten Tageslicht erreichte Emilia den Flughafen, wo ein turmhoher Jet die niedrigen Flughafengebäude überragte. Sie gab den Leihwagen ab und ging über den großen Platz, wo wieder die Taxifahrer auf Kundschaft warteten. Inzwischen hatte die Dämmerung das Land zugedeckt und verwischte die scharfen Kanten und Ecken des Tages, als wolle sie das Verblassen der Bilder in ihrer Erinnerung vorwegnehmen.

In der Schlange am Abfertigungsschalter warteten nur Weiße. Hier war Afrika zu Ende. Schon jetzt war Europa näher als der Omukururume auf seinem Gartenstühlchen in der Wüste und der schweigende Riese Izakuje – und als Hosea.

Schon einmal hatte sie auf diesem Flughafen auf ihren Flug nach Deutschland gewartet, und sie fragte sich, wie ihr Leben verlaufen wäre, wenn sie damals nach dem Studium nach Namibia zurückgekehrt wäre. Vielleicht hätte sie einen weißen Farmer geheiratet und ihr Leben wäre kaum anders gewesen als das ihrer Mutter. Vielleicht wäre sie Hosea wiederbegegnet und ihre Angst vor einem Schritt aus den Fesseln der Gewohnheiten heraus wäre nicht mehr so unüberwindbar gewesen. Vielleicht wäre sie an seiner Seite glücklicher geworden, als sie es mit Michael gewesen war. Vielleicht hätte sie auch einen ganz anderen Weg eingeschlagen. Vielleicht wäre sie jetzt Dozentin an der Universität in Windhoek – verheiratet oder nicht – oder sie würde für die Regierung arbeiten. Vielleicht wäre sie auch selbst Politikerin geworden. Ihr Studium hätte ihr in Namibia mehr Möglichkeiten eröffnet als in Deutschland – vielleicht. Aber sie war nicht zurückgekehrt. Welche Richtung sie ihrem Leben in Deutschland geben würde, wusste sie auch jetzt noch nicht. Ihr Europäer fragt immer so viel nach Dingen, die in der Zukunft liegen, hatte Nandesora einmal gesagt.

Als Emilia endlich ihren Pass und ihre Flugkarte über den Tresen reichte, hatte sie beschlossen, nicht länger solche Fragen zu stellen, um dann in ihrem Kopf vergeblich nach Antworten zu suchen. Die Antworten würde das Leben geben, sie musste nur bereit sein, sie zu vernehmen. Sie musste offen sein, für die Chancen, die sich boten und für Menschen, denen sie begegnete, auch für Menschen, die anders waren, als sie und als Michael es gewesen war. Menschen wie Nora und Hosea. Offen zu sein: Dies war das Wichtigste. Alles andere würde sich ergeben.

Zu guter Letzt

Der vorliegende Roman ist im Laufe von mehreren Jahren entstanden. Zahlreiche Menschen in Deutschland und Namibia haben diesen Prozess mit Ratschlägen, Informationen und vielfältiger Hilfe begleitet. Ihnen allen möchte ich hiermit meinen Dank aussprechen. Ganz besonderen Dank schulde ich Floyd Kavezembua Hambira, der mir den unvergesslichen Aufenthalt in seiner Herkunftsfamilie in der Kalahari ermöglichte und mich außerdem zum Waterberg und nach Katutura begleitete. Besonders danken möchte ich auch Johann Vaatz, der mich am Leben eines Farmers teilnehmen ließ und mir ebenfalls zu eindrucksvollen Erlebnissen verhalf. Herr Vaatz hat keinerlei Ähnlichkeit mit den Farmern in meinem Roman, sondern sorgt in vorbildlicher Weise für das Wohlergehen seiner Arbeiter und Angestellten auf der Farm Düsternbrook, einschließlich deren Gesundheit und Bildung.

Danken möchte ich den Mitarbeitern des Arnold Bergstraesser Instituts in Freiburg für die Unterstützung bei der Literaturrecherche und ganz besonders auch den Mitarbeitern der Basler Afrika Bibliographien, die mir Einblickww in einen Fundus von Originaldokumenten ermöglichten.

Mein ganz besonderer Dank gilt weiterhin Herrn Wellhöfer, der sich für diesen nicht in die üblichen Genre passenden Roman begeistern ließ.